Di

Ben Aaronovitch

Die Meerjungfrauen von Aberdeen

Roman

Deutsch von Christine Blum

dtv

FSC
www.fsc.org
MIX
Papier | Fördert gute Waldnutzung
FSC® C014496

Deutsche Erstausgabe 2025
dtv Verlagsgesellschaft mbH & Co. KG
Tumblingerstraße 21, 80337 München
produktsicherheit@dtv.de

Titel der englischen Originalausgabe:
›Stone and Sky‹ (Orion, London 2025)

Umschlaggestaltung: Lisa Höfner | buxdesign, München
Umschlagmotive: mauritius images / Antiqua Print Gallery / Alamy / Alamy Stock Photos; Adobe Stock / my_stock, eyewave, Yuliya, Bitter; istockphoto.com; shutterstock.com
Gesetzt aus der Stempel Garamond 10,65/14,25·
Satz: Greiner & Reichel, Köln
Druck und Bindung: GGP Media GmbH, Pößneck
Printed in Germany · ISBN 978-3-423-26420-4

Dieses Buch ist Stuart MacBride und seinen Schöpfungen DI Roberta Steel und DS Logan McRae gewidmet, die leuchtende Vorbilder für fiktive Ermittler im gesamten Multiversum sind.

Wer träumet nicht von Stein und Gischt,
Den Tiefen, den Himmeln ohne Rast?

William Pageant (1920)

1
Monstertrumm

Alles fing an, als Dr. Brian Robertson, Allgemeinmediziner im Ruhestand und begeisterter Hobbyumweltforscher mit erklärtem Hang zu Kryptiden, ein paar Kilometer westlich von Mintlaw in Aberdeenshire auf ein totes Schaf stieß.

Nun sind Schafe weithin bekannt für ihr Talent, sich selbst mit äußerst kreativen Methoden ins Jenseits zu befördern, daher interessiert ein totes Schaf normalerweise niemanden bis auf den verärgerten Besitzer, der sich fragt, ob man es nicht irgendwo heimlich verschwinden lassen kann, um sich die Kosten für die Tierkadaverentsorgung zu sparen.

Doch dieser Todesfall war selbst nach Schafstandards absonderlich. Die genaue Ursache war schwer zu bestimmen, weil Gedärme und Organe in ziemlich weitem Umkreis verteilt waren, aber für Brian sah es so aus, als hätte sich etwas im Bauch des Schafs verbissen. Etwas, dessen Maul in Größe und Durchschlagskraft ungefähr einer Bärenfalle entsprach. Also machte er ein paar Fotos, sammelte so viele der Überreste ein, wie er ertragen konnte, und schickte eine Mail an einen alten Freund, der in London arbeitete. Damals an der Edinburgh Medical School hatte der Freund schlicht und einfach Ian Meikle geheißen, aber seither hatte er sich religiös und beruflich weiterentwickelt und war jetzt Dr. Abdul Haqq Walid FRCP AFSW.

Abdul hatte Brian für die Fotos gedankt und ihn gefragt,

ob er es eventuell über sich bringen könne, ihm noch ein paar Proben zu schicken. Während der Frühling in den Sommer überging, hielt Brian Ausschau nach ähnlichen Vorfällen, hörte aber nichts mehr von seinem alten Freund und nahm an, dass an dem toten Schaf wohl doch nichts Ungewöhnliches gewesen war.

Daher war er ein wenig überrascht, als er eines späten Juliabends beim Blick aus dem Fenster sah, wie ein Vintage-Jaguar, ein knalloranger Ford Focus sowie ein stark individualisierter VW-Campingbus vergeblich versuchten, sich alle zusammen in seine Einfahrt zu drängen. Er riss die Haustür auf. Davor standen Abdul und ein junges schwarzes Mädchen mit Fuchsstola.

»Abend, Brian«, sagte Abdul. »Tut mir leid, dass ich so unerwartet hereinschneie, aber die Entscheidung, herzukommen, wurde ganz kurzfristig getroffen.«

»Kein Problem, schön, dich zu sehen«, sagte Brian und wollte gerade nach dem Namen des Mädchens fragen, da bemerkte er, dass ihre »Stola« in Wirklichkeit ein lebender Fuchs war – noch dazu ein ziemlich großer.

»Das ist Abigail«, sagte Abdul.

»Freut mich sehr, dich kennenzulernen, Abigail«, sagte Brian. »Hättet ihr gern einen Tee?«

Bei diesen Worten hob der Fuchs den Kopf und sah Brian erfreut an. »Gibt's auch Käsebällchen?«, fragte er.

Bevor es weitergeht, möchte ich gern betonen, dass a) nichts davon meine Schuld und b) die Auswirkungen auf die Ölförderung in der Nordsee letztendlich minimal waren. Ich bin jetzt Vater, das heißt, ich stürze mich nicht mehr so blindlings in Schwierigkeiten wie früher. Tatsächlich war es Abdul gewesen, der sich entschlossen hatte, seinen Sommerurlaub in Aberdeenshire zu verbringen, um zu schauen, was es mit den wiederkehrenden Meldungen über von »Großkatzen« gerissene Nutztiere auf sich hatte. Woraufhin mein Boss Nightingale meinte, er hätte seit den dreißiger Jahren keine richtige Jagd mehr mitgemacht, und anbot, ihn zu begleiten – und ob sein jüngster Lehrling Abigail vielleicht mitkommen könne? »Es wird lehrreich für sie sein, zu sehen, wie Magie außerhalb einer großstädtischen Umgebung gehandhabt wird.«

Und wo Abigail ist, ist der nächste Fuchs nicht weit.

Das Ganze wäre vielleicht etwas bizarr, aber halbwegs überschaubar geblieben, hätte nicht meine bessere Hälfte und Liebe meines Lebens beschlossen, dass ein Urlaub in Schottland genau das Richtige für sie, unsere zweijährigen Zwillingstöchter und mich wäre. Was wiederum nach sich zog, dass meine Mum darauf bestand, zu Babysittingzwecken mitzukommen, und weil man meinen Dad nicht unbeaufsichtigt lassen kann, wurde er auf einen der verschiebbaren Rücksitze des umgebauten VW California gepackt und spielte den Zwillingen während der Fahrt jeweils zur Gegend passende Soli auf seiner Trompete vor.

Meine Mum fand, wenn er schon mitkam, sollte er sich auch in die kleine, aber ausgeprägte Jazzszene von Aberdeen einbringen. Weshalb irgendwo hinter uns, wahrscheinlich noch südlich von Perth, ein uralter Ford Transit mit Dads Band – Lord Grants Hilfstruppen – und ihrem brandneuen Manager Zachary Palmer an Bord unaufhaltsam in unsere Richtung tuckerte.

Ich hoffte auf hohe Staudichte.

Dr. Brian Robertson war ein hochgewachsener, hagerer Mann mit scharfen Gesichtszügen, kleinen blauen Augen und einer Haarmähne, die Grau offenbar langweilig fand und daher fleißig daran arbeitete, weiß zu werden. Er wohnte westlich von Mintlaw in einer ehemaligen Scheune, die sich in steter Wandlung in Richtung Alterswohnsitz plus Biologielabor befand. Ich bemerkte mindestens drei verschiedene Baumaterialien in den Wänden, darunter etwas, was wie Granitblöcke aussah, aber das Dach war mit modernen Schieferplatten gedeckt wie so viele der hiesigen Bungalows, an denen wir vorbeigekommen waren.

Nicht weit entfernt gab es einen Wohnmobilstellplatz, und wir kündigten an, dass wir dort unser Quartier aufschlagen würden, doch Brian versicherte uns, wir könnten unser Lager gern in seinem Garten aufschlagen. Hierbei handelte es sich um die letzten Überreste des Ackerlands, das einst zu dem Hof gehört hatte. Direkt am Haus gab es eine Terrasse und geometrisch angelegte Blumenbeete, alles andere war Wiese, die sich dreißig Meter weit bis an den Waldrand erstreckte.

Das Gras war kürzlich gemäht worden, neben der Einfahrt wartete eine mit Folie zusammengehaltene Rolle Heu darauf, abgeholt zu werden. Brian erklärte, dass ein Freund, der noch Landwirtschaft hatte, ihm im Austausch für das Heu die Wiese mähte.

Er bot Mum und Dad ein freies Zimmer im Haus an, aber die beiden wollten lieber im Camper bleiben. »Erinnert mich an die Zeiten, als wir noch ständig auf Tour waren«, sagte meine Mum.

Mein Dad lachte. »Der Van damals war aber nicht halb so nett wie der hier. Und wir mussten ihn uns mit dem Schlagzeuger teilen.«

»Dein Dad und ich mussten immer sooo leise sein«, sagte meine Mum auf Krio. Was mir schon etwas zu viel Information war.

Bev, die Zwillinge und ich hatten die Glamping-Variante gewählt: riesiges Familienzelt mit aufblasbarem Gestänge, Doppelkammer-Luftmatratzen, einer Klapptischgarnitur und einem aufblasbaren Laufstall. Der Aufbau ohne die lästigen Stangen war kinderleicht, nur davor dauerte es ziemlich lange, bis meine Liebste den bestgeeigneten Platz hinten im Garten identifiziert hatte. »Wenn es regnet, soll uns ja nicht alles wegschwimmen.«

Nightingale stellte sein überraschend modernes Pop-up-Zelt zwischen unseres und das Haus, Abigail ihres ganz hinten in den Garten, mit dem Eingang zum Wald hin. Wahrscheinlich, damit Indigo, die Füchsin, nach Herzenslust ein- und ausgehen konnte. Sobald unser Zelt stand, tobten die Zwillinge fünf Minuten lang wie verrückt darin herum, plumpsten dann wie nasse Säcke auf die Luftmatratzen und schliefen umgehend ein.

Nach den fast zwanzig Stunden Fahrt hätte ich mich ihnen gern angeschlossen, aber Brian lud uns zum Abendessen ein, also baten wir Indigo, auf die Kinder aufzupassen, versprachen, ihr dafür etwas zum Knabbern aus dem Haus mitzubringen, und gingen hinein. Zwei Dinge waren sofort offensichtlich. Erstens, Brian wohnte vor allem in seiner Küche, und zweitens, er hatte den kleinen Aufschub, während wir die Zelte aufstellten, genutzt, um eilig ein bisschen aufzuräumen. Von dem zerschrammten Küchentisch aus Eiche war jedenfalls genug freigelegt, dass wir mit ein paar zusätzlichen Campingstühlen von draußen alle daran zum Essen Platz fanden.

Halb hatte ich einen uralten Aga-Ofen erwartet, aber tatsächlich war ein umweltfreundlicher moderner Elektroherd in die Granitarbeitsplatte eingepasst, die an einem Ende abrupt in etwas überging, was verdächtig nach den Arbeitstischen in Chemielaboren in der Schule aussah.

Brian nahm hastig noch ein paar Stapel Bücher und Papiere vom Tisch und deponierte sie auf den Laborarbeitsflächen. Meine Mum musterte das Chaos mit bedrohlich professionellem Blick, aber Dad, der beim Autofahren nie schläft, begann leicht auf seinem Stuhl zu schwanken, also richtete sie ihr Augenmerk auf ihn. Ich fragte mich, für wie lange.

Das Abendessen bestand aus gegrillten Käsesandwiches, ergänzt durch Reis und Maniok, den meine Mum mitgebracht hatte, und den Resten unseres Reiseproviants. Es gelang mir, wach zu bleiben, bis Brian eine Flasche Whisky aufmachte und uns allen ein Gläschen einschenkte.

»Ah, das richtig gute Wässerchen«, sagte Abdul, winkte aber dankend ab.

Ich bin kein Whiskyexperte, aber er floss feurig durch die Kehle und machte gleichzeitig die Nebenhöhlen frei, auf angenehme Weise. Mein Dad trank nicht, also teilte ich mir sein Glas mit Beverley. Das Ergebnis war, dass wir kurz darauf neben den Zwillingen auf die Matratzen fielen und im nächsten Moment im Reich der Träume waren. Bis um drei Uhr nachts die beiden aufwachten und wir ihnen die Schlafstrampler anziehen und sie wieder zur Ruhe bringen mussten.

Eltern mit zweijährigen Kindern müssen sich keinen Wecker stellen. Befeuert durch den unsäglich frühen Sonnenaufgang hier im Norden griffen die Zwillinge zur altbewährten Methode des Elternweckens, indem sie auf uns herumsprangen, bis Schlaf ein Ding der Unmöglichkeit wurde. Eine Flussgöttin zur Partnerin zu haben bedeutet zum Glück, dass sie die Kinder vom Bett aus baden kann. Während die Zwillinge jede in einer eigenen Wasserkugel schwebten, ging ich zum Haus, um uns Kaffee zu holen.

Nightingale und Brian waren schon wach. Brian erklärte, dass es ein herrlicher Tag werden würde und wir, da in Nordost-Schottland herrliche Tage selbst im Sommer dünn gesät sind, das ausnutzen und an den Strand gehen sollten. Das klang nach einem guten Ratschlag, also packten Bev und ich die Kinder und ein Picknick in den Asbo und machten uns auf den Weg ans Meer.

Beverley hatte uns einen Strand bei einem Ort namens Rattray Head ausgesucht, und ich folgte brav zwanzig Minuten lang dem Navi und bog schließlich auf einen schmalen Weg ab. Das Land um uns herum war flach und bestand aus Feldern mit kurzem, schon gelblich werdendem Gras. Silage oder Heu, meinte Bev. Hierzulande werde schon früh gemäht, weil die Sommer so kurz seien. Weiter ging es, unter einem weiten blauen Himmel, an einer Kirchenruine und einem einsamen Gehöft vorbei, nach dem mein armer Asbo einen unbefestigten Feldweg entlangholpern musste.

Ich merkte an, dass mir die ganze Umgebung übertrieben unberührt vorkam. Sie schnaubte. »Wenn wir überfüllte Strände gewollt hätten, hätten wir auch nach Southend gehen können.«

Wir fuhren über eine leichte Anhöhe, und plötzlich war der Horizont vor uns dunkelblau gesäumt. Selbst die Zwillinge, die bisher einen kleinen privaten Jodelwettbewerb abgehalten hatten, verstummten und gaben nur noch leise begeisterte Gluckser von sich.

Nach ein paar Kurven erreichten wir einen provisorischen Parkplatz hinter einem zweistöckigen weißen Gebäudeklotz mit Flachdach und natursteinverblendeten Fensterlaibungen, von dem aus früher der vor der Küste stehende Leuchtturm versorgt worden war und der heute laut Beverley als Eco-Hostel diente. In einer Ecke stand ein Wohnwagen, wahrscheinlich als preisgünstige Alternative zum Zimmer in Bioqualität.

Man hörte das Meer schon, aber noch wurde die Sicht durch drei Meter hohe Dünen blockiert, die Stoppelfrisuren aus dem recht unoriginell benannten Gewöhnlichen Strandhafer hatten.

»*Ammophila arenaria*«, sagte Bev, die mir gern ins Gedächtnis ruft, dass ich nicht der Einzige bin, der mit obskuren lateinischen Bezeichnungen um sich werfen kann. Dann belud sie mich mit der halben Tonne Zeug, das offenbar nötig ist, um mit Kindern an den Strand zu gehen, und wir stiegen die Dünen hinauf. Wenigstens wehte oben eine kühle Brise, und vor uns lag die See, rastlos und türkis und weit wie das Ende der Welt.

Beverley musterte Strand und Meer mit fachmännischem Blick. »Die Flut kommt grade rein. Dort drüben sollten wir uns problemlos hinsetzen können.« Sie zeigte auf eine Stelle etwa ein Drittel der Strecke zum Wasser entfernt.

Beverleys Mutter, die Göttin der Themse, behauptet, sie hätte ihren Geburtsnamen vergessen. Sie sagt, sie hätte ihn aufgegeben, als sie sich damals in den fünfziger Jahren dem Fluss schenkte. Trotz ein paar heimlicher Nachforschungen meinerseits wissen wir von ihrem Leben davor nicht viel mehr, als was sie selbst uns verraten hat – dass sie eine Schwesternschülerin aus Nigeria war. Aber schon nach fünf Minuten in ihrer Gegenwart oder der ihrer Töchter wird einem klar, dass sie als Yoruba aufgewachsen sein muss.

Und die haben ein paar besondere Traditionen, was Zwillinge angeht.

Der erste Zwilling wird immer Taiwo genannt – das Kind, das zuerst den Geschmack der Welt spürte. Das kühne. Das zweite Kind heißt immer Kehinde – das, das abwartete, bis es etwas mehr Überblick hatte. Das vorsichtige. Es war also ein bisschen ironisch, dass es Kehinde war, die nur einen Blick aufs Meer warf und sofort darauf zuzurennen begann. Sie war ganz schön schnell – sie schaffte es bis zur Brandung, bevor ich sie einholte und als wild strampelndes Bündel auf den Arm nahm. Hinter mir hörte ich ein rhythmisches Tapsen und machte hastig den rechten Arm frei, um mir Taiwo zu schnappen, die versuchte, die Ablenkung zu nutzen und sich an mir vorbeizustehlen. Ich setzte mir je einen Zwilling auf eine Hüfte und wippte ein bisschen auf und ab, bis sie kicherten. Sie wurden allmählich ganz schön schwer – sehr lange würde ich sie nicht mehr beide gleichzeitig tragen können.

»Babewanne«, rief Taiwo mit weit ausgebreiteten Armen, »Babewanne, Babewanne.«

»Droße Babewanne«, sagte Kehinde, die Intellektuelle der beiden.

»Das Meer«, sagte ich. »Das ist das Meer.«

»Monster«, sagte Taiwo und zeigte auf den Leuchtturm, der aus den Wellen ragte.

»Leuchtturm«, sagte ich. Es war ein klassischer runder weißer Turm, wenn auch ein bisschen gedrungen und niedrig, der auf einem kegelförmigen steinernen Fundament stand.

»Monstertrumm«, sagte Kehinde.

Ich trug sie zurück zu ihrer Mutter, wobei beide sich in meinen Armen wanden, um das Meer im Blick zu behalten. Beverley hatte inzwischen eine Decke ausgebreitet, Wind- und Sonnenschutzvorrichtungen aufgestellt und die Neoprenanzüge für die Kinder bereitgelegt. Sie selbst hatte ihren rot-blauen Anzug schon angezogen, samt Kopfhaube, um ihre Haare aus dem Weg zu haben. »Mach du sie fertig«, sagte sie. »Ich schaue nur eben, ob es sicher ist.«

Wir sahen ihr zu, wie sie zum Meer rannte, einen Hechtsprung hinein machte und verschwunden war. Zu Hause in London kann Beverley stundenlang unter Wasser bleiben, Mini-Flüsschen von dem Anschein nach zehn Zentimetern Tiefe der gesamten Länge nach durchschwimmen und noch ein paar andere Sachen, bei denen ich mich frage, wie das überhaupt möglich ist. Aber ein *Genius loci* – der Geist eines

Ortes – zu sein, bedeutet, dass ihre Macht schwindet, je weiter sie vom Einzugsgebiet ihres Flusses entfernt ist.

»Und für das Meer«, sagte sie mir, »gelten noch mal andere Regeln.«

Daher mache ich mir ein bisschen Sorgen, wenn sie im Meer schwimmt.

»Ach ja?«, kommt sofort von ihr, wenn ich ihr das sage. »Dann denk mal an diese Sorgen, wenn du das nächste Mal im Dienst irgendeine heroische Aktion abziehst.«

Auf halbem Weg zum Leuchtturm kam sie an die Oberfläche, winkte uns zu und tauchte von neuem unter. Wohin sie dann schwamm, bekam ich nicht mit, weil Kehinde wieder versuchte, zum Wasser zu entkommen, und ich sie zwischen die Beine klemmen musste, um ihre Schwester fertig anzuziehen. Als ich beide startbereit hatte, entstieg Bev schon auf Bond-Girl-Art mit wiegenden Hüften den Wellen.

Allerdings fiel mir auf, dass sie ziemlich schwer atmete. Bei uns angekommen, sank sie keuchend auf die Decke. »Das war anstrengender, als ich dachte. Viel schwerer als von Southend aus.« Dann setzte sie sich auf und zog die Wasserflasche aus dem Schatten hinter der Kühltasche. »Auf dem Rückweg wurde mir tatsächlich etwas mulmig.« Sie trank in großen Schlucken und betrachtete den Leuchtturm mit zusammengekniffenen Augen.

»Sei vorsichtiger, bitte«, sagte ich.

»Ja«, sagte sie. »Wäre vielleicht ratsam.«

»Ist im Leuchtturm jemand?«

»Nein. Alles automatisch.« Was nicht ganz das war, was ich gemeint hatte.

»Aber sonst – irgendwer?«

Sie zuckte mit den Schultern. »Wenn jemand mit mir hätte reden wollen, hätte er sich ja gemeldet.«

Was mir verriet, dass sie das eigentlich halb erwartet hatte.

Als sie sich erholt hatte, nahmen wir die Zwillinge mit zum Baden. Oder besser: Ich beaufsichtigte Kehinde, die mit den kleinen Wellen am Strand Fangen spielte, und Bev behielt Taiwo im Auge, die darauf aus zu sein schien, sich in den Brechern zu ertränken. Als ihnen das langweilig wurde, nahmen wir sie auf die Schultern und machten Fischerstechen, bis eine ins Wasser fiel. Als wir den Eindruck hatten, dass sie sich genug ausgetobt hatten, trotteten wir zu unseren Sachen zurück und eröffneten das Mittagessen. Beverley steckte die Hand in die Kühltasche und ließ das Eiswasser im Boden wieder gefrieren.

»Das klappt also noch?«, erkundigte ich mich.

»Einigermaßen. Es geht nur langsamer und macht mehr Mühe.« Dann bespritzte sie mich und die Zwillinge mit eisigem Wasser, so dass die beiden kreischend flüchteten, bis ich sie mit in Häppchen geschnittenen Thunfischsandwiches und Karottensticks wieder zurücklockte. Kaum war das Essen auf der Decke, da schwirrten die Seemöwen heran und ließen sich nur auf Abstand halten, indem wir Karottensticks möglichst weit weg warfen, um die sie sich zanken konnten.

Nach dem Essen war es warm genug, dass wir die Anzüge ausziehen und uns in die Sonne legen konnten, während die Zwillinge unter dem Sonnenschirm Mittagsschlaf hielten. Wir waren eben dabei, Sonnencreme aufzutragen, da kam ein zottiger heller Labrador über die Dünen gesprungen, schnüffelte kurz an Bevs mit Sonnenschutzfaktor 30 überzogenen Händen und jagte wieder los, den Strand entlang bis zu zwei Windsurfern – den ersten Menschen, die wir hier überhaupt sahen.

Im Gegensatz zu den Zwillingen fiel es mir nicht leicht, zur Ruhe zu kommen. Der leere Strand hatte etwas Trostloses. Das monotone Rauschen der Brandung, in das sich kein Kindergeschrei oder Elterngeschimpfe mischte, machte mich seltsam rastlos, deshalb legte ich mich nicht wie Beverley hin, sondern brach zu einem Spaziergang auf. Von der Kuppe der nächsten Düne aus sah ich, dass sich auf dem Parkplatz ein halbes Dutzend anderer Fahrzeuge zum Asbo gesellt hatte. Draußen, jenseits der Wellenbrecher und Felsen, schossen Windsurfer als rote, blaue und grüne Dreiecke über die Wellenkämme. Während ich sie beobachtete, fiel einer kopfüber ins Wasser. Ich behielt die Stelle im Auge, bis die Person wieder aufs Brett stieg und das Segel aufrichtete. Die Plätze, wo gepicknickt wurde, erkannte man daran, dass lauter Möwen über ihnen kreisten. Abgesehen von Pause machenden Windsurfern erspähte ich drei Pärchen und zwei Familien gleichmäßig über den Strand verteilt.

Über den Sand kam wieder der zottige Labrador auf mich zugerannt, sauste einmal um mich herum und schlitterte dann eine Düne hinunter, um zu seinen Besitzern zurückzukehren, die gerade ihre Bretter zum Parkplatz schleppten.

Da hörte ich die unverkennbaren Freudenschreie zweier Zweijähriger, die beim Aufwachen feststellen, dass sie unbeaufsichtigt sind, und eilte hin, bevor es eine Katastrophe gab.

Beverley beschloss, dass es jetzt warm genug war, um ohne die Anzüge zu schwimmen. Das Wasser war immer noch eiskalt, aber wenigstens tobten die Zwillinge sich müde. Im Auto fielen ihnen die Augen zu, sie schliefen die ganze Fahrt bis zu Brians Haus.

Dort stellten wir fest, dass meine Mum während unserer Abwesenheit die Küche geputzt und aufgeräumt hatte.

»Ich hab ihr gesagt, das bräuchte sie doch nicht zu machen«, sagte Brian. »Aber als wir zurückkamen, sah es so aus.« Sein Gesichtsausdruck war der eines Mannes, der nicht mehr so recht weiß, in welchem Schrank seine Tassen sind – das Gefühl kannte ich. Meine Mum hat eine platonische Idee von einer ordentlichen Küche im Kopf und setzt sie bei jeder

Küche um, derer sie habhaft werden kann, egal was die Besitzer davon halten. Das erklärt wahrscheinlich, warum sie inzwischen fast nur noch in Gewerbegebäuden putzt.

Wenigstens hatte sie noch nicht angefangen zu kochen; angesichts des Zwei-Kilo-Sacks Basmatireis auf der Arbeitsfläche schien das aber nur noch eine Frage der Zeit.

Wir aßen draußen auf der Terrasse, wo wir die Kinder im Auge behalten konnten, die den Garten erkundeten. Brian und Abdul hatten uns etwas aus der hiesigen Bäckerei mitgebracht, um uns mit traditionellem schottischem Fastfood bekannt zu machen. Es waren verschiedene Pies, darunter eine mit Makkaroni-Käse-Füllung, die mit ordentlich Chilisauce sehr gut schmeckte. Die Zwillinge bekamen Hühnchenpastete und Kartoffelbrei – den Brian »chappit tatties« nannte –, und manches davon landete sogar in ihrem Mund. Mein Dad nahm die Hackfleischpastete, und Beverley, Brian und Abdul nahmen Steak beziehungsweise Makkaroni.

»Ich hätte ja auch Irn-Bru geholt«, sagte Abdul, »aber solches Limo-Zeug ist mir persönlich zuwider.«

Indigo mampfte eine Hackfleischpastete, ein Ei und, weil Abigail darauf bestand, ein paar von den übriggebliebenen Karottensticks.

»Ich muss sagen, ich nehme es dir ein bisschen übel, dass du mir das mit den Füchsen nie erzählt hast«, sagte Brian beim Kaffee danach. So hoch im Norden ging die Sonne zwar spät unter, aber der Himmel nahm bereits eine sattblaue Farbe an, und die Schatten unter den Bäumen am Ende des Gartens wurden länger.

»Um ehrlich zu sein«, sagte Abdul, »ich habe mich schon so an sie gewöhnt, dass ich sie gar nicht mehr als Kryptide sehe.«

»Ach, wirklich? Was meinst du, könnte es hier auch schon welche geben?«

Gleichzeitig drehten Abdul, Brian und ich uns zu Indigo um, die sich auf einem warmen Fleckchen der Terrassenmauer zusammengerollt hatte.

»Indigo«, fragte Abdul, »gibt es hier Kollegen von dir?«

»Du weißt, dass wir keine Stationierungsdetails preisgeben«, gab sie zurück, was ich als Ja wertete.

Nachdem wir die Zwillinge ins Bett gebracht hatten, fragte ich, wie der erste Großkatzenjagdtag gewesen sei.

»Bei der Jagd«, sagte Nightingale, »geht man zunächst von dem aus, was man weiß.«

Deshalb hatte Brian sie dorthin mitgenommen, wo er das angefressene Schaf gefunden hatte.

»Ich habe mir von einer Bekannten, die im Zoo von Edinburgh arbeitet, die ungefähre Maulform schätzen lassen.« Brian zeigte uns ein Bild auf seinem Tablet. Es sah ein bisschen aus wie die Zahnschemata, die einem der Zahnarzt zeigt, wenn er bohren will – allerdings wäre bei dem Wesen, das dieses Maul besaß, mehr als nur örtliche Betäubung nötig. Jedenfalls wenn man seine Hände behalten wollte.

»Starke Fangzähne«, sagte Abdul. »Und enorme Reißzähne. Was hat deine Bekannte gemeint – Leopard?«

»Ja. Aber sie war sicher, es müsste ein Fake sein.«

Denn es gibt zwar immer wieder angebliche Sichtungen von Großkatzen, aber Großkatzenlosung (das ist Jägersprache für Katzenscheiße) ist verdächtig dünn gesät.

»Wobei ich glaube, der Fund in den Chiltern Hills wurde als authentisch eingestuft«, sagte Nightingale.

»Aber heute haben Sie keine Losung gefunden?«, fragte ich.

»Nicht einen Hauch«, sagte Indigo.

»Sagt die Expertin«, ergänzte Abigail, die der Füchsin gedankenverloren den Schwanz bürstete.

Das gerissene Schaf hatte westlich von hier gelegen, am Rand des Loudon Wood. Brian war sich sicher, dass es von dem räuberischen Großmaul dorthin geschleift worden war, nach der widerstrebenden Schätzung der Zoologin eine Raubkatze von mindestens achtzig Kilo Gewicht und anderthalb Metern Körperlänge, den Schwanz nicht eingerechnet.

»In der Nähe haben nämlich keine Schafe geweidet«, sagte er.

»Wir haben die Umgebung oberflächlich abgesucht«, sagte Nightingale. Im Wald hatten sie Knochen und andere Überreste von Eichhörnchen, Dachsen und Rehen gefunden. Möglicherweise ein Anzeichen dafür, dass dort ein Raubtier unterwegs war, aber noch immer keine Katzenscheiße weit und breit.

»Dieses Schaf wurde vor einem halben Jahr gerissen«, sagte Abdul. »Seither kann die Losung längst kompostiert sein.«

»Morgen weiten wir den Suchradius aus«, sagte Nightingale.

In der Nacht erwachte ich und hatte prompt diesen Anfall krasser Desorientierung, der vorkommt, wenn man an fremden Orten schläft. Sofort ging ich die Elternparanoia-Liste durch: kein Geschrei, kein Gestank nach Babylosung, keine Erstickungsgeräusche, nichts brannte oder roch nach Campinggas. Und wenn ich genau hinhörte, konnte ich sie atmen hören.

Erleichtert, dass ich mich weiter an meine schöne warme Flussgöttin kuscheln konnte, richtete ich meine Aufmerksamkeit auf das Gespräch, das ich draußen hörte.

»Warst du schon immer ein Fuchs?« Brians Stimme, erkannte ich.

»Was denn sonst?« Das war Indigo. Ich fragte mich, ob Abigail auch wach war.

»Hätte ja sein können, dass du eigentlich ein Mensch warst und in einen Fuchs verwandelt wurdest.«

»Wäre das möglich?« Indigo klang aufgeregt und neugierig. Die sprechenden Füchse halten sich für Spione und betrachten es als Daseinszweck, Informationen zu sammeln – am liebsten über sich selbst.

»Es gibt Geschichten«, sagte Brian. »Von Menschen, die sich in Füchse verwandeln können und umgekehrt. Ich glaube, vor allem in Japan und China.«

»Kannst du sie mir erzählen?«

»Nicht auswendig, aber ich finde bestimmt Bücher darüber.« Er zögerte. »Kannst du lesen?«

»Natürlich. Nur nicht schreiben – die Tasten sind zu klein. Und umgekehrt, sagtest du? Können Füchse sich in Menschen verwandeln?«

»In Japan glaubt man das. Dass alle Füchse, die lange genug leben, irgendwann die Fähigkeit entwickeln, sich in Menschen zu verwandeln.«

»Alle Füchse?«

»Ja.«

»Wären die als Menschen nicht sehr klein?«

»Wie meinst du … ach so«, sagte Brian. »Vielleicht werden sie beim Verwandeln größer.«

Indigo machte ein skeptisches Geräusch tief in der Kehle.

»Hast du Geschwister –«, fing Brian an, aber Indigo fiel ihm ins Wort. »Wie alt, meinst du, müsste ich werden?«

»Wozu?«

»Um mich in einen Menschen zu verwandeln.«

»Weiß ich nicht. Aber falls du dich irgendwann verwandelst, versprich mir, dass du mich besuchen kommst und mir genau davon erzählst.«

Ich glaube, danach unterhielten sie sich noch über andere Themen, aber ich schlief wohl wieder ein.

Am nächsten Morgen saß Indigo in der Küche auf einem Hocker und starrte auf ein Tablet, das vor ihr an einem Bücherstapel lehnte. Auf dem Tisch neben ihr stand ein Teller erstaunlicherweise unangerührter Mini-Würstchen im Schlafrock.

»Nächste Seite«, sagte sie, und ich bemerkte, dass sie ein speziell angepasstes Headset trug. Ich hatte schon Füchse mit solchen Headsets gesehen, aber noch nicht daran gedacht, dass sie damit vielleicht elektronische Geräte steuern konnten. Mir erschien das etwas bedenklich. Mit der John-le-Carré-Nummer, die sie alle abzogen, kam ich ja gerade noch klar, aber wenn sie jetzt voll auf *Mission: Impossible* gingen – weiß der Geier, wohin das führen würde. Ich fragte sie, was sie las.

»*Im Vorfeld des Krieges. Abwehr von Subversion und Aufruhr.*«

»Und, ist es gut?«

»Steht spannendes Zeug über Aufstandsbekämpfung in einer aufgewiegelten Bevölkerung drin.«

Beverley und ich überließen sie ihrer leichten Urlaubslektüre, schnappten uns die Zwillinge und fuhren wieder ans Meer, diesmal nach Cruden Bay. Auch hier gab es einen wunderschönen Strand, nur mit einem Golfplatz statt Dünen drum herum und vor allem Läden, die Eis, Schwimmringe, Sandeimer und Schaufeln verkauften. Und nicht nur waren haufenweise andere Familien dort; nein, sobald Beverley genug davon hatte, Leute kennenzulernen, konnte man sich sogar eine Burgruine in der Nähe anschauen. Dank des Badens, der Gesellschaft und der Burg waren die Zwillinge abends noch kaputter als am Vortag, so dass Bev und ich im Zelt mal Gelegenheit für – sehr leise – Intimitäten hatten.

2
Beach Boulevard

Mit Zweijährigen kann man *niemals* ausschlafen, aber wenn man für ausreichend Ablenkung sorgt, ist immerhin ein entspannter Morgen drin. So konnte ich, nachdem ich eine halbe Stunde lang diverse »Schätze« im Garten versteckt hatte, zwei Stunden faulenzen, während Beverley nach Peterhead zum nächsten Supermarkt fuhr. Brian war ins Aberdeen Royal Infirmary Hospital gerufen worden, um sich einen »interessanten Fall« anzuschauen, und Abdul war mitgefahren. Da Nightingale, Abigail und Indigo wieder auf Großkatzenjagd waren, hatten wir drei den Garten für uns. Kehinde wollte die Gelegenheit ergreifen, auszuprobieren, wie ein Wurm schmeckte – was ich gerade noch verhindern konnte –, und Taiwo, sich in einen Busch mit kleinen rosa Blüten hineinzuzwängen. Das gab den Ausschlag dafür, dass ich das Planschbecken aufpumpte und die beiden sauberspritzte. Leider wurde ich dann von Beverley dazu abkommandiert, die Einkäufe auszuladen, und die Zwillinge nutzten das, um nackt in den Garten auszuschwärmen und sich wieder von Kopf bis Fuß dreckig zu machen. Sie wurden also ein zweites Mal abgespritzt, eingecremt, angezogen und so weit präsentabel gemacht, dass sie sich bei der unausweichlichen Schlacht am Mittagessenstisch wieder zufriedenstellend einsauen konnten. Zufriedenstellend aus Sicht der Zwillinge klarerweise. Beverley wusch ihnen die

Gesichter, beschloss aber, sie vor der nächsten Bewässerung mit dem Gartenschlauch erst noch etwas Dreck anreichern zu lassen.

Am Nachmittag war ich damit betraut, Mum und Dad zu Dads erstem Auftritt nach Aberdeen zu fahren. Meine Eltern waren beide so aufgeregt wie die Zwillinge beim Anblick des Meeres. Mein Dad liebt es, vor Publikum zu spielen, und meine Mum, bei diesen Gelegenheiten im Publikum zu sein. Hört sich nach leicht dysfunktionaler Beziehung an und ist es auch – für meine Therapeutin ein nie versiegender Quell der Unterhaltung. Sie drängt mich immer wieder, doch mal eine Familiensitzung zu arrangieren, aber ich habe den Verdacht, dass sie daraus nur einen wissenschaftlichen Artikel machen will.

Ich bin schon oft genug in der Provinz unterwegs gewesen, um zu wissen, dass man nie einfach mitten durch ein fremdes Stadtzentrum brettern sollte, egal wie einladend direkt die Straße hineinzuführen scheint. Stattdessen fuhr ich dem Navi nach, das mich westlich am Stadtzentrum vorbeiführte, über den Don hinweg zu einem riesigen Friedhof und dann einem Kreisverkehr, von dem aus ich auf eine vierspurige, von Bungalows gesäumte Straße kam. Es folgte ein Schwall von Bürogebäuden und charakterlosen modernen Luxuswohnanlagen, bis sich wieder die aus Granit gemauerten Doppelhäuser durchsetzten, die, wie ich inzwischen gemerkt hatte, typisch für die Stadt waren. Der Granit begleitete uns auch eine weitere, schmalere Hauptverkehrsstraße entlang, in Form überladen verzierter grauer viktorianischer Häuserreihen, die alle Requisiten eines schicken Vororts aufwiesen.

Zachary Palmer, Bandmanager, Kleingauner und möglicherweise ein Goblin (wobei das G-Wort bei der Metropolitan Police nicht verwendet wird), hatte damit geprahlt, er hätte eine Unterkunft aufgetan, die besser sei als jedes

Fünf-Sterne-Hotel. In Anbetracht von Zachs etwas zweifelhaftem Verhältnis zur *actualité* war es mir gelungen, meine Erwartungen stark herunterzuschrauben – bis wir in eine Einfahrt einbogen und uns einem ausgewachsenen zweistöckigen Herrenhaus mit rechtwinklig daran gebautem Erweiterungsbau und davon eingefasstem Hof gegenübersahen, versteckt auf einem ausgedehnten Grundstück mit hohen Bäumen. Die Fenster sahen georgianisch aus, die Dachverzierung hingegen war viktorianisch, und Türfassungen und Anbau haftete ein Hauch Arts-and-Crafts-Bewegung an.

Auf dem Land kann jeder ein großes Haus haben. In einem städtischen Wohngebiet, selbst in einem Vorort, bedeutete so etwas richtig viel Kohle. Ich war sofort misstrauisch.

»Das ist aber ein bisschen sehr schnieke«, sagte mein Dad.

Wir waren jedoch richtig – vor dem Haus stand der schäbige blaue Ford Transit von Dads Drummer James Lochrane.

Ich parkte daneben. Noch während ich ausstieg, kam Zach aus einer Seitentür gestürmt. »Na, endlich kommt der Star.«

Zach war ein langer, dürrer Kerl Mitte zwanzig mit schmalem Gesicht, einem großen Mund und einer wirren braunen Mähne, die er seit neuestem mit Gel nach hinten kämmte, wodurch er aussah wie ein ausnehmend stromlinienförmiges Frettchen.

»Ich sag's euch, dieses Haus ist der Hammer«, sagte er.

Es war in der Tat beeindruckend. Als wir hineingingen, sah ich, dass es nicht aus Ziegelstein, sondern aus Granitblöcken bestand, mit dem typisch schottischen Kalkputz überzogen – dem hiesigen Gegenstück zum Kieselrauputz.

»Du hast aber einen Schlüssel, oder?«, fragte ich, weil Zach in der Lage war, so ziemlich jedes mechanische Schloss mittels einer Haarnadel und einer, vermutete ich, latent magischen Begabung für Diebereien zu öffnen.

»Ja, klar«, sagte er. »Alles absolut koscher. Wir sind hochoffiziell die Haussitter.«

Durch einen mit dunklem Holz verkleideten Vorraum mit Kleiderhaken und Schuhregalen darin erreichten wir die warme rot geflieste Küche.

Zu meiner Enttäuschung sah sie insgesamt einfach nur standardmäßig hochwertig aus, alles darauf ausgelegt, sauber, luftig und so nichtssagend zu sein wie ein Fernsehstudio. Auf dem Frühstückstresen neben der Nespresso-Maschine standen benutzte Teller und mindestens drei offene Marmelade- und zwei Erdnussbuttergläser. Nicht mal extremer Reichtum kommt gegen den kombinierten entropischen Effekt eines Zachary Palmer und einer reisenden Jazzband an.

»Schick, was?«, sagte Zach, während meine Mum bereits stirnrunzelnd das Durcheinander beäugte. »Gibt sogar zwei Küchen«, erklärte er und führte uns durch mehrere schmale Flure mit weiß verputzten Wänden. »Aber das Beste …«

Wir betraten einen langen Raum mit großen Erkerfenstern. Den Mittelpunkt bildete ein schwarzer Stutzflügel, der so stand, dass man beim Spielen auf den Rasen und die hohen Bäume dahinter blickte. Der Boden war mit sehr hübschem, aber abgenutztem Fischgrätparkett belegt, an den Wänden standen schwarze Ledersofas, jedes mit einem Glas-Couchtisch davor. Auf weißen Einbauregalen in den taubengrauen Wänden standen Verstärker, Lautsprecher und ein antikes Magnettonbandgerät. Aus der leeren Raummitte sprossen wie Schösslinge glänzende Messingnotenständer.

»Gehört einem berühmten Rockstar, ich hab geschworen, seinen Namen geheim zu halten.« Zach zeigte auf mehrere hellere Rechtecke an den Wänden – Stellen, wo Bilder gehangen hatten.

Ich muss begriffsstutzig ausgesehen haben, denn Zach seufzte. »Hier hängen sonst die ganzen Platin-Awards.«

»Hat er so viele davon?«

»Keine Ahnung. Ich mag seine Sachen nicht so.«

Hinter mir ertönte ein Klicken, als mein Dad seinen Trompetenkasten öffnete. »Na, das passt doch perfekt«, sagte er.

»Weiß diese Rocklegende wirklich, dass ihr hier seid?«, fragte ich Zach.

»Natürlich«, sagte er viel zu schnell.

»Er weiß es nicht, stimmt's?«

Mein Dad trat in den sonnengefluteten Teil des Zimmers neben den Flügel und hob die Trompete an die Lippen. Meine Mum setzte sich bescheiden aufs nächste Sofa und sah ihm zu, wie er sich mit ein paar Tonleitern einspielte.

Ich zog Zach in den Flur. »Weiß er es oder nicht?«

»Entspann dich«, sagte Zach. »Einmal die Woche kommt ein Hausservice, der saubermacht und die Vorräte auffüllt und alles repariert, was kaputt ist.«

»Und wird es *denen* nicht auffallen?«

»Ah, da kommen wir zum genialen Kern der Sache«, sagte er, während mein Vater sich *My Funny Valentine* vornahm. »Der Typ bezahlt sie dafür, dass sie den Mund halten und keine Fragen stellen. Solange wir uns nicht blicken lassen, wenn sie da sind, und das Haus nicht in Schutt und Asche legen, halten sie es einfach für das übliche Tun und Treiben im Showbusiness.«

»Wo ist eigentlich die Band?«

Die Band, also Lord Grants Hilfstruppen, war in der Stadt, schaute sich die Konzertlocation an und machte einen Soundcheck mit dem Tontechniker/Roadie, den Zach für die Tour angeheuert hatte – zweifellos unter falschen Angaben.

»Sei bloß vorsichtig«, sagte ich. »Hier in Schottland kann

ich nichts für dich tun. Wenn du Probleme kriegst, bist du auf dich allein gestellt.«

Und weil das Universum Ironie über alles liebt, kam in genau diesem Augenblick der Anruf von Abdul.

»Hier ist was, was du dir ansehen solltest«, sagte er.

»Im Krankenhaus?«

»Im Leichenschauhaus«, sagte er und beschrieb mir den Weg.

Es ist das eine, zu wissen, dass Aberdeen »The Granite City« genannt wird, aber etwas ganz anderes, mit eigenen Augen zu sehen, was das bedeutet. Ich fuhr kilometerweit an viktorianischen und edwardianischen Häuserzeilen vorbei, nur nicht wie zu Hause an der Themse aus ordentlichem Ziegelstein, sondern aus Granitblöcken erbaut. Großen Granitblöcken. Die man nicht auf dem Rücken eine Leiter hinaufschleppen will – und erst recht will man währenddessen nicht unter der Leiter stehen.

Nur gelegentlich war eines der Häuser mit weißem Kalkputz oder hässlichem braunem Kieselrauputz verkleidet; die meisten waren naturgrau. Wenn Sonnenlicht auf den Granit fiel, glitzerte er. Aber wenn sie im Schatten lagen, sahen die Häuser aus wie aus einem alten Schwarz-Weiß-Dokumentarfilm. Als ich schließlich in die Union Street einbog, war ich so weit, dass mir sogar eine bunte modernistische Monstrosität im Gestapelte-Tupperware-Stil recht gewesen wäre, um diese Eintönigkeit zu unterbrechen. Weil der Verkehr nur noch im Schritttempo dahinkroch, hatte ich Muße, mich umzuschauen.

In der Nachmittagssonne blitzte zwar viel weiße Haut – junge Frauen in kurzen Shorts und Neckholder-Tops, die Kinderwagen schoben und ihren rosa Hüftspeck spazierentrugen, und junge Männer ohne Oberhemd und mit gefährlichem Sonnenbrand, die ihre dicht tätowierten Oberkörper zur Geltung bringen wollten. Aber insgesamt war Aberdeen deutlich weniger weiß, als ich gedacht hatte. An einer Bushaltestelle warteten zwei eindeutig afrikanischstämmige junge Männer, und eine schick gekleidete Frau mittleren Alters mit gelb-schwarzem Kopftuch schritt zielstrebig auf den Eingang eines Einkaufszentrums zu. Bei dem Anblick spürte ich, wie sich eine winzige Spannung, von der ich gar nicht gemerkt hatte, dass sie in mir war, löste.

Über die Straße war ein Banner gespannt, auf dem stand, die Aberdeener sollten unbedingt die hinreißenden Sehenswürdigkeiten ihrer Heimat wiederentdecken, und dahinter lag eine Reihe monumentaler Bauwerke mit so vielen gotischen Türmchen, Zinnen und Spitzbogenfenstern, dass ich fast die richtige Abzweigung verpasst hätte.

Anders als in London war das Leichenschauhaus von Aberdeen direkt der Polizeihauptstelle angeschlossen. Bei dieser handelte es sich um den klassisch uncharmanten siebenstöckigen Stapel schmutziggrauer Legobausteine, den die *joie de vivre* der siebziger Jahre umwehte. Man muss aber sagen, im Gegensatz zu London passten die schmutziggraue Betonfassade, die brutalistischen Anbauten und Aufgänge sehr gut zur granitenen Strenge der Altstadt. Hätten sie daran gedacht, noch ein paar Türmchen draufzusetzen, würde man den Unterschied gar nicht bemerken.

Gemäß Abduls Instruktionen ließ ich den Besucherparkplatz links liegen, fuhr um das Leichenschauhaus herum an einem *Zufahrt nur für Befugte*-Schild vorbei und stellte den Asbo auf einen der drei Parkplätze um die Ecke in der sicheren Annahme, dass bei der Aberdeener Polizei die Verkehrssparte ähnlich gründlich verschlankt worden war wie bei der Met. Dann ging ich auf die Suche nach dem Eingang für Lebende. Er entpuppte sich als stählerne Brandschutztür mit Codeschloss, Sprechanlage und Überwachungskamera. Typisch – in Leichenschauhäusern sorgt man sich grundsätzlich immer, irgendwelche Mitbürger könnten hereinkommen und etwas mit den »Klienten« anstellen. Offenbar geschieht das viel häufiger, als man sich vorstellen will. Leichendiebstahl ist da nur der Anfang, aber zum Glück betrifft mich das nur dann, wenn die Leichen sich aus eigenem Antrieb davonmachen.

Ich klingelte. Ein überarbeitet klingender Dalek, erstaunlicherweise mit Londoner Akzent, fragte mich, wer ich sei. Als ich mich ausgewiesen hatte, lachte der Cockney-Dalek, sagte: »Hereinspaziert, willkommen zur Party« und ließ mich rein.

Am Geruch erkannte ich sofort, dass hier dringend mal renoviert, grundgereinigt und alles mit dem Flammenwerfer desinfiziert gehörte. Der übliche Hauch von Verwesung unter den Gerüchen nach Desinfektionsmitteln hatte sich längst bis in die äußeren Räumlichkeiten ausgebreitet. Der Angestellte musste mir das angesehen haben, denn er beeilte sich zu sagen, dass sie seit Jahren auf ein neues Gebäude warteten. »Dieses hier ist der absolute Albtraum.«

Auf dem Weg zum eigentlichen Sektionsraum erschnupperte ich einen Hauch von modrigem Strandgutgeruch – Algen, toter Fisch, Salzwasser –, wie ich ihn in Rattray Head erwartet, aber nicht angetroffen hatte. Hier drang er selbst durch meinen Mund- und Nasenschutz, als ich die Doppeltür aufstieß und eintrat.

Sieben wie inzwischen auch ich in Einmalanzüge gekleidete Gestalten drehten sich nach mir um. Mir war, als schlüge mir ein wenig stirnrunzelnde Feindseligkeit entgegen, aber wegen der Masken, Schutzbrillen und zugezogenen Kapuzen war das schwer zu sagen.

»Hallo allerseits«, grüßte ich fröhlich.

»Ah, Peter«, sagte eine vertraute Stimme – Abdul. »Ausgezeichnet, du bist da.« Er winkte mich zu sich und stellte mich allen vor: der Staatsanwältin (was auf Schottisch die schicke Bezeichnung »Procurator fiscal« hatte) und ihrem Stellvertreter, außerdem einem DCI Mason vom Morddezernat, einem Sektionsassistenten, dem Fotografen, einer – wie vom schottischen Gesetz gefordert – zweiten Rechtsmedizinerin und Brian. Alle völlig ununterscheidbar in ihren Schutzanzügen. Ich hoffte nur, es wurde nicht von mir erwartet, sie später im Einzelnen wiederzuerkennen.

Und hinter ihnen versteckt lag der heutige »Klient«. Riechen konnte ich ihn schon.

»Ist das denn wirklich nötig?«, fragte eine der Gestalten, ein Mann, möglicherweise der stellvertretende »Procurator fiscal«. »Auf wie viele solche ›Experten‹ müssen wir noch warten?« Die Anführungszeichen um die »Experten« waren deutlich hörbar.

»Wir sollten schon so genau wie möglich wissen, womit wir es zu tun haben«, sagte die Rechtsmedizinerin mit einem schottischen Upperclass-Akzent, wie ihn die Nachrichtensprecher auf Radio 4 haben.

»Was soll ich mir denn anschauen?«, fragte ich, bevor der Vielleicht-stellvertretende-Staatsanwalt weitere Einwände erheben konnte.

Schlurfend teilte sich die Wand aus Schutzanzügen, so dass ich an den Seziertisch treten konnte.

Dort lag ein Mann. Seine Haut war sehr bleich; Nase und Mund hatten etwas vage Asiatisches, aber die Augen besaßen keine Epikanthusfalte. Er war gedrungen, auf irgendwie stromlinienförmige Weise, und haarlos bis auf den kurzen schwarzen Flaum auf dem Kopf. Die Autopsie war schon erfolgt, der Y-Schnitt mit dickem schwarzem Garn zugenäht. An Brustkorb, Armen, Oberschenkeln und im

Lendenbereich hatte er Blutergüsse, nach deren Entstehen er noch lange genug gelebt hatte, dass sie sich violett verfärbt hatten, mit gelben Rändern – schätzungsweise zwei, drei Tage.

Beim Näherkommen wurde der Geruch nach Seetang und Salzwasser stärker, bis mir klar wurde, dass es sich um keinen echten Geruch handelte. Es waren *Vestigia*-Spuren, die von Magie hinterlassen werden. Ich musste gar nicht näher herangehen, um zu erkennen, dass hier etwas Übernatürliches im Spiel war.

In seinem Bauch war eine tiefe Stichwunde ein paar Zentimeter links vom Nabel. Die Klinge, falls es eine war, musste ungewöhnlich dick gewesen sein, und die Wundränder waren auf eine Art ausgefranst, die ich so noch nicht gesehen hatte.

»Da ist noch eine«, sagte Abdul und zeigte mit der behandschuhten Hand auf eine zweite Wunde in der Seite des Mannes, gleich unter der Achselhöhle. Sie war groß, sah aber nicht sehr tief aus.

»Sind die die Todesursache?«, fragte ich.

Es entstand eine lange, unbehagliche Stille, in der die anonymen Maskierten einander ansahen. Dann seufzte die Rechtsmedizinerin und schüttelte den Kopf. »Das ist nicht genau zu sagen. Er wurde am Samstag um 02:03 Uhr nachts mit diesen Stichwunden und schweren Blutergüssen ins Krankenhaus eingeliefert. Ohne Bewusstsein, aber sonst ließ sich sein Zustand schnell stabilisieren. Zur Sicherheit wurde er auf die Wachstation verlegt, aber der Dokumentierung zufolge war eigentlich zu erwarten, dass er sich wieder erholen würde, auch wenn es den Ärzten Sorgen machte, dass er weiter bewusstlos blieb.«

Die Besorgnis erwies sich als berechtigt: Über die nächsten achtundvierzig Stunden verschlechterte sich der Zustand des Patienten zunehmend. Und dann meldete das Labor Anomalien im Blutbild. Seine Blutgruppe war schwer zu bestimmen, und sein Ferritinspiegel war sehr hoch. Unter dem Mikroskop sah man, dass die Erythrozyten vergrößert und verformt waren.

»Und er hat Kiemen«, sagte Brian.

»Und er hat anomale Strukturen in Hals und Brustkorb, die mit seinem Atemapparat zusammenzuhängen scheinen«, korrigierte die Medizinerin.

Brian zeigte auf zwei Reihen senkrechter Schlitze seitlich am Hals des Mannes, von unterhalb des Kinns bis zum Adamsapfel. »Darf ich?«, fragte er die Medizinerin.

»Wenn's sein muss«, sagte sie.

Er zog einen der Schlitze auseinander. Dahinter verbarg sich eine tiefe rosa Falte.

»Im Verhältnis zur Körpergröße sind sie viel zu klein, um funktional zu sein«, merkte die Medizinerin an.

»Und doch hat er sie«, sagte Brian.

»Wollen Sie damit sagen, unser Überfallopfer ist Aquaman?«, fragte DCI Mason.

»Oder Namor«, sagte ich.

DCI Mason schnaubte.

Selbst hinter Schutzbrille, Maske und Kapuze spürte ich praktisch den eisigen Blick des stellvertretenden Procurator fiscal auf mir. Er wandte sich an die schlanke Gestalt, die vermutlich seine Chefin war. »Wir verschwenden hier doch nur unsere Zeit.«

»Detective Sergeant Grant«, sagte die leitende Staatsanwältin, »gehört dieser Mann Ihrer Meinung nach der übernatürlichen Gemeinschaft an?«

Glasgow ist einer der wenigen schottischen Akzente, die ich eindeutig zuordnen kann, hauptsächlich, weil James Lochrane, Dads Schlagzeuger, ein so stolzer Spross dieser schönen Stadt ist, dass er fünfhundert Kilometer nach Süden geflüchtet ist. Dies hier war offenbar die Mittelschichtversion.

»Ja, Ma'am«, sagte ich.

»Sind Sie sich da sicher?«

»Ja, Ma'am. Abgesehen von seinen atypischen physischen Charakteristika strahlt er ein starkes, beständiges *Vestigium* aus, das …«

Der stellvertretende Staatsanwalt unterbrach mich. »Was bitte ist ein Vestibium?«

»*Vestigium*«, sagte ich. »Übernatürliche Vorgänge hinterlassen Spuren, die man forensisch bestimmen kann, wenn man sich damit auskennt.«

»Sie hatten die Augen geschlossen«, sagte der Stellvertreter, der mir langsam echt auf den Senkel ging. Was im Grunde an mir lag. Ich war es inzwischen so gewohnt, mit Leuten zusammenzuarbeiten, die mit Magie vertraut waren, dass ich vergessen hatte, wie man sich Skeptikern gegenüber am geschicktesten verhält.

»Es handelt sich um etwas, was man mehr spürt als sieht.«

»Klingt nach etwas, wofür man Hunde abrichten könnte«, sagte er.

»Einen Hund haben wir auch«, sagte ich. »Aber der hatte keine Lust, mitzukommen.«

»Das ist doch –«, brauste der Stellvertreter auf, aber seine Chefin hatte genug. »Ich denke, DS Grant sollte eine umfassende Ersteinschätzung vornehmen.« Sie wandte sich an DCI Mason. »Können Sie das ermöglichen, David?«

»Aber sicher«, sagte Mason.

»Damit wir alles abgedeckt haben«, sagte die Staatsanwältin.

Wir schlappten zurück in die Umkleiden, um aus den verflixten Ganzkörperkondomen rauszukommen, außer Abdul, Brian und der Rechtsmedizinerin, die noch ein bisschen stochern und pulen wollten. Besonders interessiert schienen sie an der Milz des Mannes, die offenbar extrem vergrößert war.

»Wie es vielfach bei Apnoetauchern beobachtet wird«, sagte Abdul. »Vor allem bei den Bajau auf den Philippinen.«

Von Maske und Schutzbrille befreit entpuppte sich DCI Mason als Mann mit schmalem Gesicht, verblassendem rotem Haar und unvorteilhafter Nase. Nachdem er sich eine robuste Brille mit schwarzer Fassung aufgesetzt hatte, musterte er mich mit säuerlicher Miene von oben bis unten. Ich nahm es nicht persönlich.

Der stellvertretende Procurator fiscal war eine Art weißer Hipster in schwarzen Skinny-Jeans, Converses und dem traditionellen karierten Hemd in Blau-Weiß. Er war sonnenstudiogebräunt, hatte zusammengekniffene blaue Augen und einen etwas schlaffen Mund, der sich um ein an mich gerichtetes Lächeln bemühte. »Ich hatte heute eigentlich frei«, sagte er und streckte mir die Hand hin. »Chris MacEleny. Nichts gegen Sie persönlich«, fuhr er fort, während ich sie schüttelte. »Aber Scotland Yard vergisst gern, wo sein Einfluss endet.«

Ich war versucht, das richtigzustellen, aber DCI Mason war anzusehen, dass er endlich wegwollte. Also folgte ich Mason, als er eine Tür ins Freie aufstieß und die Treppe zum Parkplatz hinter dem Gebäude hinunterstapfte.

Auf dem Weg zu dem griesgrämigen Klotz des Hauptgebäudes entschied ich, dass vielleicht etwas vorauseilende Beschwichtigung angebracht war. »Hören Sie, Sir. Ich bin eigentlich in Urlaub. Je schneller ich meine Einschätzung fertigstellen kann, desto schneller komme ich zurück zum Strand.«

Mason blieb so abrupt stehen, dass ich fast in ihn hineinrannte, drehte sich um und sah mich mit deutlichem Zweifel an. »Sie sind zum Strandurlaub nach Aberdeen gekommen?«

»Und wegen der Burgen und der Landschaft«, sagte ich. »Und der Kultur.«

»Nicht wegen dem Essen?«

»Ich hab gestern Abend eine sehr leckere Makkaroni-Pie gegessen.«

»Oh, aye?«

»In London kriegt man so was nicht.«

Er schüttelte den Kopf, drehte sich um und ging weiter. »Dann schauen wir mal, dass Sie heute Abend wieder an die sonnenverwöhnte Riviera der Highlands zurückkehren können.«

Am Hintereingang lungerte eine Handvoll uniformierter PCs herum, um die Sonne zu genießen und schnell mal eine zu dampfen. Die schottische Polizeiuniform war schwarz, vielleicht zielte das Design auf skandinavischen Schick ab, aber herausgekommen war eher etwas wie aus einer Low-Budget-YA-Dystopie. Der Rest der Ausrüstung war mir vertraut. Die gleichen Airwaves, Stichschutzwesten, ausziehbaren Schlagstöcke, Abwehrsprays und Schnellschluss-Handschellen wie bei uns im Süden. Ich nahm mir vor, mal sicherheitshalber nachzuschauen, auf welchen Frequenzen die Kollegen hier unterwegs waren.

Wie die meisten noch in Benutzung befindlichen Büroblocks aus den siebziger Jahren hatte das Divisional Police Headquarter, DHQ genannt, mehrere Renovierungsschübe hinter sich, einer dringender und schludriger als der vorhergehende. Der hintere Bereich, wo die niederen PCs, Zivilisten und die Verdächtigen untergebracht waren, war ganz in schmuddeligem Magnolienweiß mit blauen Zierleisten gehalten, hatte den gleichen preisgünstigen Terrazzoboden wie das Leichenschauhaus und war durchzogen von diesem Geruch nach nassem Hund, der von zum Trocknen aufgehängter Polizeiausrüstung ausgeht.

Mason ließ die Aufzüge links liegen; ich folgte ihm mehrere Etagen über eine Betontreppe hinauf in einen mit Teppich ausgelegten Flur mit strahlend weißen Deckenplatten und moderner Beleuchtung. Er öffnete eine der Bürotüren, bat mich höflich, draußen zu warten, ging hinein und schloss die Tür hinter sich.

Ich vernahm das leise Murmeln einer Unterhaltung und war in Versuchung, das Ohr an die Tür zu legen. Da wurde jemand hastig instruiert, wie mit mir umgegangen werden sollte.

Nach drei Minuten kam dieser Jemand hinter Mason heraus. Es war ein kleiner weißer Mann Anfang dreißig, braunes Haar, obenauf lockig und an den Seiten kurz geschoren, was nicht so recht zu seinem kantigen Gesicht mit der ausgeprägten Nase und den dünnen Lippen passte. Immerhin passte der Kopf zum Rest – breite Schultern, kurze Beine, aber ein viel besserer Anzug, als ich ihn bei der Arbeit zu tragen gewagt hätte. Dunkelbraune Wolle, von der Stange, aber nachträglich maßangepasst, schätzte ich. Trotz des Wetters trug er einen Lambswoolpullover über seinem Hemd. Mason stellte ihn mir als DS Martin Blinschell vor. Er hatte raue Maurerhände und einen festen Griff, zum Glück ohne mir demonstrativ die Finger zu zerquetschen, wie es Männer gern tun, die sich was beweisen müssen.

»Freut mich«, sagte er mit der Sprachfärbung, die ich als Aberdeen-Akzent zu erkennen begann. »Wollen Sie sich zuerst den Tatort anschauen?«

»Ja, bitte«, sagte ich.

Mason überließ uns uns selbst, und ich folgte Blinschell wieder die Treppe hinunter. Da man es an heißen Tagen tunlichst umgehen sollte, ein Auto aus dem Polizeifuhrpark zu nehmen, weil die alten Essensverpackungen, die sich über die letzten drei Monate im hinteren Fußraum angesammelt haben, dann schon mitten im Fermentationsprozess sind, bot ich stattdessen den Asbo an.

Blinschell klopfte auf das grellorange Dach. »Gilt das in London als unauffällig?«

»Das ist umgekehrte Psychologie«, sagte ich. »Bei einer so knalligen Karre vermutet kein Mensch, dass es die Polizei sein könnte.«

Ich öffnete die Verriegelung, und er ließ sich ungelenk auf dem Beifahrersitz nieder. Seine Bewegungen hatten etwas Steifes, was mich irritierte, bis mir klar wurde, dass er eine Stichschutzweste mit dem Pullover als Tarnüberzug trug. Da es normalerweise einer der Vorzüge von Zivilkleidung ist, dass man die MetVest samt den fünf Kilo dazugehöriger Ausrüstung weglassen kann, fragte ich mich, was er wusste und ich nicht. Und da ich allergisch gegen unangenehme Überraschungen bin, fragte ich ihn während des Ausparkens gleich mal direkt, warum er sie trug. »Gibt es da irgendwas, was ich wissen sollte?«

»Mich greifen ständig solche fahrenden Messerstecher an«, sagte er. »Seit dem dritten Mal trage ich die Weste.« Er lotste mich über die Queen Street zurück nach links in den dichten Verkehr der Union Street. »Dabei hab ich sieben Jahre in Uniform hinter mir, da war nie was mit einem Messer. Stöcke, Steine und einmal ein Bagger, aber nie eine Stichwaffe.«

»Ist diese Messerstechersache ansteckend?« Ich dachte an meine eigene MetVest, die sechshundert Kilometer südlich von hier lag.

»Sagen Sie bloß, Sie haben Schiss vor ein bisschen Stahl? Ich dachte, ihr bei der Met seid so harte Jungs.«

»Hart heißt nicht unbedingt blöd«, sagte ich.

Das rief ein grimmiges Kichern hervor. »Hören Sie im Zweifelsfall auf mich«, sagte er, »dann passiert Ihnen schon nichts.«

Der Tatort war ein ödes Wiesenstück neben einer breiten vierspurigen Straße mit einem baumlosen Schotterstreifen in der Mitte, die – vermutlich aus reiner Ironie – Beach Boulevard hieß. Wobei es, wie Blinschell mir versicherte, nicht einmal fünfhundert Meter weiter tatsächlich einen Strand gab.

Das Tatortuntersuchungsteam hatte einen rechteckigen Bereich vom Straßenrand bis zu einer Lücke zwischen einigen ausgewachsenen Bäumen, vielleicht Eichen, mit blau-weißem Polizeiband abgesperrt. Ein armer Kerl war augenscheinlich dazu abkommandiert worden, den Hundekotmülleimer zu leeren, und näherte sich ihm zögerlich mit einem Knäuel Beweisbeutel. Selbst in voller Spurensicherungsmontur strahlte er Widerstreben aus.

Der Rest der Spurensicherer trug weder Mundschutz noch Kapuze. Offensichtlich glaubten sie nicht so recht daran, hier Spurenmaterial zu finden.

»Es ist drei Tage her«, sagte Blinschell erklärend. »Und vorletzte Nacht hat es geregnet.«

»Haustürbefragung?«, fragte ich.

Er schüttelte den Kopf. An die Wiese grenzten die fensterlosen Rückwände einer Reihe Gewerbehallen. »An den Liefereinfahrten waren wir schon«, sagte er und deutete dann auf den nichtssagenden Block moderner »Luxusappartements« aus beigem Backstein auf der gegenüberliegenden Straßenseite. »Und da drüben hat niemand was gesehen oder gehört.«

»Wer hat denn Meldung gemacht?«

»Die Insassen eines vorbeifahrenden Autos. Unser Kandidat ist ihnen praktisch vor die Räder gefallen. Sie haben den Rettungswagen gerufen, anscheinend war sonst niemand zu sehen. Sie dachten, er wäre duhn – also, betrunken. Das passiert hier häufiger.« Er schwenkte den Arm über den Boulevard, der selbst in der hellen Nachmittagssonne öde und deprimierend aussah. Bei Nacht war er bestimmt nicht schöner. Der Spurensicherer, der im Hundekot wühlte, trat einen Schritt zurück und rang nach Luft.

»Was gefunden?«, fragte Blinschell.

Der Mann riss sich den Mundschutz ab, floh hastig drei Schritte aus dem abgesperrten Bereich heraus und erbrach sich in den Rinnstein. Einer seiner Kollegen brachte ihm eine Flasche Wasser, fühlte sich aber nicht verpflichtet, ihm das Haar aus dem Gesicht zu halten, während er sich noch einmal übergab.

»Haben Sie was gefunden?«, rief Blinschell aus sicherer Entfernung.

Der Mann schüttelte den Kopf.

Blinschell wandte sich an mich. »Würde sagen, Sie können anfangen mit was Sie auch immer machen müssen.«

Das tat ich, nachdem wir die Spurensicherungsleitung informiert hatten.

Ich spürte, wie mir Blinschells Blick folgte, als ich langsam im abgesperrten Bereich hin und her ging. Wie die meisten lebenden Organismen speichert Gras *Vestigia* so gut wie gar nicht. Abdul und Abigail haben die Hypothese aufgestellt, dass Pflanzen die Magie aus ihrer Umgebung ähnlich in sich aufsaugen wie Wasser und das Spezifische daran irgendwie verstoffwechseln. Nach drei Tagen war der trübselige Straßenrand magisch betrachtet knochentrocken. Und die Spurensicherer hatten nicht einmal einen Kieselstein, geschweige denn eine Stichwaffe oder einen anderen Metallgegenstand gefunden, an dem noch Magie hätte haften können.

Keine *Vestigia*, kein Blut, keine Fußspuren. Es sah so aus, als müsste die Locard'sche Regel heute ziemliche Prügel einstecken. Was der oder die Angreifer auch mitgebracht hatten, es war entweder mit ihnen verschwunden, oder der Regen hatte es weggespült.

Ich sah auf. Blinschell betrachtete mich mit sorgsam neutraler Miene. »Haben Sie was?«, fragte er.

»Keinen Pups. Weiß man eigentlich, wie er hierherkam?«

»Wir wissen, dass er von der Esplanade aus hergelaufen sein muss. Weil er einem armen Trottel mit Gewalt die Klamotten abgenommen hat.«

»Wo war das?«, fragte ich.

3
Lemon Tree

Die Aberdeen Esplanade hatte sichtlich eine leichte Identitätskrise und wirkte unschlüssig, ob sie Shoppingmeile oder Spazierpromenade sein wollte. Auf einer Seite ging es steil zum Strand hinunter, auf der anderen schien sich eine Laden-/Vergnügungs-/Fresszeile so weit wie möglich vor dem Meer zurückziehen zu wollen. Vielleicht wetterbedingt – womöglich wurden die Ladenfronten im Winter ja ständig von Stürmen und Riesenwellen attackiert. Als ich diese Mutmaßung Blinschell gegenüber äußerte, bestätigte er, dass das ziemlich genau zutraf. »Im Frühjahr auch«, sagte er. Und nach einer Pause: »Und im Herbst natürlich.« Noch eine Pause. »Und ein-, zweimal im Sommer.«

Die Esplanade lag gut zehn Meter oberhalb des Strands. Ich hoffte, er meinte das nicht wirklich ernst.

Momentan musste Ebbe sein, denn der Strand lag frei bis zu den Felsbrocken, in denen die Wellenbrecher verankert waren, die über seine ganze Länge hinweg in Abständen in die Brandung hineinragten. Und es war ein langer Strand, der sich nach Norden erstreckte, so weit der Blick reichte, und nach Süden bis zur über einen Kilometer entfernten Hafenmole.

Möwen kreisten am Himmel und stürzten sich immer wieder in die Tiefe, auf der Suche nach einem Pommesrest oder vielleicht einer Makkaronipastete.

Alle zehn Minuten knatterte ein großer Hubschrauber über uns hinweg in Richtung offene See.

Bei uns im Süden wäre dieser Strand an einem so sonnigen Tag vollgestopft mit Leuten gewesen. Auch hier sah man zwar viele Familien, Hunde, Kinder und strategisch platzierte Windschutzwände und Sonnenschirme, aber dazwischen wäre noch genug Platz für ganze Volleyballfelder von olympischen Ausmaßen gewesen.

Ich hatte den starken Verdacht, dass die Kinder größtenteils im Vergnügungspark steckten – es gab indoor und outdoor –, der mit Spaß bei jedem Wetter, ungesunden Mengen an Kohlehydraten sowie einem Riesenrad und einer Gokart-Bahn lockte. Als Kind wäre das auch für mich der Gipfel der Seligkeit gewesen, vorausgesetzt, ich hätte meiner Mum das Geld dafür aus der Tasche leiern können.

Wie ich sah, gab es einen aufblasbaren Spielbereich, der vielleicht die Möglichkeit bot, die Zwillinge mal auf wenig energieintensive Weise zu beschäftigen (womit ich natürlich Bevs und meine Energie im Blick hatte, nicht die der Zwillinge). Ich nahm mir vor, das Ganze näher in Augenschein zu nehmen, wenn ich hier fertig war.

Aber nicht, solange Blinschell mich beobachtete, der schon am Bushäuschen stand, einem zur Landseite hin offenen Unterstand aus durchsichtigem Kunststoff.

»Hier hat er den Typen ausgezogen«, sagte er.

Der »Typ« war ein Mann namens Bernard Fontaine, der gemeldet hatte, er sei in diesem Bushäuschen überfallen und seiner Kleider beraubt worden, und zwar gegen ein Uhr in derselben Nacht, in der unser Opfer ins Krankenhaus gebracht worden war. Nachdem drei Tage später aus der Sache ein Mordfall geworden war, hatte die Ermittlungskommission sich alle Meldungen jener Nacht angeschaut, um nach eventuellen Zusammenhängen zu suchen – denn nichts ist peinlicher, als zu bemerken, dass man einen Verdächtigen schon wegen etwas anderem verhaftet hatte, aber wegen Feststellung der Geringfügigkeit wieder auf freien Fuß gesetzt hat.

So etwas bleibt nicht unkommentiert, vor allem nicht auf den Titelseiten von Boulevardblättern.

Bernard Fontaine war also nackt, betrunken und verwirrt in der Nähe der Bushaltestelle herumgewankt. Den Streifenpolizisten hatte er erzählt, er sei in dem Unterstand aufgewacht, weil ihm ein Kerl die Kleider ausgezogen habe. Laut seiner Beschreibung war der Kerl männlich, dick, IC1 – also mitteleuropäisch – und zwischen dreißig und vierzig.

»Könnte unser Opfer sein«, sagte ich.

»Aye«, sagte Blinschell. »Oder sonst einer von den zehn Prozent der Einwohner hier, die sich jeden Abend duhn saufen.«

»Der Prozentsatz ist so niedrig?«

»Damit meine ich nur die IC1-Männer unter vierzig – das Duhnsaufen wird bei uns nicht mehr so betrieben wie früher. Machen Sie jetzt endlich Ihr Voodoo-Ding?«

Obwohl beide Vorfälle mehr als drei Tage zurücklagen, bestand Hoffnung. Es war ein typischer Busunterstand, drei Kunststoffplatten mit Metallrahmen. An so etwas blieben *Vestigia* deutlich besser hängen als an der tristen Grasfläche am Beach Boulevard. Außerdem stand eine schmale Bank von der Sorte darin, die Obdachlosen möglichst keinen Platz zum Übernachten bieten soll.

»Ich weiß ja nicht, ob er darauf schlafen konnte«, sagte ich.

»Wahrscheinlich lag er auf dem Boden.«

Ich nahm mir den Metallpfosten vor, der der Bank am nächsten stand. Inzwischen kann ich eine *Vestigia*-Ersteinschätzung im Vorbeigehen mit offenen Augen machen, aber es bringt doch oft etwas, die Welt dabei ein bisschen auszublenden.

Es war schwach, aber hartnäckig, wie wenn man aus der Wohnung unter der eigenen den Fernseher hört. Wieder spürte ich Seetang und Salzwasser, wie bei Aquaman im Leichenschauhaus, nur diesmal mit weniger totem Fisch und mehr …

Ein Möwenschrei, der Geruch von Vogelmist – und etwas Fettiges wie eine Tüte alter Pommes.

Ein zweites *Vestigium*, erkannte ich. Und öffnete die Augen, um mich umzusehen. Über dem Strand segelten haufenweise Seemöwen wie Kinderdrachen. Gelegentlich scherte eine nach unten aus, auf der Jagd nach einem Fisch oder wahrscheinlich eher einem unbeaufsichtigten Sandwich.

Tiere hinterlassen kaum jemals *Vestigia*, nicht einmal die sprechenden Füchse, die definitiv selbst magisch sind – woher also kam dieser Möweneindruck?

Der Gründlichkeit halber prüfte ich auch alle anderen Metallstützen, die Bank und sogar den Boden davor. Blinschell tigerte derweil auf und ab wie jemand, der gerade mit dem Rauchen aufgehört hat. Der *Vestigia*-Mix blieb derselbe und ging ohne Zweifel von dem Bereich vor der Bank aus.

Das Ermittlungsteam hatte sich vom Krankenhaus Aquamans persönliche Besitztümer aushändigen lassen. Der Inhalt seiner Hosentaschen bestand aus der Geldbörse des Kleidungseigentümers Bernard Fontaine, einem einzelnen noch verpackten Kondom und einem Touristenstadtplan von Aberdeen mit einem eingekringelten Bereich im Westen der Stadt. Ich fragte mich, ob die letzten beiden Objekte von Fontaine oder dem Toten kamen. Vielleicht hatte Aquaman auf ein romantisches Stelldichein gehofft.

Die Streife, die Bernard Fontaine aufgegriffen hatte, hatte in jener Freitagnacht viel zu tun gehabt. Die aufgenommene

Aussage umfasste nur die dürren Fakten: *Ein ziemlich dicker Mann hat mich ausgezogen und ist mit meinen Sachen davongerannt.* Vielleicht war da noch mehr zu holen.

Ich sagte Blinschell, dass ich Fontaine gern noch einmal befragen würde. »Das wird sowieso auf der Maßnahmenliste stehen«, ergänzte ich. Bei einem Mord bekommt im Prinzip jeder, der mit dem Opfer irgendwie zu tun hatte, die bewährte AIDA-Prozedur an den Hals, nämlich Ausfindigmachung, Identitätsfeststellung, Ausschluss als Verdächtiger (so weit möglich). Wenn man einen echten Glückstreffer landete, gestand jemand die Tat, sobald man auf der Türschwelle auftauchte, aber ich muss sagen, mir war das noch nie passiert.

Blinschell war einverstanden, und wir riefen in der Zentrale an, um uns Fontaines Arbeitsadresse geben zu lassen.

»Ich habe wohl leider von den Einheimischen ein paar schlechte Angewohnheiten übernommen«, räumte Bernard Fontaine ein. Eine davon bestand darin, sich freitagabends bis zur Besinnungslosigkeit zu besaufen. Derart, dass er keinerlei Erinnerung daran hatte, wie er in dem Bushäuschen an der Esplanade gelandet war.

»Das kriege ich irgendwie nicht mehr so recht zusammen«, meinte er.

Wir hatten Bernard an seinem Arbeitsplatz angetroffen. Es handelte sich um eins dieser Gebäude, die aus ein paar entkernten nebeneinanderliegenden Reihenhäusern geschaffen werden in der Hoffnung, die unteren Zehntausend in die Vororte hinauszudrängen, wo sie hingehören. Die Ausstattung mit Buchenholztischen, Flachbildschirm-Arbeitsplätzen und Noise-Cancelling-Kopfhörern hätte zu allen möglichen Tätigkeiten von Computerspielentwicklung bis Buchhaltung gepasst – tatsächlich war es ein Planungsbüro für Offshore-Windturbinen.

Bernard selbst war Franzose. Nach zehn Jahren in Aberdeen sprach er allerdings fließend Englisch, beziehungsweise Schottisch, auch wenn er seinen Akzent behalten hatte. »Mit Absicht«, gab er zu. »Weil es gut ankommt – bei den Ladys, und den Gentlemen auch.« Mit seinem runden Gesicht, den traurigen Augen, dem Föhnpony und der Fitnesscenter-Figur konnte er sicher an jedem Finger zehn abschleppen, Ladys wie Gentlemen, vermutete ich. In der fraglichen Nacht hatte er jedoch offenkundig keinen Fisch an Land gezogen, oder er war zu »duhn« gewesen, um etwas draus zu machen.

Aber es hatte ihn doch ein wenig verwirrt, als er aufwachte, weil ihm jemand die Unterwäsche vom Leib zog.

»Ich dachte, ich träume. Dann merkte ich, dass ich in einem Bushäuschen lag. Das ist nun wirklich unter meinem Niveau.«

Seine Beschreibung des Kleiderdiebs deckte sich mit der in seiner ersten Aussage: männlich, weiß, füllig, aber muskulös. Wir zeigten ihm ein aufgehübschtes Foto von Aquamans totem Gesicht. Er erkannte ihn wieder. »Nur sah er etwas besser aus.«

Ich fragte Bernard, wie seine spontane Reaktion gewesen war, also, nachdem er kapiert hatte, was vorging.

»Ich habe ihm natürlich eine verpasst. So hart ich konnte. Es hatte überhaupt keine Wirkung. Als hätte ich auf einen lederbezogenen Granitblock eingeschlagen.«

»Haben Sie ihn verletzt?«, wollte Blinschell wissen.

Das Trinken war nicht die einzige hiesige Gewohnheit, die Bernard sich angeeignet hatte, denn sofort wurde er misstrauisch. »Warum? Hat er sich beschwert?«

»Was ist passiert, nachdem Sie ihn geschlagen hatten?«, fragte Blinschell weiter.

»Er hat mich an der Kehle gepackt. Mit einer Hand«, sagte Bernard. »Und mich einfach hochgehoben und mir die Unterhose ausgezogen. Dann hat er mich fallen lassen. Als ich wieder hochkam, war er schon weg.«

Das erklärte die blauen Flecken am Hals, die er am Samstagmorgen im Krankenhaus vorgezeigt hatte.

»Ich glaube nicht, dass er mich umbringen wollte.« Er tastete nach seinem Hals. »Sonst wäre ich nämlich tot. Sie verstehen?«

Ich dachte an Aquamans anomale Strukturen in Hals und Brustkorb und fragte Bernard, ob sein Angreifer nass gewesen war oder nach dem Meer gerochen hatte. Er sah mich begriffsstutzig an. Dann warf er Blinschell einen fragenden Blick zu und schaute wieder zu mir. »Nass? Vielleicht. Kann sein. Geruch habe ich keinen bemerkt.« Bernard dachte einen Moment nach. »Wie meinen Sie das, ›nach dem Meer‹?«

»Nach Algen, Seetang, Fisch. So was.«

»Ja, schon. Aber da, wo wir waren, kam mir das nicht ungewöhnlich vor.«

»Haben Sie sonst etwas Ungewöhnliches bemerkt?«

Bernard holte tief Luft. »Ein Vogel hat ihn angegriffen«, sagte er. »Als er meine Kleider zusammenraffte und abhaute, kam irgendein riesiger Vogel im Sturzflug an und hackte auf ihn ein.« Was für ein Vogel es gewesen war, wusste Bernard nicht, außer groß und weiß – also vermutlich eine Art Möwe.

Ich machte einen zweiten Durchgang mit meinen Fragen, mit leicht anderem Schwerpunkt, um zu sehen, ob ich noch mehr aus ihm herausholen konnte. Wir zeigten ihm Fotos des Kondoms und des Stadtplans aus seinen Hosentaschen. Das Kondom identifizierte er als seines. Den Plan nicht – nach zehn Jahren kannte er sich in Aberdeen auch so zur Genüge aus.

Als wir wieder zum Vogel kamen, erklärte Bernard, er glaube, dass er ihn sich vielleicht nur eingebildet hatte, denn er war sicher, dass das Tier mitten im Angriff plötzlich verschwand. »Es griff an und war dann auf einmal weg. Ich war enttäuscht, weil ich für den Vogel gewesen war. Gleich darauf war er plötzlich wieder da – an derselben Stelle wie vorher, aber das muss eine optische Täuschung gewesen sein oder so.«

Nach Ende der Befragung schrieben wir Bernards Aussage in seiner Gegenwart vollständig nieder. Man merkte ihm an, dass er uns gern losgehabt hätte, aber niemand kann wollen, dass die Polizei seine Aussage *après-interrogatoire* ohne ihn protokolliert – ganz sicher nicht, glauben Sie mir. Dann musste er sich alles durchlesen und unterzeichnen.

»Was war an der Möwe so interessant?«, fragte Blinschell, sobald wir draußen waren.

Die Motorhaube des Asbo war so heiß, dass ich erst mal alle Türen öffnete, um Luft hineinzulassen.

Ich sagte, dass ich das auch nicht wüsste, es mir aber komisch vorkam, dass eine Möwe mitten in der Nacht jemanden angreift. »Ist das normal?«

»Möwen tauchen überall auf, wo was zu essen ist«, sagte er. »Tag und Nacht, egal.«

Ich fragte ihn, wann er Feierabend hätte. Er sagte, sobald ich definitiv der Stadt den Rücken gekehrt hatte.

»Ich muss jetzt meine Eltern abholen«, sagte ich. »Aber können wir uns später noch mal an dieser Bushaltestelle treffen?«

»Wie spät ist später?«

Ich sah auf die Uhr, rechnete eine Stunde mehr ein, weil sich garantiert alles in die Länge zog, und dann noch eine halbe Stunde, bis meine Mum endlich fertig war.

»Um acht herum?«

»Und was genau machen wir dann?«

»Eine Möwe fangen.«

Ich setzte Blinschell am DHQ ab und machte seinem Rat gemäß einen großen Bogen um die Union Street, als ich zum gemütlichen Rockstar-Heim zurückfuhr. Dort hatte meine Mutter zu niemandes Überraschung die Küche saubergemacht, und Dad war auf einem der Sofas im Musikzimmer eingeschlafen.

Anderthalb Stunden später fuhr ich die beiden zum Lemon Tree, das lustigerweise nur eine Straße vom DHQ entfernt lag. Ich nutzte meinen neuen halboffiziellen Status, um dort auf dem Parkplatz zu parken, und führte meine Eltern nach Google-Maps-Anweisung durch eine kleine Gasse, die auf wieder so einen öden baumlosen Boulevard führte. Der Club war von außen ein großer, schlichter Granitklotz und innen ähnlich grau und unpersönlich eingerichtet wie das DHQ.

»War mal ein Gemeindezentrum, das die YWCA gebaut hat«, erklärte Zach. »Da gab's dann immer alkohol- und spaßfreie Disco.«

Das erklärte, warum das Künstlerzimmer im ersten Stock einen Erker mit Buntglasfenster und holzgetäfelte Wände hatte, an einer davon hing eine Messingglocke. Außerdem gab es eine Tafel mit den Namen der Gemeindemitglieder, die im Zweiten Weltkrieg ihr Leben gelassen hatten. Entweder diese düstere Erinnerung oder – wahrscheinlicher – die abstinente Vergangenheit des Clubs hatte offenbar auf die Band eingewirkt, die ungewohnt still war. Wobei die Hilfstruppen auch an den besten Tagen nicht direkt die Sau rausließen, es handelte sich ja um gepflegte Wochenendjazzer der Mittelschicht. Alles gute Musiker, aber Publikumsmagnet war und blieb der legendäre »Lord« Grant bei seinem inzwischen vierten Comeback.

Die drei waren weiß, jenseits der vierzig und unter der Woche anständig in Lohn und Brot. Daniel Hossack war dünn, blond, bebrillt und bescheiden. Derek »Nennt mich Max« Harwood sah so durchschnittlich aus, dass er auch unsichtbar hätte sein können, aber immerhin hatte die fast schon überregionale Bekanntheit der Band ihm die Marks-&-Spencer-Pullunder mit Rautenmuster ausgetrieben. Der Einzige, der einen Anflug von Radaubruder hatte, war James Lochrane, der Drummer, aber das auch nur, weil er aus Glasgow kam und sich nicht blamieren wollte. »Wir sind eigentlich nicht gewalttätig«, hatte er mir mal gesagt. »Nur kommen uns ständig irgendwelche Arschlöcher blöd.«

Meinem Eindruck nach zählte zu den Arschlöchern so ziemlich jeder, der mehr als zehn Kilometer vom George Square entfernt geboren war. Einschließlich, vermutete ich, der gesamte Lehrkörper der Geistes- und Sozialwissenschaften an der Queen Mary University in London, wo James französische Geschichte des 17. Jahrhunderts lehrte. Einmal schaute ich ihn tatsächlich in der nationalen Datenbank der Polizei nach, aber falls er im echten Leben jemals jemanden vermöbelt hatte, war das nicht aktenkundig geworden. Auch die beiden anderen waren polizeilich gesehen unbeschriebene Blätter, was nach Ansicht meines Dad einiges über die heutige Jazzszene aussagte. »Tubby Hayes hätte die alle in einer Sekunde glattgebügelt.« Aber meiner Mum war es nie um den Lebensstil gegangen, nur um die Musik. Daher hielten wir beide große Stücke auf Lord Grants Hilfstruppen.

Ich ließ meine Eltern beruhigt im Künstlerzimmer zurück, ging ins Erdgeschoss und rief Bev an. Nachdem ich mich vergewissert hatte, dass sich das heutige Zerstörungswerk der Zwillinge in den üblichen Grenzen hielt, fragte ich Bev nach Leuten mit Kiemen.

»Ich hab gerüchteweise gehört, dass es so was gibt«, sagte

sie. »Hab aber noch nie so jemanden getroffen. Hast du einen Namen?«

»Er war leider tot.« Ich erzählte ihr von der Leiche im Leichenschauhaus, dem *Vestigium*, den Kiemen und der vergrößerten Milz.

»Vielleicht ein Selkie«, sagte sie.

»Ich dachte, die wären Seehunde?«

»Keine Ahnung – in die Themse ist nie einer vorgedrungen. Tut mir leid. Aber wenn du ein lebendes Exemplar triffst, denk daran, ihm meine Karte zu geben. Dann können wir es vielleicht fragen, wofür es sich hält.«

»Vielleicht redet ja eines mit dir, wenn du morgen mit herkommst.«

»Rechne lieber nicht damit«, sagte sie. »Aber apropos, die anderen haben heute ihren schwarzen Panther gesehen. Zumindest Abigail.«

Ein schwarzer Panther, tatächlich, fragte ich, und Bev meinte, Abigails Beschreibung entspreche ziemlich genau dem Wikipedia-Eintrag.

»Aber ihr ist nichts passiert?«, fragte ich.

»Abigail? Natürlich nicht. Sie meinte, der Panther hätte sich mehr erschreckt als sie. Indigo sagt allerdings, sie will in Zukunft Gefahrenzuschlag. Interessant ist, dass Thomas keine Spuren finden konnte. Er glaubt, vielleicht ist das Tier nicht immer in unserem Hier und Jetzt. Du weißt doch noch, die Einhörner?«

Karrengäule mit Spieß auf der Stirn, durchscheinend im Mondlicht, aber furchterregend real, wenn sie nur genug Magie aufgesaugt haben. Wesen aus dem Feenreich, die in unregelmäßigen Abständen in die reale Welt überwechselten, um mir Papierkram zu bescheren.

Noch dazu waren sie Fleischfresser.

»Oh ja, ich erinnere mich«, sagte ich, und Beverley lachte.

Ich verwende für derlei Dinge nur ungern das Wort »Dimension«. Abgesehen von allem anderen sind die Kosmologen immer so hochnäsig, was Dimensionen betrifft. Bei ihnen sind alternative Dimensionen mathematische Abstraktionen, die sie in ihre Gleichungen einbauen, um Sachen wie Quantenmechanik und Schwerkraft zu erklären, nicht Orte, wo Einhörner herkommen. Höchstens vielleicht, nachdem sie irgendwas echt Starkes geraucht haben, also, die Kosmologen.

Die Herren Gentlemenzauberer von einst sprachen von *Allokosmoi*, und so werde auch ich sie nennen, solange nicht irgendein cleveres Köpfchen mir eine Erklärung liefert, die ich kapiere.

Das Feenreich, wo die Einhörner und Hohen *Fae* herkommen, ist einer davon. Es gibt noch andere, in die ich mal kurz einen Blick werfen konnte – und ehrlich gesagt, der kurze Blick hat mir völlig gereicht.

Ich bleibe gern in dieser einen Welt, wenn ich kann. Das reale Leben ist schon kompliziert genug.

Wir unterhielten uns noch ein bisschen weiter, bis ich merkte, dass ein Angestellter des Lemon Tree versuchte, mich auf sich aufmerksam zu machen. Ich sagte Beverley, dass ich sie liebte und wir uns nachher sehen würden, und legte auf.

»Da draußen sind zwei Leute, die gern mit Ihnen reden würden.« Er hatte einen seltsamen Akzent, als wäre er über Dallas aus Belfast gekommen oder hätte zumindest mit zu vielen amerikanischen Ölplattform-Arbeitern rumgehangen.

»Haben sie gesagt, wer sie sind?«

Der Angestellte sah mich verwirrt an, als wäre ihm nie auch nur der Gedanke gekommen, sich zu fragen, wer die beiden seien. Geschweige denn *sie* zu fragen. Ich kannte diesen Gesichtsausdruck, daher wusste ich, dass es keinen Sinn hatte, noch mehr Fragen zu stellen.

Draußen parkte im Parkverbot an der Bushaltestelle ein brandneuer knallroter VW Polo, an dem lässig zwei junge weiße Leute lehnten und mir entgegensahen, als ich die Eingangsstufen herunterkam. Die Frau war topmodelgroß und schlank, trug eine cremefarbene weite Hose, hochhackige Stiefel und eine schwarz-goldene kragenlose Bluse. Sie hatte rotes Haar, und die Sonne hatte ihr Sommersprossen auf den blassen Teint gestreut. Ihre Sonnenbrille mit blauem Metallgestell war in die Stirn geschoben, so dass die grünen Augen sichtbar waren.

Ihr Begleiter war nur knapp kleiner und trug Neil-Gaiman-Schwarz mit passender runder Rauchglas-Sonnenbrille.

»Hi«, sagte ich. »Was kann ich für Sie tun?«

»Den Rand halten«, sagte der Mann, und in seiner Stimme waren das *Klonk* von Stahlrohren und der Geruch von Diesel. Das Dröhnen riesiger Maschinen, das rhythmische Stampfen der Schwerindustrie. *Ich bin gewaltig*, sagte seine Stimme, *ein wilder Quell von Tat- und Schaffenskraft – wer bist du, dass du mir zu trotzen wagst?*

Mir fiel keine sonderlich kluge Antwort ein, also schenkte ich ihm bloß ein, wie ich hoffte, enigmatisches Lächeln. Aus unerfindlichen Gründen versucht jede verdammte höhere Wesenheit, der ich begegne, mich mit einer Bezauberung zu belegen – zumindest einmal. Fairerweise muss man sagen, oft ist ihnen das nicht einmal bewusst. Die wahrhaft Mächtigen können vielleicht gar nicht anders, und diese beiden spielten definitiv in der ersten Flussgott-Liga. Ich tippte darauf, dass sie der Dee und der Don waren, die beiden Flüsse, die im Norden und Süden von Aberdeen ins Meer fließen.

»Sie sind die Flüsse, nehme ich an?«, vergewisserte ich mich.

»Sie können mich Bridget nennen«, sagte die Frau. »Und ihn Elric, weil er ein Schwachkopf ist.«

Elric verdrehte die Augen, und ich meinte flüchtig etwas Rötliches hinter den rauchfarbenen Brillengläsern zu sehen.

»Ist Ihre Frau in der Nähe?«, fragte Bridget. »Weil wir uns nämlich von Ihrer Missus fernhalten sollen.«

»Aye, um ehrlich zu sein, sollten wir nicht mal mit Ihnen reden«, sagte Elric.

»Die ollen Männies können's nicht leiden, wenn wir uns mit den Isaacs abgeben«, sagte Bridget.

»Warum reden Sie dann mit mir?«, fragte ich.

»Aaalso«, begann Bridget – sie dehnte das Wort aus wie einen Gummiring. »Wir fragen uns, was ihr hier oben macht.«

»Eigentlich wollte ich Urlaub machen«, sagte ich. »Apropos, ist es in Ordnung, wenn Beverley morgen mit hierher an den Strand kommt?«

Wie ich gehofft hatte, überrumpelte sie das ziemlich, und es folgte ein kurzes Zaudern, dann sagte Elric: »Aye, sicher.«

»Aber nur zum Strand, oder?«, sagte Bridget.

»Na ja«, sagte ich. »Vielleicht was essen, ein kleiner Stadtbummel, ein bisschen Shopping.«

Elric prustete belustigt, und Bridget gab ihm einen rückhändigen Klaps gegen die Schulter.

»Genau das haben die vorhergesagt«, murmelte Elric.

»Was denn?«

»Dass es gefährlich ist, sich auf ein Gespräch mit Ihnen einzulassen«, erwiderte Bridget. »Man sagt einfach harmlos Hallo, und dann sind wir plötzlich bei Tee und Keksen und Verpflichtungen.«

»Ach ja? Und wer hat das gesagt?«

»Siehst du, was ich meine?«, sagte Elric.

»Och, na schön«, sagte Bridget. »Strand, Shoppen, Stadtbesichtigung, was immer Sie wollen. Solange Sie sich nicht einmischen.«

»In was einmischen?«, fragte ich – diesmal war es Elric, der Bridget einen Rippenstoß versetzte.

»Also, versprechen Sie das jetzt oder nicht?«, fragte sie.

»Ich verspreche, dass Bev ihre Nase nicht in irgendwas stecken wird, wovon Sie nicht wollen, dass wir es wissen. Aber mir sollten Sie besser genau sagen, was wir nicht wissen sollen.«

»Soll das ein Witz sein?«, fragte Bridget. Sie musterten mich mit identisch zusammengekniffenen Augen, was beeindruckend war, weil Elrics immer noch hinter der Sonnenbrille verborgen waren.

»Wenn wir uns aus irgendwas raushalten sollen«, sagte ich, »müssen wir wissen, aus was.«

Bridget verschränkte die Arme.

»Sie wissen es selber nicht, was?«, sagte ich.

»Voll erwischt«, sagte Elric resigniert.

Bridget seufzte. »Wenn hier was nicht stimmt, spucken Sie's schon aus.«

Das kam mir fair vor, also erzählte ich ihnen von Aquaman. Was sie aufzuwühlen schien.

»War er ein Selkie?«, fragte ich.

»Kann ich nicht sagen, ohne ihn gesehen zu haben«, sagte Elric.

»Sie könnten ihn im Leichenschauhaus ansehen«, schlug ich vor – ich dachte mir, wahrscheinlich könnte ich es als Versuch einer Identifizierung deklarieren.

»Tot bringt das nichts«, sagte Elric.

»Wir hätten ihn treffen sollen, als er noch lebte«, fügte Bridget hinzu.

»Warum das?«

»Der hört nicht auf, was?«, sagte Bridget.

»Nö, echt nicht«, sagte Elric, und dann zu mir: »Nennen Sie lieber niemanden einen Selkie, wenn Sie nicht ganz sicher sind.«

»Oder besser«, sagte Bridget, »mischen Sie sich von vornherein nicht ein.«

»Da draußen im Meer schwimmen auch andere Wesen herum, und es gibt eine uralte Ordnung«, sagte Elric.

Bridget reichte mir eine Karte. »Rufen Sie uns an, ja«, sagte sie.

Ich sagte, ich würde mir selbstverständlich alle Mühe geben, sie über die Entwicklungen auf dem Laufenden zu halten, und sie bedachten mich mit dem gleichen Blick wie Bev, wenn ich ihr verspreche, nicht ihren Schrank aufzuräumen.

»Denken Sie dran«, sagte Elric, während sie in ihren Wagen stiegen. »Das hier ist nicht London. Hier gibt es andere Regeln. Und andere Treuepflichten.«

Ich blieb noch, um mir Dads erste Nummer anzuhören, trotzdem kam ich pünktlich zu meiner Verabredung mit Blinschell. Aberdeen hat gerade mal zwei Drittel der Einwohnerzahl meines Londoner Stadtteils, ist aber so kompakt und geschäftig, dass es größer wirkt. Da es faktisch aber nun mal kleiner ist, brauchte ich mit dem Auto keine zehn Minuten bis zur Bushaltestelle an der Esplanade.

Die Sonne wanderte schon in Richtung der Hügel, und das Riesenrad und der Turm des Pizza Hut warfen lange Schatten über die Straße. Der Strand lag im Schatten, aber auf einem riesigen orangefarbenen Schiff und den Spitzen der Windräder vor dem Horizont funkelte noch die Sonne. Die Zusammensetzung der Leute, die hier unterwegs waren, hatte sich geändert; es waren jetzt hauptsächlich ältere

Jugendliche und junge Erwachsene, die sich um die Restaurants und den Eingang des Vergnügungsparks scharten.

Blinschell stand ans Geländer gelehnt und hielt unter den Passanten aufmerksam Ausschau nach potenziellen »Kunden«. Neben ihm stand eine große *Save-the-Planet*-Einkaufstasche, in der sich hoffentlich ein Nylon-Fischernetz befand. Bei meinem Nahen hob er sie hoch und schwenkte sie in meine Richtung. »Also, was haben wir damit vor?«

»Wir gehen diese Möwe fangen«, sagte ich.

Parallel zur Esplanade verlief zwei Meter tiefer ein zweiter Fußweg. Hier unten waren weniger Leute, und er besaß ebenfalls ein Geländer, das für unsere Abendgestaltung sehr praktisch sein würde. Wir gingen die Stufen hinunter und schlenderten bis zu einer Stelle, an der wir einigermaßen allein waren.

»Wissen Sie, wie man mit so was umgeht?«, fragte Blinschell und zog das Netz heraus.

Es war ein grobes rundes Wurfnetz mit Gewichten um den Rand und einer Leine in der Mitte. Während meine Eltern vorhin in der Rockstarvilla herumgetrödelt hatten, hatte ich mir ein paar YouTube-Videos angeschaut. Es wirkte recht einfach, insbesondere da ich nicht vorhatte, es auf größere Entfernung zu werfen.

»Wie schwer kann das schon sein?« Ich nahm ihm das Netz ab und warf es ein paarmal probehalber aus. Und fing damit vor allem meine Arme, um die es sich aufsässig wickelte. Ich hatte das Gefühl, dass ich es viel zu kompliziert anging.

»Passen Sie auf«, sagte ich. »Sie halten diese Seite fest und ich diese. Und wenn der Vogel dort landet …«, ich zeigte auf den nächsten Geländerpfosten, »werfen wir es auf drei über ihn.«

Wir übten ein paarmal, bis wir das Netz verlässlich werfen konnten. Blinschell sah zu den Möwen auf, die im letzten

Licht der Sonne kreisten. »Und wie wollen Sie ihn hier runterlocken? Vogelfutter, Pommes, ein schöner frischer Hering?«

»Da wir einen magischen Vogel fangen wollen«, sagte ich, »locke ich ihn mit Magie.«

Blinschell starrte mich eine volle Minute lang an. Als Polizist lernt man, sich fast so undurchschaubar zu geben wie ein Ganove oder Großkonzern-CEO, daher wollte es etwas heißen, dass ich seiner Miene jede Gefühlsregung ansah. *Verarscht er mich? Oder sind die Gerüchte wahr? Nein, der verarscht mich garantiert. Aber wenn nicht? Es gibt schließlich diese Geschichten. Ja, Geschichten, genau, bloß dummes Geschwätz ...*

Ich ahnte, dass das noch eine ganze Weile so weitergehen konnte, also hob ich die offene Handfläche und beschwor darauf ein Werlicht. Nach sechs Jahren Übung mit dem Zauber brachte ich ein äußerst energiesparendes zustande, das kein Handy beschädigte und trotzdem hübsch beeindruckend war – es sah aus wie ein Mini-Photonentorpedo in sexy Klingonen-Rot, komplett mit Blendenfleck.

»Ach du Scheiße«, sagte Blinschell.

»Ja. Hab ich auch gesagt, als ich das zum ersten Mal sah.«

»Und damit wollen Sie den Vogel anlocken. Weil es ein magischer Vogel ist.«

Wie aufs Stichwort ertönte hoch über uns ein langes, gedehntes Kreischen.

Schnell ließ ich das Werlicht erlöschen.

»Fangen wir ihn erst mal, dann erkläre ich es Ihnen.«

Wir übten noch ein paarmal das Netzauswerfen. Ein älteres Paar, dick eingemummelt gegen die Abendkühle, fragte uns, was wir da machten.

»Ein wissenschaftliches Experiment«, sagte ich.

»Wir wollen eine Möwe fangen«, sagte Blinschell.

»Och, passen Sie nur auf«, sagte der alte Mann. »Die können bös fuchtig werden.«

Die alte Frau schüttelte betrübt bestätigend den Kopf.

Wir versicherten ihnen, wir würden vorsichtig sein, und sie wünschten uns noch einen schönen Abend und spazierten davon.

Ich beschloss, unser »Experiment« lieber gleich in Angriff zu nehmen, bevor noch mehr Mitbürger neugierig wurden, denn im Moment waren wir das Interessanteste auf der gesamten Esplanade.

Ich habe einige Erfahrung darin, übernatürliche Thaumavoren anzulocken, also Organismen, die sich von Magie ernähren. Hauptsächlich Geister und das ein oder andere Einhorn. Durch etwas Herumprobieren habe ich eine Werlichtvariante entwickelt, die weder sichtbares noch UV- und Infrarotlicht enthält, wodurch es ziemlich unauffällig ist (allerdings hat mir ein befreundeter Astronom geraten, es nicht in der Nähe in Betrieb befindlicher Radioteleskope einzusetzen). Es strahlt in der Tat ordentlich viel Magie aus, daher bat ich Blinschell, Uhr, Smartphone und Airwave in ein paar Metern Entfernung zu deponieren, nur zur Sicherheit.

Er schien sich langsam an mich zu gewöhnen, denn er fragte nicht mal, warum.

Ich schaltete meine Elektronik aus und wirkte den Zauber, auf den Handlauf direkt über einem der Geländerpfosten gerichtet.

»Wie, das war's?«, fragte Blinschell. »Kein Abrakadabra-Gemurmel oder Herumgefuchtel mit einem Stab – haben Sie keinen Zauberstab?«

»Mehrere.« Ich fügte nicht hinzu, dass es sich vor allem um experimentelle handelte. »Die liegen alle bei meiner übrigen Ausrüstung in London.«

»Das will mir einfach nicht in den Kopf«, sagte er.

»Was?«

»Wie Sie über Magie reden. Als ob das real wäre.«

»Ich hab's Ihnen doch gezeigt.«

»Aye, ich weiß. Aber ich glaube, mein Verstand traut meinen Augen nicht.«

Die nächsten zwei Minuten lang tat sich gar nichts. Also gab ich noch etwas mehr Saft in den Zauber.

»Sie wissen schon, dass die unter Naturschutz stehen?«, fragte Blinschell.

»Wer?«

»Möwen. Laut dem Natur- und Wildtiergesetz von 1981 und dem Naturschutzgesetz (Schottland) von 2004.«

»Ja, hab ich gelesen.« Während Mums und Dads Herumtrödelei hatte ich mich auch darüber genauer informiert. Nach den beiden Gesetzen war es verboten, Möwen fahrlässig oder vorsätzlich zu töten, zu quälen oder ihnen sonstige Ungelegenheiten zu bereiten. Auch Möwennester durfte man nicht beschädigen, zerstören, entfernen oder einer Möwe den Zugang zu ihrem Nest verwehren.

Kurz: Hände weg von Möwen, sonst wird's ungemütlich.

Man konnte eine behördliche Genehmigung beantragen, Möwen zu töten oder zu fangen. Die zuständige Behörde war die schottische Regierung, und es war keineswegs sicher, ob ihr die Tatsache, dass die fragliche Möwe vielleicht aus einer anderen Dimension kam, als Genehmigungsgrund reichen würde. Ich hatte eher das Gefühl, dass selbst Peter Capaldi damit nicht durchgekommen wäre, abgesehen davon hätte es wahrscheinlich knifflige Fragen zur rechtlichen Zuständigkeit aufgeworfen, für die es noch keine Präzedenzurteile gab.

»Wir schauen sie uns nur genau an«, sagte ich, »dann lassen wir sie wieder frei.«

Wenn man vom Teufel spricht – genau diesen Moment

suchte sich die Möwe, oder worum es sich sonst handelte, für ihren Auftritt aus. Mit wild rudernden Flügeln landete sie punktgenau auf dem Geländerpfosten. Sie war ganz schön groß, mit einer Flügelspannweite von mehr als meiner Körpergröße und einem langen, kräftigen Leib. Ansonsten das Übliche: weißer Kopf, schwarzer Rücken, gelber Schnabel. Als sie sich auf dem magischen Hotspot niederließ, wurde die Färbung intensiver, in das Weiß mischte sich ein Hauch Silber, das Schwarz begann dunkelgrün und -blau zu schillern.

In tadelloser Haltung, die Flügel gefaltet, blieb sie dort sitzen und drehte den Kopf, um mich erst mit dem einen, dann dem anderen Auge anzusehen. Die Augen waren schwarz, aber ich meinte tief drinnen ein rotes Funkeln zu sehen.

Blinschell gab einen unartikulierten Laut von sich. Ich glaube, er hätte gern geflucht, fand aber keinen Ausdruck, der dem Geschehen angemessen wäre. »Scheiße« wäre angesichts des Riesenvogels etwas untertrieben gewesen.

»Also, machen wir das jetzt?«, zischte er.

»Auf drei«, sagte ich, und auf drei warfen wir das Netz über den Vogel.

Für den ersten Versuch war unser Wurf wirklich nicht schlecht. Das Netz schwirrte zielgenau über die Möwe, der beschwerte Saum fiel sauber um den Körper mit den angelegten Flügeln. Der Vogel reagierte sofort. Er schien geradezu zu explodieren, bäumte sich auf, reckte den Hals und spreizte die Flügel, sein Schnabel öffnete sich, und eine lange rosa Zunge und zwei Doppelreihen weißer spitzer Zähne wurden sichtbar.

»Festhalten!«, rief ich, sprang vorwärts und packte eine Seite des Netzes. Blinschell nahm die andere, und wir zerrten beide daran, bestrebt, das Tier von den Beinen zu holen, um es einzuwickeln.

Der Vogel war damit gar nicht einverstanden und schnappte wild nach dem Netz; beängstigend schnell zerfetzte sein Schnabel das Nylon. Aus dieser Nähe überkam mich ein ganz merkwürdiges Gefühl von feuchter Hitze, vermischt mit dem Geruch nach schmutzigem Wasser. Wir rafften das Netz so eng wie möglich zusammen, die rauen Stränge schnitten mir in die Handflächen, die Möwe zappelte immer heftiger. Es gelang ihr, Kopf und Hals aus dem hineingebissenen Loch zu stecken, und sie schnappte nach meinem Arm. Der gezähnte Schnabel riss mir den Ärmelaufschlag der Jacke und das Hemd darunter auf. Ich zuckte zurück, wobei mir das Netz aus den Händen rutschte.

»Loslassen«, schrie ich, aber zu spät.

Die Möwe schwang den Kopf herum und hackte blitzartig wie eine Schlange auf Blinschells Brust ein. In geschlossenem Zustand lief der Schnabel so tödlich spitz zu wie ein Speer. Aber beim Aufprall ertönte ein seltsames *Boing*, und Blinschell taumelte mit einem Aufschrei rückwärts und ließ das Netz los, das sofort samt Vogel auf der anderen Seite des Geländers herunterfiel und außer Sicht verschwand.

Ich stürzte zu Blinschell, der verdattert dastand und auf seine Brust hinuntersah.

Sein Wollpullover und die beige Hülle seiner Stichschutzweste waren komplett aufgerissen, aber an der Weste selbst war der Schnabel abgeglitten.

»Shit«, sagte ich. »Da hatten Sie aber Glück.«

»Ach was, Glück. Das nennt man vorausschauend.«

Ich sah mir meinen Arm an. Am Unterarm war ein langer Kratzer, der sofort zu stechen begann, kaum dass ich ihn entdeckt hatte. Etwas tiefer, und es wäre richtig Blut geflossen.

Vorsichtig spähten wir über das Geländer. Unten am Strand lagen verknäuelte Nylonfetzen, mehr war von dem Netz nicht geblieben.

»Nächstes Mal nehmen wir Betäubungspfeile«, sagte ich.

»Nächstes Mal kann mich mal«, sagte Blinschell. »Was bitte soll ich in meinen Bericht schreiben? Und wie kriege ich das hin, dass mir mein Pulli ersetzt wird?«

4
Was Abigail im Wald tat

Ich liege in einem Graben in Schottland, weil Paul tot ist und in mir ein Riesenloch ist und ich Angst hab, hineinzufallen und davon verschluckt zu werden. Ich glaub, man sieht es mir an, denn alle schleichen auf Zehenspitzen um mich rum, als könnte ich explodieren, und vielleicht stimmt das ja. Keine Ahnung, vielleicht explodiere ich noch.

Deshalb fand Nightingale wohl, ich müsste mal rauskommen, weg von meinen Erinnerungen und den Verwandten, die immer nur »von uns gegangen« sagen statt »tot«. Als wäre Paul nur mal eben rausgegangen oder in den Urlaub gefahren oder so. Und weg von Mum und Dad, die das erst mal für sich auf die Reihe kriegen müssen, weil sich ihr Leben zum größten Teil um Paul gedreht hat, und jetzt ist dieser Fixpunkt fort, und wir trudeln alle durch den Weltraum wie freifliegende Planeten auf der Suche nach einer neuen Sonne.

Also, mir hätte ja eine Weile in Crouch End gereicht, es hätte nicht mitten im Nirgendwo sein müssen. Wobei, wenn ich tatsächlich explodiere, ist es vielleicht gut, wenn ich dabei bloß für ein paar Schafe eine Gefahr darstelle.

Also liege ich jetzt in diesem Graben in Aberdeenshire und muss mir mal wieder die Tränen verkneifen. Das passiert zurzeit öfter aus heiterem Himmel und ist voll nervig, weil die Leute einen dann anstarren und Indigo und die anderen Füchse total verunsichert sind.

Okay, ich lieg also in diesem Graben, der wenigstens trocken ist, in einem provisorischen Unterstand. Nightingale hat mir beigebracht, so was zu bauen, als wir die Wälder hinter Ambrose House überwacht haben. Die Erde ist jetzt voll der Sonne zugewandt, und langsam wird mir heiß, weil Nightingale darauf besteht, dass ich in die Stiefel gesteckte lange Cargohosen und langärmlige Oberteile trage. Nightingale sagt, wenn man den Busch auscheckt, braucht man lange Klamotten – na ja, nicht wörtlich so, aber das meinte er.

Vielleicht hat er ja recht, bei den Massen von Brennnesseln um mich rum.

Indigo liegt an mich gekuschelt da und schläft. Auch wenn es so heiß ist, es ist schön, die kleine warme Stelle zu spüren; so weiß ich, dass ich nicht allein bin. Was ziemlich bescheuert ist bei all den Leuten, die sich Sorgen um mich machen und sich in meine Angelegenheiten einmischen, ob ich das will oder nicht.

Peter will mir professionelle Trauerbegleitung aufschwatzen, ausgerechnet er, aber ich hab ihm gesagt, hey, es ist meine Trauer, ja? Und die will ich noch eine Weile für mich allein haben.

Trotzdem, da ist dieses Loch in mir, und manchmal hab ich das Gefühl, dass ich nicht explodiere, sondern jeden Moment implodiere wie ein Mond mit einer Singularität im Kern. Dass ich einfach nur zusammenschrumpfe und so winzig und massiv werde, dass nichts mehr aus mir entweichen kann, nicht mal die Trauer.

Indigo wacht auf, gähnt, stutzt, richtet die Ohren nach vorn.

»Was ist?«, flüstere ich.

»Etwas kommt.«

Ich frage, was denn, aber sie ist sich nicht sicher. »Sehr

leise. Aber groß.« Ihre Ohren zucken. »Und noch was. Ein Zweibeiner.«

»Nightingale?«

»Weiß nicht.«

Ich richte mich leicht auf, um besser sehen zu können. Der Graben, in dem ich hocke, liegt am Rand eines Waldes mit hohen Nadelbäumen. Der Bereich genau vor mir wurde kürzlich gerodet, die Baumstümpfe sind aus dem Boden gerissen und liegen auf der Seite, damit sich leichter Insekten ansiedeln können. Zehn Meter von mir entfernt hängt an einer in die Luft ragenden Wurzel ein Einkaufsnetz mit einem Stück Schaffleisch darin. Nightingale geht davon aus, dass unsere Großkatze Schaf mag.

»Kommt näher«, sagt Indigo.

Ich hebe die Leica und vergewissere mich, dass der Film richtig aufgezogen ist. Bei so einem analogen Ding muss man erst mal wissen, wo der Sucher ist und wie man scharf stellt. Aber nichts Magisches, nicht mal Nightingale im Darth-Vader-Modus, kann dieser Kamera etwas anhaben.

Irgendwann in grauer Vorzeit hat jemand seinen Namen in das Gehäuse gekratzt: P. Möller. Nightingale sagte, er hätte sie aus dem Krieg mitgebracht, und das ging mir so an die Nieren, dass ich ihn nicht gefragt hab, was mit P. Möller passiert ist. Paul, denke ich bei dem Namen immer, in diesem Krieg sind Millionen von Pauls gestorben, alle für nichts und wieder nichts.

»Bewegung auf drei Uhr«, wispert Indigo, und ich richte die Kamera auf den Waldrand rechts von mir. Weil ich so tief unten sitze, sind Baumstümpfe und Erdhaufen im Weg. Damit ich das Etwas zu sehen kriege, muss es ein Stück auf die gerodete Lichtung kommen.

Und da ist es schon, fast schneller, als ich es bemerken kann. Ein langer, geduckter Schatten, länger als ich, schwarz wie ein Sarg von innen und einfach mitten auf dieser Lichtung, ohne Zaun oder Gitter zwischen mir und ihm. Ich mache ein Foto, bin mir aber sicher, dass meine Hand gezittert hat, deshalb transportiere ich den Film möglichst leise weiter. Auch Indigo neben mir zittert. Ich atme tief ein und lasse die Luft langsam und gleichmäßig entweichen, wie es mir Varvara Tamonina beigebracht hat, meine Lehrerin für Russisch, Kampfzauber und angewandte Ironie.

Der Bildausschnitt ist mir egal, ich brauch kein Kunstwerk, nur eine klare, scharfe Aufnahme. Die Katze füllt den Sucher komplett aus. Ich schieße das Foto. Atme noch mal langsam durch, transportiere weiter. Mache noch ein Bild.

Die Katze dreht den Kopf in meine Richtung.

Es ist ein schwarzer Panther, ein melanistischer Leopard, mit den typischen ziemlich kurzen Beinen und den süßen Anime-Puschelohren. Die Augen sind golden mit geschlitzten Pupillen, und noch während ich auf den Auslöser drücke, wird mir klar, dass sie sich auf mich richten.

Mich durchläuft eine Art Schauder, von oben bis ganz unten in meine Zehen. Ich hab derart Panik, dass ich einfach weiter Fotos schieße, weil der Teil meines Verstands, der Entscheidungen trifft, so gelähmt ist, dass er nicht mal meinen Händen befehlen kann aufzuhören.

Der Panther gleitet auf mich zu, mit gesenktem Kopf, die Schultern abwechselnd straff gewölbt und schlaff. Der Rest des Körpers verschwindet dahinter, nur die Schwanzspitze sieht man nach links und rechts zucken.

Noch nie musste ich einen Zauber unter solchem Stress wirken, und als ich mir die *Formae* für einen Schild oder einen Feuerball oder auch nur ein *Löwenmäulchen* ins Gedächtnis zu rufen versuche, kommt dabei nur heraus: *Ei, Miezekatze, was hast du für große Zähne!*

Ich schäme mich, weil das die erste echte Herausforderung

für mich als Lehrling ist und ich kläglich versagen werde. Und weil ich gleich von einem schwarzen Panther massakriert werde – wenn das mal nicht ironisch ist.

Der Panther bleibt stehen, senkt den Kopf noch mehr, seine große rosa Zunge fährt über die spitzen weißen Zähne. Ich mache noch ein Foto, weil ich zu nichts anderem fähig bin.

»Hau ab«, zische ich Indigo zu.

»Du zuerst«, zischt sie zurück.

Ich spanne mich an, um mich umzudrehen und aufzuspringen. Raubkatzen mögen keine plötzlichen Bewegungen, und aasfressende Affen wie uns mögen sie eigentlich auch nicht, wenn sie leichtere und schmackhaftere Beute finden.

Außer, sie sind auf den Geschmack gekommen wie diese Löwen im Tsavo-Nationalpark.

Endlich hab ich die *Forma* für das *Löwenmäulchen* im Kopf und will gerade loslegen, da erstarrt der Panther. Seine Ohren zucken, langsam wendet er erst den Kopf, dann den Oberkörper, um nach hinten zu schauen.

Eine bessere Chance kriege ich nicht.

Ich wälze mich von Indigo weg, wobei sich meine Haare ein bisschen im Tarnnetz und Unkraut verfangen. Dabei bereite ich das *Löwenmäulchen* vor, zwei Grundzauber mit wenigen Modifikatoren, ein ganz einfacher Spruch, der einen lauten Knall und einen Blitz hervorruft. Speziell zum Verscheuchen wilder Tiere entwickelt, soviel ich weiß. Aber ich hab kaum angefangen, da sehe ich vom Waldrand her ein Mädchen auf uns zurennen.

Kurze Shorts, helle Beine, Taille und Arme, weißes Gesicht, schwarzes Haar – mehr registriere ich nicht, weil sie einen Speer schwingt. Und auf den Panther zustürmt, als ob sie ihn aufspießen will.

Ich gebe den Zauber frei, aber die Katze schnellt schon

herum, und im Moment des Zauberns wird mir klar, dass ich es verbockt hab, weil es nicht blitzt, nur knallt, und ich einen scharfen Schmerz in der Wange spüre.

Der Panther jault auf wie ein Straßenkater, und das Mädchen schlittert auf den Knien, eine Hand nach hinten ausgestreckt, ein Stück weiter und kommt dann zum Halten. Aus dem Boden vor ihr steigt eine Rauchwolke auf, und ich kapiere, dass ich einen Peter gebaut und einen Baumstumpf in die Luft gejagt habe.

Dann prasseln scharfe Holzsplitter vom Himmel.

Das Jaulen bricht plötzlich ab, und der Panther ist nirgends mehr zu sehen. Ich springe zurück und wirble einmal um meine Achse, aber er ist weg.

»Indigo«, rufe ich. »Hörst du ihn?«

»Nein. Weg«, höre ich sie hinter mir sagen.

Von vorn ertönt ein tiefer Seufzer, und das Mädchen rappelt sich auf, dreht ihren Speer um und legt ihn sich über die Schulter. Jetzt habe ich sie besser im Blick. Ihre Klamotten sind jedenfalls nicht aus dem Nightingale-Katalog für Waldbekleidung: Sportshorts und bauchfreies Top aus grellgrünem Elastan, was ihre definierte Muskulatur und cremeweiße Haut betont. Um ihre Taille ist ein Band gewickelt, das silbern schillert, wie Öl auf Wasser. Ihre Waden sind zerkratzt, die Füße nackt.

Sie hat superscharfe Wangenknochen und blaue Augen, die irgendwie zu weit auseinanderstehen. Ihre Lippen sind unnatürlich rot, aber ich schwöre, Lippenstift ist das nicht. Und sie starrt mich genauso an wie ich sie. Mustert mich gründlich von oben bis unten, und langsam verziehen sich diese roten Lippen zu einem Lächeln. Ich überlege, ob das bedeutet, dass ich ihr gefalle, und zum ersten Mal, seit Paul gestorben ist, frage ich mich, wie es wäre, wieder jemanden zu küssen.

»Hi«, sage ich. »Ich bin Abigail.«

In ihrer Wange ist ein Schnitt, aus dem Blut seitlich am Kinn herunterläuft.

»Tut mir leid«, sage ich. »Ich hab's ein bisschen übertrieben.«

Ihr Blick flitzt nach rechts zum Waldrand, dann hebt sie flüchtig den Speer wie zum Gruß, dreht sich um und macht sich in die entgegengesetzte Richtung davon.

»Nightingale kommt«, sagt Indigo aus ihrem Versteck hinter mir.

»Also, wer war sie?«

Ich sitze auf einem Liegestuhl in Brians Garten, trinke ein Bier und schaue zu, wie Abdul die *Halal*-Würstchen auf dem Grill anbrennen lässt. Neben mir hat Beverley es sich auf einer der Luftmatratzen aus ihrem ferienhausgroßen Zelt bequem gemacht, neben ihr schlafen aneinandergekuschelt die Zwillinge. Indigo ist zu einer »Geheimmission« aufgebrochen, und Peter schaut nach seinen Eltern, die ins Bett gehen wollen. Was mir voll seltsam vorkommt, aber dann denke ich daran, wie ich Paul immer half, sich zum Schlafen fertig zu machen, und plötzlich schmeckt das Bier irgendwie metallisch.

Es gibt so vieles an der Trauer, was einem niemand je gesagt hat – zum Beispiel, dass sie den Geschmackssinn verändern kann oder der Welt alle Farben nimmt.

Nightingale und Brian haben Brians Teleskop herausgeholt und stellen es weit entfernt von den Lichtern des Hauses auf.

»Abigail«, sagt Bev. »Weißt du, wer sie ist?«

»Hat sie nicht gesagt.«

»Schon klar, aaaber …«, sie dehnt das Aber sehr lange aus, »abgesehen vom Namen – *was* war sie?«

Ich rufe mir die nackten Füße und den Speer ins Gedächtnis und wie sie sich bewegte. Und das silberne Tuch, das glitzerte wie Fischschuppen oder Öl auf Wasser – exakt so, wie echte Photonen eben nicht reflektiert werden.

Ich hab eine Abneigung gegen das Wort *Demi-monde*, weil das früher eine Spießerbezeichnung für Frauen war, die sich was trauten, und weil ich das Konzept »wir und die« noch nie leiden konnte, aber ich gebe zu, es gibt schon ein gewisses »So ähnlich, aber nicht ganz so wie wir«.

»War sie irgendwas?«, fragt Bev.

»Ja, klar, sie war schon was«, sage ich, und plötzlich breitet sich in mir eine Wärme aus, die nichts mit der Dose Tennent's in meiner Hand zu tun hat. »Aber ich weiß echt nicht, was, wirklich, keine Ahnung.«

Den anderen hab ich, wie Indigo gern sagt, schon ausführlich Meldung über den schwarzen Panther und die seltsame barfüßige junge Frau mit dem Speer gemacht. Brian und Abdul waren natürlich restlos begeistert von der Katze, aber ich kenne Peter, er hatte diese Falte zwischen den Augenbrauen, von der er noch nicht gepeilt hat, wie verräterisch sie ist.

In zwei Punkten waren wir uns jedenfalls alle einig. Erstens: Entweder ist das Aufkommen übernatürlicher Wesen in Aberdeenshire extrem hoch, oder zwischen dem Panther und der Möwe besteht eine Verbindung. Und zweitens: Wir würden der Sache nachgehen müssen.

»Könnte deine Speerträgerin was mit unserem toten Typen zu tun haben?«, fragte Peter.

Ich rief mir ihren makellos glatten Hals und Oberkörper in Erinnerung. »Mir sind keine Kiemen aufgefallen.«

Peter vermutet, seine magische Möwe und der tätliche Angriff auf den Kiemenmenschen (so nenne ich ihn aber nur für mich) haben miteinander zu tun. Er will morgen wieder nach Aberdeen fahren und schauen, was er rausfinden kann. Außerdem hat er schon eine Mail ans Folly geschrieben, dass die einen Analysten auf die schottischen Polizeidatenbanken ansetzen, ob da irgendwelche Zusammenhänge zu finden sind.

Beverley streckt die Hand aus und legt sie mir auf den Arm. Ich zucke zusammen.

»Geht's dir so weit gut hier?«, fragt sie.

»Ich mach mir Sorgen um Mum und Dad«, sage ich.

Sie drückt meinen Arm. »Willst du zurück nach London?«

Ich würde ihr gern von dem Loch in meiner Brust erzählen, aber so was lässt sich nicht so leicht aussprechen, ja? Tschuldigung, aber ich hab das Gefühl, ich implodiere demnächst und krümme die ganze Raumzeit um mich herum. Und wenn du, meine Mum oder sonst jemand dann versucht, mir zu nahe zu kommen, werdet ihr am Ereignishorizont spaghettifiziert.

So was sage ich nicht, das ist nicht mein Stil.

»Nein. Ich will rausfinden, was hier los ist.«

Beverley seufzt und schüttelt den Kopf.

Ich liege im Zelt und heule, ganz leise, damit niemand es merkt, nicht mal Indigo, die aber, glaube ich, sowieso im Wald unterwegs ist. So musste ich früher nie heulen, nicht mal, als sich in der Grundschule Barry Steelhaven auf mich setzte und versuchte, mich zu kitzeln, bis ich mir in die Hose machte.

Irgendwann hab ich ihn mal auf Facebook nachgeschaut und bin auf seine Gedenkseite gestoßen. Er ist mit dreizehn an Leukämie gestorben. Wahrscheinlich lag er auch in der Kinderklinik Great Ormond Street – wer weiß, vielleicht bin ich an ihm vorbeigekommen, ohne ihn zu erkennen, wenn ich Paul dort besuchte.

Das Zelt wackelt – etwas zwängt sich durch den Spalt, den ich offen gelassen habe, und plumpst neben mich. Fuchsatem in meinem Ohr. »Ich habe ein paar lokale Kontakte aktiviert«, sagt Indigo. »Sie wollen uns treffen.«

»Jetzt?«

»Der Mond scheint, die Mäuse tanzen, und die Eulen sind rastlos. Beste Zeit für verdeckte Operationen.«

Ich pelle mich aus meinem Schlafsack und ziehe mich an. Wieder in der zweckmäßigen wasserabweisenden Cargohose, zücke ich mein Handy und schicke Nightingale die Emojis *Fußgänger Nadelbaum Nadelbaum.*

Ein paar Sekunden später kommt zurück: *Fuchsgesicht?*

Ich sende *Daumen hoch.*

Beim Stiefelanziehen kommt von Nightingale ein Uhrensymbol, das ich nicht kenne. Ich lasse die Schnürsenkel los und scrolle mich durch die Emoji-Liste. Es ist eine Stoppuhr – ich soll nicht zu lange wegbleiben.

Das mit den Emojis hat Nightingale verdächtig schnell kapiert. Ich vermute, er nutzt sie auch zur schnellen Verständigung mit Molly und Fingerhut.

Ich schicke ihm noch ein *Daumen hoch* und schalte das Handy aus. Ich glaube nicht, dass er mich heimlich ortet, aber Peter würde ich es zutrauen – oder meiner Mum, wenn ich darüber nachdenke.

Im Wald zaubere ich erst mal *Ómma alópekos*, oder einfacher: *Fuchsauge*, meinen ersten selbstkreierten Zauber. Im Prinzip ist er eine Variante von *Telescopium*, dem Zauber, der die Luft vor dem Gesicht so verändert, dass man durch sie wie durch ein Fernglas sieht. Meine Version erschafft eine ähnliche Pseudolinse, nur wandelt sie Infarotstrahlung zum Teil in sichtbares Licht um und setzt mir ein Bild vor die Augen, das verhindert, dass ich in Bäume laufe. Ich glaube, indem Photonen in Elektronen und dann wieder zurück in

Photonen konvertiert werden, aber genau weiß ich es nicht. Das ist das Problem mit der Magie, man muss die *Formae* als eine Art hintereinandergeschaltete Black Boxes sehen. Man kann herausfinden, was sie bewirken (falls sie was bewirken) und wie sie sich modifizieren lassen. Aber nicht, wie sie funktionieren. Total frustrierend.

Der Effekt ist auch nicht soo besonders toll, und nach einer Weile fangen die Augen an zu tränen – und wenn dir jemand mit einer Taschenlampe ins Gesicht leuchtet, bist du mindestens zehn Minuten lang gearscht.

Eigentlich sollte es ja eine praktische Methode werden, Geister zu orten, aber das klappte nicht. Irgendwann will ich den Zauber in eine Sonnenbrille einbauen – das wäre echt cool. Die Söhne Wielands finden's garantiert mega.

Wir gehen weiter und kommen auf eine kleine Lichtung, auf der uns zwei Füchse erwarten. Ich löse den Fuchsaugenzauber auf und erschaffe ein Werlicht mit Tageslichtqualität.

»Ooh«, sagen die Füchse.

»Das sind Sax William und Reid King«, stellt Indigo sie vor. »Von der operativen Einheit Grampian.«

»Hallo«, sagt Sax William, einer der schönsten Füchse, die ich je gesehen habe. Er hat ein langes beiges Fell, durchsetzt mit Orange, Rot und goldenen Flecken.

»Aye aye, min, hallo auch«, sagt Reid, die etwas versetzt neben Sax' Schulter steht. Ihr Fell ist von einem dunklen Rostbraun und geht an Ohren und Beinen in Schwarz über. Mir ist aufgefallen, dass die Fellfarbe der sprechenden Füchse stärker variiert als die der normalen. In London wird das als operatives Manko betrachtet – da ist es das professionelle Ideal, auszusehen wie jeder x-beliebige Mülltonnenstöberer.

Ich gehe in die Hocke und strecke die Hände aus, damit die beiden daran schnüffeln können. In mancherlei Hinsicht ist das wichtiger, als sich mit Namen vorzustellen. Indigo sagt, auf Füchsisch, oder wie man es nennen soll, gibt es ein Riesenvokabular für Gerüche, aber das ist unübersetzbar für Menschen.

Na ja, ich denke, wenn sie wollte, könnte sie es bestimmt übersetzen, aber die Füchse tun halt gern geheimniskrämerisch, sogar vor mir.

»Sie haben ein paar nützliche Informationen zu unserem EAV«, sagt Indigo. EAV bedeutet Echt Abnormes Vieh, auch kurz Evi.

»Wir beobachten es schon seit dem Frühling«, sagt Sax. »Aber falls es einen Bau hat, dann muss er auf der anderen Seite einer Schwachstelle sein.«

Schwachstelle ist Fuchs-Sprech für *Allokosmos.* Über *Allokosmoi* diskutieren Peter, Abdul und ich immer wieder, weil Peter denkt, es müssten ganze separate Universen mit eigenen Galaxien und Quasaren und so weiter sein, aber ich denke, vielleicht sind sie ja winzig und übereinandergestapelt wie Wohnungen in einem Hochhaus. Nur dass die Treppe nicht rauf- und runtergeht, sondern zur Seite in die Schwachstelle rein.

Aber egal, das passt jedenfalls zu Nightingales nicht vorhandener Losung und zu Peters spurlos verschwindender Möwe. Trotzdem müssen Riesenkatze und Riesenmöwe nicht zwingend zusammenhängen, weil verrückte Zufälle ständig passieren, egal was unser kleiner Affenverstand sich denkt.

»Erzähl ihr von dem Fischweib«, sagt Reid King.

»Geduld, wollte ich grade«, sagt Sax William und dann zu mir: »Da war so eine langbeinige Menschin, die auch hinter dem Zielobjekt her war.«

»Barfuß und mit Speer?«, frage ich.

»Positiv.«

»Und knitzfix«, sagt Reid.

Ich frage, was das heißt, und Sax William sagt: sehr ausgefuchst. Von einem Fuchs ist das ein Riesenkompliment. Das ausgefuchste Mädchen tauchte vor etwa einem Monat auf, aber so nah wie heute war sie noch nie herangekommen.

»Wenn die Katze durch eine Schwachstelle kommt und geht«, sage ich, »wie verfolgt Miss Knitz sie? Geht sie auch durch die Schwachstelle?«

»Nein«, sagt Sax William. »Sie kommt mit dem Bus irgendwo aus dem Norden.« Und der Bus ist zu schnell, als dass die Füchse ihn verfolgen könnten. Einer der Gründe, warum die beiden entgegen dem Protokoll direkten Kontakt zu mir aufgenommen haben.

»Aber wie kann sie den Panther dann jedes Mal wiederfinden?«

Weil er eine große, aber begrenzte Zahl von Routen hat, auf denen er sich im Wald bewegt.

»Die habt ihr doch sicher schon kartiert«, sage ich. Alle drei Füchse bedenken mich mit dem gleichen gekränkten Blick.

»Selbstredend«, sagt Sax William.

»Und eine Häufigkeitsanalyse gemacht?«

Selbstredend ebenfalls, weshalb ich am nächsten Morgen auf einer ausladenden Eiche neben einem der von den Füchsen aufgezeichneten Pantherwechsel sitze. Oder genauer gesagt: im Zentrum einer unscharfen Wahrscheinlichkeitsverteilung. Die gute Evi nimmt nicht jedes Mal genau dieselbe Route, aber im Spurenlesen macht den Füchsen keiner was vor. Der Baum, auf dem ich sitze, steht daher an einem der beiden Kulminationspunkte, wo sich die Wahrscheinlichkeiten am stärksten verdichten.

»Es hat beinahe den Anschein einer Patrouillenroute«, sagte Nightingale, als ich ihm die Karte zeigte.

»Aber zu welchem Zweck?«, fragte ich.

»Vielleicht weiß es deine Freundin mit dem Speer.« Er zwinkerte mir zu – echt und wahr, ein total schelmisches Zwinkern, und mir wurde total heiß, und ich fragte mich, ob er es wusste; wobei, was genau er wissen sollte, hätte ich selber nicht sagen können.

Der andere Kulminationspunkt liegt etwa einen Kilometer weiter im Ergebnisraum, in Richtung Old Deer, da gibt's einen historischen schottischen Landsitz oder so was. Dort hat sich Nightingale postiert. Zur Verständigung haben wir magiegeschützte Einweg-Walkie-Talkies dabei, und falls die den Geist aufgeben sollten, stehen Sax William und Reid King als Läufer bereit.

»Fox News«, sagte Peter, als wir ihm unseren Plan beschrieben.

»Pfui, das sagt man nicht«, erwiderte Beverley.

Nightingale zaubert jetzt einen magischen Köder, ähnlich dem, mit dem Peter, wie er sagt, damals in Herefordshire die Einhörner angelockt hat.

»Und dann?«, fragte ich ihn.

»Dann schauen wir, ob wir dem Zielobjekt folgen können«, sagte Nightingale.

Und deshalb sitze ich jetzt in tausend Metern Entfernung auf einem Baum, flankiert von drei Füchsen mit Radargehör. Falls der Panther seine angestammte Route nimmt, müsste er hier vorbeikommen, und Nightingale kann sich aus der Distanz an seine Fersen heften.

»Dies ist nur ein erstes Sondierungsmanöver«, warnte er in seinem wirklich ernsten Erwachsenenton. »Versuch direkten Sichtkontakt zu vermeiden.«

»Zu Befehl«, sagte ich, was mir einen Seitenblick einbrachte, aber Nightingale ist zu englisch, um richtig finster zu schauen.

Ich kann spüren, wie er dort tausend Meter entfernt den Zauber wirkt – ein silberner Hauch von Uhrwerk weit hinter den Bäumen im Nordwesten. Wenn ich es bis hierher spüre, wie muss es sich dann aus der Nähe anfühlen?

»Wie lange sitzen wir hier noch?«, fragt Indigo, die es nervt, auf einem Baum zu sitzen. Indigo ist ein Stadtfuchs, sie mag Dächer und Simse, Bäume sind total sinnfrei. Außerdem, hat sie betont, sind Leoparden sehr gute Kletterer. Das hat sie auf ihrem Kindle in Wikipedia gelesen.

Nightingale versicherte ihr, dass eine erhöhte Position immer Vorteile hat. »Hinaufklettern müsste er mit dem Kopf voran. Da sollte es nicht schwer sein, ihm von oben einen ordentlichen Tritt zu versetzen.«

Na ja, mein Dad kennt eine Menge Sagen und Legenden über Leoparden in Sierra Leone, und in keiner davon wird ihnen beim Auf-einen-Baum-Klettern ein Tritt versetzt. Ich hab vor, ihm stattdessen ein *Löwenmäulchen* auf die Nase zu geben, und wenn das nicht wirkt, putze ich ihn mit einer Eiswasserbombe vom Baum.

Gerade überlege ich, ob ich den Proviant auspacken soll, um Indigo vom Jammern abzuhalten, da verstummt sie abrupt, ihre Ohren zucken. Ich mache wieder die Leica bereit. Den ersten Film hat Peter zum Entwickeln nach Aberdeen gebracht. Diesmal hoffe ich, ich erwische den Panther beim Vorbeikommen von der Seite. Dann können wir die Fotos einer von Brians und Abduls zahmen Zoologinnen vorlegen, vielleicht können die ihn eindeutig zuordnen.

»Wo?«, hauche ich, praktisch geräuschlos, weil Füchse dafür gut genug hören.

»Ein Uhr«, haucht Indigo zurück.

Ich richte die Kamera nach rechts.

Der Sucher fängt ihn zwanzig Meter entfernt ein, wie er geschmeidig zwischen den Bäumen hindurchgleitet. Die

Bäume passen überhaupt nicht zu ihm, viel zu gerade und regelmäßig angeordnet. Nach meiner Pflanzen-App sind es Westliche Hemlocktannen, in Schottland eigentlich nicht heimisch und erst recht nicht dort, wo es Panther gibt.

Diese Katze gehört in grelleres Sonnenlicht mit tieferen Schatten und kräftigeren Farben.

Mir gelingen ein paar gute Aufnahmen, und diesmal wendet der Panther sich nicht in meine Richtung. Er ist zu groß, genau wie Peters Möwe, und er ist definitiv fremd hier. Weiß er, wo er ist? Ist er vielleicht verwirrt? Wird er dauernd aus seinem heimatlichen Revier herausgerissen und wieder hineingeworfen und ist genervt, weil seine Umgebung sich ständig ändert? Das würde seine schlechte Laune erklären.

Er bewegt sich in die richtige Richtung – auf Nightingales Köder zu –, aber dabei wird er verdammt nah an meinem Baum vorbeikommen.

Vielleicht wird sich gleich zeigen, wie vorteilhaft so eine erhöhte Position tatsächlich ist.

5
Was Abigail diesmal mit dem Panther machte

Es ist die totale Katastrophe.

Ich sollte doch den Panther nur beobachten, wie er auf den Köder zuschleicht, ein paar coole Bilder schießen und dann ninjamäßig zum Jaguar zurücksausen.

Aber nein, der Panther, der aus dieser Nähe eigentlich DER PANTHER geschrieben werden müsste, hat andere Vorstellungen. Ich weiß nicht, ob er mich und Indigo riechen kann, aber offenbar spürt er im Näherkommen, dass buchstäblich was im Busch ist, denn er wird langsamer.

Und bleibt nur zwei Meter von meinem Baum entfernt stehen. Dreht langsam den Kopf nach rechts und links – ich bin mir sicher, dass er mich wittert. Noch schaut er nicht nach oben, aber das wird sich gleich ändern.

Doch plötzlich ist da ein Geräusch.

Oder vielleicht ein Gesang.

Irgendwas auf jeden Fall, denn Indigo hat die Ohren angelegt.

Auch der Panther legt die Ohren an und kauert sich hin, ganz flach auf den Boden.

Und ja, es ist ein Gesang – ich höre einzelne Töne heraus und vielleicht eine Melodie und ein Versprechen.

Und plötzlich hab ich das Gefühl, fast bildlich vor mir

zu sehen, was die *Formae* beim Fuchsaugenzauber mit den Photonen anstellen und wie die *Allokosmoi* übereinandergestapelt sind wie Hamsterkäfige, und weiß, dass das alles unecht ist, weil ich nicht auf den erstbesten Bluff reinfalle. Egal wie viel magischer Glamour reingepowert wird.

Aber der Panther hat nicht meine Zusatzkompetenzen und legt sich hin und rollt herum wie ein Kätzchen in der Sonne. Als er mir den Bauch zuwendet, sehe ich, dass es ein Weibchen ist, während ich gegen den Drang ankämpfen muss, runterzuklettern und ihr den Bauch zu kraulen.

Indigo spannt sich an, ihre Ohren richten sich wieder auf.

Sie muss mir nicht sagen, was da kommt. Ms. Panther ist jetzt maximal verwundbar, daher überrascht es mich nicht, dass das Singen aufhört und die barfüßige Assassinin mit ihrem Speer angerannt kommt. Ich hebe die Kamera und nehme jetzt sie aufs Korn.

Sie hat ihr Outfit etwas angepasst, das heutige Sportoberteil und die Radlerhose haben Camouflagemuster. Ansonsten ist sie wieder barfuß, den Speer hoch erhoben, mit wehenden Haaren.

Der Moment ist gut gewählt, aber Katzen reagieren megaschnell, zwanzigmal schneller als du oder ich. Deshalb können sie sich so drehen, dass sie mit den Pfoten aufkommen, wenn sie noch keinen halben Meter gefallen sind, und noch ehe mein Gehirn mitbekommt, dass sie sich bewegt, ist Ms. Panther aus der Kuschelpose schon halb unseren Baum herauf.

Und ich starre achtzig Kilo Melano-Leopard ins Auge und erschrecke so, dass ich mich breakdancemäßig nach hinten werfe und plötzlich nicht mehr genug Baum zum Landen habe. Die Schwerkraft packt mich, und ich kann mich gerade noch an einem Ast festhalten.

Indigo krallt sich mit allen vieren an meinem Rucksack fest, was mal wieder zeigt, wie nützlich artübergreifender sozialer Zusammenhalt für die Überlebenswahrscheinlichkeit einzelner Exemplare sein kann. Und dass ich auch mit der zweiten Hand den Ast packen kann, ist nützlich für meine eigene.

Ich hänge also mit einem verängstigten Fuchs auf den Schultern an dem Ast und habe eine hervorragende Sicht darauf, wie Ms. Panther sich vom Baumstamm abstößt und auf die Speerträgerin zuschnellt. Was dann passiert, kann ich im Hängen nicht ganz so gut beobachten.

Die Speerfrau wirft sich aus dem Weg, aber der Panther kann ihr noch die Pranke über den Rücken ziehen. Die Frau geht bäuchlings zu Boden, und er setzt zum finalen Sprung an.

»Weg da!«, brülle ich in bestem Stephanopoulos-Kommandoton. Ms. Panther wendet ihre Aufmerksamkeit mir zu. Zwei Meter bis zum Boden hin oder her, es wird Zeit, den Ast loszulassen. Ich versuche mich abzurollen, wie Nightingale es mir gezeigt hat.

Als ich wieder hochkomme, ist die Pantherin keine drei Meter mehr von mir entfernt. Bei einer Katze ist es schwer zu sagen, aber ich hab den Eindruck, sie ist leicht erstaunt und neugierig auf mich. Und wenn man auch nur ein bisschen was über Katzen weiß – und Indigo kann einen mit diesem Thema zu Tode langweilen –, weiß man, dass Neugier bei ihnen vor allem darauf hinausläuft, dass sie sich fragen, ob man mit etwas spielen kann.

Ich denke mir, dass sich jetzt ein für alle Mal zeigen wird, ob ich unter Stress zaubern kann, da springt die Frau auf und rammt dem Tier den Speer in die Seite. Es faucht, wendet sich ihr zu, richtet sich auf und schlägt mit den Vorderpranken.

Die Frau weicht zurück, wobei sie die Speerspitze vor sich kreisen lässt, um das Tier zu irritieren.

Dann sticht sie nach seinem Gesicht und treibt es nach hinten.

Ich überlege, dass ich dem Viech jetzt schnellstens mein *Löwenmäulchen* vor den Latz knallen sollte, und habe den Zauber praktisch schon bereit, aber während ich so zuschaue, wie es vor der Frau zurückweicht, die versucht, es mit dem Speer aufzuspießen, frage ich mich, welche Seite hier eigentlich die richtige ist.

Und dann ist Evi weg.

Einfach so.

»Schwachstelle«, sagt Indigo selbstzufrieden aus irgendeinem sicheren Versteck hinter mir.

Keine Implosion, kein plötzliches Vakuum. Also kann Ms. Panther eigentlich nicht wegteleportiert/versetzt/whatever worden sein.

Frage: Wenn ein großer melanistischer Leopard keine Losung hinterlässt und mitten im Wald spurlos verschwindet – existiert er dann wirklich?

Die Speerfrau ist noch misstrauisch. Ohne mich zu beachten, schaut sie sich mit erhobener Waffe um. Dabei sehe ich, dass ihr Rücken von der linken Schulter bis zur Taille blutüberströmt ist.

Okay, dafür war der Panther also real genug.

»Hey, warte mal«, sage ich. »Du bist verletzt.«

Die Frau wendet sich mir zu.

»Am Rücken.«

Sie reckt den Kopf und tastet ungeschickt mit der freien Hand über ihren Rücken. Als diese rot und glitschig zurückkommt, wird ihr Blick entsetzt. Sie lässt den Speer fallen. »Oh Schiet!«

»Halt still und lass mich schauen«, sage ich.

»Wer bist du?«

Ich ziehe das Erste-Hilfe-Set aus dem Rucksack und halte

es beruhigend in die Höhe. »Ich bin die mit dem Verbandszeug.«

Sie nickt und dreht mir den Rücken zu.

Als ich mich vorbeuge, um die Krallenwunden zu begutachten, streift meine freie Hand die Schärpe um ihre Taille. Ein wildes Kribbeln durchfährt mich, wie Luftblasen, die über die Haut eines Delphins perlen. Was total schräg ist – woher bitte soll ich wissen, wie sich das anfühlt?

»Was machst du da?«, fragt sie, rafft aber ihre Haare zusammen, damit sie aus dem Weg sind.

»Sorry«, sage ich und mustere die verletzte Stelle.

Ihr Oberteil ist zerrissen, und Blut läuft ihr über den Rücken. Ich reiße das brandneue Verbandsset auf und wühle nach den sterilen Tüchern. Damit wische ich das Blut so weit ab, dass drei lange Kratzer quer über das Schulterblatt erkennbar werden. Der obere ist beängstigend tief, das Blut kommt so schnell rausgeströmt, dass ich kaum mit Abtupfen nachkomme.

Ich habe schon öfter erste Hilfe geleistet, und man verbringt nicht sein halbes Leben in einem Kinderkrankenhaus, ohne ein bisschen was mitzubekommen … na gut, eher Blutergüsse, Schürfwunden und Schrammen als Krallenwunden. Aber bei dieser hier ist mir trotzdem klar, dass professionelle Hilfe gefragt ist.

Es ist nur ein kleines Reiseverbandsset, die Kompressen sind zu klein für die klaffende Wunde, deshalb ziehe ich meine Notfall-Damenbinden aus dem Rucksack. »Das muss genäht werden«, murmele ich, während ich die Packung mit den Zähnen aufreiße.

Sie schrickt auf. »Nein. Keine Ärzte.«

»Halt still«, sage ich, und erstaunlicherweise gehorcht sie. Ich drücke eine Binde auf den tiefen Schnitt und bitte sie, den Arm auszustrecken. Mit der Wange halte ich die Binde an Ort und Stelle, knibble nacheinander die elastischen Verbände aus der Packung und wickle sie straff um die Achselhöhle und die andere Schulter, bis keiner mehr übrig ist. Dann sage ich, sie soll das Ende festhalten, während ich eine Sicherheitsnadel suche. Ihre Hand streift meine, und da macht mein Herz einen Hüpfer, als ob es einen Salto schlägt, was ich gerade gar nicht brauchen kann, weil ich versuche, sie nicht mit der Nadel zu stechen.

Als ich fertig bin, strebt sie von mir weg, aber ich behalte die Hand auf ihrer Schulter. »Ich muss die anderen noch säubern.«

»Du hast sanfte Hände«, sagt sie – das hat noch nie in meinem Leben jemand zu mir gesagt, das kann ich beschwören. Dann legt sie ihre Hand auf meine und drückt sie sacht. Und dann bemerkt sie die Füchse, die sich etwas genähert haben und uns aus sicherem Abstand beobachten, und lässt los.

»Was ist denn das?«

Es ist Indigo, die ihr antwortet. »Wir sind Füchse. Und du?«

»Weg mit euch, ihr Kroppzeug«, sagt die Frau, und ich erhasche einen Hauch jenes magischen Zwangs, der aus dem Panther ein schlafendes Kätzchen gemacht hatte. Sie verschwendet ihre Zeit. Peter und ich haben die Füchse in London mal zusammengerufen und von Beverley bezaubern lassen, auf unterschiedliche Entfernung und mit unterschiedlich vielen Füchsen. Es hat nie gewirkt.

»Natürlich nicht«, sagte Indigo, als wir sie fragten, ob sie eine Ahnung hätte, warum. »Wir haben doch Fuchsverstand.«

»Wen nennst du hier Kroppzeug, Fischgesicht?«, fragt Reid King.

Ich spüre sie überrascht zusammenzucken, dann dreht sie

sich halb um, fängt meinen Blick auf und hebt die Augenbrauen.

»Indigo, Sax William und Reid King«, sage ich und schiebe sanft ihre Schulter nach vorn, damit ich weitermachen kann. »Ich bin Abigail. Und das muss genäht werden.«

»Du bist aus England«, sagt sie, während ich die beiden unteren Kratzer, so weit sie unter dem Verband herausschauen, mit den letzten Kompressen sauberwische.

»Ach was, echt?«, sage ich. »Ja, aus London. Und du?«

»Ausm Broch. Also, aus Fraserburgh.«

Ich habe jetzt alles für sie getan, was mit meinen Möglichkeiten geht, aber die Binde färbt sich schon rot. »Wie heißt du?«

»Ione.«

»Was, wie die Meeresnymphe?«

Ione dreht sich um und starrt mich an. »Was weißt du davon?«

»Ist halt ein alter Name«, sage ich, weil manche Leute voll komisch reagieren, wenn ich sage, dass ich zum Spaß altgriechische Texte lese. Na ja, vielleicht nicht zum Spaß, aber mir gefällt die Sprache besser als Latein, weil die Worte sich irgendwie gut im Mund anfühlen.

Ihre Lippen sind rot, und sie ist viel größer als ich. Ich würde ihr gern die Arme um den Hals legen und ihren Kopf zu mir ziehen, damit ich sie auf diese roten Lippen küssen kann. Das sind die Hormone, die in mir verrücktspielen, ich frage mich nämlich, ob sie mich vielleicht auch will, nur sollte man das erst genauer wissen, bevor man hingeht und einfach wildfremde Frauen küsst.

Außerdem könnte Indigo eifersüchtig werden.

Ich zwinge mich, erst mal praktisch zu denken.

»Das muss definitiv genäht werden«, sage ich noch einmal. »Sonst verblutest du.«

»Ich kann nicht ins Krankenhaus oder zu einem Arzt, das würde mein Onkel erfahren.«

»Und das ist schlimmer, als zu sterben?«

»Der bringt mich um.« Ich muss ein skeptisches Gesicht gemacht haben, denn sie fährt fort: »Du glaubst, das ist ein Scherz? Ich bin nur die Tochter seines Bruders, da würde er nicht mit der Wimper zucken.«

»Aber jemand muss das nähen«, sage ich.

Indigo dreht sich zu Sax William und Reid King um. »Habt ihr hier in der Nähe vielleicht medizinische Kontakte?«

»Och, aye«, sagt Sax William so selbstzufrieden, wie nur ein Fuchs es kann.

Ihr Name ist Kirsty MacIntyre, approbierte Tiermedizinerin und Fellow des Royal College of Veterinary Surgeons, die beste Tierärztin der Gegend und, wie mir Indigo sagt, medizinische Betreuerin der operativen Einheit Grampian. Sax William diktierte mir ihre Nummer, und zehn Minuten später holte sie uns in einem ramponierten zehn Jahre alten Range Rover an der verabredeten »Exfiltrationsschnittstelle«, nämlich einer nahe gelegenen Straße ab.

Ihre Praxis liegt im benachbarten Ort Strichen und hat zur Straße hin eine graue Granitfassade und nach hinten raus einen großen ummauerten Hof. Wie in allen Tierarztpraxen riecht es leicht nach verängstigtem Tier.

»Habt ihr in London auch solche Kontakte?«, frage ich Indigo, während Ione im Behandlungszimmer genäht wird.

»Natürlich. Tierärzte, Wohlfahrtsorganisationen, technischer Support, alles, wozu man einen Daumen braucht.«

Man merkt, dass die Tierärztin normalerweise nur Tiere behandelt, denn sie hat die Tür offen gelassen, und ich kann Ione mit bloßem Oberkörper auf dem Behandlungstisch liegen sehen. Während die Wunden genäht werden, zuckt sie ein paarmal zusammen, bleibt aber stumm. Ich kriege die Vorstellung nicht aus dem Kopf, ihr einen Kuss aufs Kreuz zu geben und mit der Zunge am Rückgrat entlang nach oben zu fahren.

Oh je, ich bin total verknallt, und das wirkt sich, wie die Füchse sagen würden, nachteilig auf die operative Effizienz aus.

Die Füchse kichern.

»Feines Weibchen, aye«, sagt Sax William. »Kein Wunder, dass die da ganz rollig ist.«

»Hihi, Stielaugen«, sagt Reid King, und beide kichern wieder. Indigo wirft mir einen unschuldigen Blick zu, der mich nicht täuschen kann.

Ich setze mich auf einen anderen Stuhl, so dass ich nicht mehr ins Behandlungszimmer schaue, und informiere Nightingale, damit er nicht sauer wird.

Er antwortet mit *Daumen hoch* und: *Kontakt aufrechterhalten.*

Nach beendeter Behandlung winkt Kirsty die Füchse ins Behandlungszimmer, während Ione auf die Toilette geht, um sich zu waschen. Dabei hält sie sich die Reste ihres Oberteils vor die Brust, aber ich schau gar nicht hin. Ehrlich. Ich setze mich wieder auf den Stuhl, von dem aus ich Behandlungszimmer und Eingangstür im Blick habe, damit mir Ione nicht heimlich abhaut.

Die Toilette hab ich vorhin abgecheckt, da kommt man nicht raus.

Im Behandlungszimmer sagt Kirsty zu den Füchsen: »Hopp, auf den Tisch, Leute. Ich will euch nur kurz anschauen – dich auch, Indigo.«

Ich gehe zur Tür und sehe, wie die Füchse gehorsam auf den Tisch springen und sich aufrecht hinsetzen wie eine

Reihe Porzellanhündchen. Kirsty streicht über Sax Williams Kopf, Rücken und Flanken, dann geht sie zu Reid King über. »Irgendwelche juckenden oder räudigen Stellen? Schnupfen? Zecken, Bisse oder Abszesse?«

»Nein, Ma'am«, kommt die Antwort im Chor.

»Komische Sachen in euren Köttein?«

»Nein, Ma'am«, sagen die zwei hiesigen Füchse.

»Köttel?«, fragt Indigo.

»Kot«, sagt Kirsty. »Ausscheidungen.«

»Nein, ganz und gar nicht. Ich passe auf, was ich esse.«

»Gut zu hören«, sagt Kirsty. »Wäre schön, wenn die hier das auch täten. So, alle die Zähne zeigen, bitte.«

Einer nach dem anderen öffnen die Füchse die Schnauze, und Kirsty schaut sich mit Hilfe eines Spatels ihre Zähne von allen Seiten an. Voll hammer, wie weit Füchse die Schnauze aufreißen können, so dass man all die scharfen weißen Zähne sieht. Gesunde Zähne, nach dem zufriedenen »Mhm« zu schließen, das Kirsty von sich gibt, bevor sie zu den Ohren übergeht. Dabei fragt sie, ob die Füchse das medizinische Shampoo verwenden, das sie ihnen gegeben hat.

Die beiden Hiesigen versichern hoch und heilig, dass sie das tun und auch nur sauberes Wasser nehmen, ja, Ma'am, niemals aus dem Straßengraben, wir sind doch brave kleine Füchse.

»So klein auch wieder nicht«, sagt Kirsty.

In Reid Kings Ohr findet sie etwas, was ihr nicht gefällt, und sie reinigt es mit einem Wattepad und einem Antiseptikum. Als sie die Stelle berührt, zuckt Reid King zusammen.

»Bei den Ohren wart ihr nicht so sorgfältig, hm?«, merkt Kirsty an. Sax William und Reid King winden sich ein bisschen, Indigo macht ein selbstgefälliges Gesicht. Ihre Ohren schaue ich mir alle paar Tage an, und ich mopse mir regelmäßig etwas Babyshampoo von den Zwillingen, um sie zu waschen.

Von der Toilette kommt Ione, sie trägt ein weißes Sweatshirt mit dem Schriftzug *Non inferiora secutus*.

»Nicht niederen Dingen nachgegangen sein«, sage ich, weil ich diesen bescheuerten Drang habe, sie zu beeindrucken.

»Was?«, fragt sie.

»Der Spruch«, sage ich.

Sie macht ein verwirrtes Gesicht, dann peilt sie es und schielt auf ihre Brust runter. »Das ist das Motto des Buchan-Clans.«

»Ist das deiner?«

»Was? Nein! Hör zu, ich kann nicht länger bleiben. Ich muss heim.« Sie marschiert zur Tür.

Ich folge ihr, weil ich sie nicht aus den Augen lassen will. »Warte. Wie willst du denn nach Hause kommen?«

Sie zeigt die Straße entlang, an der gedrungene graue Häuser stehen, aber keine Bäume. »Mit dem Bus.« Dann fragt sie mich, ob ich ihr das Geld für die Fahrkarte leihen kann. »Hab meine Tasche im Wald verloren.«

Ihren Speer auch, denke ich, aber den erwähnt sie nicht.

Ich drücke ihr einen Schein in die Hand, und kurz stehen wir unbehaglich da und schauen einander an, dann scheint sie zu beschließen, dass ich sie kein bisschen interessiere, und macht sich auf den Weg. Ich begleite sie, weil wir abgesehen von allem anderen noch einiges zu besprechen haben. Dabei bleibe ich hinter ihr, weil der Bürgersteig so schmal ist.

»Wir müssen noch über diese Katze reden«, sage ich.

»Halt dich von der Katze fern«, sagt sie. »Die geht dich nichts an.«

»Warum willst du sie so dringend töten?«

»Weil sie nicht hier sein sollte.«

»Wo sollte sie stattdessen sein?«

»Woher soll ich das wissen? Nicht hier jedenfalls.«

Wir bleiben an einer minimalistischen Bushaltestelle neben einem großen flachen Gelände stehen, das wohl ein Park sein muss, obwohl ich nicht ganz kapiere, wozu man einen braucht, wenn dahinter buchstäblich das platte Land anfängt.

»Weißt du, was sie hier macht?«, frage ich.

»Warum willst du das wissen?«, gibt sie zurück.

»Weil es mich sehr wohl was angeht, okay?«

Sie tritt einen Schritt zurück und mustert mich stirnrunzelnd. »Für wen arbeitest du?«

»Ich arbeite für das Folly«, sage ich, was in gewisser Weise stimmt, als vereidigter Lehrling und überhaupt. Wobei mir die Wendung »mit dem Folly zusammen« lieber ist, weil ich ganz bestimmt nicht vorhabe, staatlicher Freund und Helfer zu werden.

»Was ist'n das?«

»Die sind für so was zuständig. Für Sachen wie die Katze.«

»Nicht hier«, sagt sie. »Nicht jetzt, nicht früher, niemals.«

Aber ich höre leisen Zweifel heraus und denke mir, dass das vielleicht ein guter Ansatzpunkt ist, nur kommt gerade der Bus, und ich sage das Erste, was mir in den Sinn kommt.

»Können wir uns wieder treffen?«

Sie zögert, schaut mich erst überrascht, dann misstrauisch, dann irgendwie verlegen an – und mein Inneres schlägt eine Art wilden Salto, und mein Gesicht glüht. Sie wird auch rot, da macht mein Inneres gleich noch einen Salto rückwärts.

Neben uns kommt zischend der Bus zum Stehen, uns geht die Zeit aus.

»Wo wohnst du hier?«, fragt sie, während sich die Tür öffnet.

Ich nenne ihr Brians Adresse.

»Halt dich von der Katze fern«, sagt sie beim Einsteigen. »Du weißt nicht, womit du's zu tun hast.«

Die Tür schließt sich, der Bus fährt los. Ich schaue ihm nach, bis er außer Sicht ist, dann rufe ich Nightingale an.

»Wo sind Sie?«, frage ich, als er abnimmt.

»Bei der Tierärztin zum Tee.«

Ich gehe zurück in Richtung Praxis. »Hat Indigo Ihnen alles erzählt?«

»Nur in groben Zügen«, sagt er. »Was wäre dein nächster Schritt?«

»Noch mal kurz im Wald vorbeischauen«, sage ich.

Füchse können sehr gut zurückverfolgen, wo sie kürzlich waren – vor allem, wenn sie ein paar Stellen »markiert« haben. Ich klettere auf den Baum und berge meine Kamera, deren Riemen sich zum Glück in einem Zweig verfangen hat, als ich sie fallen gelassen habe. Indigo und Reid King jagen einander um den Baum und tun so, als wären sie riesige schreckenerregende Katzen. Sax William spielt den vernünftigen älteren Bruder und geht auf die Suche nach Iones Tasche. Nightingale legt sich platt auf den Boden, das Ohr an den Erdboden gedrückt, und »lauscht auf den Wald«. Sagt er jedenfalls.

Vorsichtig klettere ich wieder vom Baum. Peinlicherweise muss ich erkennen, dass der gewaltige Abgrund, über dem ich heute Morgen baumelte, aus vielleicht siebzig Zentimetern von meinen Fußsohlen bis zum Boden bestand. Kam mir viel tiefer vor.

Ich gehe dorthin, wo Ione ihren Speer verloren hat, und da liegt er noch. Ich hebe ihn auf und begutachte ihn gründlich, ohne die Spitze zu berühren – ich bin ja forensisch geschult. Zuerst halte ich sie für Stein, aber dann peile ich, dass sie aus einer Muschel besteht. So einer fächerförmigen, wie sie in Comics immer am Strand liegen. Sie ist nicht mal richtig spitz, die aufgefächerte Seite zeigt nach oben, aber als ich genau hinschaue, sehe ich, dass sie übelst scharf ist.

Der Rand ist blutverkrustet, glaube ich.

Vielleicht ist es auch Moos.

Egal, ich stülpe eine von den Papiertüten zum Sammeln biologischer Proben aus meinem Rucksack darüber und befestige sie mit Klebeband. Beverley sagt, solche Tüten sollte man auf jedem Spaziergang dabeihaben – man weiß nie, was einem begegnet.

Bei Bev sind es aber eher gruselige Krabbeltiere und seltenes Grünzeug als potenziell tödliche Waffen.

»Hab sie gefunden«, ruft Sax William von einer total zugewachsenen Stelle her. Dort ist ein Nadelbaum gegen einen anderen gefallen, dazwischen ist ein ganz von Efeu verdeckter zeltartiger Hohlraum entstanden.

Drinnen ist es warm und ein bisschen gruselig, und er ist mit trockenem Gras gepolstert. Sax William hat selbstzufrieden die Pfote auf eine knallblaue zylindrische Tasche gelegt, so eine absolut wasserdichte aus PVC mit hochfrequenzverschweißten Nähten, wie sie Kajakfahrer und Windsurfer und ähnlich abgedrehte Leute verwenden. Beverley und ihre Schwestern benutzen die auch, vor allem, wenn sie abends feiern gehen, damit ihre Partyklamotten trocken bleiben.

Die Tasche hat ein ebenso wasserdichtes Außenfach für ein Handy, aber es ist keins drin.

Sax William schnuppert eine Weile im trockenen Gras herum und blickt dann auf. »Hier war sie ziemlich lange.«

Ich lege mich ins Gras. Von hier aus kann ich gerade so die Eiche sehen, in der ich saß. Nicht sehr gut, wegen der Baumstämme dazwischen, aber ich vermute, Ione hat beobachten können, wie ich raufgestiegen bin.

»Und mich als Köder benutzt«, sage ich, weil das die logische Folgerung ist.

Indigo und Reid King kommen herbeigerannt, und ich ermahne sie, zurückzubleiben, während ich den Hohlraum nach weiteren Spuren absuche. Ich finde aber nichts, also überlasse ich ihnen das buchstäbliche Schnüffeln. Sie behaupten, dass sie nach Spurenmaterial suchen, aber ich lasse mich nicht täuschen. Vor allem nicht, als sie anfangen, Fangen zu spielen. Als selbst Sax William mitmacht, krieche ich aus der Höhle heraus, ziehe meine Nitrilhandschuhe an und schaue die Tasche durch.

Darin sind ein paar Sneakers plus Socken. Ich schnuppere vorsichtig daran. Sie riechen ungefähr so, wie man erwarten würde, aber ich bekomme dabei ein ganz komisches Gefühl im Magen, über das ich mich ärgere. Ich kann's nicht leiden, wenn mein endokrines System versucht, meinen Verstand auszubooten. Das Leben ist kompliziert genug. Dann muss ich plötzlich wieder an Paul denken und an Mum und Dad, und ich spüre, wie sich mein Gesicht verzieht wie bei den Zwillingen, wenn sie nicht kriegen, was sie wollen.

Also, das hat gefälligst aufzuhören. Wenn ich düster und emo sein wollte, würde ich schwarze Vintage-Klamotten tragen und Somali Yacht Club hören.

Außer den Sneakers sind in der Tasche ein noch originalverpacktes Regencape und ein weißes Kunststoff-Kartenetui, darin eine blau-gelbe Karte mit einem dämlich guckenden Porträtfoto von Ione in der Ecke. »Young Scot« steht darauf, es scheint eine Monats- oder Jahresfahrkarte zu sein, wie ich sie in London habe. Dahinter stecken zwei lustig gefärbte schottische Zehnpfundnoten. Das erklärt, warum Ione sich bei mir Geld für den Bus leihen musste. Aber das Beste ist, dass auf der Karte ihr voller Name steht: Ione Seaton.

Jetzt kenne ich ihren Namen und weiß, was sie vorhat. Das sollte reichen, um sie zu finden, dann muss ich nicht mal Peter bitten, das über seinen Dienstzugang zu erledigen. Ich stopfe alles wieder in die Tasche, schlappe zu Nightingale, der immer noch dem Wald lauscht, und setze mich so, dass er mich sehen kann.

»Irgendwas Spannendes?«, frage ich.

»Peter behauptet, einmal hätte er an einer Kreuzung in Herefordshire deren gesamte Geschichte erfahren«, sagt er in traumverlorenem Ton. »Aber hier spüre ich nichts.«

»Kreuzung, das heißt Leute«, sage ich, weil ich darüber immer wieder nachdenke, seit ich gelernt hab, was *Vestigia* sind. »Und Leute sind für uns begreifbar. Wenn's nur Natur ist, erkennen wir vielleicht nicht mal, worum genau es sich handelt.«

»Ganz richtig«, sagt Nightingale. »Nun erschrick bitte nicht und mach keine plötzlichen Bewegungen; ich glaube, wir befinden uns unter Beobachtung durch jemanden hinter dir.«

Ich wirble nicht herum oder so was Abgedroschenes. Stattdessen stehe ich auf, wie ich sonst auch aufgestanden wäre, drehe mich langsam um und schaue hin.

Zehn Meter entfernt steht ein Mann. Er trägt ein ärmelloses Wams über einem grünen Hemd mit hochgekrempelten Ärmeln und so eine altmodische Hose, die er in die grünen Socken gesteckt hat, die aus seinen Stiefeln herausschauen. Er ist weiß, aber sein Alter kann ich nicht schätzen. Weder jung noch alt, allerdings hat er Fältchen im Gesicht; das, was in Büchern als wettergegerbt bezeichnet wird. Sein Haar ist dünn und rot. Und in der Armbeuge hält er nachlässig eine doppelläufige Schrotflinte.

»Tag auch«, sagt er, und trotz der Entfernung und obwohl er nicht laut spricht, höre ich ihn ganz deutlich.

»Hey, was geht?«, frage ich, bevor ich mich zurückhalten kann.

»Ihr seid aus England unten«, sagt er, nicht als Frage.

»Ja«, sage ich.

Der Mann nickt. An seinem Gesicht ist irgendwas komisch, als könnte mein Gehirn nicht so recht aufnehmen, wie er aussieht. Die Füchse, bemerke ich, sind spurlos verschwunden.

»Er hat eine Schrotflinte«, sage ich so leise ich kann.

Der Mann lächelt. »Keine Angst. Die ist für Schädlinge, nicht für euch. Oder seid ihr Schädlinge?«

Ich weiß, wie sich eine Drohung anhört. Und Nightingale auch, der sich hinter mir zu voller Größe aufrichtet wie ein großer Bruder – wie Paul einer geworden wäre, wenn er es gekonnt hätte.

»Ich versichere Ihnen«, sagt er, »wir sind mitnichten Schädlinge, sondern führen hier offizielle Ermittlungen durch.«

»Offizielle Ermittlungen. Tatsächlich?«

»Mein Name ist Thomas Nightingale, und das ist mein Lehrling Abigail.«

»Ah.« Der Mann nickt.

»Darf ich um Ihren Namen bitten?«, fragt Nightingale.

»Ich denke, das hat noch Zeit«, sagt der Mann und wendet sich ab. »Wir sehen uns bald wieder.«

Und er geht zurück ins Unterholz und ist verschwunden.

»Wer war das?«, frage ich.

»Um ehrlich zu sein, habe ich keine Ahnung«, sagt Nightingale. »Doch ich bin mir sicher, dass wir es in Kürze herausfinden werden.«

6
Cream of the Well

Am nächsten Morgen fuhren wir alle zusammen nach Aberdeen, und die Zwillinge in ihren Kindersitzen unterhielten uns mit einem fröhlichen Duett in den Stimmlagen Kreisch und Quiek. Nicht lange nachdem wir sie bekommen hatten, hatte ich Bev gefragt, ob sie sie nicht mit Hilfe ihrer mystischen fluvialen Kräfte so bezaubern könnte, dass sie still wären. Nein, sagte sie, bei ihnen würde das nicht wirken. Dann boxte sie mich für die »mystischen fluvialen Kräfte« in den Arm und dann ein zweites Mal, weil ich einen so unethischen Vorschlag gemacht hatte. Als vernünftiger Mensch wies ich sie nicht darauf hin, dass sie es mindestens einmal selbst ausprobiert haben musste, woher sollte sie sonst wissen, dass es nicht wirkte?

Ich parkte an der Esplanade, half ihr, die Zwillinge zum Eingang der Riesenhüpfburg zu lotsen, küsste alle drei und ging an die Arbeit. Eine schnelle Google-Suche hatte ergeben, dass es in einer Seitenstraße der Union Street einen Jessops-Fotoladen gab, der bereit war, alte 35-mm-Filme zu entwickeln, also fuhr ich auf dem Weg zur Polizeihauptwache kurz dort vorbei.

In dem Laden bediente mich ein Typ namens Donnie – weiß, dünn, schwarzes T-Shirt, Namensschild –, er entpuppte sich als Analogfotografie-Fan und wurde richtig begeistert, als ich erzählte, die Fotos seien mit einer alten Leica gemacht worden. Ich versprach ihm, wenn er den Film über Nacht entwickelte, würde ich den Besitzer überreden, bei ihm vorbeizuschauen, damit er sich mit ihm über Kameras unterhalten konnte. Gebongt, sagte er.

Danach fuhr ich ins DHQ und stellte mich am Empfang vor. Blinschell wurde gerufen, ließ mich herein und führte mich zur Haupttreppe. Auf dem ersten Absatz blieb er abrupt stehen und legte den Finger an die Lippen.

Oben brüllte eine Frauenstimme: »Herrgott noch mal, jetzt pienzen Sie nicht so rum, Sie sind doch kein Baby mehr!«

Dann schloss sich eine Tür.

Blinschell entspannte sich merklich und ging weiter.

»Was war das?«, fragte ich.

»Das wollen Sie gar nicht wissen.«

Wir erreichten ein schmales rechteckiges Büro mit einem langen Tisch an einer Längswand und davor gerade genug Platz für zwei Bürostühle. Es war frisch gestrichen, in den Lampen steckten brandneue LED-Birnen. Ich erkannte es sofort als einen dieser ungenutzten Räume, in die »wir das Folly reinstecken, damit es der richtigen Polizeiarbeit nicht in die Quere kommt«. In solchen Büros habe ich gearbeitet, seit ich meinen Lehrlingseid geschworen habe.

Immerhin gab es ein Whiteboard und einen Computer mit HOLMES-Zugang, und da ich mir die Genehmigung geholt hatte, das Intranet der Polizei Schottland nutzen zu dürfen, würde es für unsere Zwecke genügen.

Blinschell und ich setzten uns und machten uns an die Planung des Vormittags. Ich würde die Vorfälle der letzten Zeit durcharbeiten, er würde auf der Esplanade hausieren gehen, um sich die Überwachungsaufnahmen um den Zeitpunkt herum zu besorgen, als Aquaman Bernard Fontaine um seine Hosen erleichtert hatte.

Er war schon im Gehen, da kam mir noch ein Gedanke. »Lassen Sie sich auch die Aufnahmen von gestern geben, als wir versucht haben, den Vogel zu fangen. Bis zu zwei Stunden danach vielleicht … oder nein, besser drei.«

»Wonach suchen wir da?«

»Personen, die sich dafür interessiert haben.«

Nachdem er weg war, setzte ich mich und verfasste eine lange Mail an die Rechercheabteilung des Folly. Mit »Rechercheabteilung« meine ich (wenn wir nicht gerade einen großen Fall haben) einen Typen namens Nathan Fairbright, der seine Arbeitszeit damit verbringt, in den diversen Polizeidatenbanken und dem gewaltigen Ozean von Desinformation namens »Open-Source-Quellen« nach abstrusem Scheiß zu fischen und mindestens zwei Stunden pro Tag online Discworld zu spielen.

Als auch das erledigt war, vertiefte ich mich in die Laden- und Handtaschendiebstähle, betrunkenen Zwischenfälle und Schlägereien des letzten halben Jahres, die von einer Vergnügungsmeile wie der Esplanade zu erwarten sind. Die richtig harten Sachen passierten eher um die Union Street herum, wo freitagabends die männliche Jugend bei den Mädels Eindruck machen will, sich »duhn« säuft und gelegentlich mit Messern aufeinander losgeht. Erinnerte mich an meine Probezeit im West End.

Dann fiel mir eine VP ins Auge – eine vermisste Person.

Alice MacDuffie, Doktorandin in Geologie an der Universität Aberdeen. Ihr Auto wurde an der Esplanade gefunden, nachdem sie von ihrem Doktorvater, Kristian Jørgensen, vermisst gemeldet worden war. Grund war, dass sie zu einigen Terminen an der Fakultät nicht erschienen und weder per Handy noch per Festnetz erreichbar gewesen war; daraufhin war jemand von der Uni zu ihr nach Hause in Westhill gefahren, doch dort war sie offensichtlich nicht. Der Fall wurde dann als besonders schwerwiegend eingestuft, weil sie die vier Wochen vor der Vermisstenmeldung angeblich in Urlaub gewesen war, doch weder ihr Handy noch ihre Bankkarten oder ihr Twitter-Account waren in dieser Zeit aktiv gewesen.

Trotz der neuen Dringlichkeitsstufe gingen den ermittelnden Beamten schnell die Spuren aus. Naheliegende Verdächtige wie männliche Universitätsmitarbeiter hatten alle ein Alibi und kein persönliches Motiv. Schon nach sieben Tagen hatte die Polizei Aberdeen jede Ermittlungsrichtung ergebnislos in Grund und Boden verfolgt. Die gängige Hypothese war inzwischen, dass Alice MacDuffie aus eigenem Antrieb und unbekanntem Grund einen tödlichen Badeausflug unternommen hatte.

Im Prinzip glaubte das niemand. Aber bevor nicht neue Spuren oder eine Leiche auftauchten, musste der Fall ruhen. Achtundzwanzig Tage nach der Vermisstenmeldung würde eine Routineüberprüfung erfolgen.

Was mich hellhörig werden ließ, waren Berichte über eine ungewöhnlich große und aggressive Möwe, die die Beamten bedroht hatte, die das Auto gefunden hatten. Ort und Möwe waren nur eine sehr dünne Verbindung, dennoch markierte ich die Akte und notierte mir ein paar Einzelheiten, nur zur Sicherheit. Außerdem fragte ich Blinschell nach dem Fall, als er mit seiner Überwachungsausbeute wiederkam.

Einer der Vorteile einer so kompakten Stadt wie Aberdeen ist, dass die Überwachung schön zentralisiert ist, deshalb ist es nicht so mühsam wie in London, die Aufnahmen zusammenzuklauben. Der Wiesenstreifen am Beach Boulevard wurde von keiner Kamera abgedeckt, aber das Ermittlungsteam hatte alles gesammelt, was es von den umliegenden Zugangspunkten gab, und Material mit auffälligen Szenen markiert. Also fingen wir damit an.

»Da ist er«, sagte Blinschell.

Auf dem Bildschirm betrat der Mann, der von den Ermittlern bereits als unser Opfer identifiziert worden war, den Erfassungsbereich der Kamera an der Kreuzung des Beach Boulevard mit der Links Road. Wegen der Entfernung war die Gestalt ziemlich klein, doch etwas an der Haltung seiner Schultern, während er über die Kreuzung hastete, schien mir darauf hinzudeuten, dass Aquaman entschlossen, aber verängstigt war. Und er hatte es definitiv eilig.

Keine Minute später erschien die fünfköpfige Gruppe im Bild, die als Aquamans mögliche Angreifer gehandelt wurden. Auch sie waren nur aus der Ferne zu sehen, aber es hatte etwas Wölfisches, wie sie dem Opfer hinterherschlichen. Eine Gestalt an der Spitze, das restliche Rudel in einer losen Reihe dahinter. Sie trugen stadtgemäße Tarnkleidung, Hoodies und Jeans.

Die erste Gestalt hielt etwas Langes, Dünnes in der rechten Hand.

Ich musste an den Speer denken, den Abigails »Freundin« verloren hatte.

»Haben wir inzwischen genauere Informationen über die Verletzungen?«, fragte ich.

Blinschell schaute in HOLMES nach.

»Nicht viel, aber im Wundkanal wurden Spuren von Kalzit gefunden.« Er wechselte zu Google. »Das wurde im Zweiten Weltkrieg in Zielvorrichtungen von Waffen eingesetzt, in der Landwirtschaft ist es in Kunstdünger enthalten, außerdem in Zement, und in der Massenspektrometrie wird es auch verwendet.«

Baustellen, Bauernhöfe und optische Betriebe – das engte den Suchradius nicht gerade ein. Allerdings musste ich bei der Massenspektrometrie an unsere vermisste Geologin denken.

»Und im alten Ägypten wurden Katzen daraus geschnitzt. Und es ist in Muschelschalen drin.«

Etwas klingelte im Baumaterial-Sektor meines Gehirns. »Kalkstein.«

Dieselbe Gruppe war von derselben Kamera erfasst worden, als sie keine zehn Minuten später denselben Weg zurückrannte. Sie war auf keinen weiteren Kameraaufnahmen gefunden worden, zumindest nicht auf denen, die wir bisher hatten.

Wir wechselten zu den Aufnahmen von der Esplanade zehn bis fünfzehn Minuten davor. Die Bushaltestelle war recht gut zu sehen. Gut genug, um zu erkennen, dass Aquaman seinem Spitznamen alle Ehre machte und splitterfasernackt die Treppe vom Strand heraufkam. Wegen des schlechten Lichts waren die Einzelheiten verschwommen, aber Bernard Fontaines Aussage wurde bestätigt durch ein Handgemenge zweier schemenhafter Gestalten und das Erscheinen einer überdimensionalen Seemöwe.

Aquaman verließ das Bild seltsam hoppelnd nach links. Das Hoppeln verwirrte uns ein bisschen, bis wir ein paarmal hin- und herklickten und begriffen, dass er sich im Gehen Fontaines Turnschuhe anzog.

»Hatte er wirklich Kiemen?«, fragte Blinschell.

Ich dachte an die Pathologin mit ihren *anomalen Strukturen in Hals und Brustkorb* und gab zu verstehen, dass dem wohl so war.

»Glauben Sie, er kam aus dem Meer?«

Auf dem Bildschirm wankte der nackte Bernard Fontaine aus dem Bushäuschen und ging Hilfe suchen.

»Ich weiß es nicht. Wollen Sie sich gern sämtliche verfügbaren Aufnahmen anschauen, um das rauszukriegen?«

»Nein«, sagte Blinschell. »Aber wir könnten es als zu erledigende Maßnahme in HOLMES eingeben.« Womit wir die Aufgabe auf irgendein armes Würstchen des Ermittlungsteams abwälzen würden.

»Ich denke, es ist nur vernünftig, alle in Frage kommenden Möglichkeiten abzudecken«, sagte ich.

»Also glauben Sie, er kam aus dem Meer?«

»Ja«, sagte ich. »Nur weiß ich nicht, wie ich das beweisen könnte.«

Wir schauten uns die Aufnahme weiter an. Elf Minuten nachdem Bernard Fontaine den Ort des Geschehens verlassen hatte, tauchten mehrere Personen – wir zählten fünf – an der Bushaltestelle auf. Und zwar von Süden und in schnellem Tempo – ich hatte den Eindruck, dass mindestens drei ziemlich außer Atem waren.

Ein Typ trug einen langen Stock bei sich, der oben in etwas endete. Es sah mir nicht wie eine Speerspitze aus, aber das war schwer zu sagen. Vielleicht war es eine Art Führungsstab, denn er hatte eindeutig das Sagen. Nachdem klar war, dass sich im Wartehäuschen niemand befand, deutete er nach Norden. Die anderen marschierten gehorsam hinter ihm her. Eine Gestalt machte den Fehler, aufzuschauen, gerade als sie an der Kamera vorbeiging, und wir konnten das Gesicht halbwegs klar erkennen.

Blinschell ließ die Aufnahme Bild für Bild vor- und zurücklaufen, bis es am schärfsten war.

»Jemand, den Sie kennen?«

»Sieht ziemlich allerweltsmäßig aus, das könnte jeder sein«, sagte er und lud das Bild in HOLMES hoch mit dem Auftrag, die Person zu ermitteln.

Das Gesicht gehörte einem Mann, war hell, grimmig, jung und hatte scharfe Gesichtszüge. Er wirkte besorgt. Ich schätzte, dass ich ihn vermutlich wiedererkennen könnte, wenn ich ihn sah, aber für einen Prozess würde diese Aufnahme nicht reichen.

»Das ist definitiv die Gruppe vom Beach Boulevard«, sagte ich.

»Oh, aye. So viel ist sicher.«

Wir ließen die Aufnahme noch laufen, bis die Streife wegen des Überfalls auf Bernard Fontaine an der Bushaltestelle erschien. Dann verbrachten wir ein paar unterhaltsame Stunden damit, das Material von anderen Kameras in der Nähe zu sichten, fanden aber nichts außer ein paar unbeteiligten Betrunkenen, einem Mädelsabend, der phänomenal gut zu laufen schien, und einem Stadtfuchs. Ich glaube, es war nur ein ganz normaler Fuchs, aber eine der nachteiligen Auswirkungen des Polizistendaseins ist, dass man alles verdächtig findet.

Ich sah auf die Uhr und stellte fest, dass die Zwillinge in Kürze der Hüpfburg entsteigen würden. »Lassen Sie uns Mittag machen«, sagte ich. »Wollen Sie mitkommen und meine Frau kennenlernen?«

»Soll ich mal reinspringen und mich umschauen?«, fragte Beverley, als das Mittagessen beim Eis angekommen war.

Blinschell hatte ein Bistro keine hundert Meter von der Bushaltestelle empfohlen, in dem man Baconsandwiches und Burger und Fritten bekam und das auch Kinderteller hatte, wodurch zumindest die Lebensmittelverschwendung ein wenig begrenzt wurde. Bei Beverleys Anblick hatte mir Blinschell so einen *Wow, du Glückspilz*-Blick zugeworfen, der meinem Selbstbewusstsein mal wieder extrem guttat. Klugerweise setzte er sich so weit von den Zwillingen entfernt hin, wie es nur ging. Die beiden aßen ihre Pommes frites und das Innere des Burgers und hätten die Brötchen zu improvisierten Frisbeescheiben umfunktioniert, wenn ich sie nicht schnell konfisziert hätte.

Ein paar Möwen fanden sich ein, um vielleicht einen

schnellen Happen abzustauben, flatterten aber unter Beverleys mörderischem Blick eilig wieder davon.

Ich hatte sie, als die Zwillinge sich kurz ruhig verhielten, über unseren Verdacht informiert, dass Aquaman aus dem Meer gekommen war. Daher ihr Angebot, mal eben ins Wasser zu springen und sich umzuschauen. Ich dachte darüber nach, während ich darauf hinzuwirken versuchte, dass die Schokosoße vorzugsweise in den Zwillingen und nicht an ihnen landete.

»Wenn du vorsichtig bist.«

Nach dem Kaffee und einer Runde spaßigem Rülpsen wanderten wir also zum Strand hinunter. Blinschell half dabei, unsere Taschen zu tragen, während ich die Zwillinge festhielt, damit sie nicht ihrer Mutter ins Wasser nachstürmten, die ihre Kleidung bis auf den knallbunten Tropenmuster-Badeanzug mit der unbekümmerten Sorglosigkeit von sich geworfen hatte, wie sie nur Leute haben, die noch nie selbst aufräumen mussten.

Bevor ich ihr Oberteil ausgeschüttelt und in eine der Taschen gestopft hatte, war sie schon jenseits der Wellenbrecher.

Es war kühler als am Tag zuvor, nicht unbedingt das, was ich Badewetter nennen würde, aber sonnig genug, um die Wellen zum Funkeln und die unablässig hereinkommenden und auslaufenden großen orangefarbenen Schiffe zum Leuchten zu bringen. Der Zuckerrausch der Zwillinge erreichte seinen Höhepunkt und ebbte ab, sie fielen um und schliefen auf der ausgebreiteten Decke ein. Blinschell und ich beobachteten sie wachsam, bis wir beschlossen, dass wir es wagen konnten, uns auf die Klappstühle zu setzen und zu unterhalten.

»Eine Bekannte von mir ist bei der Met«, sagte er, und ich dachte: Natürlich. Als guter Polizist achtet man darauf, überall Kontakte und Freunde zu haben. »Sie sagte, dass Sie es mit einer Menge abstrusem Scheiß zu tun haben – genau so sagte sie es: *abstruser Scheiß*.«

»Hatte sie irgendwelche guten Ratschläge für Sie?«

»Ruhe bewahren und immer fluchtbereit bleiben.«

»Ist das nicht etwas, was für unseren Job generell gilt?«

»Habe ich auch gesagt. Und sie sagte: ›Das ist auch wie normale Polizeiarbeit, nur die verschärfte Version.‹«

Dem konnte ich nicht widersprechen, daher wechselte ich das Thema. »Was ist eigentlich südlich von hier?«

»Der Hafen. Also, haufenweise Lagerhallen, Gewerbehallen, Schiffsausrüster, Sie wissen schon.«

Es ging mir um Aquamans fünf Verfolger, die von Süden her aufgetaucht waren. »Und Wohngebiete?«

»Fittie«, sagte er. »Offizieller Name Footdee. Das ist ein altes Fischerdorf gleich beim Hafen.«

»Was wohnen da für Leute?«

»Anwälte, Künstler, Typen aus der Ölindustrie. Das Übliche. Ist heute eher ein gehobenes Pflaster, und die meisten Alteingesessenen sind weg. Bisschen touristisch ist es jetzt, würde ich sagen – oder wäre es, wenn sich irgendwelche Touristen dorthin verirren würden.«

»Gibt's dort Pubs?«

»Nur den Cream of the Well am Pocra Quay.«

»Was hat der für einen Ruf?«

»Noch nie aktenkundig geworden, soviel ich weiß.«

»Was, noch nie?«

»Noch nie.«

Es gibt keinen Pub in Großbritannien, in dem nicht wenigstens einmal die Polizei gewesen wäre, und sei es nur wegen Ruhestörung.

»Das ist ein bisschen verdächtig«, sagte ich. »Waren Sie mal drin?«

»Aye. War sehr ruhig dort, nur ’n paar olle Männies, die ihr Bierchen tranken.«

»Kam es Ihnen seltsam vor?«

»Seltsam?«

»Hat es sich komisch angefühlt?«

»Was meinen Sie damit?«, fragte er. Aber sein Gesichtsausdruck war mir Antwort genug. Der Pub war auf seltsame, undefinierbare Weise komisch gewesen, ohne dass es Blinschell so recht bewusst geworden war. Wenn man sechs Jahre lang Fälle von abstrusem Scheiß aufklärt, lernt man, Leuten so etwas anzusehen.

»War nur ein Gedanke.«

Die Zwillinge wachten auf – so unvermittelt, wie sie eingeschlafen waren, gingen sie von Tiefschlaf in Zum-Strand-Rennen über. Ich packte rasch Kehinde, und Blinschell erwies sich als Freund und Helfer über die Dienstpflicht hinaus und nahm Taiwo in Gewahrsam.

Ich war versucht, die beiden mit Knabberzeug am Platz zu halten, aber Bev ist strikt gegen so was, also drückte ich ihnen Kinderschaufeln in die Hand und schlug ihnen vor, ein Loch zu graben. Zu meinem Erstaunen beschäftigte sie das volle fünf Minuten, bevor daraus ein Sandwerfwettbewerb und schließlich ein Duell mit rosa Plastikschaufeln wurde.

Taiwo gewann drei zu zwei.

Vor Kehindes garantiert teuflischer und verheerender Rache bewahrte uns nur, dass ihre Mutter zurückkehrte. Nass und tropfenglitzernd und herrlich löste sie sich aus der Brandung.

»Und?«, fragte ich, während Kehinde auf sie zustürzte.

»Ich wurde beobachtet«, sagte sie. Das Wasser verdampfte auf ihrer Haut.

»Von wem?«

»Konnte ich nicht feststellen.« Sie hob Kehinde auf und

drehte sie mit dem Kopf nach unten. »Jemand, der von hier ist. Im Gegensatz zu mir.«

»Das heißt?«

»Angenommen, du wärst von hier«, sie ließ Kehinde an einem Bein baumeln, um mit der freien Hand aufs Meer zu zeigen. Kehinde kicherte, und Taiwo zappelte auf meinem Arm, weil sie auch mal wollte. »Und würdest zu Besuch nach London kommen und an der Tower Bridge schwimmen gehen. Dann könnte ich direkt hinter dir schwimmen, ohne dass du das Geringste davon merken würdest.«

»Aber du hast was gemerkt«, sagte ich.

Bev schwang Kehinde wieder mit dem Kopf nach oben und setzte sie sich auf die Hüfte. »Wer das auch war, er oder sie wollte, dass ich es wusste.«

»Als Abschreckung?«, fragte ich. »Also feindselig?«

»Eher wie ein Warnschild.« Sie wippte Kehinde auf und ab. Taiwo zappelte stärker und quietschte eifersüchtig, bis ich sie auch wippte. »So wie *Rasen nicht betreten* oder *Angeln verboten*.«

»Und wer hat das Schild aufgestellt?«

»Kann ich auch nicht sagen.«

»Warten Sie mal, soll das heißen …«, sagte Blinschell und musste neu ansetzen. »Also – es gibt im Meer … Leute. Meinen Sie, unser Opfer war einer davon?«

»Könnte sein«, antwortete sie. »Genauer kann ich es leider nicht sagen.«

»Ich denke, wir sollten uns mal diesen Pub anschauen«, sagte ich und sah Beverley fragend an.

»Geht ihr zwei nur ermitteln«, sagte sie. »Abdul holt uns ab und fährt uns nach Mintlaw.«

»Und was machst du dann in Mintlaw?«

»Ich übergebe die Zwillinge deiner Mum und gehe mit Abdul an den River Ugie, Proben sammeln.«

»Denk daran, was Tweedledee und Tweedledon gesagt haben.«

»Die haben nichts vom Ugie gesagt. Und wenn ich schon hier bin, kann ich ja auch ein bisschen arbeiten.«

»In Sachen ökologische Zustandserfassung oder diplomatische *òrìṣà*-Mission für deine Mum?«

Beverley küsste mich. »Du sagst das, als gäbe es da einen Unterschied. So, hilf mir, die zwei in die Badesachen zu stecken, damit sie noch ein bisschen müder werden.«

Pocra Quay. Wo einst Walfänger ihre Ausbeute an Öl, Tran und Walfleisch anlandeten. Was alles, meinte Blinschell, derart stank, dass man es bis oben nach Castlegate riechen konnte.

Der Cream of the Well lag neben einer Reihe blau-weißer Wellblechlagerhallen und bestand aus dem gleichen Granit wie alle Gebäude des alten Aberdeen. Der Pub war niedrig, hässlich, und falls er einmal Seeblick gehabt hatte, wurde der nun von einer Reihe fünf Meter hoher hellblau gestrichener aufgeständerter Silos blockiert.

Beim Einparken fragte ich Blinschell, was sich darin befand.

»Keine Ahnung. Warum?«

»Nur neugierig.« Für mich sahen die Dinger verflixt nach Gasspeicher aus. In Spuckreichweite des Pubs. Ich beäugte sie misstrauisch und dachte: *Also aufgepasst, keine unbedachten Feuerbälle.*

Zumindest in London herrscht bei der Polizei nicht mehr der alkoholgetränkte Stammtischgeist von einst, trotzdem verbringt man als Polizist viel Zeit in oder vor Lokalen mit Alkoholausschank. Vor allem, wenn man seine Probezeit im West End ableistet. Das Innere des Cream of the Well sah aus wie in den fünfziger Jahren erstarrt, und das nicht auf charmante Art. Es war düster, muffig und vollgestellt mit rissigen lederbezogenen Bänken und fleckigen Holztischen. Das Einzige, was fehlte, war der Linoleumboden, aber das mochte daran liegen, dass Linoleum schlicht und einfach noch nicht erfunden war, als es zum letzten Mal renoviert wurde.

Zum Ambiente hätte eigentlich Einstreu gepasst. Die hätte vielleicht auch den Geruch nach schalem Bier und kaltem Rauch etwas absorbiert.

Das Hintergrund-*Vestigium* war Pubstandard: vage Eindrücke von Traurigkeit, Gelächter, aufblitzender Wut und Gewalt. Der Geruch nach Meer war stärker als in London, aber das war zu erwarten gewesen.

Über den Gastraum verteilt saß gebeugt das spärliche Publikum, das Blinschell als »olle Männies« bezeichnet hatte. Zwei spielten auf betuliche weiße Art Domino. In der einzigen Sitznische hatten sich vier Typen mit Hoodies versteckt, die Kapuzen hochgezogen, die Gesichter im Schatten verborgen. Ich behielt sie im Auge.

Wie vereinbart ging Blinschell voraus zu dem altmodischen Holztresen, der stellenweise noch die alten Messingbeschläge aufwies. Hinter dem Tresen stand eine nicht sehr große weiße, rothaarige Frau und blickte uns finster entgegen.

»Polente«, sagte sie – als Feststellung, nicht als Frage.

»Aye«, sagte Blinschell, holte aber nicht seinen Dienstausweis heraus.

Die Barfrau nahm mich aufs Korn. »Der auch?«

»Haben Sie was gegen die Polizei?«, fragte Blinschell.

»Nur wenn's nicht anders geht. Aber ich hab Sie hier drin noch nie gesehen.«

»Gab nie 'nen Grund«, sagte Blinschell.

Nach Polizeistandard übernahm er das Reden, damit ich Zeit hatte, die Gäste unter die Lupe zu nehmen. Sie waren seltsam gleichförmig. All die älteren Männer waren klein, stämmig und hatten lange dünne Finger. Ihre Gesichter waren blass, und die Gesichtszüge hatten etwas an sich, was den Eindruck vermittelte, sie wären verwandt – zumindest entfernt.

Die jungen Kapuzenträger hatten eine ähnliche Statur, und auch wenn ich nur flüchtige Blicke auf ihre Gesichter erhaschte, erkannte ich bleiche Haut, breite Gesichtszüge und rosa Lippen. Wer weiß, vielleicht war das hier in Footdee normal. Wie Abdul sagt, es ist gefährlich, aus der äußeren Erscheinung Schlussfolgerungen zu ziehen. Andererseits, ich spürte definitiv gewisse Schwingungen.

Und einer der vier passte verdammt gut auf, dass sein Gesicht nicht zu sehen war. So was nennen wir im Fachjargon einen positiven Indikator. Während Blinschell also die Barfrau in ein Gespräch verwickelte, schnappte ich mir einen Hocker und setzte mich zu den Jungs ans freie Tischende. Drei von ihnen starrten mich an – der vierte drehte sich weg.

»Hi zusammen«, sagte ich. »Ist euch in letzter Zeit mal was Seltsames begegnet?«

Einer der Hoodies, den ich Nasenstecker taufte, weil er einen besaß (die Haut drum herum sah unangenehm entzündet aus), öffnete den Mund, um irgendwas Grobes zu erwidern. Das sieht man immer daran, dass sie erst ein bisschen Mut sammeln müssen. Er kam bis zu »F–«, bevor ein schlauerer Kumpel ihm das Wort abschnitt.

»Was heißt seltsam?«

»Ach, dass sich Tiere aggressiv verhalten oder vielleicht ungewöhnliche Wetterphänomene«, sagte ich.

»Hier in Fittie«, sagte der Schlaukopf, »hacken die Möwen einem die Augen aus, und so was wie gewöhnliches Wetter gab's hier noch nie. Woher sind Sie?«

»London.«

Nasenstecker schnaubte, aber ein Blick von Schlaukopf

brachte ihn zum Verstummen. Ich sah zu dem Typen hinüber, der das Gesicht abwandte, und fragte mich, wie lange er das durchhalten würde. Also, mehr oder weniger die Wand anzustarren. Aber seine Hoodiefreunde ignorierten ihn geflissentlich, was bedeutete, dass sie entweder wussten, dass er was ausgefressen hatte, oder alle mit drinsteckten.

Sah so aus, als könnte ich hier die komplette Gang abzüglich des Anführers mit dem Speer/Stab vor mir haben.

»Was machen Sie dann hier?«, fragte Kapuze Nummer drei, der einen Kinnbart trug. Einen perfekt getrimmten, der tatsächlich irgendwie zu seinem Gesicht passte – für einen Kinnbart war das schon bemerkenswert.

»Meinen Job«, sagte ich.

»Und der ist?«, fragte Schlaukopf.

»Ich kümmere mich um alles Seltsame, Unerklärliche, alles auf der Welt, was ...«

»Sie sind doch nicht von der Polizei, das nehm ich Ihnen nicht ab.«

»Er ist von Scotland Yard«, sagte Blinschell, der hinter mich getreten war.

»Aber hier hat er nix zu melden, klar?«, sagte Nasenstecker, was Schlaukopf zu einem kleinen Kopfschütteln veranlasste.

»Hier gibt's kein Upside Down, ja?«, ergänzte Kinnbart.

Blinschell, offensichtlich ein Anhänger des hemdsärmligen Ansatzes bei der Polizeiarbeit, nickte in Richtung des kapuzenbewehrten Hinterkopfs. »Du da, was ist mit dir? Ja, du dahinten. Zeig mal dein Gesicht.«

Sofort änderte sich die Stimmung, die Hoodies richteten sich auf, und ich ging in den dynamischen Risikoeinschätzungsmodus. Wenn's Spitz auf Knopf kommt, will man sich nicht unbedingt in sitzender Position befinden, aber man will auch keine plötzlichen Bewegungen machen. Auf dem Tisch befanden sich vier Pintgläser, zwei Smartphones, aber zum Glück kein Besteck. Der Tisch war am Boden verschraubt, konnte also nicht umgeworfen werden, und da ich auf einem Hocker saß, hatte ich nach hinten keine Lehne und freie Bahn. In den Taschen der Hoodies mochte Gott weiß was stecken, aber zuerst würden sie es herausholen müssen.

»Hä, was?«, fragte Nasenstecker. »Der muss gar nix, ja?«

»Ich will nur sein Gesicht sehen«, sagte Blinschell. Ich rückte minimal nach hinten, damit ich nicht zu nah am Tisch war und im Fall des Falles schnell auf die Beine kam. »So hässlich kann er doch nicht sein, oder?«

»Da wär ich mir nicht so sicher«, sagte Schlaukopf, offensichtlich, um die Situation zu entschärfen. Ich ordnete ihn als den am wenigsten Bedrohlichen ein. Kinnbart rückte unbewusst etwas von uns ab – zweitgeringste Gefahr. Nasenstecker legte die Hand um sein Pintglas, was ihn gefahrenmäßig an die Spitze setzte. Blinschell hatte das wohl auch erkannt, denn er sagte ihm, er solle keinen Blödsinn machen.

Meine Ad-hoc-Theorie war, dass die Hoodies eins bis drei vielleicht gar nichts von Aquamans Tod und dem damit einhergehenden Mordverdacht wussten, sonst wären sie angespannter gewesen. Hoodie Nummer vier war schon eher verdächtig – oder er hatte etwas ganz anderes angestellt. Es gab nur einen Weg, das herauszufinden.

»Zeigen Sie uns einfach Ihr Gesicht, dann gehen wir wieder«, sagte ich. »Mehr wollen wir gar nicht.«

»Sonst«, sagte Blinschell, »verhafte ich euch alle, weil ihr meine verdammte Zeit verschwendet.«

Nasenstecker fing an: »Sie können sich auch einfach ins …«

»Wir wollen keinen Ärger«, sagte Schlaukopf, aber es war zu spät.

Der Abgewandte schoss aus seiner Ecke hervor wie eine

Ratte aus der Keksdose, so schnell, dass Blinschell und ich völlig überrumpelt wurden. Ich wollte aufspringen, aber er überrannte mich buchstäblich und hinterließ dabei schmutzige Sohlenabdrücke auf meinem Oberschenkel und meiner Schulter.

Ich fiel auf den Rücken, wobei ich das Kinn einzog, um nicht auf den Hinterkopf zu knallen. Der wirklich nicht gerade aufgeweckte Nasenstecker wollte ebenfalls aufstehen, aber ich trat mit beiden Füßen sein Bein weg. Er fing sich mit Hilfe der Tischplatte auf, und Schlaukopf, der seinem Namen alle Ehre machte, packte ihn sofort und hielt ihn fest. »Lass es«, fuhr er ihn an.

Ich rappelte mich auf. Der Abgewandte und Blinschell waren nirgends zu sehen, aber die Eingangstür schwang noch, also war klar, wo sie zu finden sein würden. Ich folgte ihnen hinaus ins erstaunlich helle Sonnenlicht. Links von mir hetzte Blinschell unserem Verdächtigen nach. Ich hoffte nur, er hatte Meldung gemacht, ich hatte nämlich mein Airwave im Auto gelassen – und wer weiß, ob mir noch eingefallen wäre, auf welchen Kanälen die Polizei Schottland sendete.

Als ich anfing zu rennen, beklagte sich die frische Prellung an meinem Bein, aber ich war offenbar fitter als Blinschell, denn nach kaum zehn Metern hatte ich ihn eingeholt. Im Dienst soll man ja respektable Schuhe oder Stiefel tragen, aber ich war technisch gesehen im Urlaub und hatte daher die Laufschuhe an, die ich zum Geburtstag bekommen hatte, wodurch ich ziemlich schnell auf Touren kam.

»Wohin will der?«, fragte ich Blinschell im Vorbeirennen.

Wir liefen den Pocra Quay entlang. Rechts von uns lagen die blauen Silos unbestimmten Inhalts, vor uns eine Schranke und das offene Hafenbecken. Links standen Wohnhäuser samt dazugehörigen Einfahrten, Fußwegen, Ecken und Winkeln. Vielleicht war eines davon ja das seiner Mum. Wenn ich hätte raten müssen, ich hätte jedenfalls auf seine Mum getippt.

Also rechnete ich damit, dass er nach links ausscheren würde, aber er hielt sich rechts, sprang über die Schranke und stürmte auf den Hafen zu.

Verfolgungsjagden sind der Polizei ein Gräuel. Zu Fuß, mit dem Auto, egal. Je länger sie dauern, desto größer das Risiko, dass etwas operativ Herausforderndes passiert – verstauchte Knöchel, Stürze, Auffahrunfälle, unvermutete Zusammenstöße mit scharfen Gegenständen oder einer Schrotflinte. Trägt man Uniform, wird man von ungefähr einer Tonne Ausrüstung behindert, und in Zivil macht man sich den Anzug dreckig und ruiniert sich die Schuhe.

Deshalb habe ich vor allem einen bestimmten Zauber so geübt, dass ich ihn auch im Rennen wirken kann.

Ich schleuderte ihm eine *Verhedderung* unter die Füße – das ist ein *Impello* mit einem halben Dutzend Modifikatoren, darunter allein zwei für die Reichweite – und ließ gleich eine zweite folgen, weil es beim Rennen schwer ist, die Entfernung genau einzuschätzen.

Eine der beiden schien gut gezielt gewesen zu sein, denn unser schüchtern abgewandtes Hoodie musste plötzlich feststellen, dass seine Beine unerklärlicherweise wie zusammengeschnürt waren, und segelte bäuchlings zu Boden, nur noch zwei Meter vom Geländer des Hafenbeckens entfernt. Mit den Armen zog er sich weiter darauf zu, während ich die Schranke übersprang und ihn endlich einholte.

Ich legte ihm die Hand fest auf den Rücken, um ihn zu ermuntern, brav mitzumachen, und befahl ihm zwischen zwei tiefen Atemzügen, liegen zu bleiben.

»Ich war's nicht!«, sagte er. »Ich hab nichts gemacht!«

»Dann hättest du besser nicht türmen sollen, Kleiner. Oder?«

7
Cheerz

Hätte ich meine Schnellschlusshandschellen und eine klare Vorstellung von meinen Befugnissen gehabt, hätte ich Hoodie Nummer vier auf der Stelle eingesackt. Stattdessen tat ich das Nächstbeste, hielt ihn sanft, aber bestimmt nieder und stellte ihm einen Haufen unmöglich zu beantwortender Fragen, um ihn zu verwirren, bis Blinschell kam.

»Das war ja ein ganz schöner Sprung. Machst du in der Schule schwerpunktmäßig Sport? Ich meine, du bist echt schnell – in welcher Zeit läufst du hundert Meter? Ich wette, du bist Mittelstreckenläufer. Vierhundert Meter? Bist du Schulbester? Kreisbester? Landesbester? Im schottischen Nationalteam?«

Ich wollte gerade zu den neuesten Kinofilmen übergehen, da kam Blinschell an.

»Och, Schietkram«, sagte er und keuchte eine Weile vor sich hin.

»Schwimmen«, sagte Hoodie, etwas gedämpft wegen des Asphalts. »Tausendfünfhundert Meter Freistil. Aber die lassen mich nicht.«

Ich wollte fragen, wer *die* seien, doch Blinschell war jetzt wieder gut genug bei Puste für etwas praktische Polizeiarbeit. Er hockte sich neben den Burschen und klopfte ihm auf die Schulter. »Hör zu, du hast die Wahl«, sagte er. »Wir können dir Handschellen anlegen und dich aufs Revier schleifen, oder du stehst ganz langsam und ruhig auf und stellst dich der Sache wie ein echter Mann. Wie sieht's aus?«

Hoodie entschied sich, mannhaft Haltung zu zeigen, und wir nahmen ihn an je einem Arm und halfen ihm auf die Füße. Ich fing Blinschells Blick auf und wies mit dem Kinn auf das Geländer und das offene Wasser vor uns. Er nickte, und wir führten Hoodie zurück zur Schranke und der Straße dahinter.

Blinschell dachte vielleicht an Suizid, aber mir ging es um einen möglichen Fluchtversuch, nicht nur wegen der fünfzehnhundert Meter Freistil. Ich hatte auch Kiemen und sonstige aquatische Veranlagungen im Sinn.

Um eventuelle spätere Zuständigkeitsdebatten zu vermeiden, durchsuchte Blinschell ihn, während ich ihn am Arm festhielt, damit er nicht auf dumme Ideen kam. Die Suche förderte einen Schlüsselbund, ein Portemonnaie und in einer der hinteren Taschen einen »Young Scot«-Dauerfahrausweis für den Nahverkehr zutage, der uns dankenswerterweise seinen vollen Namen lieferte: Robert Tarry Smith. Und zu guter Letzt ein antikes Klappmesser. Blinschell klappte es auf und prüfte, ob es einrastete. Dann zeigte er es mir. »Ich würde sagen, mehr als sieben Komma fünf Zentimeter.«

»Eher fünfzehn«, sagte ich. Der Griff war gut gearbeitet, aus einem Material, das wie Knochen aussah, mit Stahlbeschlägen.

Blinschell klappte das Messer wieder zusammen und steckte es ein. »Och, das sieht nicht gut aus, Robbie.«

»Das war von meinem Dad«, jammerte Robbie. »Das brauch ich zum Arbeiten.«

»Was für eine Art Arbeit wäre das?«, fragte Blinschell.

»Fische ausnehmen, Taue kappen, so was.«

»Zeig mal deine Hände«, forderte Blinschell ihn auf.

Ich lockerte meinen Griff ein wenig, damit Robbie seine

Hände vorzeigen konnte. Blinschell drehte sie nach allen Seiten.

»Du bist kein Fischer, Junge«, sagte er. »Die einzigen Schwielen, die du hast, sehen mir eher nach Joystick aus.«

Wir verhafteten ihn wegen Mordverdachts. Es ist immer besser, ihnen gleich das schwerstmögliche Verbrechen zur Last zu legen. Dann ist es einfacher, an Durchsuchungsgenehmigungen und Ähnliches zu kommen und sie länger in U-Haft zu behalten, außerdem geht ihnen der Arsch auf Grundeis, und die Verteidiger können dir nicht vorwerfen, du würdest dir immer gravierendere Anklagen aus den Fingern saugen, um dir die Suche nach anderen Verdächtigen zu sparen.

»Robert Tarry Smith, ich verhafte Sie gemäß Absatz eins des schottischen Strafgesetzbuchs von 2016 wegen Mordes.«

Robbie wurde wenn möglich noch bleicher. »Mord?«, krächzte er. »Das war ich nicht.«

Er sagte nicht, er wüsste von keinem Mord, und fragte nicht, wer ermordet worden war – das sagte uns schon alles. Ich war versucht, sofort nachzuhaken, aber aus juristischen Gründen muss man bei einer Verhaftung streng nach den Regeln vorgehen, vor allem bei schwerwiegenden Anschuldigungen. Blinschell ignorierte ihn und ging zur Belehrung über – weil es die schottische Version war, dauerte es ein Weilchen.

»Der Grund für Ihre Verhaftung ist, dass ich Sie verdächtige, eine Straftat begangen zu haben, und es für nötig und angemessen halte, Sie in Gewahrsam zu nehmen mit dem Ziel, Sie vor Gericht zu bringen oder in anderer Weise dem Gesetz gemäß mit Ihnen zu verfahren. Haben Sie das verstanden?«

Robbie murmelte etwas von wegen ja, und Blinschell rezitierte den altmodischen Absatz von den Beweisen, die gegen einen verwendet werden können, und fragte, ob Robert Smith auch dies verstanden habe, der wieder kleinlaut bejahte.

Ich dachte, das wär's, aber Blinschell verlangte seinen Namen, Geburtsdatum, Geburtsort – vielleicht um auszuschließen, dass er heimlich Engländer war oder so –, seine Nationalität und gegenwärtige Adresse.

Robbie gab den Namen an, der auf seinem Fahrausweis stand, und war laut Geburtsdatum dreiundzwanzig Jahre alt. Was den Geburtsort anging, schaute er etwas verwirrt drein.

»Ich bin vom Don. Was denken Sie denn, Mann!«

Und natürlich war er »Schotte!«, aber seine Adresse, irgendwas mit North Square, sagte mir nichts.

Wieder dachte ich, wir wären fertig, doch Blinschell fuhr fort, Robbie habe das Recht auf einen Anwalt, und auf der Polizeistation werde er weitere Erklärungen erhalten.

Als er endete, hatten Robbie und ich glasige Augen, und ich hätte gutes Geld gewettet – schottische oder englische Pfund, egal –, dass diese Prozedur samstagabends in der Spätschicht drastisch gekürzt ablief.

Immerhin vertrieb die Belehrung uns die gesamte Zeit, bis der Gefangenentransporter kam.

Ich hätte gern gleich Robbies Bude durchsucht, aber in Schottland ist dafür anscheinend etwas mehr nötig als ein paar kreative Verdachtsgründe und das Ja eines Inspectors. Also folgten wir dem Transporter, und Blinschell informierte seinen Boss, der versprach, sich mit der Staatsanwältin in Verbindung zu setzen.

»Da drin ist vielleicht Spurenmaterial«, sagte ich, »und seine Kumpels können jeden Augenblick dort aufschlagen und Frühjahrsputz machen.«

»Wir sind nicht dämlich, Peter«, gab Blinschell zurück. »Drum herum stehen schon ein paar Uniformierte, keine Sorge.«

Mein Status als Ermittler mit ungewisser Zuständigkeit hatte den Vorteil, dass mir die unvergleichlich spannende Aktion erspart blieb, Robert Tarry Smith in den Gewahrsamsbereich des DHQ einzuweisen. Während Blinschell sich darum und um den Durchsuchungsbeschluss kümmerte, ging ich nach oben in unser provisorisches Büro und loggte mich im Sicherheitsmodus ins Internet ein, um zu sehen, ob die monumentale Rechercheabteilung des Folly in Gestalt von Nathan Fairbright irgendwas Wissenswertes für mich aufgetrieben hatte.

Hatte er – und zwar haufenweise Zeug, von dem er das meiste als interessant, aber nicht sehr nützlich eingestuft und nur knapp zusammengefasst in dem Briefing-Dokument aufgelistet hatte, das der Mail angehängt war. Zum Glück war Nathan gut – deshalb leisteten wir ihn uns ja in Vollzeit – und hatte auch die Akten des Folly auf meine Stichwörter überprüft. Besagte Akten waren zwar noch nicht digitalisiert, aber immerhin schon zu siebzig Prozent auf Karten verschlagwortet, womit das Folly mit Ach und Krach in den 1960er Jahren angelangt war und jetzt erst mal tief durchatmete, bevor es den Sprung ins Informationszeitalter machte.

Diesen Abschnitt beabsichtigte ich Abigail zu überlassen.

Viele der Dokumente handelten von Hexerei, die es im Schottland des 16. und 17. Jahrhunderts massenhaft gegeben hatte. Tatsächlich spielte Schottland ganz oben in der Liga der europäischen Länder, die bedenklich klugen Frauen den Prozess gemacht und sie hingerichtet hatten – England hingegen schaffte es nur knapp in die Top Ten. Das meiste geschah in den Lowlands, aber auch Aberdeen hatte sich der Hexenverfolgung befleißigt, und Footdee spielte eine große Rolle als Herkunftsort nicht weniger Protagonistinnen.

Nach dem Gesetz von 1563, das von keiner Geringeren als Königin Maria Stuart in Kraft gesetzt worden war, wurden die Prozesse vor weltlichen Gerichten geführt, und das in Aberdeen führte besonders minutiöse Aufzeichnungen.

Als im Zuge der schottischen Aufklärung die Newton'sche Magie ihre erste Blüte in Schottland erlebte, gingen die seit neuestem ehrbaren Praktizierenden die Gerichtsakten durch, um zu sehen, ob unter den Erwürgten und dann auf dem Scheiterhaufen Verbrannten vielleicht echte Zauberkundige gewesen waren. Nathan hatte die Spekulationen, die mehrere Bände füllten, auf vier Fälle in Aberdeen reduziert, von denen bei zweien Footdee eine Rolle spielte.

Ich notierte mir die beiden; es ging um Janet Wishart, hingerichtet 1597, und Lorna Smith, 1598 angeklagt, aber freigesprochen. Ms. Wishart war die typische Hexe: Die Vorwürfe deckten die ganze Palette ab, von Milch sauer werden lassen bis zu Intimverkehr mit dem Teufel. Letzteres hatte angeblich auf dem Pocra Quay stattgefunden, also in der Nähe des Cream of the Well, doch das war der einzige Bezug zu Footdee.

Ms. Smith entstammte einer in Footdee ansässigen Familie und wurde beschuldigt, nackt im Hafenbecken geschwommen zu sein und mit Feen verkehrt zu haben. Ein Bericht über den Fall stammte von einem gewissen William Farquharson, staatlich anerkannter Zauberer, Lehrling des berühmten Joseph Black und Mitglied des Poker Club, »*des nicht eben spendablen Herzens der schottischen Gelehrsamkeit*«, wie er schrieb. »*Unter den Einwohnern des Dorfes [Footdee] war es nicht unüblich, im Hafenbecken, dem Fluss oder gar dem Meere zu schwimmen. Es kursierten viele phantastische Geschichten über Meerjungfrauen, die Männer aus Footdee geehelicht hatten, und davon, dass deren Töchter sich in bestimmten Nächten in die See begaben, wie es die Art ihrer Mütter und Großmütter gewesen war.*«

Farquharson hätte diesen Märchen keine Beachtung geschenkt, wäre er nicht mit dem Boot hinausgefahren und hätte »*diese Geschöpfe mit eigenen Augen gesehen. Ich trachtete danach, mit ihnen zu sprechen, doch sie antworteten nur mit spöttischem Gelächter.*«

Nathan hatte angemerkt: *Ob H.P. Lovecraft die Story kannte?*

Das löste in mir so eine irrationale Besorgnis aus, von der man weiß, dass sie irrational ist, die man aber trotzdem nicht abschütteln kann. Meine Lovecraft-Kenntnisse stammten hauptsächlich aus dem in seinem Universum beheimateten Fantasy-Rollenspiel *Call of Cthulhu*, in dem die Einwohner der Stadt Innsmouth genetisch von den fischartigen Tiefen Wesen durchsetzt sind, Dienern höherer Mächte einschließlich des großen Cthulhu selbst, der unsterblich tief unten im Ozean seine Zeit abwartet.

Bev hatte mir einmal erzählt, dass die Wale glaubten, in der Nordsee wohne etwas, das vielleicht ein gigantischer Riesenkalmar war.

Bisher war ich immer so gut in der Lage gewesen, Fiktion und Wirklichkeit zu trennen …

Welche sich jetzt prompt in Form eines Anrufs von meiner Mum in Erinnerung brachte.

»Peter«, sagte sie in einem Ton, der sich nicht geändert hatte, seit sie mir als kleinem Jungen befohlen hatte, mein Zimmer aufzuräumen, »denk dran, du behältst heute Abend die Jungs im Auge, ja? Damit sie nicht übermütig werden.«

Vor ein paar Jahren hatte mein Dad einen Herzinfarkt gehabt. Keinen lebensbedrohlichen, aber doch schwer genug. Seither ist es ihm ärztlich verboten, an zwei aufeinanderfolgenden Abenden aufzutreten. Somit waren seine Hilfstruppen und Zach an diesem Abend unbeaufsichtigt in einer fremden Stadt unterwegs. Selbst bei so zahmen Jazzern wie ihnen war das nicht ganz ungefährlich, abgesehen davon, dass ihr Manager das Talent hatte, sich sogar um drei Uhr morgens allein in der Mitte eines verlassenen Fußballplatzes stehend Schwierigkeiten einzuhandeln.

Ich versicherte ihr, ich hätte es nicht vergessen, und fragte sie nach ihren Plänen für den Abend.

»Kochen«, sagte sie. »Diese Pasteten sind ja schön und gut, aber zum Leben brauch ich Reis, und die Mädchen auch.«

Ich bat sie, mir etwas übrig zu lassen, und wandte mich wieder meinem Rechercheport zu. Mir blieb gerade noch die Zeit, die nachweisbare, einigermaßen verlässliche Geschichte des Orts Footdee durchzulesen, da steckte Blinschell den Kopf durch die Tür und sagte, er hätte die Erlaubnis zur Durchsuchung von Robert Tarry Smiths Wohnung bekommen.

Footdee wurde Ende des 12. Jahrhunderts von Fischern gegründet, die genug von Stress und Großstadthektik im mittelalterlichen Moloch Aberdeen hatten. Behauptungen, nach denen das Dorf ursprünglich tatsächlich Fittie hieß, nach dem keltischen *feihe*, Morast, waren laut den angesehensten Lokalhistorikern nur »dummes Zeug«. Den Einwohnern schrieb man zu, schweigsam, abergläubisch und selbst für die Grampians ein überaus enger Clan-Klüngel zu sein. Nathan hatte jede Menge Volkssagen aufgestöbert, in denen Hexen, Hexer, böse Omen und am Strand wandelnde Ertrunkene vorkamen.

Aberdeen selbst dehnte sich, unterbrochen von der ein oder anderen Brandschatzung durch die Engländer oder Plünderung durch schottische Nachbarn, zunehmend aus, bis es sich Fittie schließlich einverleibt hatte. In einem Anfall von viktorianischem Paternalismus legte man dort zwei Plätze mit darum gruppierten Häuschen aus dem gleichen unverwüstlichen Granit wie in der restlichen Stadt an. Die ursprünglich einstöckigen Häuschen wurden später aufgestockt, um mehr Wohnraum zu schaffen, und dann inoffiziell noch weiter ausgebaut, um Dachböden und Ähnliches an Leute wie Wanderarbeiter vermieten zu können. In einem dieser ausgebauten Dachbodenzimmer wohnte Robert Tarry Smith.

»Nicht bei seiner Mum, sehen Sie«, bemerkte Blinschell selbstgefällig. Wir hatten diesbezüglich eine Wette laufen gehabt, und jetzt schuldete ich ihm ein Fish-and-Chips-Abendessen.

Die Durchsuchung dauerte nicht lange. Man kann es mit der Forensik auch übertreiben, deshalb verzichteten wir auf Ganzkörperanzüge und zogen nur Handschuhe und Überschuhe an. Die Wohnung war winzig. Man erreichte sie über eine Seitentür und eine enge Treppe. Sie hatte zwei Dachgauben, eine zum Meer und eine zum Platz hin. Die Hälfte des Raums wurde von einem Futonbett mit Tatamimatte eingenommen, die Bettwäsche war relativ frisch und die Bettdecke ordentlich glattgezogen. Das einzige weitere Möbelstück war ein alter Küchenstuhl in der Gaube mit Meerblick. Daneben ein wackliger Stapel Taschenbücher.

Ich ging in die Hocke und schaute sie mir an. Neunzig Prozent waren Mangas – *My Hero Academia, One Piece* und etwas namens *Ancient Magus Bride*, von dem ich noch nie gehört hatte.

An einem Ende des Zimmers standen übereinander drei Aufbewahrungsboxen aus klarem Plastik. Die beiden oberen enthielten Kleidung: T-Shirts, Jeans, Boxershorts, Socken, ein Reservehoodie, alles gewaschen und sauber gefaltet, was, wie meine Psychologin sagen würde, auf eine Vergangenheit in straff organisiertem Rahmen hinwies.

Auch Blinschell war dieser Ansicht. »Was meinen Sie?«,

fragte er beim Durchgehen der Kleidung. »Militär oder Knast?«

»Dann wäre er bei uns im System. Vielleicht tyrannische Eltern? Oder eine Zwangsstörung?«

In der untersten Box waren hauptsächlich weitere Mangas plus ein dickes Lehrbuch namens *Grundlagen der Mathematik für die Geowissenschaften: Eine Einführung* mit dem Stempel der Universität Aberdeen innen im Einbanddeckel. Ich tütete es zur näheren Untersuchung ein. Außerdem lag ein Handyladekabel herum – ohne Handy. Bei seiner Verhaftung hatte Robbie auch keins bei sich gehabt. Falls es eins derjenigen auf dem Tisch im Pub gewesen war, hatte es sich inzwischen sicherlich einer seiner Kumpels geschnappt.

Wer die drei waren, wussten wir noch nicht. Die Wirtin hatte die »Die hab ich vorher noch nie hier gesehen«-Haltung eingenommen, wie alle zwielichtigen Gastronomen, die dem sozialen Umfeld der fraglichen Verdächtigen auch in Zukunft noch Bier ausschenken wollen. Wir hatten vor, uns die Fahndungsfotos im DHQ anzuschauen, aber Blinschell war sich sicher, dass er sie gekannt hätte, wenn sie vorbestraft wären.

Footdee, eine abgeschottete Clan-Klüngel-Gemeinschaft? Von außen sah man hier bunt gestrichene Haustüren, neben denen Sitzbänke und Blumenkübel standen. Die Schuppen, in denen einst Netze und Takelwerk zum Trocknen aufgehängt worden waren, beherbergten heute Kunstgewerbeläden und psychedelische Kleinkunst-Locations. Die Hälfte der Autos vor den Häusern waren BMWs, Audis und Mercedes.

Aber aus London wusste ich, dass die Gentrifizierung oftmals nur ein Anstrich war, der die Geschichte eines Ortes verdeckte.

Robert Tarry Smiths winziges Badezimmer – gerade groß

genug für ein Klo und eine Dusche – war ebenso peinlich sauber wie der Rest der Wohnung. Das Schränkchen über dem Waschbecken war erwartungsgemäß maskulin bestückt, mit Einwegrasierern, Rasiergel und interessanterweise einer XXL-Dose hypoallergener Feuchtigkeitscreme. Mir war bekannt, dass weiße Jungs allmählich auf den Trichter kamen, dass Hautpflege sich lohnte, aber Robert war mir nicht als der Typ dafür erschienen.

Brauchte man so etwas vielleicht, wenn man die trockene, juckende Haut der Tiefen Wesen hatte?

In einem Fach waren Putzutensilien, unter anderem eine alte Zahnbürste, offenbar für die Fliesenfugen. Meine Mum wäre sehr angetan gewesen.

Hoodie und Putzfimmel und Mangasucht – Robbie blieb mir wirklich ein Rätsel, und das ärgerte mich langsam. Wo waren seine Drogen, sein illegales Zeug? Und wo bitte seine Lebensmittel?

Ich ging zu dem Stuhl vor dem Gaubenfenster und setzte mich hin. Hier war es schön hell zum Lesen, und man hatte eine ganz hübsche Aussicht aufs Meer.

Und die Dachziegel hatten Kratzer.

Das Fenster war neu, moderner Rahmen, mehrfach verglast, und schwang nach dem Öffnen mühelos nach außen. Ja, die grauen Schieferplatten waren definitiv abgeschabt und zerkratzt. Und da waren mindestens zwei deutliche Schuhabdrücke von Turnschuhen. Ich spähte nach unten und entdeckte, dass sich keinen Meter unterhalb der Dachkante eine begehbare Hochwasserschutzmauer befand. Die Gaube, aus der ich hinausschaute, und die schrägen Dachflächenfenster zu beiden Seiten daneben waren auf dieser Seite die einzigen Öffnungen des Hauses.

Ich fragte Blinschell, ob das Wasser wirklich so hoch steigen konnte.

»Ich hab gehört, es geht manchmal bis über die Dächer«, sagte er.

Mit Hilfe des Stuhls, der dort wirklich sehr günstig platziert war, kletterte ich vorsichtig aufs Dach hinaus. Es war steil, aber wenn man sich am Fensterbrett festhielt, war es nur noch ein winziger Satz auf die Mauer. Ich sah mich um. Im Norden lag der Strand, die Bushaltestelle in weniger als einem Kilometer Entfernung war deutlich zu sehen. Im Süden führte die Mauer bis zu einem kleinen Park mit Kinderspielplatz und dem Hafentower, der aussah wie von Gerry Anderson entworfen.

Blinschell steckte den Kopf aus dem Fenster und sah sich um. »Wie praktisch«, meinte er.

»Ich wette, der ist nie zur Haustür raus«, sagte ich.

»Andererseits«, sagte er, »was bringt uns das?«

Freudloser Funktionalismus, Markenzeichen des modernistischen Stils, mag im Stadtbild scheußlich sein; für einen Vernehmungsraum ist er genau richtig. Vernehmungsraum 4 war so schmuddelig und alte Schule, wie man es sich als befragender Beamter nur wünschen konnte, bis hin zu den Brandspuren von Zigaretten auf dem stabilen laminatbeschichteten Tisch. Die seltsam waren, weil bei der Polizei Schottland bereits absolutes Rauchverbot geherrscht hatte, bevor sie zur Polizei Schottland geworden war. Unter dem Desinfektionsmittelduft lag ein Hauch von Erbrochenem, die Wände hatten eine Patina von Beklemmung, Angst und Zorn.

Blinschell schaltete das Aufnahmegerät ein und hielt die Einführung. Wegen der möglichen juristischen Probleme hätte DCI Mason mich lieber nicht dabeigehabt, aber ich hatte eingewandt, dass mir Dinge auffallen könnten, die andere nicht bemerkten, und da Blinschell mich unterstützte, hatte er nachgegeben.

Robert Tarry Smiths Anwalt hob eine Augenbraue, als ich mich setzte. Er war schon älter, hager, mit einem dichten weißen Haarschopf, der aus der breiten Stirn zurückgekämmt war. Seine Augenbrauen waren grau, die Augen blassblau und Lippen und Nase dünn. Der Dreiteiler aus leichter anthrazitfarbener Wolle, den er trug, war konservativ und teuer. Sein Name war Gerald Tully, von der Kanzlei Tully, Stonehouse & Park, und sowohl Blinschell als auch DCI Mason waren höchst überrascht gewesen, als sie hörten, dass er Robert vertreten würde.

»Was zum Teufel macht der hier?«, hatte Blinschell gesagt – anscheinend war Gerald Tully der Senior-Seniorpartner der Kanzlei und hatte seit Menschengedenken keinen Klienten mehr selbst vertreten.

»Unser Robbie scheint einflussreiche Freunde zu haben«, sagte DCI Mason.

Seine Eltern konnten es nicht sein – von denen hatten wir keine Spur gefunden. Falls es sie noch gab, schienen sie kein Interesse zu haben, sich zu melden. Bisher hatten wir überhaupt nur minimale Informationen über Robert. Weder eine Geburtsurkunde noch eine Vorstrafe. Die einzigen offiziellen Unterlagen, die wir fanden, bezogen sich auf sein Studium an der Torry Academy.

Wovon Blinschell überhaupt nicht beeindruckt war. »Die ist auf der anderen Hafenseite in Torry.« Einer sozial schwachen Gegend mit hoher Kriminalitätsrate, nur drückte er das ein wenig anders aus. Zwei bedauernswerte PCs waren damit beauftragt worden, herumzufragen, ob sich jemand von der Akademie an ihn erinnerte – sie war am Ende des vergangenen Semesters geschlossen worden, die einzelnen Lehrkräfte aufzustöbern würde also genau die Art spaßiger Aufgabe sein, wie ich sie zum Glück nicht mehr erledigen muss.

Zumindest nicht mehr oft.

»2016 ist er abgegangen«, sagte Blinschell. »Von da an nada.«

Auch in Roberts Gesicht war ein Ausdruck von »Nada«, als er uns gegenübersaß. Sein Blick war auf etwas über meiner rechten Schulter gerichtet, seine Haltung war teilnahmslos, und von nervösem Zappeln war nichts zu bemerken. Bei einer Befragung sind die Leute nahezu immer nervös, Unschuldige oft mehr als Schuldige. Roberts Ruhe war unnatürlich, und wenn ich unnatürlich sage, dann meine ich das wörtlich.

»Mein Klient möchte gern eine Aussage machen«, sagte Tully, sobald wir besagten Klienten wieder mal über seine Rechte aufgeklärt hatten.

»Aye?«, sagte Blinschell. »Wir hören.«

»Ich habe diesen Mann verprügelt«, sagte Robert monoton und ausdruckslos. »Ich musste pullern, da kam er auf mich zu, und ich bin ausgetickt und hab ihn verwamst. Als er sich nicht mehr bewegte, hab ich Panik gekriegt und bin abgehauen.«

Blinschell und ich waren nicht so unprofessionell, dass wir einander verblüfft angestarrt hätten, aber es fehlte nicht viel.

»Okay«, sagte Blinschell. »Fangen wir doch von vorn an.«

Robbie war mit ein paar Leuten was trinken gewesen.

»Welche Leute waren das?«

»Weiß ich nicht mehr.«

»Was haben Sie getrunken?«

»Weiß ich nicht mehr.«

Er wusste nur, dass die Leute, an die er sich nicht mehr erinnerte, und er sich irgendwann getrennt hatten und er »zum Pullern« an den Rand der Grünanlage neben dem Beach Boulevard getreten war. Und während er da mit exponiertem Pullermann stand, war ein Mann auf ihn zugekommen und hatte ihn gefragt, ob er ihm helfen solle.

»Helfen wobei?«, fragte Blinschell.

»Weiß ich nicht, aber er stand genau neben mir.«

»Was haben Sie dann gesagt?«

»Weiß ich nicht mehr.«

»*Haben* Sie etwas gesagt?«

»Ich … glaube nicht.« Robert schielte kurz zu Tully und wandte den Blick wieder der faszinierenden Stelle an der Wand zu.

»Was ist dann passiert?«, fragte Blinschell.

Im selben ausdruckslosen Ton beschrieb Robert, wie der Mann ihm einen Arm um die Schultern gelegt und mit der anderen Hand seinen Penis gepackt hatte. Ich nahm mir vor, zu fragen, welche Hand das gewesen war.

Robert hatte sich befreien wollen, aber der Mann hatte seinen Griff verstärkt. Robert bekam Panik und konnte sich mit etwas Ellbogeneinsatz losreißen. Der Mann hatte sich wieder auf ihn stürzen wollen, und Robert hatte ihm in Notwehr einen Schlag versetzt, dann aber »total rotgesehen«.

Der Mann ging zu Boden, und Robert hatte ihm noch ein paar Tritte versetzt und dann die Beine in die Hand genommen.

Nun freue ich mich wie alle Kollegen über jedes spontane Geständnis, aber das hier stank schlimmer als ein verstopftes öffentliches Klo bei einer Salmonellenepidemie. Und da spreche ich aus Erfahrung. Ganz zu schweigen davon, dass Tullys Taktik offenbar auf eine Gay-Panik-Reaktion abzielte, was geradezu eine Beleidigung unserer Denkfähigkeit war.

Doch so eine Befragung hat ihre Regeln, ob man dem lügnerischen kleinen Mistkerl nun glaubt oder nicht. Man geht die Story nochmals durch und schaut, ob man sie zum Einsturz bringen kann.

Wusste er noch, in welcher Kneipe er was trinken gewesen war?

Nein.

Auf welcher Höhe des Beach Boulevard hatte er sich in die Büsche geschlagen, und wohin waren seine Saufkumpane gegangen?

Weiß nicht mehr, keine Ahnung, war duhn.

Mit welcher Hand hatte das Opfer seinen Penis gepackt?

Darauf kam nun doch eine Reaktion. »Schiet, was soll die Frage?«

»Mit welcher Hand?«, wiederholte ich.

Er warf dem Anwalt einen hilfesuchenden Blick zu.

»Erzählen Sie einfach, woran Sie sich erinnern«, sagte Tully.

»Weiß ich nicht mehr«, sagte Robert und verlegte sich darauf, nun den Tisch anzustarren.

»Also, Sie sind total durchgedreht und haben auf ihn eingeprügelt«, sagte Blinschell. »Wie oft haben Sie zugeschlagen?«

»Weiß ich nicht mehr.«

»Ach, kommen Sie, Robbie«, sagte Blinschell gespielt ungeduldig. »Ich will keine genaue Zahl wissen. Einmal? Zweimal? Viele Male?«

»Viele Male.«

»Bis er zu Boden ging?«

»Ja. Ich konnte nicht mehr aufhören, ich hab einfach weitergeprügelt.«

»Fest«, sagte Blinschell. »Sie müssen ganz schön fest zugeschlagen haben.«

»Ja, ich hab fest zugeschlagen.«

»So richtig fest?«

»Ja.«

»So fest Sie konnten?«

»Ja!«

»Dann wundert mich nur eins, Robbie«, sagte Blinschell. »Nämlich, dass Ihre Hände keinerlei Spuren davon aufweisen – keine Kratzer, keine blauen Flecken, nichts.«

Der Anwalt hüstelte und erwachte zum Leben. »Der angebliche Vorfall hat vor fünf Tagen stattgefunden«, sagte er. »In dieser Zeit können oberflächliche Verletzungen ohne weiteres wieder abgeheilt sein.«

»Der angebliche Vorfall?«, fragte Blinschell.

»Verzeihung«, sagte der Anwalt schnell. »Das war reine Gewohnheit. Der fragliche Vorfall, meine ich.«

»Dürfen wir Sie daran erinnern, dass Sie hier sind, um Ihrem Klienten beratend beizustehen«, sagte Blinschell, »nicht, um Fragen für ihn zu beantworten.«

Das brachte uns einen giftigen Blick ein – Mr. Seniorpartner war es nicht gewöhnt, gerügt zu werden.

Wir fragten Robbie, wohin er nach dem Verprügeln gegangen war. Er wusste es natürlich nicht mehr, war aber am nächsten Morgen in seinem Zimmer aufgewacht.

Was für Kleidung hatte er getragen, und hatte er danach die Bettwäsche gewechselt?

Er wusste es nicht mehr.

Was hatte er nach dem Aufwachen getan?

Versucht, sich einzureden, es wäre nicht passiert.

Hatte er ein schlechtes Gewissen gehabt?

Er hatte gar nichts empfunden.

Hätte es so etwas wie einen zuverlässigen Lügendetektor gegeben, dann hätten sämtliche Werte jetzt die Messskala gesprengt.

Da er arbeitslos war, war er seither in seinem Zimmer geblieben. Irgendwann waren seine Kumpels eingeschritten und hatten ihn in den Pub geschleift, und da kamen wir ins Spiel.

»Wer sind diese Kumpels?«, fragte Blinschell.

»Kein Kommentar«, sagte Robert – immerhin eine nette Abwechslung.

Wir gingen die Ereignisse noch einmal von hinten nach vorn durch und stellten dann Stichfragen in beliebiger zeitlicher Reihenfolge, aber Robert blieb hartnäckig bei seiner Gedächtnislücke.

Also änderten wir die Taktik ein bisschen.

»Waren Sie in der letzten Zeit mal in der Universität?«, fragte ich.

»Was?«

Während Robert überrumpelt war, wirkte sein Anwalt verärgert, aber nicht besorgt über den Kurswechsel.

»Interessieren Sie sich für Geologie?« Ich legte den transparenten Beweisbeutel mit den *Grundlagen der Mathematik für die Geowissenschaften* vor ihn hin. Blinschell beschrieb den Vorgang pflichtschuldig für die Aufnahme. Ich behielt währenddessen den Anwalt im Blick – und da war definitiv ein Funken Wiedererkennen, ehe er sich wieder im Griff hatte.

»Das haben wir in Ihrem Zimmer gefunden«, sagte Blinschell. »Wo haben Sie es her?«

Robert wirkte verwirrt, erstaunt, unsicher – er öffnete den Mund, um zu antworten, aber Tully kam ihm zuvor. »Er hat die Tat gestanden. Was wollen Sie noch von ihm?«

»Robert«, sagte ich in meinem bewährten sanften »Wir wollen dir doch nur helfen«-Ton. »Alles, was wir möchten, ist die Wahrheit.«

»Verdammt, ich hab Ihnen die Wahrheit erzählt«, brüllte er. »Er kam mir blöd, da hab ich ihm den Kopf eingetreten. Was gibt's da noch zu fragen? Ich hab ihn totgeschlagen. Jetzt lasst mich in Ruhe.«

»Mein Klient ist sichtlich aufgewühlt«, sagte Tully. »Vielleicht können wir eine Pause machen.«

Wir unterbrachen die Befragung und zogen uns zu Tee und Besprechung zurück.

»Das war absoluter Blödsinn, ja?«, sagte ich.

»Oh ja«, meinte Blinschell. »Die Frage ist, wen deckt er?«

DCI Mason nickte in Richtung Vernehmungsraum. »Jetzt versorgt ihn Tully mit den nächsten richtigen Antworten.«

»Konspirative Machenschaften?«, sagte ich.

»Aber wozu?«, fragte Mason. »Und in wessen Auftrag? Aus welchem Grund lässt sich eine so angesehene Kanzlei wie die von Tully mit einem halbstarken Schläger wie Robbie ein?« Er sah mich scharf an. »Hat das was mit *Ihren* Machenschaften zu tun? Gibt es vielleicht etwas, was Sie uns noch sagen sollten?«

»Sie erinnern sich – ich wollte hier eigentlich Urlaub machen. Sonne, Strand und Makkaroni-Pie, ja?« Die Riesenkatze ließ ich aus, weil ich spürte, dass das Wohlwollen der Polizei Aberdeen schon jetzt stark strapaziert war. »Wenn ich was erfahre, erfahren Sie's auch.«

Sowohl Blinschell als auch Mason bedachten mich mit bohrenden Blicken, aber mich haben schon wahre Meister des bohrenden Blicks angestarrt – nicht zuletzt meine Mum. Daher zuckte ich nur mit den Schultern und schüttelte den Kopf.

»Na schön«, sagte Mason und sah auf die Uhr. »Gehen Sie wieder rein und schauen Sie, ob Sie ihn knacken können. Und ich schaue, ob ich die Staatsanwältin erwische, bevor sie zur nächsten Soiree abhaut. Sie soll entscheiden, ob wir genug Material für eine Anklage haben oder nicht.«

Wir gingen zurück und versuchten, Robert Tarry Smith zu »knacken« – was etwas schräg war, weil man Verdächtige in der Regel knacken will, um ein Geständnis zu bekommen, nicht, damit sie es zurückziehen. Nachdem wir die Ereignisse der fraglichen Nacht zwei Stunden lang rauf- und runterexerziert hatten, sahen wir ein, dass aus ihm nicht mehr rauszuholen war, und machten Feierabend.

»Kommen Sie mit in den Pub?«, fragte Blinschell.

»Ich kann nicht«, sagte ich. »Muss eine Jazzband babysitten.«

Um meine Mum zu erfreuen und allzu übermütigem Treiben einen Riegel vorzuschieben, hatte ich mich bereiterklärt, mit der Band ins Cheerz zu gehen, das sich als laut Eigenwerbung beste Schwulenbar Aberdeens herausstellte.

»Wir haben Schere Stein Papier gespielt«, erklärte James. »Danny hat gewonnen. Und wenn man nicht grade auf 'nen Hetero-One-Night-Stand aus ist, ist es in Schwulenbars sowieso lustiger.«

Im Cheerz ging es jedenfalls deutlich lustiger zu als im Cream of the Well. Selbst am Donnerstagabend gab es eine Drag-Show, und Zach legte auf der Karaokebühne eine unwahrscheinlich komische Version von James Bays *Pink Lemonade* hin. Hinter der Bar drängte sich eine wahrlich atemberaubende Kollektion verschiedenster Alkoholika, aber als erwachsene Aufsichtsperson des Abends musste ich leider verzichten. Das hatte immerhin den Vorteil, dass ich in der Lage war, auf der anderen Seite der Tanzfläche einen von Robert Tarry Smiths Kumpels zu entdecken. Es war Nasenstecker, der sich richtig in Schale geworfen hatte – enge Jeans, blendend weißes T-Shirt, nur das Pflaster auf seiner entzündeten Nase störte das Gesamtbild. Den Stecker hatte er vermutlich entfernt. Ich würde ihn wohl umtaufen müssen.

Rasch schaute ich mich um, ob Schlaukopf oder Kinnbart dabei waren, aber von denen war nichts zu sehen. Also schlängelte ich mich mit Bedacht in weitem Bogen an der Tanzfläche vorbei, damit er mich nicht kommen sah.

»Hi«, sagte ich, als er mir nicht mehr entwischen konnte.

Er bekam praktisch Stielaugen, als er mich wiedererkannte. Nachdem er sich etwas beruhigt hatte, führten wir so eine typische Nachtclubkonversation, bei der man dicht voreinander stehen und sich kurze Sätze zurufen muss.

»Sie«, rief er.

»Ich«, rief ich.

»Haben Sie Feierabend?«

»Ich muss babysitten.« Ich zeigte auf die Hilfstruppen, die zurückwinkten, weil sie mich die ganze Zeit beobachtet hatten.

»Sie wollen nicht …«

»Ich hab 'ne feste Beziehung.«

Er sah erleichtert aus.

»Ich muss Sie was über Ihren Kumpel fragen.«

»Was?«

»Ihr Kumpel Robert«, brüllte ich. »Wir müssen reden.«

»Ich verketzer keinen«, brüllte er.

Ich nahm an, das hieß verpetzen, und brüllte zurück, das wolle ich gar nicht. »Ich will, dass Sie mir helfen, Ihrem Freund zu helfen«, setzte ich ihm auseinander, was in dieser Lautstärke gar nicht so einfach war.

»Verpissen Sie sich.«

»Er hat gerade einen Mord gestanden.«

Es folgte etwas, was ohne die wummernden Bässe, das Stimmengewirr und Lachen ein langes Schweigen gewesen wäre.

»Nein«, sagte Nasenstecker.

»Doch«, sagte ich.

Wir gingen nach draußen und stellten uns etwas abseits von den Paffern und ihren Bonbonaroma-Dampfwolken.

»Schiet, er hat keinen ermordet«, sagte Nasenstecker.

»Er hat aber ein Geständnis unterzeichnet.« Ich erzählte ihm die leicht zensierte Version.

»Nein, nein, nein«, sagte Nasenstecker.

»Mal ganz im Vertrauen«, sagte ich, was natürlich nur Gerede war – alles, was Sie sagen, kann gegen Sie und so weiter. »Sie waren an dem Abend doch mit dabei.«

Er wollte Ja sagen, um seinem Kumpel ein Alibi zu geben, wagte es aber nicht, weil er Angst hatte, dann auch unter Mordverdacht zu kommen – womit er recht hatte. Ganz zu schweigen vom Versuch der Justizbehinderung.

»Er behauptet, der Kerl wäre auf ihn zugekommen und er hätte rotgesehen«, sagte ich.

Das hatte die erhoffte Wirkung, Nasenstecker aus seiner Zauderei zu holen.

»Das würde er doch … das würde Robbie nie … Och, fuuuuck«, stöhnte er.

»So kommt es aber vor Gericht«, sagte ich.

Nasenstecker holte tief Luft. »Passen Sie auf, ich sag Ihnen was. Aber das haben Sie nicht von mir, okay?«

Ich sagte okay.

»Robbie und ich, wir sind aus Torry, auf der anderen Seite vom Hafen, das ist das übelste Loch von Aberdeen. Und wenn man ganz Schottland nimmt, ist es noch übler als Paisley und die Gorbals. Da kamen zur Berufsberatung die Drogendealer in die Schule, ja? Wir hassen die Bullen und uns selber auch, und den Rest der Welt sowieso.« Er unterbrach sich – offenbar hatte er gemerkt, dass er ein wenig abgeschweift war. »Ach, vergessen Sie das«, sagte er. »Die Sache ist die, wenn man aus Torry ist, verketzert man keinen, man redet nicht mit Fremden, und man traut keinem auch nur einen Furz weit über den Weg. Und es gibt Leute, die denken, wir sind noch viel zu offen und nett … Schiet, ich erzähl das irgendwie falsch.« Er riss sich sichtlich zusammen. »Es gibt da Familien aus Fittie, die machen ihr eigenes Ding. Sie haben ihre eigenen Regeln. Ihre eigene Verbindung zum Meer.«

»Was für eine Verbindung?«

»Keine Ahnung. Aber nichts Normales, ja?«

»Nicht so was wie Fischerei?«

»Definitiv nicht wie Fischerei.«

Das roch nach dem Übernatürlichen – oder vielleicht nach Schmuggel.

»Und dann gibt's so Leute wie mich«, sagte er, »aus den Familien daneben. Wir sind ein bisschen wie verwandt, aber gehören nicht *zu* diesen Familien. Ich bin außerhalb, aber wenn ich wollte, also, wenn ich wirklich wollte, könnte ich mich anschließen – wie bei der Mafia. Dann hätte ich ausgesorgt.«

»Warum haben Sie's nicht getan?«

Nasenstecker warf einen Blick auf die offene Tür, aus der die ausgelassene Fröhlichkeit des Clubs drang. »Die sind in manchen Dingen ein bisschen altmodisch.«

»Aber Robert hat sich angeschlossen – ja?«

»Ja.«

»Ich brauche Namen«, sagte ich. »Ohne wenigstens einen Namen kann ich nichts machen.«

»Namen kriegen Sie nicht von mir. Eher sterb ich oder zieh nach Manchester.«

»Okay, aber diese Familien sind in Footdee angesiedelt?«

»Da kommen sie her, aye, aber heute sind sie überall.«

»Und wenn Robbie jetzt verknackt wird, das nehmen Sie einfach so hin?«

»Bei uns sitzt jeder früher oder später. Wenn Robbie tut, was die wollen, wird er's leichthaben, dann werden die für ihn sorgen, drinnen und später draußen auch.«

Und das war's im Grunde. Ich bekam nicht mal seinen Namen, aber wenn ich mehr gewollt hätte, hätte ich ihn auf der Stelle verhaften müssen. Ich kritzelte meine Privat-Handynummer auf eine meiner Zivil-Visitenkarten (ohne das Wappen der Met) und reichte sie ihm. Dass er sie nicht demonstrativ in Fetzen riss oder zu Boden segeln ließ, wertete ich als gutes Zeichen.

Als ich wieder reinging, sah ich Zach an der Tür herumlungern.

»Was ist?«, fragte ich.

»Ich soll ein Auge auf dich haben, damit du dir keine Schwierigkeiten einhandelst«, sagte er.

»Wer hat das gesagt?«

»Deine Mum – unter anderen.«

»Das soll wohl ein Witz sein.«

»Hab ich auch gesagt.«

Es war ein langer Tag gewesen, und ich wollte nur noch zurück zu meinen Kindern und meiner schönen warmen Flussgöttin, also würdigte ich das keiner Antwort. Wir gingen zurück in den Club, wo Daniel gerade in einem zum Scheitern verurteilten Versuch, jemanden im Publikum zu beeindrucken, *I Will Survive* von Gloria Gaynor schmetterte. Dass es nicht gewirkt hatte, bestätigte sich, als er sich schlussendlich mit den anderen zu mir in den Asbo quetschte, den ich sodann gesetzeswidrig überladen zurück zum Rockstarquartier kutschierte. Es war noch nicht mal elf Uhr, das sagt einem schon alles über die Band meines Dad.

Danach fuhr ich endlich nach Hause.

Ich kurvte durch leere Ausfallstraßen und dann hinaus auf die noch leerere Landstraße. Und wurde mir einer plötzlichen Stille in meinem Kopf bewusst. Als wäre ein Geräusch, an das ich mich gewöhnt hatte, plötzlich verstummt. Ich fragte mich, ob das ein magisches Phänomen war oder sich nur mein Gehirn endlich entspannte.

In Mintlaw saßen vor unserem Zelt Beverley und eine sehr missgelaunte Indigo.

»Wo sind die anderen?«

»Die Zwillinge schlafen, Abdul und Brian sind alte Sandkastenfreunde besuchen, und deine Eltern haben bis gerade eben den Van zum Schaukeln gebracht.« Beverley grinste. »Also schlafen sie jetzt wahrscheinlich auch.«

»Und Abigail?«

Indigo gab ein heiseres »Ha!« von sich.

»Abigail und Thomas sind ausgeritten. Auf einem magischen Pferd.«

8

Was Abigail auf dem Pferdemarkt erlebte

Ich wache auf, als es gerade dunkel wird. Die Sonne tut so, als wäre sie noch knapp über dem Horizont, aber wenn man die Wahrheit kennt, weiß man, dass sie schon weg ist. Dass man nur ein Nachbild an der Stelle sieht, wo sie vor acht Minuten war.

Eigentlich wollte ich nicht einschlafen. Ich war nur ins Zelt gegangen, um im Internet nach Ione zu suchen. Das war einfach, weil sie eine zwölfjährige Schwester mit einem Snapchat-Account hat. Derselbe Nachname, geht in Fraserburgh zur Schule, und sie sieht Ione sogar ein bisschen ähnlich, nur hat sie ein runderes Gesicht und kurze Stachelhaare. Es gibt ein Foto von ihr und Ione an einem Strand irgendwo im Ausland mit weißem Sand und Palmen. Ione trägt einen Bikini, der ihre Schultern und ihren glatten Bauch super zur Geltung bringt. Es gibt auch Bilder von ihrer Mum und dem griechischen Freund ihrer Mum, aber keinen Dad. Und noch mehr Fotos von Ione, in einer Taverne, am Flughafen, aber das Bikinifoto ist das beste. Um ungestört zu sein, hatte ich den Reißverschluss des Zelts zugezogen, und es war warm darin. Ich zog mir die Anti-Brennnessel-Hose aus und legte mich auf meinen Schlafsack und stellte mir vor, Ione läge neben mir, lang und glatt, stark und weich, mein

Kopf auf ihrem Arm, unsere Beine so, dass sie sich berühren.

Ich sehnte mich so danach, sie zu küssen, dass ich einen Kussmund machte und mir dann blöd vorkam. Sie war nicht da. Niemand war da. Nur das Loch in mir. Ich rollte mich um es zusammen. Und da muss ich eingeschlafen sein.

Jetzt kratzt Indigo am Zelt und ruft nach mir.

»Da kommt was«, sagt sie. »Was Großes.«

Keine Minute, und ich bin aus dem Zelt draußen, Gürtel und Schnürsenkel offen.

Das Nachbild der Sonne erfüllt den Garten mit goldenem Licht, das auf Onkel Richards Trompete funkelt. Er spielt auf der Terrasse, etwas Trauriges. Seine einzige Zuhörerin ist Tante Rose, die mit geschlossenen Augen in einem Liegestuhl sitzt und weint.

Ich dachte ja, meine Eltern wären schräg, aber die zwei haben echt ein Rad ab.

Indigo springt auf den Tisch vor Peters Zelt und setzt sich aufrecht hin – ihre Ohren zucken.

»Woher kommt es?«, frage ich.

»Aus dem Wald.«

»Kannst du Nightingale holen?«

Indigo schießt davon.

Plötzlich steht Beverley neben mir. Ich hab sie gar nicht kommen hören. »Erwartest du jemanden?«, fragt sie.

»Nein«, sage ich.

»Bleib hinter mir«, sagt sie. »Wenn's hart auf hart kommt, kümmere dich mit Indigo um die Zwillinge.«

Ich tue wie geheißen – ja, das kommt manchmal vor. Beverley wippt ein paarmal auf den Fußballen wie eine Sportlerin beim Aufwärmen. Sucht sich einen festen Stand.

»Woher wusstest du, dass da etwas kommt?«, frage ich.

»Es versucht nicht, sich anzuschleichen.«

Onkel Richard spielt immer noch sein Solo, und ich habe den verrückten Gedanken, genau dadurch könnte das, was da kommt, angelockt worden sein.

Nightingale ist aufgetaucht und bezieht Position, wohlerwogene drei Meter links von Bev. Er fragt sie, ob sie weiß, was es ist, aber sie sagt nein.

Fast schreie ich auf, als Indigo von hinten an mir heraufparkourt und mir über die Schulter späht.

»Zehn Yards«, sagt sie.

»Richtige Einheit«, sage ich.

Sie seufzt. »Neun Meter.«

Jetzt hören wir es auch. Ein schweres Stampfen aus den Schatten unter den Bäumen.

»Indigo«, sagt Nightingale scharf, »Seiten?«

»Nichts«, gibt sie zurück. »Drei Meter.«

»Das ist ein Pferd«, sagt Nightingale.

Und zwar voll das Riesenpferd, das grauschwarz in der Dämmerung zwischen den Bäumen hervortrottet. Langsam, aber unaufhaltsam stampft es auf uns zu, die weißen Beine mit den riesigen Hufen trampeln das Gras nieder und lassen den Boden erzittern.

Also, ich hatte schon mit Pferden zu tun. Damals in Wales bei der Sache mit dem See und dem Kraftwerk. Aber dieses Pferd ist gigantisch. Wenn ich mich auf die Zehenspitzen stellen würde, käme ich gerade so an die Blumen heran, die in seine Mähne geflochten sind. Es trägt ein Halfter, aber ohne Trense oder Zügel. Und keinen Sattel, nur eine mit einem Gurt befestigte Patchworkdecke.

Es senkt den Kopf und schnaubt durch die gewehrmündungsgroßen Nasenlöcher. Dann nickt es ein paarmal mit dem Kopf auf und ab und tritt auf der Stelle.

»Ich glaube, es will sich mit dir anfreunden«, sagt Bev und pflückt mir Indigo von der Schulter. Indigo quiekt laut, aber sie weiß genau, dass sie Bev lieber nicht ärgern sollte. Kaum ist sie weg von meinem Rücken, da kommt das Pferd noch näher, bis es direkt vor mir aufragt. Es riecht nach Pferdeschweiß und Blumen.

Es senkt den Kopf mit der langen Blesse, bis er gleichauf mit meinem ist, und knabbert mit den großen weichen Lippen an meiner Schulter.

Nightingale kommt herüber und flüstert dem Pferd etwas ins Ohr – und echt, ich schwöre, es kichert. Dann knabbert es weiter an meiner Schulter.

»Er will hallo sagen«, sagt Nightingale.

Mir wird ehrlich gesagt schon ein bisschen anders, aber die Augen des Pferdes sind so dunkel und ruhig, dass ich die Hand ausstrecke und seine Mähne berühre. Die Mähnenhaare sind drahtig, der Hals darunter ist warm und lebendig. Das Pferd schnaubt zufrieden und etwas sabberig und schmiegt den Hals gegen meine Hand. Ich streichle es noch ein bisschen. Noch mehr behagliches Gesabber.

»Warum bist du hergekommen?«, frage ich, während das Pferd mich sanft mit dem Kopf anstupst.

Es zieht den Kopf zurück und wendet mir hufestampfend die Seite zu. Was es will, ist klar. Nicht so klar ist, wie ich da raufkommen soll. Über seinen Rücken kann ich nicht mal drüberschauen, so hoch ist er, und Steigbügel gibt es keine.

Ich schaue Nightingale an. Er beugt sich vor und faltet die Hände, und ich lasse mir von ihm auf den Pferderücken helfen. Ich hab noch nie auf einem Pferd gesessen, nicht mal auf einem Pony. Und das ohne Sattel, an dem ich mich festhalten könnte. Der Pferderücken ist breit, und seine Wärme strahlt durch die Decke bis in meine Beine.

Nightingale legt hinter mir die Hand auf den Pferderücken und zögert. »Dieses Manöver habe ich schon lange nicht mehr ausgeführt.« Er lacht. Dann holt er irgendwie hüpfend Schwung, springt ab und sitzt plötzlich hinter mir. »Das«, sagt er, »war bemerkenswert befriedigend.«

Kaum sitzt er, dreht sich das Pferd um und trottet auf den Wald zu. Ich halte mich an der Mähne fest und schaue mich um.

Beverley hält Indigo fest gepackt. Die sieht nicht glücklich aus.

Das Pferd wird schneller, und ich wende mich nach vorn und konzentriere mich darauf, nicht runterzufallen. Das ist was anderes als auf einem Motorrad zu sitzen oder auch als Varvara mich mal mit zum Segelfliegen nahm. Bei Maschinen hat man selbst die Kontrolle, man muss nur die technischen und physikalischen Gegebenheiten beachten. Bei einem Pferd hat dein Transportmittel seine eigenen Ansichten. Da geht's um Vertrauen, und darin war ich noch nie gut.

Im Wald ist es dunkel, und wie die vermutlich stocksaure Indigo ist auch meine ganze Ausrüstung im Garten zurückgeblieben. Ich setze an, ein Werlicht zu erschaffen, aber Nightingale legt mir die Hand auf die Schulter. »Besser nicht.«

Um uns herum peitschen Zweige, aber entweder haben wir Glück, oder das Pferd weiß genau, was es tut, während es schaukelnd einen Abhang hinunterstapft und unten einem Weg folgt.

Auch auf einem Pferderücken und im Dunkeln kann ich eine umfunktionierte Bahnlinie erkennen – so schnurgerade und flach bauten nicht mal die Römer ihre Straßen.

»Das ist der Buchan Way«, sagt Nightingale, als ich das anmerke. »Ich weiß noch, wie ich von der Brücke weiter vorn die Dampfloks beobachtete.«

»Wann war das?«

»Das letzte Mal 1912 – vielleicht. Mein Onkel nahm mich oft in den Schulferien mit hierher. Dann besuchten wir die umliegenden Pferdemärkte. Er hatte viel für die Demi-monde und die Fae übrig, mein Onkel.«

In London haben wir die Goblinmärkte, auf denen die Demi-monde sich mit dem Kram eindeckt, den man nicht bei Aldi oder Etsy kriegt, und die, wie meine frühere Gemeinschaftskundelehrerin Ms. Redmayne sagen würde, darüber hinaus der Pflege des Gemeinwesens dienen. (Und, wie Peter sagen würde, der Pflege zwielichtiger Geschäfte.) Die Füchse trauen sich nicht dorthin, weil sie glauben, Uncle George, die Unbekannte Gegenseite, ist da auch vertreten, deshalb muss ich die Einkäufe dort für sie erledigen. Nightingale sagt, auf dem Land erfüllen einige der traditionsreicheren Jahrmärkte die gleiche Funktion, nur werden dort außerdem Tiere und landwirtschaftliche Maschinen verkauft.

»Mein Onkel hatte so einen riesigen Vauxhall Typ B, und in den Ferien warfen wir unsere Campingausrüstung hinten hinein und fuhren los«, fuhr Nightingale fort. »Er war hier oben wohlbekannt. Ich nehme an, das ist der Grund, warum uns diese Einladung zuteil wurde.«

»Was Sie angeht, ja«, sage ich. »Aber ich?«

»Das ist eine gute Frage«, sagt er nicht sehr hilfreich.

Mir sind schon Gerüchte über mich zu Ohren gekommen – was ziemlich abgefahren ist, wenn man sich's genau überlegt. Und einmal sagte mir der Geist der diesjährigen Weihnacht, oder jemand, der ihm ziemlich ähnlich ist, alle möglichen Leute im ganzen Land interessieren sich für mich und tratschen hinter meinem Rücken über mich. Das ist beunruhigend – ich hab nicht vor, eine berühmte Influencerin zu werden, jedenfalls momentan noch nicht.

Ich frage mich, ob diese Leute auch das mit Paul wissen, und plötzlich ist mir schlecht.

Wir überqueren eine unverkennbar viktorianische Eisenbahnbrücke über einen Fluss.

»Der South Ugie«, sagt Nightingale und fügt hinzu, er glaubt sich zu erinnern, dass er mit etwa neun Jahren darin geangelt hat. »Das ist so lange her. Mir scheint, einige meiner älteren Erinnerungen verblassen allmählich. Einmal träumte ich, ich hätte im Orientexpress einen Kampf ausgefochten. Mag sein, dass das eine Erinnerung war, wobei man meinen sollte, so etwas müsste sich stärker einprägen.«

Früher hat er nicht so mit mir geredet. Er war immer knapp und effizient, wie ein Lehrer vom alten Schlag. Das Erzählen von vagen, fernen Erinnerungen fing erst an, als Paul, wie die Ärzte es nannten, ins finale Stadium eintrat. Auf einmal geht's ständig darum, wie Nightingale womöglich mal einem Yeti begegnete oder wie er in einem Kleid auf einen Ball in New York ging. Es dauerte ewig, bis mir klar wurde, dass das seine Methode ist, mich abzulenken.

Peter bringt mir zur Ablenkung Zauber bei, weil das bei ihm selber auch wirkt. Indigo verlangt, dass ich sie kraule oder bürste oder ihr Käsebällchen bringe. Nightingale erzählt mir Geschichten, die vielleicht wahr sind. Na ja, eventuell die mit dem Yeti – die mit dem Kleid wohl eher nicht.

Das Pferd verlässt die Bahnlinie, es geht einen Hang hinauf, und wir sind auf einer modernen Landstraße. Mitten auf der Straße trotten wir weiter, die Hufe klappern auf dem Asphalt. Anfangs erwarte ich, dass sich eine Autoschlange hinter uns bildet, aber offenbar will heute Nacht kein Mensch eine Ausfahrt bei Mondschein machen.

Als wir an einem Bauernhof vorbeikommen, bellt ein Hund. Graue Felder ziehen sich links bergauf und rechts bergab. Die Luft ist unbewegt und kühl, und es ist so still, dass ich schwöre, ich höre die Fuchsbeute in den Feldhecken rascheln.

Das Pferd biegt auf einen unbefestigten Weg ab, das Hufgeklapper ist jetzt gedämpft. Der Weg ist eine helle Bahn, die schnurgerade einen sanften Hügel hinaufführt. Am Horizont sind dunklere Flecken, vielleicht Wäldchen oder Kolonien wuchernder außerirdischer Pilze.

»Ich glaube, ich ahne, wohin es geht«, sagt Nightingale.

»Und wohin?«

»Auf den Markt von Aikey Brae.«

»Da ist mitten in der Nacht was los?«

»Tatsächlich«, sagt er, »glaube ich, der letzte offizielle Pferdemarkt dort fand in den 1940er Jahren statt.«

»Vielleicht ist es ein Rave«, sage ich, aber die Goblinmärkte werden genauso heimlich abgehalten, an versteckten Orten und zu Zeiten, wo keine Touristen und Idioten zu erwarten sind.

Und bald hören wir es – es klingt schon ein bisschen nach Jahrmarkt, nur irgendwas fehlt. Das Pferd trägt uns zwischen einer Ansammlung hoher Kiefern hindurch, und die Geräuschkulisse wird lauter. Ich kapiere, was fehlt: das Brummen von Generatoren und satte Beats. Es hört sich an wie ein Folkfestival in einem großen Biergarten.

Wenn man nicht gerade ein Fuchs oder eine Katze oder etwas anderes ist, was Augen mit Restlichtverstärker hat, ist Mondlicht die reinste Verarsche. In einer klaren Vollmondnacht herrschen maximal 0,3 Lux, das ist weniger als ein Prozent dessen, was man auf einer schlecht beleuchteten Straße kriegt. Man sieht nur deshalb überhaupt was, weil das Gehirn auch die kleinsten Reize registrieren und sie in Bäume, Menschen, Pferde übersetzen kann. Das Mondlicht in Filmen ist reine Illusion, künstlich und viel zu hell.

Als wir also aus dem Wald kommen und vor uns im Mondlicht ein Jahrmarkt liegt, auf dem ich die Gesichter der Leute auf hundert Meter Entfernung genau erkennen kann, ist klar, dass hier irgendwas schwer Magisches abgeht.

Auch das Einhorn ist ein bisschen verräterisch.

Es ist neben so einem alten Roma-Wohnwagen mit gewölbtem Dach angebunden. Laut Peter und Bev sind Einhörner tonnenschwere psychotische Killermaschinen, aber das hier ist nur so groß wie ein Pony und scheint vor allem an seinem umgehängten Futterbeutel interessiert.

»Bemerkenswert«, sagt Nightingale. »Peter meinte, es seien Fleischfresser.«

»Vielleicht gibt's verschiedene Arten?«, sage ich.

Gleich hinter den Bäumen liegt ein verwitterter Steinkreis von etwa fünfzehn Metern Durchmesser. Links steht die Handvoll Wohnwagen samt Mini-Einhorn, und von dort breitet sich um den halben Steinkreis ein Sammelsurium von Zelten und Buden aus. Es herrscht kein Gedränge, aber vor den Buden steht einiges an jüngerer Männlichkeit herum, und die Weiblichkeit schlendert vorbei, und beide tun so, als ob sie nicht nacheinander schielen. Pferde sind nicht zu sehen außer den wenigen bei den Wohnwagen, also scheint der Markt einen anderen Hauptverkaufszweck zu haben.

Kurz vor dem Steinkreis ist unser Ritt zu Ende, und ich rutsche schnell von selbst vom Pferderücken, weil man gelegentlich zeigen sollte, dass man einen eigenen Willen hat. Ich lande weich, federe mich irgendwie ab, und es fühlt sich gut an – ganz natürlich, wie etwas, was ich schon geübt habe.

Ich streichle den warmen Hals des Pferds und sage nette Sachen zu ihm wie die Mädels auf YouTube. Es scheint das Richtige zu sein: Der große Kopf stupst mich gegen die Schulter, und ich schmiege das Gesicht in das warme, weiche Fell.

Ich hab immer über die reichen Tussen mit ihren Pferdchen abgelästert, aber jetzt hab ich das Gefühl, ich kapiere langsam, was der Punkt dabei ist. Allerdings noch lange nicht so, dass ich hingehen und mir Gummistiefel und eine Mistgabel kaufen werde.

Auch Nightingale steigt ab und lässt den Blick über die Menge schweifen.

»Aha«, sagt er und zeigt zum Steinkreis.

Ich schaue hin und sehe ziemlich in der Mitte des Kreises eine Gestalt stehen. Und zwar den Wildhüter-Schädlingsbekämpfer aus dem Wald, nur hat er die Schrotflinte zu Hause gelassen. Er schaut uns entgegen, und als er sieht, dass wir ihn bemerkt haben, nickt er.

Das Pferd stupst mich ein letztes Mal und geht davon. Seine Hufschläge vibrieren unter meinen Füßen.

»Ich werde wohl von diesem Gentleman erwartet«, sagt Nightingale. »Und wenn ich mich nicht irre, du dort drüben.«

Jenseits des Steinkreises steht Ione. Sie scheint fast zu leuchten im falschen Mondlicht, in einer weiten hellen Hose, Stiefeln und einem ärmellosen westenähnlichen Oberteil mit Taschen. Ihr Haar hängt als dunkles geflochtenes Band über ihren Rücken, im Zopf hat sie Glitzerzeug. Auch jetzt trägt sie diese Schärpe oder den Schal oder keine Ahnung was aus Netzstoff um die Taille. Das Ding schimmert eindeutig unnatürlich silbern.

Die Hälfte der alten Steine ist umgefallen, aber ich bin klein genug, um mich hinter dem nächsten aufrecht stehenden zu verstecken, damit ich die Lage peilen kann, bevor ich womöglich was Dummes mache. Ich lehne mich lässig gegen den Stein. Nightingale ist schon zu dem Wildhüter hinübergegangen. Ich spähe wieder zu Ione.

Sie fängt meinen Blick auf, als hätte sie nur darauf gewartet, schüttelt leicht den Kopf und schaut wieder weg.

Ich komme mir zurückgewiesen vor, aber dann mustere ich die Kerle, die um sie herumstehen. Sie sind alle blass wie sie und angezogen wie ein 2-Tone-Revival, dunkle Anzüge und helle kragenlose Hemden. Ein paar der Jüngeren, so in den Zwanzigern, haben noch ein bisschen Stil, aber die Älteren haben Porkpie-Hüte auf.

Und dann fällt mir auf, dass auch sie solche silbernen Netzschals tragen, manche um die Taille, andere um den Hals wie überdimensionale Krawatten. Einer der Älteren, der ein Gesicht wie ein Boxsack und einen Fedora-Hut auf dem weißblonden Zottelhaar hat, hat ihn sich über die Schultern gebreitet wie einen Gebetsschal oder eine Priesterstola.

Selbst hier, auf der anderen Seite des Steinkreises, spüre ich seine Massivität – als bestünde er aus dichterer Materie als die Leute um ihn herum. Er redet auf ein paar von Iones Typen ein, wobei er nachdrücklich gestikuliert.

Das ist der Onkel, denke ich. Der, vor dem Ione Angst hat.

Er hat mich noch nicht bemerkt, und ich habe das Gefühl, es ist besser, wenn das auch so bleibt. Also verziehe ich mich rasch hinter meinen Hinkelstein, lehne mich dagegen und atme tief durch.

Auf einmal steht Ione neben mir.

Sie legt den Finger an die Lippen und senkt den Kopf, damit sie flüstern kann. Ihr Atem kitzelt mich am Ohr, was mich auf seltsame Art an das Pferd erinnert.

»Was machst du hier?«, fragt sie.

»Ein Pferd hat uns hierher eingeladen«, sage ich. Und um lange Erklärungen zu vermeiden, frage ich sie, ob der massive Typ auf der anderen Seite ihr Onkel ist.

»Aye. Deshalb darf dich niemand mit mir zusammen sehen. Du hast nicht zufällig meine Tasche mitgebracht?«

»Ich hatte doch keine Ahnung, dass du hier bist.«

Ihr Gesicht ist so nahe, dass ihr Atem meine Wange streift. Sie hat mir die Hand auf den Arm gelegt, aber vorsichtig, als wollte sie mich ja nicht verärgern. Ich lege meine Hand über ihre zum Zeichen, dass mir das im Gegenteil recht ist, und ihr Blick taucht in meinen ein. Darin steht wahrhaftig echte Angst, was ihr überhaupt nicht steht. Ihre Lippen öffnen sich, aber sie hält inne, als ob ihr nichts Schlaues zu sagen einfällt. Dieses stumme Zögern macht mich total fertig. Ach, uns beide.

Aber ein Vorteil, wenn man als das Kind aufwächst, das »allein zurechtkommt«, ist, dass man lernt, sich zu nehmen, was man braucht, wann immer man kann. Ich schaue mich noch mal schnell um, ob uns wirklich niemand sieht, und bevor sie zurückschrecken kann, lege ich ihr den Arm um den Hals und küsse sie auf den Mund.

Sie schlingt die Arme um mich, und ich schmelze dahin.

Ich schwör's – ich hab mich durch das komplette Spektrum geknutscht, und fast alles war ganz schön, außer mit diesem Blödmann in Cricklewood. Aber nie hab ich mich gefühlt, als wäre ich mit der Zunge an eine Stromleitung geraten. Mein ganzer Körper lodert. Ich will nie wieder raus aus dieser Umarmung. Und ich muss unbedingt ihre nackte Haut spüren, deshalb schiebe ich die Hand hinten in ihre Hose.

»Langsam, Mädchen«, flüstert sie. Ich höre auf, aber es fällt mir schwer.

Ich würde ihr am liebsten sagen, dass ich sie liebe, aber das ist bescheuert, und ich werde es nicht tun, weil ich nicht will, dass sie mich für so eine rührselige Träne hält wie diese Emo-Mäuschen in Engl. Lit. Ich will so sehr für immer und ewig in ihren Armen bleiben, dass ich mich daraus löse. Sie versucht mich zurückzuhalten, aber ich befreie mich und starre zu ihr auf, schwer atmend.

Sie streckt die Hand aus, zögernd, unsicher.

Aus irgendeinem blöden Grund bin ich dicht davor, zu weinen, deshalb nehme ich ihre Hand, bevor sie mir zu nahe kommt. Ich senke den Kopf, damit sie mein Gesicht nicht sieht, und sehe, dass ihre Nägel zerbissen sind. Irgendwie erleichtert mich das total.

Sie berührt mein Gesicht, hebt mein Kinn an. »Was ist?«

»Nichts«, sage ich. »Können wir irgendwohin gehen?«

»Nicht heute Abend. Aber triff mich morgen in der Bibliothek – die ist direkt bei der Bushaltestelle. Um elf? Und vergiss meine Tasche nicht.«

»Welche Bibliothek?«

»Fraserburgh. Da wohne ich, weißt du noch?« Und sie beugt sich vor und küsst mich.

Sie hätte mich genauso gut in die Steckdose stecken können. Meine Zehen krallen sich zusammen, meine unteren Regionen verwandeln sich in eine Halogen-Kochplatte. Zum Glück hört sie auf, bevor meine Unterhose Feuer fängt.

»Ich muss los«, sagt sie und strebt von mir weg.

»Bis dann«, flüstere ich, aber sie ist schon verschwunden.

Ich schnaufe ein paarmal durch und mache mich auf die Suche nach Nightingale.

Eine Sache, die ich von den Füchsen gelernt hab, ist, mich leise zu bewegen und kein Geräusch zu verursachen. Das gehört zur Grundausbildung, sagen sie – unauffällig ist gut, unbemerkbar ist besser. Nightingale kennt so einen Zauber, der irgendwie die Schatten um einen rum verdichtet. Sobald ich den gelernt habe, bin ich ein Ninja.

Aber das Fake-Mondlicht wirft so schwarze Schatten, dass sie zum Schleichen fast so gut sind wie dieser Zauber. Ich umgehe die Menschenansammlung, indem ich mich zwischen den Wohnwagen, Autos und Vans hindurchschlängle. Das Bonsai-Einhorn hört kurz mit Mümmeln auf und schaut zu, wie ich vorbeihusche.

Als ich das Gefühl habe, weit genug von Ione und ihrem gruseligen Onkel entfernt zu sein, trete ich hervor in die Menge. Ich bin es gewohnt, angestarrt zu werden, wenn ich nicht in London bin, und die Provinzler hier sind keine Ausnahme. Nur fühlt es sich anders an. Varvara sagt, die Demimonde schaut anders. »Für die bist du kein kleines schwarzes Mädchen. Sondern etwas anderes.«

Ich find's gut, etwas anderes zu sein, aber ich passe auf, dass es mir nicht zu Kopf steigt.

Ich schlendere eine der Gassen zwischen den Buden entlang. Das falsche Mondlicht lässt alles seltsam funkeln. Eine Bude verkauft Tartanstoffe, eine andere weiß-blaue Porzellanschüsseln, aus der nächsten riecht es klebrig-süß, da stehen Gläser mit Zeug, von dem ich keine Ahnung habe, was es ist.

Schwärme von Mädels in meinem Alter, die viel Bein und weißlichen Bauchspeck zeigen, drängen sich vorbei und tun so, als ob sie niemanden anstarren. Und Banden dazu passender Möchtegern-Gangstas hängen rum, die offen starren, aber Schiss haben, näher zu kommen. Ältere Leute sind auch da, manche in ihren besten Sachen, andere in ausgebeulten Jeans, spazieren Arm in Arm durch die Budengassen oder stehen biertrinkend herum.

Ein Stand mit durchscheinenden Gesichtsmasken, jede mit einer Kerze von hinten erleuchtet, kommt mir bekannt vor. Daneben gibt es Musikinstrumente, auf den Regalen liegen Geigen und Akustikgitarren, von der Decke hängen Dudelsäcke wie karierte Spinnen.

Eine Frau verkauft alte ledergebundene Bücher in einer Sprache, die ich nicht lesen kann.

»Gälisch«, sagt sie auf meine Frage hin. »Bretonisch, Irisch, Piktisch.«

Ich überlege, ob ich eins als Geschenk für Postmartin kaufen soll, aber hinter mir will offenbar jemand meine Aufmerksamkeit erregen.

»Psst«, flüstert eine Stimme. »London.«

Ich schaue mich um. Zwischen zwei größeren Ständen steht eine blau-golden dekorierte Bude, die ich wiedererkenne. Sie sieht aus wie ein Kasperletheater, nur mit einem spitzen schwarzen Dach und einem Schild mit der Aufschrift *Artemis Vance – Echte Bannsprüche, Talismane, Lockzauber für Feen und Zauberformeln*. Aus dem Bühnenrahmen blickt mir ein bekanntes weißes Gesicht mit Zuckerwattehaaren und langer Hakennase entgegen.

»Hierher«, zischt er und duckt sich hinter den Rahmen.

Ich gehe rüber, und die Vorderseite der Bude öffnet sich, Artemis Vance streckt den Kopf heraus, wirft je einen Blick nach links und rechts und winkt mich rein. Die Wände der Bude bilden einen Gang nach hinten ins Freie. Draußen steht ein uralter Van mit offener Hecktür, durch die man auf der linken Seite Stapel von Kartons und rechts eine Luftmatratze mit einer Patchworkdecke drauf sieht. Am Dach sind zwei Stangen und an denen wiederum ein Vordach befestigt, das bis zum Hintereingang der Verkaufsbude reicht. Darunter sind ein Klapptisch und zwei grüne Segeltuch-Campingstühle aufgestellt. Auf der pinken Kunststofftischdecke stehen eine Flasche und zwei nicht zusammenpassende Gläser.

Vance lässt sich auf einen der Stühle fallen und deutet auf den anderen. Ich setze mich, und er nimmt die Flasche – aus grünem Glas, ohne Etikett – und bietet mir etwas zu trinken an.

»Was ist das?«, frage ich.

»Ein Stärkungstrunk. Alkoholfrei – eigene Rezeptur, ich bin mir sicher, er wird dir gleichermaßen schmecken wie auch wohltun.«

Ich zögere.

»Eine Mischung bester Kräuter, Gewürze und anderer natürlicher Zutaten.«

Ich schaue ihn scharf an.

»Und ohne jede Verpflichtung.«

»Wirklich?«

»Ich wäre ein Narr, die ungeheure Macht der Nachtigall gegen mich aufzubringen«, sagt er. »Und da hätte ich noch Glück – gewiss würde mich die gloriose Beverley Brook ohne Zögern an einen Pfahl binden und der nächsten Flut überantworten, und der Zorn des Parlaments der Füchse ist landauf, landab gefürchtet.«

»Vor Peter haben Sie keine Angst?«

»In einer solchen Lage könnte man auf die harten, aber gerechten Maßnahmen des Sperlings nur hoffen. Was mich zu …«

»Was ist eigentlich mit meinem Talisman?«

»Talisman?«

»Den Sie mir vor Ewigkeiten bei der Sommercour verkauft haben. Für einen ganzen Fünfer.«

»Ist er nicht zu deiner Zufriedenheit?«

Ich hole ihn heraus und zeige ihn ihm. Der Stein ist so glanzlos wie eh und je. »Er hat noch nie irgendwas gemacht.«

»Und das, hochverehrte kleine Zauberin«, Vance schenkt uns beiden etwas von seinem Stärkungstrunk ein, »ist nur gut so. Denn sollte dieser Talisman je zu leuchten anfangen, wäre das ein Zeichen, dass mit schnellem Schritt ein schreckliches Verhängnis auf dich zukommt. In welchem Falle deine einzige Rettung darin bestünde, die Beine in die Hand zu nehmen und, wie man so schön sagt, zu rennen wie der Teufel.«

Er schiebt mir eines der Gläser zu und hebt sein eigenes. Ich warte mit dem Probieren, bis er einen Schluck genommen hat. Es schmeckt wie Sommersonnenschein – ganz genau so, als wachte man auf und spürte die Wärme der Sonne auf der Haut. Ich schaue das Glas an, dann Vance, der so breit grinst, dass es aussieht, als würde sein Gesicht gleich auseinanderklappen.

»Kann ich eine Flasche davon haben?«, frage ich.

Das Grinsen wird noch breiter – ha, Verpflichtungen, denkt er bestimmt, aber ich denke: chemische Analyse! Und: Synästhesie – ein Wort, das ich in Unterhaltungen nicht allzu oft brauche.

Er holt eine Flasche aus dem Wagen und reicht sie mir. »Feen, Füchsen und Falloys solltest du nichts davon geben. Es könnte sie ungebärdig machen.«

Ich klemme mir die Flasche zwischen die Knie, um sie nicht zu vergessen.

»Nun«, sagt Vance. »Sosehr es mich freut, dir diesen kleinen Dienst erweisen zu können, der eigentliche Grund, warum ich dich hergebeten habe, ist die Bitte, eine Botschaft von mir an die Nachtigall weiterzugeben.«

»Er ist gerade auch hier«, sage ich. »Wir können ihn gern suchen.«

Vance zuckt zusammen und winkt ab. »Je nun, lieber nicht. Es wäre vermessen von meinesgleichen, sich seinesgleichen direkt zu nähern. Und obendrein unklug, unangebracht und gefährlich.«

»Sie spitzeln für ihn.«

»Wie bitte?« Er spielt den Entrüsteten, aber genau das ist es: gespielt. Diese Fae halten sich für so subtil, aber die Mädels in *Made in Chelsea* sind die reinsten Machiavellis dagegen.

Und ich weiß, wer Machiavelli war, ja? Nur damit das klar ist.

»Ach, tun Sie nicht so«, sage ich.

Er fällt in sich zusammen.

Also echt. Nicht das kleinste bisschen Ausdauer.

»Ich betrachte mich lieber als informellen Kanal für die

Übermittlung notwendiger Nachrichten. Die Welt dreht sich nicht geradlinig wie ein Rad, sondern um viele Achsen auf einmal. Und eigene und fremde Interessen und Verpflichtungen kreuzen sich auf subtile und komplexe Weise. Der kluge Mann versucht sie getrennt voneinander zu halten, und sei es nur, um nicht versehentlich Allianzen einzugehen, die er später bereuen könnte.«

»Sie wollen jemanden anschwärzen. Ohne dass wer mitkriegt, dass Sie es waren.«

»Einschließlich der Nachtigall«, sagte er. »Du erkennst mein Dilemma. Wenn ich es dir sage, wirst du mein Geheimnis wahren?«

»Weiß nicht. Was kriege ich dafür?«

»Ich könnte dir einen hübschen Liebeszauber anbieten. Mit dem die Person deiner Träume garantiert Wirklichkeit wird.«

»Nein danke, das hab ich im Griff«, sage ich.

»Ach nein, meine kleine Unruhestifterin. Das hat auf dieser tristen Welt niemand je im Griff. Aber ich sehe, du bist eine praktisch veranlagte junge Dame, wie wäre es also mit Auskünften über deine verstohlenen vierbeinigen Vertrauten?«

»Was soll mit ihnen sein?«

Vance hebt den langen Zeigefinger und schwingt ihn mahnend. »Netter Versuch. Sind wir im Geschäft?«

»Die Auskünfte müssen schon belastbar sein.«

»Glaub mir, um diese soliden Informationen ins Wanken zu bringen, bräuchte es schon ein metaphorisches Erdbeben.«

»Okay, was soll ich Nightingale sagen?«, frage ich, weil mir diese Spielchen manchmal einfach zu lange dauern.

»Dass Leute unterwegs sind, hierzulande und auch in Irland und Deutschland, die Fragen stellen. Wer die Nachtigall sei. Woher sie komme. Wer Zugang zum Folly habe und was Nightingale dort hüte.«

Ich weiß, was im Keller des Folly gehütet wird, auch wenn Peter der Schlag treffen würde, wenn er wüsste, dass ich es weiß. Vance weiß es definitiv nicht. Ich achte darauf, ein ganz neutrales Gesicht zu machen.

»Neugierige Leute?«, sage ich. »Und wenn schon, die gibt es immer.«

»Diese sind Ausländer«, sagt er. »Manche riechen nach Macht und Einfluss, andere sind ein bisschen zu neugierig und ein bisschen zu belesen – wenn du weißt, was ich meine.«

»Was für Ausländer?«

»Noch habe ich keine dieser neugierigen Leute persönlich getroffen oder sichere Auskünfte über ihre Herkunft erhalten. Doch nach dem, was mir zu Ohren gekommen ist, zählen sie gewiss nicht zu den Bewunderern der Nachtigall.« Vance schwenkt vage die Hand. »Von denen es selbstverständlich unzählige gibt.«

Genaueres hat er nicht zu bieten, aber ich verspreche, es Nightingale weiterzugeben. »Was ist mit meiner Bezahlung?«

Und dann erzählt Vance mir Sachen, die ich erst mal überdenken muss, bevor ich sie an die Füchse weitergebe. Kann sein, dass ihnen nicht gefällt, was ich ihnen sagen muss – und dass ihnen nicht gefällt, dass ich es weiß.

9
Westhill

Als ich aufwachte, lag Indigo wie ein Häuflein Elend an meinem Fußende.

»Wo ist Abigail?«, fragte ich.

»Woher soll ich das wissen«, murmelte sie, ohne den Kopf zu heben.

»Gut«, sagte die unter die Decke gekuschelte Wölbung auf der Luftmatratze neben mir. »Dann kannst du mir heute helfen.«

Indigo seufzte und wäre noch mehr in sich zusammengesunken, hätte sie nicht schon maximal bettvorlegerähnlich dagelegen.

Angesichts des füchsischen Jammers war ich doch etwas erstaunt, als ich feststellte, dass Abigail Brians Badezimmer blockierte. Sie sang aus voller Kehle, was nach meiner Erfahrung für ausgedehnte kosmetische Übungen sprach. Also ging ich wieder nach unten und frühstückte erst einmal. Brian und Abdul hatten außer ihrem omega-angereicherten Porridge auch einen Laptop vor sich, sie löffelten abwechselnd Haferbrei und gaben Daten ein.

»Geografische Analyse«, erklärte Abdul, als ich ihm über die Schulter sah. »Wir suchen nach einem Häufigkeitsschwerpunkt.«

Bei der Polizei heißt das Geoprofiling und wird uns von unseren Analysten in Form hochspannender Landkarten und Powerpoint-Präsentationen vorgelegt. Es wurde bei der Fahndung nach Serienmördern entwickelt. Man betrachtet dabei die Tat- und anderen relevanten Orte im räumlichen Verhältnis zueinander und überlegt, ob es einen zentralen Bezugspunkt gibt. Abdul und Brian wandten dieses Verfahren jetzt auf unseren schwarzen Panther an.

Was mich daran erinnerte, dass ich Abigails Fotos abholen musste.

Nightingale kam ebenfalls zum Frühstück, und zwar in seiner robustesten Outdoormontur – die Hälfte der Sachen stammte noch aus dem Zweiten Weltkrieg. Dazu kam eine der doppelläufigen Schrotflinten, die normalerweise in einem verzierten Waffenschrank im oberen Studierzimmer des Folly eingeschlossen sind. Nachdem sie vor ein paar Jahren einen »Einsatz« in Herefordshire gehabt hatten, hatte ich schleunigst dafür gesorgt, dass Nightingale den erforderlichen Waffenschein bekam.

Da seine Feuerbälle bekanntermaßen ganze historische Panzerfahrzeuge lahmlegen konnten, fragte ich mich allerdings, was er mit den Flinten wollte.

»Gummigeschosse«, erklärte er. »Falls ich ihn ablenken muss.«

»Glauben Sie, Sie stöbern ihn heute auf?«

»Ich habe heute Nacht einige Informationen erhalten.« Er erzählte mir von einem magischen Pferd, einem Mondscheinmarkt in Aikey Brae und einem mysteriösen Gentleman, der ein Fae oder der *Genius loci* von Glen Tanar sein mochte. »Oder jemand ganz anders. Er konstatierte überdies, die Großkatze sei bei weitem nicht die einzige anomale Kreatur, die sich in der Umgebung herumtreibe. Von Ihrer Möwe hatte er noch nicht gehört, aber ich denke, wir können von einem Zusammenhang ausgehen.«

»Hat er was von Leuten aus dem Meer erwähnt?«

»Nein. Allerdings ist er in den Hügeln und Tälern beheimatet, mag sein, dass er sich mit dem Meer nicht auskennt.«

»Hat er gesagt, wo diese anomalen Wesen gesehen wurden?«, fragte Brian.

»Das hat er in der Tat. Ist Ihnen das von Nutzen?«

Brian und Abdul machten sich daran, ihm das mit dem Geoprofiling zu erklären. Ich ging nach oben, um zu sehen, ob ich Abigail irgendwie aus dem Bad rauskriegen konnte. Gerade wollte ich die »Aufmachen, Polizei!«-Methode anwenden, da öffnete sich die Tür, und in einer Wolke duftenden Dampfs kam sie heraus.

»Fertig!«, sagte sie.

Sie trug ihre übliche Kleidung, aber irgendwas kam mir anders vor. Erst im Bad wurde mir klar, dass sie Lippenstift und Eyeliner aufgetragen hatte. Und in der Luft lag ein Hauch von Beverleys Chanel Sycomore. Ich hatte Abigail schon früher mal aufgebrezelt gesehen, aber noch nie um neun Uhr morgens.

Nach dem Duschen tat ich, was ich immer tue, wenn ich wissen will, was Abigail im Schilde führt: Ich fragte einen Fuchs.

»Als wäre die Sache in Paris nie passiert«, sagte Indigo und schnaubte.

Ich wusste gar nicht, dass Abigail je in Paris gewesen war, wobei ich vage in Erinnerung hatte, dass es vor Jahren mal eine Klassenfahrt gegeben hatte. Was hatte Indigo bei einer Klassenfahrt zu suchen gehabt? »Was ist in Paris passiert?«

Plötzlich war Indigo sehr an dem Vogel interessiert, der im Garten herumflatterte. »Hab ich Paris gesagt? Ich meinte Wales.«

»Was ist in Wales passiert?«

»Nichts. Nur ein kleiner Ausflug.«

»Nur ein kleiner Ausflug?«

»Wie der in Norfolk.«

»Was ist in Norfolk passiert?«

Indigo seufzte tief und ließ sich wieder auf das sonnige Plätzchen sinken, auf dem sie bei meinem Kommen Trübsal geblasen hatte. »Nichts Wichtiges, wie man sieht.«

Beverley war nicht auskunftsfreudiger. »Keine Sorge, ich hab ein Auge darauf«, sagte sie. Sie lag noch im Bett – mit den Zwillingen, die meinen verlassenen Platz in Beschlag genommen hatten.

»Ein Auge worauf?«

»Musst du heute nicht ermitteln gehen?«

Den Ton kannte ich, also gab ich ihnen allen einen Kuss und ging zum Asbo. Ich würde schon noch erfahren, worum es hier ging, wenn dabei etwas explodieren oder bis auf die Grundmauern niederbrennen oder die öffentliche Sicherheit massiv erschüttern würde.

Alice MacDuffie, unsere abgängige Geologin, wohnte in einer Dreizimmer-Doppelhaushälfte in einer Stichstraße in Westhill, einer an das westliche Ende von Aberdeen angeklebten Wohnsiedlung. Sie bestand wie ein amerikanischer Vorort aus einer Vielzahl kreisförmiger Straßen und Sackgassen, nur stand hier alles viel enger zusammen, um die Versorgungskosten niedrig zu halten. Die Häuser waren so schmal, als hätten sie alle miteinander kürzlich eine Blitzdiät gemacht. Die meisten Vorgärten waren zu pflegeleichten Schotterwüsten oder zusätzlichem Parkraum umfunktioniert worden, da in die angebauten Garagen außer einem Mini nichts hineinpasste.

Blinschell und ich kamen kurz nacheinander jeder im eigenen Auto an. Er hatte einen Hausschlüssel und auf seinem Tablet eine Kopie der Vermisstenakte.

Heutzutage werden alle vermissten Personen als Hochrisikofälle eingestuft, vor allem gegenüber den Medien, aber natürlich haben manche Vermissten höhere Priorität als andere. Kinder und vulnerable Erwachsene kriegen das volle Programm: Aufrufe in den Medien, massive Suchaufgebote, Pressekonferenzen, Bitten um Hilfe durch verweinte Familienmitglieder in den Nachrichten. Erwachsene Mitte dreißig, die zu Beginn ihres Sommerurlaubs samt Auto und Reisepass spurlos verschwinden, lösen weniger Besorgnis aus. Der einzige Grund, warum man sich mit Alice MacDuffie überhaupt befasste, war, dass sie einige wichtige Termine an der Universität und bei dem Ölkonzern, den sie beriet, verpasst hatte – und zwar laut Akte Termine, die ihr finanzielle Vorteile gebracht hätten. Hinzu kam, dass es auf ihren Social-Media-Accounts, ihrem Bankkonto und ihrem Handy während der vier Wochen, bevor sie vermisst gemeldet worden war, keinerlei Aktivität gegeben hatte.

Trotzdem – hatte sie vielleicht doch nur allem den Rücken kehren wollen? Das kommt täglich vor. Und, falls Sie es noch nicht wussten, die Polizei ist sowieso schon an der Grenze der Belastbarkeit.

Aber der Gedanke an diese große, angriffslustige Seemöwe ließ mich einfach nicht los, und da Robert Tarry Smith weiterhin stur sein Liedchen sang, hatten wir ja nicht viele andere Ermittlungsansätze.

Blinschell wollte den Schlüssel ins Schloss stecken, zögerte jedoch, ging in die Hocke und musterte das Schloss.

»Das ist aufgebrochen worden«, sagte er und drückte mit dem Ellbogen gegen die Tür. Sie schwang nach innen auf. Ich ging ebenfalls in die Knie. Es war ein Standardschloss, und die Falle war senkrecht entlang dem Türrahmen durchtrennt worden. Ein Blick in den Rahmen ergab: der vordere Teil steckte noch darin. Sie war sehr sauber geteilt worden, kein anderer Teil des Schlosses war beschädigt.

»Wie zum Teufel wurde das gemacht?«, fragte Blinschell.

Ich zog einen Handschuh über die rechte Hand und berührte den abgetrennten Teil der Falle.

Da waren Tiergeräusche: Kreischen, Jaulen, Brüllen, Quieken ... feuchte Hitze und Modergeruch wie von verrottendem Laub.

»Magie«, sagte ich.

»Magie, jetzt wirklich?«

»Ja. Magie, wirklich.«

»Können Sie auch sagen, wie lange es her ist?«, fragte Blinschell mit diesem wunderbaren Pragmatismus, der die Zusammenarbeit mit manchen Kollegen so erfreulich macht.

»Schon etwas länger«, sagte ich, und auf seinen leidgeprüften Blick hin: »Gestern mindestens. Glaube ich. Das hier ist nicht die exakteste Wissenschaft.«

Daher schauten wir erst mal nach, ob uns im Haus auch niemand erwartete. Stichschutzweste schön und gut, aber seinen ausziehbaren Schlagstock trug Blinschell nicht routinemäßig bei sich und war erstaunt, dass ich meinen dabeihatte. Ich habe mir von Nightingales Schneider eine tiefe Innentasche in all meine Jacken einnähen und das Gewicht ausgleichen lassen, damit sie nicht schief sitzen.

»Ich bin mir ziemlich sicher, dass der diesseits der Grenze nicht legal ist«, sagte er.

»Ich hab 'ne Sondererlaubnis«, sagte ich und zog den Schlagstock aus.

Drinnen war ein kleiner Vorraum mit Garderobenleiste und Einbauschrank. Die Tür in die eigentliche Wohnung hinein stand offen, und ich trat hindurch, wobei ich den Kehrreim des leicht paranoiden Beamten trällerte. »Hallo, hier ist die Polizei, wir kommen jetzt rein. Ist hier drin jemand?«

Da die meisten Verbrecher, außer sie sind besoffen oder auf andere Weise bewusstseinsgetrübt, nicht so blöd sind,

Polizeibeamte anzugreifen, ist es immer am besten, man kündigt sich an.

Ausnahmen gibt es natürlich, deshalb habe ich gern den Schlagstock zur Hand und ein *Impello palma* vorbereitet.

Die innere Tür führte ins Wohnzimmer mit gemütlicher blauer Couchgarnitur, Bücherregalen, großem Flachbildschirmfernseher und Blu-ray-Player. Die auf dem Boden verstreuten Bücher und Papiere verrieten, dass die Wohnung schon durchsucht worden war.

»So sah das definitiv nicht aus, als wir das erste Mal hier waren«, sagte Blinschell.

Eine offene Treppe führte in den ersten Stock und eine Tür in die Küche. Blinschell hielt Wache an der Treppe, während ich mir die Küche anschaute. Die Einrichtung war älter als die des Wohnzimmers, mit Ausnahme einer brandneuen Kühl-Gefrier-Kombination. Durch die Fenster überblickte man den Garten: eine gepflasterte Terrasse mit ein paar Stufen auf einen ungepflegten Rasen hinunter, gesäumt von vernachlässigten Blumenbeeten.

Im Badezimmer oben waren Duschbadewanne, Toilette und Waschbecken noch in grausigem Avocadogrün gehalten. Aus den Fugen bröckelte der Putz, ein paar Fliesen waren abgefallen. Das vordere Schlafzimmer war als Arbeitszimmer eingerichtet, brandneuer Kiefernholzschreibtisch, Drehstuhl, Einbauregale und überall auf dem Boden verstreut Bücher und Papiere.

Wer die Wohnung auch durchsucht hatte, er war in Eile und ein Amateur gewesen. Die Polizei oder andere Profis gehen systematisch vor und bringen so wenig wie möglich durcheinander. So behält man nicht nur den Überblick, was man schon gesichtet hat und was nicht, man muss sich auch nicht nach Sachen bücken, wenn man sie noch mal anschauen will.

Das Zimmer nach hinten hinaus war das eigentliche Schlafzimmer. Der Teppichboden roch neu, aus dem Queensize-Bett war das Bettzeug herausgerissen, und die Matratze, die ebenfalls neu roch, lag schief darauf.

Als wir sicher sein konnten, dass niemand aus dem Schrank springen und Blinschell erstechen würde, ging er nach draußen, um Meldung zu machen, während ich nach weiteren *Vestigia* suchte. Nicht das kleinste Fitzelchen.

Blinschell kam wieder herein und sagte, DCI Mason werde ein paar Uniformierte rüberschicken, um den Tatort zu sichern und Hausbefragungen vorzunehmen. »Das muss schon etwas Lärm gemacht haben. Sicher hat jemand was gehört.«

Wir teilten uns wieder auf; er würde sich den Garten vornehmen, ich mir das Arbeitszimmer genau anschauen.

Trotz Hast und Chaos hatte die Durchsuchung ein gewisses System. Der Schreibtisch war komplett durchwühlt, sämtliches bedruckte Papier lag auf dem Boden. Etwas abseits ein Stapel Zeitschriften – weil er uninteressant war? Ich schaute sie mir an, es waren Fachzeitschriften mit Titeln wie *Geophysics, Geophysical Prospecting* und *Petroleum Geoscience*. Ganz schwere Kost. Aus zwei Billy-Regalen waren die Aktenordner herausgerissen, geöffnet und ihr Inhalt wild verstreut worden, aber ein Bord mit ordentlich aufgereihten Romanen war unberührt. Die Einbrecher waren offenbar nicht besonders an *Mein wunderbares Gartencafé* von Carole Matthews interessiert gewesen.

Selbst mit Handschuhen wollte ich nicht zu sehr herumstöbern, bevor das Spurensicherungsteam sich alles angeschaut hatte. Ich war im Begriff, zum Schlafzimmer überzugehen, da rief Blinschell, ich solle in den Garten kommen.

Mitten auf dem Rasen war eine kleine Pfütze, was ungewöhnlich war, weil es schon länger nicht mehr geregnet hatte, und sie stank nach Ammoniak. Zu beiden Seiten war je ein Pfotenabdruck wie von einer Katze, nur fast zehn Zentimeter lang.

»Was kann das gewesen sein?«, fragte Blinschell.

»Eine Art Stelzvogel vielleicht?«, sagte ich im Scherz.

»Sieht mir eher nach Katze aus«, meinte Blinschell, der offenbar weniger belesen war als ich.

»Das würde den Geruch erklären«, sagte ich.

»Aber eine verdammt große«, setzte er hinzu.

»Davon sollte ein Gipsabdruck gemacht werden«, sagte ich und schoss schon mal ein Foto – mit Standortdaten, damit ich es Abdul für sein Geoprofil und zum Weiterleiten an Nightingale und Abigail schicken konnte.

»Also, was zum Teufel kann es sein?«

»Genau das – eine verdammt große Katze.« Und ich erklärte ihm, dass Nightingale und ich und alle anderen uns deswegen überhaupt nach Schottland begeben hatten.

Blinschell sah mich finster an. »Dann ist das also doch kein Zufall. Dass Sie hier sind und der ganze abstruse Scheiß passiert.«

»Andersherum. Hier ist abstruser Scheiß passiert, und deshalb sind wir hergekommen. Vielleicht gerade noch rechtzeitig.«

»Wie schön für uns«, sagte Blinschell, aber seltsamerweise klang es überhaupt nicht, als meinte er es so.

Auch DCI Mason wirkte nicht erfreut, als er knapp vor den Spurensicherern eintraf. »Sie wollen mir jetzt aber nicht erzählen, dass der Einbrecher eine Riesenraubkatze war.«

An Tatorte begeben sich DCIs höchst selten. Eigentlich nur, wenn es um Mord, Entführung oder andere Schwerverbrechen geht – für den Rest sind Sergeants und Constables da. Die DCIs haben lediglich die Verantwortung dafür, dass ihre Untergebenen auch alle relevanten Hinweise aufstöbern und so klug sind, nur die wirklich bedeutsamen Informationen weiterzugeben. Falls die Untergebenen das nicht hinkriegen, hilft es der Ermittlung auch nicht, wenn die DCIs anrücken, den Tatort kontaminieren und Befehle brüllen.

Für manche DCIs, insbesondere solche, die aus kleinen Orten im Einzugsgebiet von Manchester stammen, ist das Befehlebrüllen allerdings unersetzlicher Bestandteil der beruflichen Selbstverwirklichung. Als ich DCI Mason in der Einfahrt auf uns warten sah, fragte ich mich, ob er auch zu dieser Sorte gehörte. Doch um gerecht zu sein, brüllte er nicht, sondern verlegte sich auf jenen leisen, scharfen Sarkasmus, der Glanz und Ruhm der schottischen Gesprächskunst ist.

»Nein, Sir«, sagte ich. »Meine Vermutung ist, dass die Katze als Wachtposten diente.«

Während die Forensiker sich in ihre weißen Anzüge hüllten, hielten wir vor dem Haus eine spontane Lagebesprechung ab.

»Als Wachtposten«, sagte DCI Mason. »Eine große schwarze Raubkatze.«

»Möglicherweise ein melanistischer Leopard, auch schwarzer Panther genannt«, konnte ich mir nicht verkneifen zu sagen.

DCI Mason ließ den Blick – etwas theatralisch, fand ich – über die Handvoll Nachbarn schweifen, die sich vor die Türen ihrer behaglichen Doppelhaushälften begeben hatten, um das Spektakel zu genießen. Ich konnte es ihnen nicht verdenken – nach dem, was ich bisher von Westhill gesehen hatte, steppte hier nicht gerade der Bär.

»Ohne dass irgendjemand etwas davon bemerkt hat?«, fragte Mason.

»Es war vermutlich dunkel, Sir«, sagte Blinschell.

»Und wer hat die Tür aufgebrochen? Roger Rabbit?«

Nur wenn es dabei spaßig zuging, dachte ich, laut sagte ich: »Eine oder mehrere unbekannte Personen.«

DCI Mason warf mir einen Blick zu, dem ich entnahm, dass ihm jetzt sogar der Sarkasmus vergangen war. »Irgendeine Idee, was sie gesucht haben könnten?«

»Wenn man bedenkt, worauf sich die Durchsuchung konzentriert hat«, sagte ich, »hatte es wohl etwas mit Alice MacDuffies Arbeit zu tun.«

»Gut«, sagte Mason. »Dann wissen wir wenigstens, wo wir als Nächstes hinmüssen.«

Die Universität Aberdeen war zur Abwechslung mal wieder aus Granit und sah aus, als hätte sich jemand die Nachbildung eines Oxford-Colleges vorgenommen, bis hin zu den efeubewachsenen Wänden – nur diesmal in echt stabil. Granit ist als extrem schwer zu bearbeitender Werkstoff bekannt, aber eines muss man den Viktorianern lassen, durch praktische Probleme ließen sie sich nie von irgendwas abhalten.

Auch an Türmchen, Zinnen und spitzen Dächern herrschte kein Mangel. Ich hatte es mir am Vorabend auf dem Tablet angeschaut und erfahren, dass dieser Stil tatsächlich einen eigenen Namen hatte, *Baronial*, das schottische Äquivalent zur Neugotik, der wir den Westminster Palace und das St. Pancras Station Hotel verdanken. Durch spätere Generationen war die graue Phantasmagorie durch ein paar derart charakterlose Betonklötze ergänzt worden, dass man sie nicht einmal mehr brutalistisch nennen konnte.

In einem dieser Klötze fristete die geologische Fakultät ihr Dasein.

Beziehungsweise das weltberühmte geologische Institut, das als eines der führenden Zentren der Erdölgeologie gilt, vergessen Sie das ja nicht – so dessen Leiter, der uns herumführte. Er hieß Kristian Jørgensen, was ihn aber nicht daran hinderte, zu klingen, als habe er erst einen Umweg über eine teure britische Privatschule gemacht, bevor er nach Aberdeen kam.

»Wir hatten gehofft, Sie hätten gute Neuigkeiten«, sagte er auf dem Weg durch sandfarben gestrichene Flure, deren Wände mit Vitrinen und gerahmten geologischen Karten geziert waren. »Oder überhaupt Neuigkeiten.«

Alice MacDuffies Zimmer war eines dieser Büros, wie ich sie aus Institutionen aus dem gesamten Vereinigten Königreich kenne. Schmal, mit einem Fenster am Ende, bei der Planung ziemlich sicher vom Architekten als »Putzmittelraum« vorgesehen – falls der damals überhaupt einen Gedanken daran verschwendete. Genau so ein Büro hatte Abdul im UCH in London, und während meines Einsatzes bei der Operation Manticore in Rushpool hatte ich in Leominster in einem ebensolchen gearbeitet. Die Wände hatten den gleichen sandfarbenen Anstrich wie der Flur, an die Längswand war eine lange Arbeitsfläche montiert, darüber zwei Reihen Wandregale und darunter zwei Stahlrohr-Konferenzstühle mit königsblauer Sitzfläche, wie sie überall im Gebäude standen. Zwei Flachbildschirme waren vorhanden, aber kein Computer, und der Inhalt der Regale war herausgezerrt und auf den Boden geworfen worden.

»Ach du Schande«, sagte Jørgensen. »Als ich das letzte Mal hier war, sah das noch nicht so aus.«

Blinschell ging mit ihm zurück in den Flur, um eine vorläufige Aussage aufzunehmen, aber zuerst rief er das Spurensicherungsteam in Alice MacDuffies Haus an und sagte Bescheid, dass sie auch hier vorbeikommen sollten.

Währenddessen zog ich mir Handschuhe und Überschuhe über und begann mit einer ersten Untersuchung. Da alles Schriftliche auf dem Boden zu liegen schien, ging ich in die Hocke und griff nach dem Ersten, was mir ins Auge fiel. Es war die ausgedruckte Kopie eines wissenschaftlichen Artikels: *Rekonstruktion von Longitudinaldünen aus alten äolischen Formungen mittels unterseeischer Daten: Permian Auk Formation, Zentrale Nordsee, UK.* Laut Kolumnentitel stammte er aus der Märzausgabe von *Marine and Petroleum Geology*. Drum herum lagen mehrere Hochglanzmagazine, wieder diese todernsten Fachzeitschriften mit »Geo« im Titel, dazu düstere Fotos von Ölraffinierien im Gegenlicht oder Fehlfarbendarstellungen des Meeresbodens.

Ich fragte mich, ob es je eine Fachzeitschrift für Magie geben würde. Historisch hatte es noch nicht mal so etwas wie *Mitteilungen der Gesellschaft der Weisen* gegeben, geschweige denn *Der moderne Zauberer* oder auch nur *Praxis der Thaumatologie*.

Mein Blick fiel auf eine noch in Plastik eingeschweißte Hochglanzbroschüre. Sie warb für ein Unternehmen namens FPXPLORE und zeigte die Luftaufnahme einer Ölplattform inmitten stürmischer grauer Wellen. Das Foto war garantiert ein Fake, in so einem Wetter wäre niemand mit dem Hubschrauber unterwegs. Unter dem Namen des Unternehmens stand der Slogan *Die Zukunft der schottischen Energiegewinnung*.

FPXPLORE war in Alice MacDuffies Vermisstenakte erwähnt, sie war beratend für dieses Unternehmen tätig. Da sie anfangs noch nicht als dringlicher Fall eingestuft worden war, hatte man den Leuten dort nur die üblichen Fragen gestellt: wann sie sie zuletzt gesehen hatten, hatte sie sich ungewöhnlich verhalten oder Geld gestohlen? Falls die schottische Polizei bei FPXPLORE nachgefragt hatte, wobei genau Alice MacDuffie die Firma beriet, stand es jedenfalls nicht im Bericht.

Aber ihr Chef an der Universität, Kristian Jørgensen, wusste es bestimmt.

»Enhanced Oil Recovery. Tertiäre Ölgewinnung«, sagte Jørgensen.

Wir saßen in einem großen Seminarraum ein Stück den Flur entlang mit den gleichen sandfarbenen Wänden und blauen Stühlen wie überall. Jørgensen saß mir und Blinschell gegenüber, der an einem Kaffee nippte, als wäre es Scotch.

»Und was ist das, wenn ich fragen darf?«, sagte ich.

»Im Prinzip sind es verschiedene Verfahren zur Erhöhung der Ölausbeute aus weitgehend erschöpften Vorkommen.« EOR, so die internationale Abkürzung, war seit einigen Jahren der große Hit in der Nordsee-Ölindustrie. Der Unterhalt und nicht zuletzt der Rückbau von Ölplattformen waren ein teurer Spaß, da war es aus Sicht der Konzerne besser, man quetschte aus so einem Ölfeld noch raus, was nur ging, bevor man abzog.

»Und besser für den Fiskus und die schottische Wirtschaft ist es auch«, fügte Jørgensen hinzu.

Die Menge des in der Nordsee geförderten Öls hatte 1999 einen Höhepunkt erreicht; momentan lag sie bei etwa einem Drittel des damaligen Werts. Da Offshore-Förderung mehr kostete, als in der Wüste Öl aus dem Boden zu pumpen, galt: je niedriger der Ölpreis, desto geringer der Anreiz, Geld in die weitere Nutzung bereits weitgehend ausgebeuteter und schwer zugänglicher Felder zu stecken. Vor drei Jahren war der Ölpreis historisch niedrig gewesen; inzwischen hüpfte er wieder nach oben, so dass es sich lohnte, mit EOR zu experimentieren.

»Und daran hat Alice MacDuffie bei FPXPLORE gearbeitet?«, fragte Blinschell.

»Ja.«

»Was genau hat sie gemacht?«, wollte ich wissen.

Er fing an, es uns zu erklären, woraufhin wir ihn eine

Minute später höflich unterbrechen und bitten mussten, es in Worte zu fassen, die wir auch kapierten.

»So kompliziert ist es gar nicht«, meinte Jørgensen.

Es gab im Wesentlichen zwei Hauptmethoden tertiärer Ölgewinnung: a) zusätzliche Löcher in den Meeresboden bohren, b) in existierende Löcher Füllmaterial hineinpumpen, um das noch vorhandene Öl herauszupressen. Ersteres war damit vergleichbar, einen zusätzlichen Strohhalm in den Milchshake zu stecken, um die Reste herauszuschlürfen, an die man mit dem anderen nicht rangekommen war. Wohlgemerkt, einen Strohhalm für eine halbe Million Dollar.

»Da ist es ökonomischer, in den bestehenden Anlagen den Druck zu erhöhen«, sagte Jørgensen.

Und dazu pumpte man etwas hinein.

Ich fragte, was.

»Kohlendioxid, Seewasser – Hauptsache, es hat Masse. Und wenn man an Öl in unzugänglichen Lagerstätten kommen will, kann man hydraulische Frakturierung anwenden; da werden mit diversen Mischungen Risse im Gestein erzeugt, so dass das Öl oder Gas entweichen kann.«

»Sie meinen Fracking, ja?«, fragte Blinschell.

»Genau.«

»Kann das nicht Erdbeben verursachen?«

»Ach, nur minimale. Und draußen auf See sind sie ohnehin kaum zu bemerken.«

Ich fragte mich, ob die Erdbeben Beverleys Riesenkalmar auch so egal waren – immer vorausgesetzt, es gab einen Riesenkalmar. Konnte Alice sich mit ihrer Arbeit einen tentakelbewehrten Feind gemacht haben?

»An welchen dieser Techniken hat Alice gearbeitet?«, fragte ich.

»Man könnte sagen, an allen auf einmal«, sagte Jørgensen.

»Bei Alice' Projekt ging es um ein System, mit dem die injizierten Stoffe und Mengen von Minute zu Minute angepasst werden können, um den Rückfluss zu maximieren. Ein elegantes Konzept, aber schwer zu implementieren.«

»Warum?«

»Die bestehenden unterseeischen Fördersysteme sind zur kontinuierlichen Materialzuleitung gedacht, mit vielleicht einem Wartungstauchgang alle zwei bis drei Jahre. Alice' Konzept verlangt im Prinzip eine Echtzeitsteuerung des Materialstroms.«

Die Fördersysteme auszutauschen war aus Zeit- und Kostengründen keine Option. Die Alternative war, dort eine ständige Crew zu unterhalten, die ständig Leitungen neu verband, Tanks ankoppelte und Ventile auf- und zuschraubte.

Und zwar Taucher in dreihundert Metern Tiefe, wo man absonderliche Gasmischungen atmen und wochenlang in Druckkammern leben musste, damit man in der Zeit zwischen den Schichten nicht dekomprimieren musste.

»Tiefseetaucher sind teuer«, sagte Jørgensen. »Und ein Team für mehrere Schichten kontinuierlich zu unterhalten ist *wirklich* teuer, vor allem weil in diesem experimentellen Stadium ständig Änderungen vorgenommen werden müssen, um herauszufinden, was funktioniert und was nicht.« Er zuckte mit den Schultern. »Ich hätte gedacht, die Kosten würden das Ganze unmöglich machen. Und ich glaube, Alice wollte eigentlich die Theorie dahinter noch genauer ausarbeiten, bevor sie an eine Umsetzung dachte.«

»Aber?«, fragte ich.

»FPXPLORE hat sie selbst kontaktiert. Irgendwie muss denen zu Ohren gekommen sein, woran sie forschte.«

»Hatte sie schon etwas veröffentlicht?«

»Nein. Aber die Welt der Ölförderung ist klein, und unter Geophysikern tauscht man sich genauso aus wie in jeder anderen Wissenschaftssparte. Und wenn man eine gute Idee hat, deutet man das gern an. Bestimmt hat Alice jemandem davon erzählt, der es jemand anderem weitererzählt hat.« Es klang nicht so überzeugt, wie er vielleicht selbst zu sein glaubte. »Vermute ich.«

»Hat sie darüber gesprochen, wie es mit der Arbeit voranging?« Den früheren Befragungen zufolge hatte Alice auf ihre Freunde und Kollegen »leicht gestresst« gewirkt, mit dem Zusatz »wie wir alle«.

Jørgensen zögerte und sagte dann langsam, mit sorgfältig gewählten Worten: »Anfangs schien sie zufrieden, aber verstehen Sie, so ein Projekt kann man nicht über Nacht realisieren. Man muss eine geeignete Plattform finden, mit einer passenden Bohrung, ein Tauchteam organisieren, alles von der HSE und der NSTA genehmigen lassen.«

»HSE, das ist die Arbeitsschutzbehörde Health and Safety Executive«, sagte ich. »Aber was ist die NSTA?«

»Die North Sea Transition Authority. Die müssen jede Änderung an einer Förderpumpe absegnen. Und all das braucht seine Zeit. Ich würde sagen, mindestens ein Jahr Vorbereitung, bis man erste Ergebnisse sieht.«

Noch ein »Aber« stand in der Luft – diesmal lieferte ich es ihm nicht.

»Irgendetwas beunruhigte sie«, sagte er schließlich. »Aber weil es zu früh für Ergebnisse aus ihrem Projekt war, nahm ich an, es wäre privat.«

In der Vermisstenakte war ihr Privatleben beleuchtet worden; sie schien keinen Freund, Freundin oder sonstige intimverpartnerten Lebewesen gehabt zu haben. Mit jemandem zusammengelebt hatte sie definitiv noch nie, und den Leuten an der Universität waren nie engere Kontakte als ein loser Freundeskreis aufgefallen. Von dem ein großer Teil nur über die sozialen Medien bestand.

»Wie beunruhigt war sie?«, fragte Blinschell.

»Beunruhigt ist vielleicht nicht das richtige Wort«, sagte Jørgensen. »Eher geistesabwesend – wie gesagt, ich hielt es für etwas Persönliches. Soll das heißen, es war nichts Persönliches?«

Gekränkte Exfreunde schlagen vielleicht dein Schlafzimmer kurz und klein, aber sie durchwühlen nicht dein Büro. Zumindest in der Regel nicht.

»Wir sind dabei, den Fall im Licht neuer Entwicklungen neu zu überprüfen«, sagte ich. »Wissen Sie, was für einen Vertrag Alice bei FPXPLORE hatte?«

»Ich denke, einen ziemlich gewöhnlichen. Ein Monatshonorar, vielleicht in Höhe ihres Gehalts hier, Aktienbezugsrechte und einen ordentlichen Bonus, wenn ihr Projekt erfolgreich ist.«

»Könnte sie«, fragte Blinschell, »trotzdem finanzielle Sorgen gehabt haben?«

»Wer hat das nicht?« Jørgensen wollte kichern, überlegte es sich angesichts unserer steinernen Polizistenmienen aber anders. »Also, ihr Vertrag war garantiert wasserdicht. Wer aus Aberdeen ist, weiß, wie man mit Ölkonzernen umgeht.«

»Sind die so gewieft?«, sagte ich.

»Gewieft? Diese Konzerne haben massenweise Geld und Büros voller eigener Anwälte, die haben schon Regierungen gestürzt, die ihnen im Weg waren. Gewieft müssen die nicht sein. Außerdem, was Ihnen oder mir wie sehr viel Geld vorkommt, sind für die weniger als zehn Minuten Betriebskosten, sogar bei einem nur mittelgroßen Unternehmen wie FPXPLORE.«

Bei Kriminalfällen, selbst denen, die wir in der Met als »Falcon-Fälle« bezeichnen, geht es, wenn nicht um Sex, dann um Geld oder Macht. Und die beiden Letzteren waren Dreh- und Angelpunkt der Ölindustrie.

Draußen auf dem Parkplatz blieb Blinschell stehen und zeigte mir sein Smartphone. »Das wird Ihnen gefallen.«

Auf dem Bildschirm war die Touristenkarte zu sehen, die in Aquamans Tasche gefunden worden war. Blinschell zoomte auf den Kreis, der um eine Stelle im Westen der Stadt gezeichnet war.

»Rubislaw Hill«, sagte er. »Und jetzt raten Sie mal, wo die Firmenzentrale von FPXPLORE ist.«

10
Was Abigail und Ione im Museum wollten

Ich kenne den Bibliothekstrick. Den kennt jeder. Also, jeder, der oder die sich das Zimmer mit einem Geschwisterkind teilen muss oder als Leseratte in einer Familie aufwächst, in der man *Love Island* für den Gipfel der Intellektualität hält, oder der einfach mal seine Ruhe oder uneingeschränkten Zugang zum Internet haben will. Beim Stichwort »Bibliothek« können sich deine Eltern nicht aufregen oder nachfragen, warum du die ganze Zeit nicht ans Telefon gegangen bist. Deshalb sind in jeder Bibliothek, egal wo, egal ob groß oder klein, immer Teenager zu finden. Sogar vor der British Library in King's Cross – da gehen die muslimischen Kids aus Somers Town zum Flirten hin. Sie sitzen auf den Bänken an den Mauern des Vorplatzes, immer zu zweit, weit auseinander, und quatschen, ohne sich je zu berühren. Kurz gesagt, ich weiß Bescheid, als ich in Fraserburgh aus dem Bus steige, direkt vor der Bibliothek, die aussieht wie von den schottischen Verwandten der Addams Family gebaut.

Aber sie passt zum Rest – die Kirche nebenan ist genauso gotisch, und an der ganzen langen, geraden Straße stehen Granithäuser mit spitzen Dächern und kantigen Erkern. Über dem Eingang ist PUBLIC LIBRARY in den Stein gemeißelt. Drinnen führt ein langer Flur mit drei – mitgezählt:

drei – automatischen Türen in die eigentliche Bibliothek, die im Prinzip aus einem einzigen Raum mit Oberlicht, Arbeitstischen, Regalen und einem Bereich mit fliederfarbenen Sofas besteht. Ich nicke einer Bibliothekarin zu, die zurücklächelt, und dann sehe ich Ione auf einem der Sofas sitzen. Sie sieht hammer aus in ihrem schwarzen ärmellosen Oberteil, den Mum-Jeans und weißen Sneakers. Diesen komischen silbernen Schal hat sie immer noch um die Taille. Er muss eine arkane Bedeutung haben, aber was für eine?

Sie liest in einem Buch und hat mich noch nicht bemerkt.

Es ist echt seltsam, fast drehe ich mich um und gehe wieder. Mein Herz wummert wie ein Beatboxer und mir ist total komisch im Magen, und ich denk mir, nach einem einzigen Kuss und ein bisschen Fummeln sollte man doch eigentlich nicht so auf jemanden abfahren. Das kann nicht gesund sein.

Aber es geht nicht weg, also bringt es nichts, wenn ich so tue als ob.

Ich reiß mich zusammen und überquere die paar Meter langweiligen Teppich zwischen uns. Das Buch muss gut sein, denn sie schaut erst auf, als ich mich neben sie setze. Sie sieht erfreut aus, aber sie küsst mich nicht oder so. Also, nicht, dass ich das in einer Bibliothek erwartet hätte, okay? Das gehört sich nicht. Aber ein ganz kleines Küsschen? Ihre freie Hand flattert irgendwie ein bisschen, als ob sie mich gern berühren will, aber vielleicht interpretiere ich das auch falsch.

Ich hab mir tonnenweise YouTube-Videos darüber reingezogen, wie man merkt, ob ein Mädchen auf einen steht, aber die meisten waren von Amerikanerinnen, und bei keinem waren melanistische Leoparden oder gruselige Onkel mit im Spiel.

»Ich hab deine Tasche mitgebracht«, sage ich und halte sie ihr hin.

Ich hab überlegt, was ich sagen soll, wenn sie fragt, ob ich reingeschaut habe. Vielleicht »Ich wollte sichergehen, dass damit alles in Ordnung ist« oder »Sie wurde ein bisschen nass, ich musste sie trocknen«. Dann hab ich beschlossen, den Füchsen die Schuld zu geben, was nur realistisch ist, weil die ständig ihre Nase in buchstäblich alles stecken.

Aber Ione sagt bloß »Danke«, nimmt sie und stellt sie ordentlich hinter das Sofa.

»Was liest du?«, frage ich, weil mir nichts Besseres einfällt.

Sie zeigt mir den Einband. Es heißt *Der bemerkenswerte Beauregard*, ein altes Bild von der New Yorker Skyline ist darauf.

»Wovon handelt es?«

Ione kraust die Nase und beugt sich zu mir, damit sie flüstern kann. Ihre Hand legt sich leicht auf meinen Arm. »Weiß ich nicht. Ich hab's nur genommen, weil ich auf dich gewartet habe.«

Ich berühre ihre Hand, und sie zieht sie nicht weg, und das ist einfach nur mega, vor allem als sie meine Hand nimmt und aufsteht. Sie bückt sich nach ihrer Tasche und zieht mich zu einer Seitentür raus und zu einer altmodischen Holztreppe.

»Was ist mit meinem Speer?«, fragt sie.

»Den musste ich nach London ins Labor schicken, sorry«, sage ich. »Weil Blut dran war.«

»London?«

»War er teuer?«

»Och, nö. Es wird nur echt nervig sein, mir einen neuen zu machen.«

Oben durchqueren wir einen Raum mit Nachschlagewerken, Tischen, Stühlen, einem Mikrofiche-Lesegerät und einem Drucker. In der Ecke öffnet er sich zu einem runden Bereich, der zu einem seitlich an die Bibliothek gebauten

Turm gehört. Hier gibt es sechs Fenster mit Blick auf graue Dächer unter blauem Himmel, darunter liegen pastellfarbene Sitzkissen. Wir setzen uns nebeneinander, die Köpfe einander zugewandt, und halten Händchen, zur Wand hin, damit es nicht zu offensichtlich ist.

Ich hole tief Luft, weil jetzt der Moment der Wahrheit gekommen ist.

»Du bist eine Fae, ja?«, frage ich und warte darauf, dass sie die Hand wegzieht.

Sie tut es nicht. Stattdessen lächelt sie und legt den Kopf schief. »Aber du nicht?«

»Ich bin Zauberin«, sage ich, weil das cooler klingt als Zauberlehrling.

»Echt?«

»Ich schwöre.«

»Bist du Lehrling bei der Nachtigall?«

»Du hast von ihm gehört?«

»Es gibt Storys über ihn. Aber ich hätte nicht erwartet, dass er auf dem Markt am Steinkreis auftaucht.«

»Was für Storys?«

»Hauptsächlich aus dem Krieg. Was die ollen Männies so erzählen, wenn sie beim Trinken nostalgisch werden – aber wer hört denen heute noch zu. Bist du gut?«

»In welcher Hinsicht?«

»Im Zaubern.« Und bevor ich irgendwas Unverfängliches sagen kann: »Dass du gut im Küssen bist, weiß ich schon.«

Was ich auch sagen wollte, es ist wieder weg.

»Jetz isse sprachlos.« Ione kichert.

Aber nicht lange. »So, ich hab dir gesagt, wer ich bin. Du bist dran«, sage ich.

»Ich weiß nicht, wie es in London ist«, erwidert sie. »Hier haben manche Familien eine lange Geschichte. Meine Leute stammen eigentlich von den Orkneys, nur wurde es da ein bisschen ungemütlich, deshalb sind sie weggezogen, in den Broch und nach Banff und sogar bis Aberdeen.«

»Inwiefern ungemütlich?«

»In den alten Geschichten wohnte die ganze Sippe auf einer Insel namens Eyinhellig, aber die ist irgendwie im Meer versunken. Bisschen wie Atlantis und auch nur ein Mythos. Ich persönlich glaube, es hatte mit der Hexenverfolgung zu tun.«

Auf dem Festland konnte man seine Geschäfte diskreter führen als auf einer Insel, wo jeder jeden kannte. Vor allem, wenn dazu das Geldverleihen gehörte.

»Man mag ja keine Leute, bei denen man Schulden hat. Also erfindet man Geschichten über sie.«

»Ah, ihr seid also Banker«, sage ich.

Sie lacht. »Dieser Zweig ist vor Urzeiten nach Edinburgh gezogen. Wir sind diejenigen, die am Meer geblieben sind. Wenn man das Meer für immer verlässt, geht einem dieser Teil von sich verloren.«

»Welcher Teil von sich?«

Die roten Lippen verziehen sich zu einem Lächeln, und sie drückt meine Hand. »Zeig ich dir vielleicht mal, wenn wir uns besser kennen.«

Ich frage mich, wann das sein wird, aber ich bin nicht blöd, mir ist klar, dass sie abblockt. Reden ist wie Boxen, wenn jemand auf der einen Seite dichtmacht, muss man von der anderen kommen. Falls sich wer wundert: Nightingale bringt mir magisches Boxen bei, also kenne ich ein paar Techniken.

»Was hast du gegen die Katze?«, frage ich.

»Was hast *du* gegen sie?«

»Wir wollen nur wissen, was sie ist. Du willst sie töten.«

»Ich weiß schon, was sie ist«, sagt Ione. »Deshalb will ich sie töten.«

»Was ist sie denn?«

»Ein Monster.«

»Es ist ein melanistischer Leopard«, sage ich, wobei ich die blöde Hoffnung hege, dass sie merkt, wie schlau ich bin.

»Ein melanistischer Monsterleopard«, sagt sie. »Oder warte – ich fand, es sah wie ein Panther aus.«

»Jacke wie Hose. Aber dass es ein Monster ist, ist noch kein Grund, es zu töten.«

»Diese Monsterkatze gehört nicht hierher«, sagt sie. »Sie wurde heraufbeschworen, um Unheil zu stiften, und man muss sie unschädlich machen, bevor sie jemanden umbringt.«

Okay, Ms. Melano-Monster flimmert ganz klar immer wieder in unsere Welt hinein wie Peters Einhörner. Nur waren die auf eigene Faust aus einem, wie wir es nennen, *Allokosmos* gekommen (weil man auf keinen Fall Paralleldimension sagen sollte, da kämen die Leute auf falsche Ideen). »Heraufbeschworen?«

»Ja.«

»Von wem?«

»Keine Ahnung«, sagt sie mit grimmigem Lächeln. »Sonst würde ich mir stattdessen ihn oder sie vorknöpfen.«

»Bist du sicher, dass das nicht Feen sind?«

»Feen?«

»Von dort, wo es herkommt. Die es irgendwie hierherschieben – ohne dass es von hier aus heraufbeschworen wird.«

Sie nimmt auch meine andere Hand und beugt sich vor. Es ist schon nicht mehr lustig, wie sehr ich sie küssen will.

»Was genau weißt du?«, fragt sie.

Es gefällt mir, wie schnell sie alles rafft. »Bei uns hat sich jemand genauer damit beschäftigt.« Ich meine Nathan, der übrigens den totalen Knall hat. »Und hat einen Hinweis darauf gefunden, dass hier im 19. Jahrhundert schon mal eine große Katze unterwegs war.«

»Was für einen Hinweis?«

»Nur dass es eine Katze war. Die Originalquelle ist irgendwo hier in der Nähe, in einem ›Discovery Centre‹ in Mintlaw.«

»Da war ich mal. Mit der Schule. Vor Jahren.«

»Sollen wir hingehen?« Ich drücke ihre Hand.

»Das ist kein Museum, da kann man nicht einfach hingehen und gucken«, sagt Ione. »Die werden uns nicht in ihren Archiven wühlen lassen.«

»Mich schon«, sage ich. »Ich kenne die magischen Worte.«

»Und die wären?«

»Wirst du rausfinden, wenn wir dort sind.«

Vor der Bibliothek hat Ione eine verbeulte 49-ccm-Vespa stehen, einen Reservehelm für mich hat sie auch. Er ist pink, glitzrig und hat an der Seite einen Aufkleber mit einem Delphin drauf.

»Gehört meiner Schwester«, sagt sie.

Also klettere ich hinter ihr auf den Sitz und schlinge die ganze Fahrt von Fraserburgh nach Mintlaw die Arme um ihre Taille.

»Was macht der alte Bücherdieb?«, fragt Will. »Ich dachte, er wäre schon seit Jahren pensioniert.«

Die magischen Worte sind »Harold Postmartin« – Hüter der Archive des Folly, Oxfordgelehrter und, nach eigener Aussage, in der akademischen Welt landauf, landab berüchtigt. Er hat Will aus Griechenland angerufen und vorgewarnt, dass wir kommen.

»Nö«, sage ich. »Klaut immer noch Bücher.«

Will ist weiß, rundlich, schwarzhaarig und trägt eine Sportjacke und eine Brille mit Schildpattfassung, passend zu den großen braunen Augen. Am Kragen der Sportjacke hat sie_er ein Schild, auf dem unter dem Namen genau das steht: *Sie_er*.

»Ihr seid aber nicht seine verschlagenen Komplizinnen, oder?«, fragt Will.

»Nein«, sage ich. »Bloß Studentinnen.«

Das Aberdeenshire Museums Discovery Centre ist eine niedrige Lagerhalle aus Beton zwischen anderen niedrigen Lagerhallen auf ehemaligem Eisenbahngelände. Dass es ehemaliges Eisenbahngelände ist, weiß ich deshalb, weil ich Nightingales und meinen Weg zu Pferd später rekonstruiert habe, er führte genau hier vorbei. Und weil die Straße, an der es liegt, Station Road heißt.

Das Innere besteht aus Porenbetonsteinen und Regalen mit Metallstreben.

»Achthundert Quadratmeter streng klimatisierter Lagerraum«, sagt Will stolz. Nicht dass wir den zu sehen bekommen; das Material liegt schon im Arbeitszimmer des Personals für uns bereit.

»Sieht aus wie ein Schulsekretariat«, flüstert Ione. »Nur chaotischer.«

Will sieht uns misstrauisch über die Schulter, aber den Umgang mit alten Schriften hab ich von Toparchivaren gelernt, also kein Grund zur Sorge. Ich kenne die Regeln: absolut saubere Hände, Seiten nur am Rand umblättern und ja nicht zwischendurch die Finger befeuchten.

Mit dem Dokument, das wir uns anschauen, muss man definitiv vorsichtig umgehen, es ist ein Flugblatt aus dem 19. Jahrhundert aus minderwertigem Papier, das an den Rändern schon fransig und da, wo es gefaltet war, halb auseinandergerissen ist. Will erklärt, es sei ein religiöses Pamphlet, das gegen die Übel der modernen Gesellschaft wettert. Damals, vor dem Internet, die bevorzugte Methode, Hetze gegen Fremde und Propaganda herauszubrüllen. »Wobei die Leute früher auch ganz gern die Fremden direkt angebrüllt haben«, sagt Will.

Der Verfasser des Machwerks ist ein gewisser Reverend Wilbur Wallace. Will glaubt, er könnte Mitte des 19. Jahrhunderts Gemeindepfarrer in einem Ort in der Nähe von Peterhead gewesen sein. Er hat unverkennbar ein Hühnchen mit einem gewissen Admiral George Ferguson zu rupfen, dem Laird des Pitfour Estate, in dessen Besitz so ziemlich das ganze Dorf damals war.

Es hatte zwei Lairds namens George Ferguson gegeben, nachdem die drei davor alle James geheißen hatten, doch Will hatte beim Katalogisieren des Dokuments genau bestimmen können, welcher gemeint war – anhand der Zeile *»beweist er wieder einmal, dass Bastarden stets ein schlechter Charakter zu eigen«*. Sie deutete auf den illegitimen Sohn des ersten George Ferguson, Ex-Gouverneur von Tobago und Sklavenhalter im großen Stil, hin. Mit der Sklavenhaltung hatte der Reverend kein Problem. Woran er Anstoß nahm, war die Vermietung eines Hauses an *die unchristlichsten Schwarzen, die je den Fuß auf schottischen Boden gesetzt haben.*

Wir fragen Will, ob es andere Dokumente über dieses Haus und seine Bewohner gibt, aber nein; was genau sie dort getrieben hatten, ist also unbekannt. Vor etwa einem Jahr hat ein amerikanischer Historiker, der sich ebenfalls für diese Sache interessierte, genau die gleichen Fragen gestellt und versprochen, sich zu melden, falls er mehr herausfinden würde. Ich lasse mir seinen Namen und seine Kontaktdaten geben: James Albright, wohnhaft in Oxford, MS – was Mississippi, USA, bedeutet.

George der Bastard ging sogar so weit, seinen Mietern einen heidnischen Tempel tief im Wald zu bauen, wo *diese Unholde einen Dämon in Gestalt einer schwarzen Katze beschworen, welcher Verkehr mit den Frauen des Hauses hatte und ihnen zum Lohn die Gabe verlieh, ihre Nachbarn zu verhexen, was alles ringsumher in Angst und Schrecken versetzte. Hierzu befragt, behauptete der Admiral, es sei nur ein Observatorium, um seinen Pferden zuzusehen …*

Ione fragt, ob damit das Observatorium in Drinnie's Wood gemeint ist.

Plötzlich wird Will ausweichend. »In gewisser Weise. Es gab zwei sogenannte Observatorien, das heutige und das, das niedergebrannt wurde.«

Postmartin sagt, dem wissenschaftlich denkenden Verstand sei es ein absoluter Gräuel, sich unpräzise auszudrücken. Da muss ich ihm zustimmen: Im Bibliothekarsberuf kann man nicht anders, als seine Worte exakt zu wählen – selbst wenn man eigentlich gern etwas verheimlichen würde.

»Von wem niedergebrannt?«, frage ich.

Will sinkt in sich zusammen – ihr_ihm ist klar, jetzt muss sie_er dran glauben. »Wenn ich euch jetzt etwas zeige, müsst ihr mir versprechen, Postmartin nicht zu sagen, dass wir das haben.«

Ich schwöre es hoch und heilig, und Will stapft davon, um das fragliche Objekt zu holen.

Ione dreht ihren Stuhl zu mir und schiebt ihn näher, bis unsere Knie sich berühren. »Ziemlich eindrucksvoll«, sagt sie und nimmt meine Hand.

Ich versuche auf cool zu machen und mir nicht anmerken zu lassen, dass mein Herz fast die Rippen sprengt. »Ach was. Will hätte das niemals für sich behalten können. Archivleute prahlen für ihr Leben gern mit ihren Schätzen.«

Wills Schatz ist die Kopie eines Briefs, das Original ist zu empfindlich, um es aus dem Archiv zu holen. Als Will damit zurückkommt, rücken Ione und ich schnell auseinander und versuchen, nicht allzu ertappt zu gucken. Der Brief ist von Reverend Wallace' noch puritanischerer Schwester. Die ist *so stolz auf Dein heroisches Vorgehen gegen die Finsternis!*

Damit meint sie die heroische Tat, George Fergusons heidnischen »Tempel« niederzubrennen – mitsamt ein paar noch darin befindlichen Heiden. Das findet sie besonders löblich.

Ione und ich sind etwas enttäuscht, weil Will nicht weiß, wo sich das niedergebrannte Gebäude befunden hat. »Da das offene Gelände ziemlich gut kartiert ist, würde ich darauf tippen, dass es westlich des Observatoriums in Drinnie's Wood lag.« Denn dieser wurde noch nicht mit LIDAR (dem momentanen großen Hype in der Archäologie) vermessen.

»Ist es okay, wenn wir uns dort mal umschauen?«, frage ich.

»Sicher, warum nicht«, sagt Will. »Aber ich würde mir keine allzu großen Hoffnungen machen.«

»Tja«, sage ich auf dem Weg zurück zu Iones Vespa, »sie_er hat ja auch nicht meine Ressourcen.«

Ich rufe Bev an. Sie nimmt nach dem siebten Klingeln ab. »Beverleys Zwillingsertränkungsdienst.« Im Hintergrund höre ich fröhliches Quietschen und Platschen.

Ich sage hi und frage, ob Indigo bei ihr ist. Bev ruft Indigo, die auf distanziert machen will, aber erfolglos.

»Ich dachte, du bist mit deiner neuen Freundin unterwegs«, sagt sie.

»Ja«, sage ich, »aber ich bräuchte deine Hilfe.«

»Geht leider nicht, ich muss babysitten.«

»Verstehe«, sage ich. »Die Sache ist die, es ist von essenzieller Bedeutung für unsere Mission.«

Indigo schweigt. Im Hintergrund höre ich Bev sagen: »Nein, Taiwo, lass die Wühlmaus los, die gehört dir nicht.«

Sosehr Indigo mich abstrafen will, einer Spionagemission kann kein sprechender Fuchs widerstehen. Indigo am allerwenigsten.

»Von essenzieller Bedeutung?«, sagt sie schließlich.

»Ganz entscheidend.«

»Na gut.« Sie versucht gleichgültig zu klingen. »Worum geht's?«

»Bist du noch in Kontakt mit der hiesigen Einheit?«

Der Pitfour Estate wurde einst »das Blenheim des Nordens« genannt, womit gemeint war: riesig, prunkvoll und Will zufolge durch das Auspressen der armen Landbevölkerung finanziert. Die diversen James und Georges hatten ihn weiter ausgebaut, bevor George Nummer zwei bankrott- und das Anwesen den Bach runterging. Eine seiner vielen Anschaffungen war ein »Observatorium« genannter Zierbau, von dem aus Georgie-Boy angeblich seinen Bereitern bei der Arbeit mit den Pferden zusah.

»Was unwahrscheinlich ist«, sagte Will, »es lag viel zu weit weg von den Stallungen und Reitplätzen.«

Außerdem liegt es mitten in einem Wald – einem von denen, deren Ränder Nightingale und ich uns bei unserer Erstuntersuchung angeschaut hatten. Er ist keine drei Kilometer in Richtung Nordosten von Brians Haus entfernt, und zum Aikey-Brae-Steinkreis ist es nicht viel weiter. Vom Discovery Centre fahren wir auf Iones Vespa fünf Minuten auf schmalen Sträßchen, dann holpern wir einen unbefestigten Wirtschaftsweg zwischen dunklen Nadelwaldbeständen entlang.

Plötzlich bremst Ione abrupt. »Mist, hab die Abzweigung verpasst.«

Wir fahren zwanzig Meter zurück. Hier zweigt ein Trampelpfad ab, dem wir noch tiefer in den Wald folgen. Er mündet auf einen Schotterweg, die Steine rasseln unter den Schutzblechen. Er führt schnurgerade zwischen den Bäumen hindurch, und an seinem Ende liegt ein achteckiger, fünfzehn Meter hoher Turm mit Dachzinnen obendrauf. Vor dem Turm stehen zwei weiße Männer in praktischer Wanderkleidung sowie ein Fuchs und sehen uns entgegen. Es sind Abdul, Brian und Indigo.

Ehe ich absteigen kann, katapultiert sich Indigo auf den Sitz und quetscht sich zwischen mich und Ione.

»Es ist ein Beobachtungsposten, siehst du?«, sagt sie.

»Hallo, Abigail«, sagt Abdul. »Ist das die berühmte Ione?«

Ione ist nicht begeistert, dass ich anderen Leuten von ihr erzählt habe, und Indigo ist nicht begeistert, dass wir von der Vespa steigen, gerade als sie es sich gemütlich gemacht hat. Ich beschwichtige Ione, indem ich in munterem Ton, den ich mir bei einer mir bekannten hohen Regierungsbeamtin abgeschaut habe, eine offizielle Vorstellungsrunde gebe, und Indigo, indem ich sie auf meine Schultern klettern lasse. Sie riecht nach Kiefernnadeln, Zucker und Marmelade. Letzteres verrät, dass jemand sie mit marmeladegefüllten Doughnuts gefüttert hat – womit klar wäre, warum sie gerade ihre überkandidelten fünf Minuten hat.

Ich frage Brian und Abdul, was sie hier am Observatorium machen.

»Der zentrale Bezugspunkt unseres Geoprofils liegt dreißig Meter in diese Richtung.« Abdul zeigt nach Westen in den Wald. »Dieses Bauwerk ist der einzige markante Punkt im näheren Umkreis.« Er bedenkt mich mit seinem kritischen Arztblick. »Und was führt euch beide hierher?«

Ich erzähle ihm von Reverend Wilbur Wallace und seiner Beschwerde gegen den fünften Laird und dessen Zirkel aus hexerischen Schwarzen und dem Teufel in Gestalt einer großen schwarzen Katze.

Indigo versteift sich und knurrt. »Das erklärt so einiges.«

»Westlich des Observatoriums, sagst du?« Brian zieht eine Landkarte aus seiner Schultertasche. Es ist ein Nachdruck der Karte des Landesvermessungsamts von 1870, im Maßstab 6 Zoll zu 1 Meile. Das Observatorium ist darauf verzeichnet, aber westlich davon nichts, abgesehen von den Zeichen für Laub- und Nadelwald.

»Eingezeichnet ist da nichts«, sagt Abdul.

»Indigo«, sage ich, »du bist gefragt.«

Indigo schnellt von meiner Schulter und saust ins Unterholz.

Es ist um die Mittagszeit, aber vor der Sonne hängt ein Dunstschleier. Rund um die freie Fläche um das Observatorium stehen dicht gedrängt Weihnachtsbäume – damit niemand auf den Gedanken kommt, sich da einen Wanderweg zu bahnen. Ich zwänge mich durch die stachligen Zweige und erreiche endlich die höheren Bäume dahinter. Dort wartet Indigo auf mich. Ich kauere mich vor sie und frage, wo Sax William und Reid King sind.

»Ganz in der Nähe. Sichern die Umgebung.«

Hinter mir erscheint Ione. Ich stehe auf, sie nimmt meine Hand, Indigo schnaubt.

Auch Brian kämpft sich durch die Weihnachtsbäume. »Verflucht, voll ins Gesicht.«

Beverley sagt, der einzige Vorteil von Wirtschaftswald aus Nadelbäumen ist, dass man darin leicht vorankommt – unter ökologischen Gesichtspunkten, sagt sie, ist er nicht besser als eine Bananenplantage. Immerhin gibt es hier einiges an Farn, überall dort, wo Licht durch die Baumkronen dringt.

Die Luft ist reglos und riecht nach Harz.

»Alle bereit?«, fragt Indigo.

Wir warten noch auf Abdul und folgen ihr dann.

Mir läuft der Schweiß über Stirn und Rücken.

Zwischen den Bäumen ist eine freie Fläche, zu klein, um sie Lichtung zu nennen, aber groß genug, dass Sonnenlicht einfällt. Sie ist mit abgeschnittenen Farnwedeln, Zweigen und Erde bedeckt.

»Hier.« Indigo deutet mit der Schnauze auf eine Stelle, wo

die Füchse diesen Belag weggescharrt haben. Wir hocken uns drum herum und schauen sie uns näher an. Im Boden befindet sich ein Granitblock. Schon bevor ich ihn berühre, durchfahren mich Schmerz, weißes Licht und schmutziges Wasser. So stark, dass es mir anzusehen sein muss, denn Abdul fragt, was los ist.

»Voll starke *Vestigia*«, sage ich.

»Natürliche? Menschengemachte?«

»Weiß ich nicht.« Ich schaue Ione an, die den Stein mit den Fingerspitzen berührt und die Stirn runzelt. »Was sagst du?«

»Nichts, was ich kenne.«

»Wir müssen das freilegen«, sage ich. »Aber vorsichtig, es könnte mit einer Falle gesichert sein.«

Der Farn liegt schon länger da; die Stiele sind braun, die Blätter vertrocknet. Die unterste Schicht ist bereits verrottet, und darunter ist ein gefliester Boden, der im Lauf der Zeit von Erde bedeckt wurde, mindestens sechs Zentimeter. Ich habe schon ein paar archäologische »Jugendcamps« mitgemacht – der Boden sieht aus, als wäre er schon mal ausgegraben und wieder zugedeckt worden. Er besteht aus braunen Fliesen, die meisten noch intakt, manche gesprungen. Der Granitblock scheint Teil einer Mauer darum herum gewesen zu sein.

»Viktorianisch«, sagt Brian. »Mein Haus hatte auch so einen Boden, aber den musste ich leider rausnehmen.«

Wir legen noch etwas mehr frei, und es wird offensichtlich, dass es sich nur um einen Teil eines größeren Bauwerks handelt. Das Mauerwerk aus Granitblöcken verläuft noch einige Meter weiter und beschreibt dann einen rechten Winkel. Die Fliesen am Rand der freigelegten Fläche sind von Baumwurzeln ausgehebelt.

Abdul zeigt auf ein Stück des Bodens. »Ist das ein Muster?«

Auf den braunen Platten ist es schwer zu erkennen, aber es sieht tatsächlich so aus, als wäre etwas auf den Boden gemalt worden. Wenn man ein paar fehlende Linien ergänzt, kommt ein Pentagramm in einem Kreis heraus – das klassische Beschwörungszeichen.

»Ganz genau«, sagt Abdul, als ich das laut sage. »So eines ist mir noch nie sozusagen in freier Wildbahn begegnet, nur in Büchern oder bei Peters Versuchsanordnungen.«

Vorsichtig berühre ich den Rand des Kreises – und zucke zurück. Wahnsinnig grelle *Vestigia*, Knurren und Schreien und schmutziges Wasser und Schlamm. Aber ich glaube nicht, dass es mit Schlamm gezeichnet wurde.

»Indigo«, sage ich, »kannst du mal schnuppern?«

Indigo ist plötzlich ganz still und starrt mich mit großen Augen an.

»Nur ganz vorsichtig«, sage ich.

Widerstrebend schiebt sie sich vorwärts und streckt langsam die Nase nach der Kreislinie aus, um daran zu riechen. So schnell sie kann, schlängelt sie sich wieder rückwärts an meine Seite.

»Blut«, sagt sie. »Altes Blut.«

11
Rubislaw Hill

Bevor wir darangingen, das Arbeitsleben von Alice MacDuffie unter die Lupe zu nehmen, machten wir Mittag in einem Blinschell bekannten Bistro in der Nähe. Dort nahmen wir die traditionelle Aberdeener Polizistenbrotzeit zu uns, große weiche Brötchen belegt mit … na ja, allem, was das Herz begehrte, Hauptsache, der Fettgehalt lag bei allermindestens zehn Prozent. Die Arterien sollten möglichst schon beim ersten Bissen in Panik ausbrechen, meinte Blinschell.

Ich nahm ein Brötchen mit Bacon und Eiern und bemühte mich, mir weder Eigelb noch Ketchup über die Jacke zu kleckern.

»Ölkonzerne lassen keine Leute verschwinden«, sagte Blinschell, nachdem er sein Steak-Pie-Sandwich glücklich vertilgt und nur noch sein Irn-Bru vor sich hatte – in eklatantem Widerspruch zum Gesetz gegen krasse Klischees (Schottland) 2006. »Das haben sie nicht nötig.«

»Entweder sie ist vor irgendwas geflohen«, sagte ich. »Oder sie wurde gekidnappt.«

»Oder sie ist tot und irgendwo vergraben. Oder alles zusammen.«

»Oder das.« Ich nahm einen Schluck von meinem Tee. »Oder es war doch Suizid – ihr Auto wurde immerhin am Strand gefunden.«

»Wenn unser amphibischer Freund wirklich aus dem Wasser kam«, sagte Blinschell, »ist sie ihn möglicherweise besuchen gegangen.«

»Oder sie war selbst eine Amphibie.«

»Dann hätte doch sicher jemand die Kiemen bemerkt.«

»Wer zum Beispiel?«

»Ihre Kollegen? Freunde, Freundinnen, Sportbekanntschaften?«

»Wir sollten vielleicht ihre aufgelisteten Kontakte noch mal befragen.«

»Ist aber schon ein bisschen schräg, die Frage«, sagte Blinschell. »›Ist Ihnen jemals aufgefallen, dass Ihre Freundin ein halber Fisch ist?‹«

»Vielleicht wissen die bei FPXPLORE Bescheid«, sagte ich. »Vielleicht hat man sie genau deshalb angeworben.«

Wir beschlossen, uns als Erstes den Mann vorzunehmen, der als Geschäftsführer aufgeführt war: Derek Patterson.

Nach Blinschells Anweisungen fuhr ich eine Straße mit viktorianischen Villen entlang, die etwas entfernt von der Straße hinter Gartenmauern und geschotterten Einfahrten lagen. Alle aus Granit und mindestens die Hälfte mit Türmchen und Zinnen verziert. Dann ging es rechts eine steile Anhöhe hinauf, und oben erstreckte sich ein Schachbrettmuster aus Parkplätzen und modernistischen Glaskästen, voneinander getrennt durch fußgängerfeindliche grasüberwucherte Seitenstreifen und Buchsbaumhecken. An einer Abzweigung nach links war ein Wegweiser, auf dem *Chevron* stand – das hier war offensichtlich die Ecke, wo die Jungs von den großen Ölkonzernen abhingen. Vor der Fahrt hatte ich mir die Route auf dem Handy angeschaut und gesehen, dass etwas südlich eine Art See lag, aber in diese Richtung wurde die Straße von eckig geschnittenen Hecken und einem stabilen Sicherheits-Palisadenzaun begrenzt. Er hatte oben Dreifachspitzen und war zwar nicht so hoch, dass man ihn als dominierend empfand, aber doch eindeutig dazu gedacht, unbefugte Eindringlinge abzuhalten. Ich fragte mich, was auf der anderen Seite lag.

»Der Steinbruch«, sagte Blinschell, als ich der Einfachheit halber *ihn* fragte. »Aus dem kamen die Steine, mit denen die Stadt erbaut wurde.« Anfangs, erklärte er, hatte der Steinbruch außerhalb der Stadt gelegen. Aber während der zweihundert Jahre, in denen man dort sechs Millionen Tonnen Granit herausgeholt hatte, war drum herum der schicke Vorort Rubislaw Hill gewachsen – erbaut aus dem nämlichen Stein. Das hatte Blinschell in der Schule von einem Lehrer gehört, dessen Vater sein Leben lang in dem Steinbruch gearbeitet hatte. »Der Stein wurde übrigens auch in den Houses of Parliament und der Waterloo Bridge in London verbaut.«

Wir bogen rechts ab und fuhren auf den Parkplatz mit dem Schild *FPXPLORE – Nur für Mitarbeiter*.

»Und als er stillgelegt wurde, füllte er sich mit Wasser«, ergänzte Blinschell.

»Und dann hat man ihn einfach so gelassen?«, fragte ich.

»Nein. Er wurde eingezäunt, damit keine Kinder mehr darin ertrinken.« Unten in der Grube lagen noch massenweise alte verrostete Maschinen und Kabel herum – ganz zu schweigen davon, dass das Wasser leicht radioaktiv war.

Für das FPXPLORE-Gebäude war der vielgerühmte Granit jedoch nicht verwendet worden. Es war so ein typischer nichtssagender Betonklotz, dessen Architekten man wohl angewiesen hatte, seine totalitären Tendenzen zu zügeln, und der daraufhin vorn eine Reihe großer Panoramafenster hineinkonzipiert hatte. Es erinnerte mich an meine alte Schule, nur ohne die motivierenden Wandmalereien.

Neben dem Haupteingang war ein freier Stellplatz, vor

dem ein Schild *Reserviert für BANNERMAN* stand. Ich parke nie auf Behindertenparkplätzen, aber alles andere ist mir im Dienst egal.

Das Foyer war großzügig, kühl und weiß mit glänzendem, hochwertigem Terrazzoboden. Hinter der Rezeption befanden sich die guten alten Sicherheitsschleusen, sei es zur Arbeitszeiterfassung oder um ungebetene Mitbürger daran zu hindern, einfach reinzuspazieren und die Konzernherrscher in ihrer schönen täglichen Routine zu stören – je nachdem, wie paranoid man es sehen wollte.

Hinter dem Buchenholz-Rezeptionstresen von strenger Eleganz saß eine große, blonde weiße Frau und schenkte uns ein Willkommenslächeln von eleganter Strenge. »Kann ich Ihnen helfen?« Ihre Haare waren zu einem französischen Zopf zurückgenommen, was ihre hohen Wangenknochen und das dreieckige Kinn betonte. Sie hatte eisblaue Augen und hochrote Lippen.

Blinschell zeigte ihr seinen Dienstausweis, stellte sich vor und bat darum, Mr. Derek Patterson sprechen zu dürfen.

Die Empfangsdame neigte höflich fragend den Kopf. Ihr teurer schwarzer Webstoffblazer war offen, darunter trug sie ein dünnes silbernes Paillettenoberteil. Es schimmerte wie ein Ölfilm auf Wasser.

»Tut mir leid«, sagte sie, und die subtilen Obertöne waren unverkennbar. »Aber Mr. Patterson ist im Moment nicht verfügbar.«

Auf mich war seit sechs Jahren wechselweise von Zauberern, Zauberinnen, Geistern, Jazzvampiren, großen und kleinen Flussgottheiten, Marihuana (ausgerechnet), einem besessenen BMW und diesem verdammten Baum in Kew Gardens jede Menge Bezauberung abgefeuert worden. Infolgedessen hatte ich eine Immunität gegen übernatürliche Manipulationsversuche erworben, die mir zwar nicht jeden

Ärger erspart, aber zumindest dafür gesorgt hatte, dass ich noch unter den Lebenden weilte.

Blinschell, der sich bis dato nur hie und da vor dem Erstochenwerden hatte in Acht nehmen müssen, wandte sich zum Gehen.

Ich erwog, so zu tun, als sei ich ebenfalls beeinflusst, da ich der hiesigen Demi-monde eigentlich nicht auffallen wollte, aber bei der Polizei geht es ganz essenziell immer darum, genau dort hinzukommen, wo man nicht erwünscht ist.

»Lassen Sie das«, sagte ich.

Die Augen der Dame weiteten sich. Blinschell drehte sich wieder um und sah mich erstaunt an.

»Ich bin mir sicher, eine kurze Unterredung mit der Polizei wird er einschieben können«, sagte ich.

Sie funkelte mich an und öffnete den Mund. Ich merkte schon, sie wollte es noch einmal versuchen. Das Problem mit der Bezauberung, sagt jedenfalls Bev, ist, dass man faul wird. Wenn man daran gewöhnt ist, dass die Leute spuren, wenn man ihnen was sagt, neigt man dazu, wichtige soziale Fertigkeiten erst gar nicht zu entwickeln.

Ich hatte angemerkt, ihre sozialen Fertigkeiten seien doch hervorragend entwickelt.

»Das liegt an den vielen, vielen Schwestern«, erklärte sie.

Die Empfangsdame schien ein Einzelkind gewesen zu sein.

»Nein«, sagte ich. »Lassen Sie's.«

Sie klappte den Mund zu und betrachtete mich unfreundlich. »Wer sind Sie?«

Blinschell schnaubte – amüsiert.

»Ich heiße Peter Grant. Und Sie?«

Sie hatte überhaupt keine Lust, es mir zu sagen, daher kam es leise und widerstrebend. »Calliste.«

»Kallisto«, sagte ich, absichtlich unrichtig. Dass ich Latein und Altgriechisch lernen musste, hatte die Nebenwirkung, dass ich den Namen kannte – vage. Das war so eine Seenymphe, Tochter des Irgendwer. Wurde dann in eine Insel verwandelt, meinte ich mich zu erinnern. Ich musste es bei Gelegenheit noch mal nachschlagen.

»Nein«, sagte sie verdrossen. »Calliste. Und wer sind Sie?«

Auch Abigails neue Freundin war nach einer Seenymphe benannt. Ich fragte mich, ob da eine Verbindung bestand.

»Ich bin von der Metropolitan Police«, sagte ich. »Und ich will mit Derek Patterson sprechen. Wir haben nur ein paar Fragen im Zusammenhang mit einer laufenden Ermittlung.«

Da klar war, dass sie uns nicht so schnell loswerden würde, schaltete sie um auf liebenswürdige Rezeptionistin, bat uns, einen Moment zu warten, und griff zum Telefon, um nach Mr. Patterson zu fragen. »Bitte nehmen Sie doch inzwischen Platz.«

Wir lehnten ab, teils um eine Aura würdevoller Bedrohlichkeit aufrechtzuerhalten, aber vor allem, weil die in Frage kommenden Möbel aussahen wie Designerstücke und daher keine große Chance bestand, dass man bequem darauf sitzen konnte.

»Woher kommen Sie?«, erkundigte ich mich, aber Calliste hob einen Finger und zeigte auf ihr Headset – die unmissverständliche Botschaft: *Nicht labern, ich arbeite.*

»Fraserburgh?«, setzte ich nach. Sie runzelte die Stirn, ignorierte mich aber weiter.

»Hier sind zwei Herren von der Polizei für Sie«, sagte sie ins Telefon. »Einer kommt aus London.«

Interessant, dass sie das für wichtig hielt.

Jemand antwortete; sie nickte. »Ich führe sie hinauf.« Mit einem professionellen Lächeln drehte sie sich zu uns um. »Mr. Patterson wird Sie gleich empfangen.«

Derek Patterson war ein fitter Bursche mittleren Alters, gekleidet wie ein Texaner und mit einem Nuscheln wie ein betrunkener Glasgower. Letzteres lag an einer schweren Gesichtsverletzung; es sah aus, als wäre sein Kiefer gebrochen und schief wieder zusammengesetzt worden. Genau das war passiert, wie sich herausstellte.

»Ich bin in Borneo von einem Montagegerüst gefallen. Ich müsste ihn dringend wieder geraderichten lassen, aber woher soll ich die verdammte Zeit nehmen?«

Für die Jeans, die spitzen Stiefel und den Cowboyhut, der am Hutständer hinter seinem Schreibtisch hing, war das allerdings keine Erklärung. Vielleicht war daran das Jahrzehnt schuld, das er beim Fracking in Texas und North Dakota verbracht hatte.

All das erfuhren wir in den ersten zehn Minuten, nachdem er uns in sein langweilig schottisch aussehendes Büro mit dem grüngrauen Teppichboden und den modernen eierschalenfarbenen Doppelrollos gebeten und zu den schwarzen Ledersofas am Fenster geführt hatte, weil er, während wir auf den Kaffee warteten, so ziemlich ununterbrochen schwatzte. »Nigeria, Kalimantan«, sagte er. »Und im Grunde im ganzen Wilden Westen.«

Nachdem wir jeder unseren Kaffee hatten – guten Kaffee, muss ich sagen –, kamen wir aufs Geschäftliche zu sprechen.

Patterson wollte wissen, ob es in Sachen Alice MacDuffie etwas Neues gab.

»Wir gehen gerade einigen Ermittlungsansätzen nach«, sagte ich.

Patterson runzelte die Stirn. »Und zwar?«

»Womöglich wurde ihr Verschwinden herbeigeführt, um Ihren Betrieb zu stören«, sagte ich, was mal wieder zeigt, dass im Notfall dem Quatsch, der einem so einfällt, keine Grenzen gesetzt sind.

»Ist das eine ernsthafte Mutmaßung?«, fragte er.

»Das kommt darauf an. Wie wichtig war Alice MacDuffie für Ihre derzeitigen Vorhaben?«

»Das kommt darauf an«, gab Patterson zurück. »Natürlich ist ihre theoretische Arbeit unserer gesamten Tätigkeit dienlich, und wir haben erwartet, dass sie ihr Projekt weiterbetreut, die Fortschritte dokumentiert und die Effizienz optimiert, aber«, er hielt inne, um angemessenes Bedauern in seinen Blick zu legen, »wir kommen auch ohne sie zurecht. Wobei ein Außenstehender das vielleicht nicht weiß.«

»War sie auch mal auf der Bohrinsel draußen?«, fragte Blinschell.

Patterson zögerte, nicht lange, aber lange genug. »Das war nicht nötig«, sagte er – eindeutig ausweichend.

Wenn ein Zeuge einen solchen Schnitzer macht, hat man die Wahl: Entweder man merkt es sich und kommt später auf das Thema zurück, oder man bohrt sofort weiter. Oft hat man keine Ahnung, was der Zeuge verbergen möchte, aber egal was, jetzt will man es wissen.

Blinschell bohrte, aber behutsam. »Wollte sie nicht mal mit eigenen Augen sehen, wie ihre Theorie in die Praxis umgesetzt wurde?«

Wieder ein Zögern. »Die Förderdaten werden digital übertragen.« Er rieb sich den Kiefer an der Stelle, wo er gebrochen war, vielleicht unbewusst. »Wir haben heutzutage sehr strenge Sicherheitsvorschriften. Das Pendeln zu den Bohrinseln und zurück gehört zwar zu unserer täglichen Routine, aber ein kleines Risiko besteht immer, und um Risiken zu vermeiden, ist es am besten, sie gar nicht erst einzugehen.«

Das war pures Firmengewäsch. Wenn wir nicht schon misstrauisch gewesen wären, wären wir es spätestens jetzt geworden.

»Wo ist denn Ihre Bohrinsel?«

»Wir testen das Projekt auf der Elgar Bravo. Sie sollte eigentlich stillgelegt werden, deshalb bekamen wir sie zu guten Konditionen. Die Ölgiganten legen ungern Plattformen still, weil das inzwischen mehr kostet, als eine zu bauen und in Betrieb zu nehmen.«

»Und, funktioniert es?«, fragte ich.

»Das wüssten Sie gern, was? Sagen wir mal so: Wir rechnen damit, dass die Testphase noch eine Weile andauert.«

Hat man es mit Firmenbossen, Pressebeauftragten und anderen professionellen Lügnern zu tun, muss man den Punkt kennen, an dem man eine Befragung abbrechen sollte. Will man sie nicht ernstlich einschüchtern, ist es am besten, man lässt sie im Glauben, sie hätten einen eingewickelt, und sammelt erst noch ein paar Beweise, die man ihnen später ins selbstzufriedene Gesicht schleudern kann.

Ehe wir aufbrachen, fragte ich Patterson, wie er eigentlich von Alice MacDuffies Forschungsthema erfahren hatte.

»Das haben wir von einem Information Broker.« So bezeichnete man Leute, die ihren Lebensunterhalt damit verdienten, vielversprechende neue technologische Ideen zu entdecken und Investoren oder Unternehmen zu finden, die daran interessiert waren. Der Broker hatte ihnen außerdem geholfen, Investoren von außerhalb zu finden, die das Projekt mitfinanzierten.

»So was ist nämlich nicht billig«, sagte Patterson. »Die Plattform allein kostet uns dreihunderttausend am Tag.« Er sah uns mit einem lässigen schiefen Grinsen an. »Nur die Plattform, wohlgemerkt. Die Arbeit unten an der Tiefpumpe noch nicht eingerechnet.«

Ich fragte nach dem Namen des Brokers – falls der irgendwelche spannenden Einsichten zu bieten hatte.

»Sherman Brown von Buffalo Ventures«, sagte Patterson.

»Der Sitz ist in Houston, aber ich kann Ihnen die Kontaktdaten mailen.«

Während er uns aus dem Büro hinausbegleitete, machte ich noch schnell den Columbo. »Ihnen ist nicht zufällig irgendwas Ungewöhnliches an Alice aufgefallen?«

Wieder zögerte Patterson. »Nein«, sagte er schließlich. »Inwiefern ungewöhnlich?«

»Ging sie gern schwimmen?«

Patterson entspannte sich. »Außer dem Geschäftlichen hatte ich nicht viel mit ihr zu tun.«

»*Ging sie gern schwimmen?*«, sagte Blinschell, als wir das Foyer verließen, in einem Tonfall, den er vermutlich für londonerisch hielt.

»Einen Versuch war's wert«, sagte ich. »Meinen Sie, von diesen Buffalo Ventures ist jemand hier in Aberdeen?«

»Wirkt der Name auf Sie nicht ein bisschen ausgedacht?«

»Sollte nicht schwer herauszufinden sein.« Ich drehte mich um und winkte Calliste durch die Glasscheibe heiter zu. Sie schaute finster zurück – so finster, dass ich schnell auf den Parkplatz flüchtete. Beim Asbo nahmen wir uns einen Moment Zeit für unsere Notizen. Mir kam noch der Gedanke, auch Bannerman und alle anderen, die einen nach ihnen benannten Parkplatz hatten, mit aufzuschreiben. Dabei fiel mir ein senfgelber Citroën C3 auf, die Version mit dem schwachbrüstigen 1,1-Liter-Motor, der etwas abseits des Hauptgebäudes parkte.

Guter Kandidat für Callistes fahrbaren Untersatz, dachte ich und notierte mir das Kennzeichen.

Bevor wir losfuhren, warfen wir noch einen Blick zum Gebäude zurück.

»Die haben eindeutig Dreck am Stecken«, sagte Blinschell.

Ich dachte an die Markierung auf Aquamans Stadtplan. Er

hatte hierher gewollt, aber warum? »Ja, definitiv. Aber ist es Dreck, den wir brauchen können?«

Es gibt kaum etwas Schöneres, als sich durch eine vollkommen ergebnislose Befragung Tonnen von Papierkram einzuhandeln, aber ehe wir voller Vorfreude zum DHQ zurückfuhren, hielt ich beim Fotoladen, um Abigails neuesten Film abzugeben und den ersten in Form der entwickelten Fotos – ausgedruckt und auf USB-Stick – abzuholen.

»Sind auf dem neuen auch Katzenbilder drauf?«, fragte Donnie. »Das war ja voll das Monster. Aber die waren nicht echt, oder?«

»Nein, die waren komplett gefaked«, sagte ich. »Wie es faker nicht geht.«

Ich bezweifelte, dass er mir glaubte.

Auch Blinschell bezweifelte das, nachdem ich ihn die Fotos auf der kurzen Fahrt zum Polizeiparkplatz hatte durchsehen lassen. »Die werden durchs ganze Internet gehen …« Er sah theatralisch auf die Uhr. »Seit etwa fünf Minuten.«

»Vielleicht springen ja ein paar nützliche Kommentare dabei raus.«

»Sind alle bei der Met solche Optimisten?«

»Oh, wir da unten im Süden haben allesamt unglaublich sonnige Gemüter.«

Er zeigte mir eine dramatische Nahaufnahme des Panthers, so verwackelt und schief, dass Abigail sie vermutlich aus Versehen gemacht hatte. »Sie meinen, der war hinter Alice MacDuffies Haus?«

»Ja«, sagte ich.

»Und er taucht genauso plötzlich auf und verschwindet wieder aus der Wirklichkeit wie diese Möwe mit den Reißzähnen, die wir zu fangen versucht haben? Was kommt als Nächstes? Drachen?«

»Unwahrscheinlich«, sagte ich – etwas zu selbstsicher, wie sich später zeigen sollte.

»Unwahrscheinlich«, sagte er. »Aber nicht unmöglich?«

»So gut wie unmöglich.« Ich beschloss, ihm jetzt nichts von dem Wyvern zu erzählen und warum die polizeiliche Luftunterstützung mich nie wieder in einen ihrer Helis steigen lassen würde.

Wir parkten auf dem erhöhten Parkdeck hinter dem DHQ und winkten den Uniformierten zu, die am Hintereingang standen und dampften. Auf halbem Wege die Treppe hinauf hörten wir von oben einen markerschütternden Schrei, und Blinschell zog mich hastig wieder die Stufen hinunter und einen Gang entlang.

Von oben rannte jemand in rasender Eile die Treppe herunter, gefolgt von langsameren, mühsameren Schritten. Eine Frau. Ich erkannte die Stimme – es war die Frau, der Blinschell schon an meinem ersten Tag hier aus dem Weg gegangen war.

»Stehen bleiben, Halunke, miserabliger, Himmeldonnerwetter!« Klappernde Schritte die Treppe herunter. »Lumpenhund, liederlicher.« Die Stimme wurde leiser, dann verhallten die Schritte in der Ferne.

Blinschell wartete mindestens eine Minute, bis er die Brandschutztür öffnete und hinausspähte.

»Die Luft ist rein«, sagte er, und wir gingen hinauf in unser schmales Büro.

Wo mich ein Zettel erwartete, ich solle so schnell wie möglich bei DCI Mason vorsprechen.

Blinschell führte mich zu dessen Zimmer und wünschte mir Glück, bevor ich reinging.

Die Einrichtungsstile von Büros haben sich seit Jahren so aneinander angeglichen, dass inzwischen überall die gleichen Computerensembles, Bürostühle und Regale vorherrschen, egal ob bei Softwareentwicklungsfirmen, Stadtverwaltungen oder internationalen Hilfsorganisationen. Die Schreibtische variieren von umgewidmeten Biertischen bis hin zu grandiosen Tischlandschaften aus hochglanzversiegeltem Massivholz, aber alles andere ist gleich. DCI Masons Büro hätte auch das der Besitzerin einer Tierpension in einer romantischen Komödie der Nullerjahre sein können.

Abgesehen von all den Fotos von Leichen an der Wand.

Er winkte mir, mich auf einen Besucherstuhl zu setzen, und musterte mich stirnrunzelnd. Ich erwiderte den Blick mit dem Ausdruck aufmerksamen Interesses, der den niederen Chargen seit Anbeginn der Zeiten Schutz und Hilfe war.

»Kennen Sie unsere Mordaufklärungsquote?«, fragte er.

»Nein, Sir.«

»Seit dieses Dezernat vor fünf Jahren gegründet wurde: Ein…«, sagte er langsam und deutlich, mit Pausen dazwischen, »…hundert … Prozent.«

Ich war in größter Versuchung, zu sagen »Gut gemacht, Sir«, aber ich bin jetzt dreißig und Vater und habe gelernt nachzudenken, bevor ich den Mund aufmache. Meistens jedenfalls. »Ja, Sir. Ich wünschte, unsere wäre auch so hoch.«

»Ohne Zweifel. Tatsächlich habe ich ein paar Anrufe getätigt, und wissen Sie, was ich herausgefunden habe?« Er wartete nicht auf eine Antwort. »Dass Ihr Laden, diese Einheit Spezielle Analysen, auch bekannt als ›das Folly‹, so was wie eine Aufklärungsquote gar nicht hat!«

Innerlich verzog ich das Gesicht – ich wusste, was jetzt kam.

»Vielmehr«, Mason senkte die Stimme und beugte sich vor, »sind Sie dafür berüchtigt, eine negative Aufklärungsquote zu haben.« Es war die klassische Verhörraum-Einschüchterung – und in Anbetracht meines plötzlichen überwältigenden Bedürfnisses, alles zu gestehen, musste er als Sergeant verdammt effektiv gewesen sein. Wobei ich keine Ahnung hatte, was ich hätte gestehen sollen.

»Will sagen ...«, noch eine effekthascherische Pause, »die ESA ist weithin bekannt dafür, die Aufklärungsquote jeder Einheit, die das Pech hat, mit ihr zusammenarbeiten zu müssen, zu senken.« Er richtete sich auf und bedachte mich mit etwas, was ich bei jedem anderen Menschen als gewinnendes Lächeln bezeichnet hätte. »Aber das wird hier nicht passieren, klar? Wir werden schön rauskriegen, wer diesen armen kleinen Selkie massakriert hat, und das schuldige Subjekt hübsch verpackt an die Staatsanwaltschaft übergeben.« Eine noch längere Pause. »Ist das klar?«

»Kristallklar«, sagte ich.

»Gut.« Mason setzte sich wieder hinter seinen Schreibtisch. »Dann verschwinden Sie, hopp.«

Ich verschwand, hopp.

Im Flur lungerte Blinschell herum. »Was wollte er?«

»Oh, es ging um den Vergleich von Fallstatistiken. Und darum, dass wir uns auf unsere Kernkompetenzen fokussieren müssen, um optimale Ergebnisse zu erzielen.«

»So schlimm, ja?«

»Ich kenne einen DCI in London, der ist ein bisschen wie er. Die beiden dürfen sich nie, nie treffen.«

Die Grundregel, was Papierkram angeht, ist: Je länger man ihn hinausschiebt, desto schwerer wird es, ihn zu bewältigen. Also setzte sich Blinschell in unserem Büro sofort an seinen Rechner und nahm sich die Polizeidatenbank vor, und ich ergänzte mein Arbeitsbuch und rief im Folly an. DS Danni Wickford, die während meines Urlaubs als generelle Ansprechpartnerin diente, nahm ab. »Chaoszentrale, was kann ich für Sie tun?«

Im Hintergrund hörte ich Toby bellen.

Plötzlich hatte ich Heimweh. »Wie läuft's?«

»Läuft«, sagte sie. »Wie ist Schottland so?«

»Sonnig.«

»Hab mitgekriegt, dass du dir schon ein bisschen Ärger eingefangen hast.«

»Urlaub«, sagte ich, »wird hoffnungslos überschätzt. Wie geht's im Folly ohne uns?«

»Wir haben einen möglichen Poltergeist-Fall. Hat ein paar Blödmänner in Sutton angegriffen. Noch keine Fortschritte bei den verstümmelten Katzen in Battersea.«

»Aber du kommst klar?«

»Du kennst mich.«

»Könntest du Nathan bitten, im Internet nach Fotos von einem schwarzen Panther in Aberdeenshire zu suchen und zu schauen, ob es irgendwelche interessanten Verknüpfungen gibt?«

»Was sollen denn das für Fotos sein?«

Ich erzählte ihr von Abigail, der Leica und dem etwas zu hilfsbereiten Donnie im Fotoladen. »Hol noch jemanden dazu, wenn es euch nötig erscheint.«

»Ist das eine offizielle Genehmigung?«

»Maile ich dir morgen früh.«

Aus historischen Gründen ist das Folly nicht so knapp bei Kasse wie der Rest der Met, aber selbst unser Budget hat seine Grenzen. Das gehört zu den Sachen, um die man sich Gedanken machen muss, wenn man in der Hierarchie aufsteigt. Wie Onkel Ben sagt, mit großer Macht kommt große bürokratische Verantwortlichkeit.

»Und kannst du was in der Bibliothek für mich nachschauen?«

Zur Antwort bekam ich ein Stöhnen. Normalerweise wäre das eine Aufgabe für Professor Postmartin gewesen, unseren semi-offiziellen Archivar, aber der war gerade auf Lesbos und ging Gerüchten nach, dort hätte um 1900 eine Gemeinschaft britischer Zauberinnen gelebt.

»Ach was, der will doch bloß mit der Hutschachtel rummachen«, sagte Abigail, als ich es ihr erzählte. Womit Elsie »Hutschachtel« Winstanley gemeint war, Kuratorin einer Spezialkollektion an der British Library. »Sie hat zwar behauptet, sie will nur deshalb mit, damit er nicht irgendwelche kostbaren Manuskripte mitgehen lässt, aber ich wette, sie haben zusammen ein Hotelzimmer.«

Ich sagte, solange das Liebesleben der beiden keine Gefahr für die öffentliche Sicherheit darstelle, wollte ich gar nichts darüber wissen. Irgendwann würde ich mich vielleicht doch dafür interessieren, meinte Abigail darauf.

»Was soll denn das heißen?«, fragte ich, aber sie verriet nicht mehr.

»Schau zuerst die Kartei durch«, riet ich Danni. »Das erspart dir vielleicht etwas Zeit.«

Mochte Robert Tarry Smith noch so erpicht darauf sein, wegen Mordes verknackt zu werden – fadenscheinige Gay-Panik hin oder her –, trotzdem musste eine ordentliche Ermittlung durchgeführt werden. Sie erhielt den Namen »Operation Barleycorn«, und ich hatte, da mein Status hier in Schottland nach wie vor unklar war, in einem Besprechungsraum in der Nähe eine reguläre Zeugenaussage zu machen, und zwar vor ebenjenem stellvertretenden Procurator Fiscal, den ich bei Aquamans Obduktion kennengelernt hatte. Ich lieferte ihm eine geradlinige Schilderung der Ereignisse: die Überwachungsaufnahmen, der Pub in Footdee, die Verfolgungsjagd samt Festnahme, unsere Befragung, Robbies Geständnis und dass wir ihm kein Wort glaubten.

»Warum nicht?«, fragte der stellvertretende Staatsanwalt.

»Wir glauben, dass er zu einer Gruppe Leute gehört, die das Opfer gezielt angegriffen hat.«

»Weil es schwul war?«

Zugegeben, das war die logische Folgefrage. »Sie waren doch bei der Obduktion dabei. Wir glauben, er kam aus unbekannten Gründen aus dem Meer und wurde – vielleicht sogar unbeabsichtigt – umgebracht, weil man ihn daran hindern wollte, sein Ziel zu erreichen.«

»Was für ein Ziel?«

»Möglicherweise wollte er zum Sitz von FPXPLORE auf Rubislaw Hill. Oder jedenfalls ganz in die Nähe.«

»Und ich nehme an, Sie wissen nicht, warum Robert Tarry Smith und seine Komplizen ihn stoppen wollten?«

Ich gab zu, dass dem so war.

Der stellvertretende Staatsanwalt nickte.

»Die Ermittlungen dauern noch an«, sagte ich.

Darauf schnaubte er nur.

Als diese Pflicht abgehakt war, ging uns die sinnvolle Arbeit aus, und Blinschell fragte, ob ich mit in den Pub kommen wollte. »Da könnten Sie den Rest der Bagage kennenlernen.«

»Eigentlich liebend gern«, sagte ich. »Aber ich hab Dienst in meinem Nebenjob.«

In der Rockstarvilla wartete Bev schon mit meinen Eltern und den Zwillingen. Dad hatte einen Auftritt in einem Club namens Drummonds, und heute war Bev dran, die Musik zu genießen. Sie hat mehr für Jazz übrig als ich, was meine Mum extrem für sie eingenommen hat – für sie rangiert Jazzbegeisterung auf der Liste der Tugenden irgendwo zwischen Glaube und Hoffnung. Bev war schon am Nachmittag gekommen, hatte im Keller ein aufblasbares Planschbecken gefunden und Zach dazu gebracht, es aufzupumpen. Daniel hatte den Gartenschlauch lokalisiert, was damit endete, dass die komplette Band, verfolgt von immer abwechselnd einem schlauchschwingenden Zwilling, im Garten herumhüpfte.

»Die sind eine Schande für die Jazzgemeinschaft«, sagte mein Dad über seine Hilfstruppen, aber erst nachdem er aus Versehen auch einen Schwall Wasser abbekommen hatte.

Die Folge dieser Eskapaden war, dass die Zwillinge, kaum dass wir die Autoschlüssel getauscht und sie in ihre Sitze geschnallt hatten, schon im Tiefschlaf waren und ich in herrlicher Stille zurück nach Mintlaw fahren konnte. Es war noch früh am Abend, und auf Brians Terrasse saß Abigail und las auf ihrem Kindle.

»Wo sind die anderen?«, fragte ich.

Abigail half mir, die Zwillinge ins Bett zu transferieren. »Brian und Abdul treffen sich in Dundee mit alten Studienfreunden. Nightingale bewacht den Beschwörungskreis, falls jemand was heraufzubeschwören versucht.«

Denn das steckte hinter dem Pentagramm, da war Abigail sich sicher. Und Abigail hat mehr Zeit in der Bibliothek des Folly verbracht als ich – wahrscheinlich mehr als sonst irgendwer in den letzten fünfzig Jahren. Während ich mich vergewisserte, dass meine eigenen Höllenkreaturen friedlich schlummerten, und dann im Vorzelt Klapptisch und Stühle aufstellte, damit wir sie im Blick haben und dabei ein Bier trinken konnten, brachte sie mich auf den neuesten Stand.

»Wie hieß dieser amerikanische Forscher noch mal?«, fragte ich.

»Meinst du, an dem ist was faul?«

Ich sagte, alles an der Sache sei faul. Sie schlug ihr Notizbuch auf, und ich notierte mir die Kontaktdaten. Ihr erstes Notizbuch hatte ich ihr vor sechs Jahren geschenkt in der Hoffnung, das würde sie davon abhalten, Blödsinn anzustellen. Genützt hatte es zwar nichts, aber immerhin ist es eine tolle zeitgenössische Chronik.

Ich reichte ihr die Fotos und holte zwei Tennent's aus der kindersicheren Kühltasche. »Und du meinst, dass da ein Blutopfer gebracht wurde?«

»Indigo hat daran geschnuppert. Das war hundertpro Blut.«

»Tierblut oder …?« Ich ließ die Frage unvollendet.

Es gibt vier Methoden, aus menschlichen Wesen magische Energie zu gewinnen. Erstens, man investiert etwas von der eigenen Kraft, wenn man einen Zauber wirkt. Zweitens, man zapft für Rituale die Kraft anderer Leute an – nicht immer mit deren Wissen und Einverständnis. Drittens, Wiedergänger wie Mr. Punch können ins Gehirn eines Menschen eindringen und ihn von innen aussaugen …

Oder man kann, viertens, jemanden töten und sich der Magie bedienen, die im Augenblick des Todes freigesetzt wird. Das funktioniert auch mit Tieren, aber die Menge an magischer Macht, die beim Tod entsteht, scheint umso größer zu sein, je komplexer das Nervensystem des Opfers war. Eine Maus bringt vielleicht so viel wie eine AAA-Batterie, ein Hund oder eine Katze so viel wie ein Laptop-Akku. Opfert man einen Menschen, steckt man sozusagen den Stecker in die Steckdose.

Das ist jedenfalls die Theorie.

Übrigens ist dies der Grund, warum es fast nie Geister auf Friedhöfen gibt – dafür umso mehr auf Schlachtfeldern, in Krankenhäusern und Schlachthöfen.

»Indigo sagt, es war tierisch. Abdul hat es ans Labor geschickt.«

»Wo ist Indigo eigentlich?«

»Die schmollt. Sie ist sauer auf mich wegen Ione.«

Apropos, merkte ich an, ich hätte erwartet, dass sie mit ihrer neuen Freundin unterwegs wäre.

Abigail verzog das Gesicht und sagte, Ione hätte familiäre Pflichten zu erledigen. »Aber morgen treffen wir uns wieder.« Sie zeigte mir ein Foto, auf dem der Panther sie in Großaufnahme direkt anschaute.

»Ganz schön gruselig«, sagte ich.

»Achte mal auf die Augen«, erwiderte Abigail. »Sie sind geschlitzt. Aber Großkatzen haben gar keine geschlitzten Pupillen.«

Genau wie Möwen keine Zähne haben, jedenfalls nicht hier auf dem Planeten Erde.

»Hat deine Freundin eine Schwester?«, fragte ich.

Abigail sah nicht auf. »Ja, sie ist zwölf. Warum?«

Ich erzählte ihr von Calliste, der Empfangsdame mit der betörenden Stimme und dem senfgelben Citroën C3, der auf ihren Namen und eine Adresse in Newburgh registriert war, einem Dorf zwanzig Kilometer die Küste hinauf an der Mündung des Ythan River.

»Ythan«, sagte Abigail. »Ist das nicht ein Name aus *Star Trek*?«

»Also, falls die Chance besteht …« Ich verstummte, weil Abigail mir den legendären Seitenblick zuwarf, mit dem sie Lehrkräfte, Sozialarbeiter und nichtsahnende Mitbürger in Angst und Schrecken versetzt, seit sie neun war.

Ich bin immun dagegen, trotzdem ist mir klar, wann ich besser nicht zu sehr insistieren sollte.

»Nur auf Need-to-know-Basis«, sagte sie.

»So wie damals mit den einheimischen Füchsen?«

»Ja. Ganz genau so«, sagte sie.

12
Tummelplatz der Akronyme

Morgens wachte ich auf, weil an jedem meiner Arme ein zweijähriges Paar Hände zerrte und mir in Stereo »Einsatz!« in die Ohren gekreischt wurde. »Einsatz« bedeutete, dass mein Handy den *The Sweeney*-Klingelton von sich gab, mit dem ich dienstlich bedingte Anrufe von dem ganzen Rest unterscheide.

Woher sie das Wort »Einsatz« kannten, war ein Geheimnis, das ich noch ergründen musste.

Vor dem Zelt herrschte graue Dämmerung, mein Handy teilte mir mit, dass es 05:21 Uhr war und der Anruf von Bridget Don kam.

»Einsatz, Einsatz«, krähten die Zwillinge. »Hämbe hoch, teine Bewegung!«

Meine Flussgöttin rief die beiden zur Ruhe, bugsierte sie auf die warme Stelle auf der Luftmatratze, die ich gerade frei gemacht hatte, und brachte sie dazu, sich friedlich hinzukuscheln – das alles, ohne merklich die Augen zu öffnen. Ich zog das Insektennetz am Eingang des Innenzelts auf, ging nach draußen und nahm den Anruf an. Über Nacht hatte es geregnet, graue Wolken bedeckten den Himmel, die Luft war frisch. Ich atmete tief durch.

»Peter Grant.«

»Elric hier.« Mir entging nicht, dass er offenbar voraussetzte, dass ich noch wusste, wer er war. »Kommen Sie sofort.«

»Was ist los?«

»Sie müssen sich was anschauen.«

»Was genau?«

»Das müssen Sie selbst sehen.« Und er gab mir eine Adresse plus Wegbeschreibung.

Die Brig o'Balgownie über den Don war im 14. Jahrhundert aus Sandstein und, wen wundert's, Granit erbaut worden. Sie bestand aus einem einzigen gotischen Spitzbogen, zu beiden Seiten stieg das Tal steil an. Es musste elend nervig gewesen sein, bei Regen einen Pferdekarren diese Hänge hinunter- und wieder hinaufzukriegen, ganz zu schweigen von den Armeen, die immer wieder an der Ostküste von Aberdeenshire hoch- und runtermarschiert waren.

Heute war die Brücke für ihren wunderbaren Blick über die Donmündung bekannt – das wusste ich aus dem Wikipedia-Artikel, den ich mir auf der Fahrt hierher von meinem Handy hatte vorlesen lassen.

Es war auch heute noch elend nervig, da hinzukommen, muss ich sagen. Samt Umweg durch wieder mal einen weitläufigen Vorort aus grauen schottischen Doppelhäusern, dann um eine scharfe Biegung und an einer Reihe kleiner viktorianischer Granithäuschen mit überquellenden Gärten vorbei, bis zu einer Reihe von Pollern, die mir die Durchfahrt verwehrten. Ich parkte und betrat entsprechend Elrics Anweisungen zu Fuß den Brückendamm. Knapp vor der Stelle, wo die eigentliche Brücke begann, überschattete eine Linde die Brüstung. Unter den Zweigen verborgen befand sich ein schmiedeeisernes Tor. Als ich es berührte, war mir, als hörte ich Schwerter klirren, Männer brüllen und Wagenräder knarren. Im warmen Schatten des Baums änderte sich die Beschaffenheit der Luft: Sie wurde kräftiger, älter, frei von Mikropartikeln oder Abgasen.

Wenn ein *Genius loci* – wie etwa meine Liebste – viel Zeit an einem Ort verbringt, geht mit diesem eine subtile Veränderung vor, oder zumindest mit unserer Wahrnehmung des Ortes. Als ich Bev darauf ansprach, weil ich mich wegen unseres gemeinsamen Häuschens in Wimbledon gefragt hatte, sagte sie, ich sei wahrscheinlich immun gegen ihren Einfluss. Also, jedenfalls gegen *diese* Form ihres Einflusses.

Hinter dem Tor führte eine kurze Treppe auf einen an die Brücke gebauten Absatz, von dem eine schmiedeeiserne Wendeltreppe im Schatten des Baums nach unten führte. Sehr schön gearbeitet, schätzungsweise viktorianisch, mit verzierten Balustern und zarten Treppenwangen wie aus metallener Spitze.

Schon im Hinuntersteigen sah ich Elric unten warten.

»Was ist das für ein Ort?«, fragte ich.

»Eines unserer Flusshäuser.« Er zeigte auf die Seitenwand des Brückendamms aus Granit und Sandstein. In der Nische zwischen zwei gedrungenen Stützpfeilern befand sich eine Tür. Sie war im jakobäischen Stil gehalten, ein klassischer Tudorbogen mit massiver Holztür darin, die noch die historischen eisernen Beschläge hatte. Das Holz war dunkel vom vielmaligen Imprägnieren mit dem, was man in den diversen Jahrhunderten als Äquivalent von Holzschutzlasur eingesetzt hatte. Darüber, gewissermaßen im ersten Stock, befanden sich zwei schmale unverglaste Fenster, die wahrscheinlich eher dem Zweck gedient hatten, Geschosse nach außen zu befördern als Licht nach innen. »Früher hat Bridget hier die Trolle übernachten lassen, aber das ist irgendwann so ausgeartet, dass sie sie rausgeschmissen hat.«

Elric führte mich etwas flussabwärts zu einer kleinen Kiesbank hinter den hohen Bäumen, die das Ufer säumten. Dort hockte Bridget neben einem großen rotbraunen Etwas, das ich für irgendwelchen angeschwemmten Industriemüll hielt, bis ich näher kam und sah, dass es sich um ein Tier handelte – ein Walross. Enorm groß, mit enormen Stoßzähnen und enorm tot.

Der Kadaver lag auf dem Bauch, die Schwanzflosse im Wasser, der ulkig kleine Kopf auf den Stoßzähnen aufgestützt, als hätte es im wahrsten Sinne des Wortes ins Gras gebissen. Die Augen fehlten, da waren nur noch die blutigen Augenhöhlen, darunter zogen sich rote Streifen die faltigen rosa Backen hinunter.

Beim Näherkommen spürte ich Bridgets Zorn wie das Gewicht eines felszermalmenden Gletschers, langsam, gewaltig, unaufhaltsam. Als ich mich neben sie hockte, sah ich, dass sie zitterte.

»Was ist das?«, fragte ich.

»Ein unsäglicher Frevel«, flüsterte sie.

»Könnten Sie etwas zurücktreten, damit ich arbeiten kann?«, bat ich. »Sonst wird alles andere überlagert.«

Bridget sah mich verwirrt an.

»Ihr Zorn«, sagte ich. »Er ist zu stark.«

Sie nickte, stand langsam auf und ging davon. An ihrer Stelle trat Elric neben mich.

Ich hatte schon tote Tiere untersucht. Hauptsächlich Schafe, einmal auch ein unglückseliges Pferd in Basingstoke. Aber die immense Masse aus totem Fleisch und Fett vor mir hatte etwas grenzenlos Deprimierendes.

»Ich wusste gar nicht, dass die so weit nach Süden kommen«, sagte ich.

»Sein Name war Willy«, sagte Elric. »Er hat uns seit 1964 immer wieder besucht.«

»Die leben so lange?«

»Willy war etwas Besonderes. Sie verstehen?« Er streckte die Hand aus und berührte sanft den entstellten Kopf. »Das ist eine Provokation. Er ist nicht hier gestorben; jemand hat ihn getötet und gezielt vor die Türschwelle unserer Bridget geschleppt.«

»Warum?«

»Die Welt wird zunehmend seltsamer«, sagte er. »Es tauchen immer mehr neue Leute auf, Leute wie Sie, die alles durcheinanderbringen.«

Ich legte die Hand an die faltige rosa Wange des Walrosses. Sie war kalt und weich.

Nun, da Bridget sich verzogen hatte, spürte ich einen Hauch von *Vestigia* an dem Leichnam, aber nichts Konkretes. Dann kam mir die Idee, den Stoßzahn anzufassen. Und dort waren Zorn und Blut und ein fauliger Geruch wie von verrottenden Lebensmitteln.

Den Zorn und das Blut kannte ich. So etwas hatte ich auch am Himmel über London gespürt, als ein Wyvern beschlossen hatte, direkt auf dem Centre Point sein Quartier aufzuschlagen. Er war aus Faerie gekommen, ein Geschöpf aus Feuer und Luft und Rock 'n' Roll. Das hier war ähnlich, nur finsterer. Voller Blutgier.

Die Möwe, der Panther – und jetzt das.

Ich beugte mich vor und untersuchte den Bauch mit der dicken Fettschicht. Nahe dem Bereich, der auf dem Kies ruhte, waren tiefe Risswunden, und die Flanken waren merklich eingedrückt. Ich untersuchte die andere Seite; hier waren ähnliche, aber nicht identische Verletzungen. Als ich aufstand und zurücktrat, schrie Bridget: »Wer war das? Wer?«

Etwas, das groß genug war, um ein voll ausgewachsenes Walross hochzuheben. Etwas, das eindeutig nicht aus Schottland oder auch nur aus dieser Welt kam. Etwas aus Mythen und Märchen.

»Ich weiß es nicht«, sagte ich, obwohl ich langsam ein Muster ahnte.

»Dann sollten Sie es möglichst schnell herausfinden«, sagte Elric.

»Ach ja? Ich dachte, ich soll mich aus allem raushalten – wissen Sie noch?«

»Ja, aber das haben Sie ja nicht gemacht.«

»Ich habe meinen Job gemacht«, sagte ich. »Das, wozu ich da bin. Entscheiden Sie beide sich vielleicht mal, ob Sie Teil der Gesellschaft sein wollen oder nicht?«

»Was? Fuck«, sagte Elric ehrlich erstaunt.

»Ich bin dazu da, die öffentliche Ordnung und Sicherheit zu wahren.« Die Königin ließ ich hier lieber aus dem Spiel. »Wenn Sie meine Hilfe wollen, müssen Sie schwören, dass Sie nicht Lynchjustiz üben werden.«

»Sie wissen nicht, was Sie da verlangen«, sagte Elric.

»Ach nein? Soll ich vielleicht die Nachtigall holen?«

»Reden Sie nur weiter.« Elric baute sich vor mir auf und straffte die Schultern, als wären wir zwei betrunkene Hitzköpfe vor dem Hippodrome am Leicester Square.

»Verdammt noch mal«, schrie Bridget von flussaufwärts. »Jetzt markier nicht den dicken Max und tu, was er sagt.«

Elric sah seine Schwester an, dann wieder mich. »Na schön.«

Angesichts meiner bisherigen Erfahrungen mit DCI Mason hielt ich es für keine gute Idee, eine Tonne totes Meeressäugetier bei der Spurensicherung der schottischen Polizei abzuladen. Jedenfalls nicht, solange ich eine Alternative hatte.

Ich rief Abdul an. »Ich hätte hier etwas, was du dir vielleicht anschauen willst. Aber für den Transport bräuchtest du ein Boot.« Ich warf einen Blick auf Willys traurige Überreste. »Mit Kran.«

Dann sagte ich Elric, was wir vorhatten. Er erklärte, dass wir ihnen Willys Leichnam nach der Autopsie zurückgeben müssten. »Er verdient einen würdigen Abschied.«

Ich versprach, das weiterzugeben.

Bis Abdul kam, war es kurz vor neun, daher machte ich mich gleich auf den Weg ins DHQ, wo Blinschell seit acht Uhr an der Arbeit war. Außer in der Nähe der Kantine und des Gewahrsamstrakts war es im Gebäude fast unheimlich still; samstags fanden sich hier nur die uniformierte Bereitschaft und arme Schweine wie Blinschell und ich ein, die einen akuten Fall bearbeiten mussten – alle anderen genossen ihr Wochenende.

Ich erzählte ihm von Willy dem Walross. Er sandte einen Blick himmelwärts. »Der Täter war nicht zufällig eine Möwe?«

Ich sagte, das hätte eine verdammt große Möwe sein müssen. »Das Walross war nicht gerade klein. Ich habe etwas Mythologischeres im Verdacht.«

»Einen Vogel Roch, oder was?«

Ich war beeindruckt, wie bewandert Blinschell in obskuren mythischen Tierarten war, aber nicht so sehr, dass ich ihm die taxonomischen Unterschiede zwischen Drachen und Wyvern erklärt hätte. »Mehr so in Richtung Drache.«

»Das ist ein Witz, oder? Wo kommen diese Viecher plötzlich alle her?«

»Wir glauben, all diese Wesen werden aus einer anderen Existenzebene beschworen.«

»O Gott, hätte ich bloß nicht gefragt. Gestern Abend wollten die Kollegen wissen, woran ich gerade arbeite, und ich wusste nicht, was ich ihnen sagen sollte. Selkies – na gut. Panther? Die sind wenigstens was Reales, und Möwen auch. Möwen gibt's hier überall … Aber Drachen? Sie hatten gesagt, Drachen wären unwahrscheinlich.«

»Vielleicht ist es eher ein Wyvern«, sagte ich.

»Was ist der Unterschied?«

Ich war nahe daran, zu sagen *Etwa zweihundert Treffer-*

punkte, aber ich ließ es dann doch sein. »Für unsere Zwecke sind die Unterschiede vernachlässigbar.«

»Wie kommen Sie mit all diesen Sachen klar?«, fragte er. »Mal ernsthaft, wie kommen Sie damit klar?«

»So wie man auch sonst mit unserem Job klarkommt. Man konzentriert sich auf die anstehenden Aufgaben.«

»Ich glaube nicht, dass meine Stichschutzweste drachenfest ist.«

»Mein Rat wäre, versuchen Sie nicht, einen zu verhaften, bevor Verstärkung da ist.«

Das sagte ich vielleicht auch deshalb, weil ich lieber nicht über die operativen Schwierigkeiten bezüglich der Festnahme eines Drachen nachdenken wollte. Ich meine, würde so ein Drache als wildlebendes Tier im Sinne des Tierschutzgesetzes (Schottland) von 1987 gelten? Müssten wir dann artgerechte Unterbringung und Versorgung sicherstellen?

Um erst gar nicht in solche Grübeleien abzugleiten, befolgten wir meinen Rat und vertieften uns in eine ganz gewöhnliche ermittlungstechnische Tätigkeit, nämlich Alice MacDuffies Leben und Treiben vor dem Zeitpunkt, da sie in die Vermisstenstatistik einging, zu rekonstruieren.

In der heutigen sicherheitswahnsinnigen Zeit setzte man nicht auf eine Bohrinsel über – jedenfalls nicht, wenn man über die Firma versichert war –, ohne zumindest die Basis-Offshore-Sicherheitsinstruktionen mit Ernstfalltraining, BOSIET, absolviert zu haben. Dieser von der Offshore Petroleum Industry Training Organisation, OPITO, anerkannte Lehrgang bescheinigte, dass man sich mit dem Benutzen einer Notrutsche, dem Druckluftzufuhr-Notsystem CAEBS und dem Helikopter-Unterwasser-Entkommens-Training HUET auskannte.

»Die stecken einen in ein künstliches Hubschrauberwrack

und werfen einen in einen Swimmingpool«, sagte Blinschell. »Kopfunter.«

Das klang nach persönlicher Erfahrung, deshalb fragte ich ihn, ob er den BOSIET-Kurs gemacht hatte. Er erklärte, wie so viele junge Leute aus Aberdeen habe er einst den lockenden Ruf der See und vor allem der damit einhergehenden dicken Brieftasche verspürt.

»Aber Sie sind nicht dabeigeblieben?«

»So abenteuerlustig bin ich dann doch nicht. Ich wollte lieber einen leichten, angenehmen Job, deshalb bin ich zur Polizei gegangen.«

Doch ehe sein Zertifikat ausgelaufen war, hatte man ihn gebeten, den Folgelehrgang Offshore-Ernstfalltraining, FOET, zu machen, wodurch es für weitere vier Jahre Gültigkeit behielt.

»Man wollte wen haben, der da draußen zugelassen ist, falls dort jemals jemand verhaftet werden muss.«

»Und, ist das je passiert?«

Blinschell klopfte hastig auf die Tischplatte. »Bisher nicht, toi, toi, toi.«

Alle von der OPITO anerkannten Zertifikate wurden im Vantage-System, einem Internet-Tool für die Offshore-Industrie, registriert und konnten online eingesehen werden, also hatte Blinschell, während ich mir ein totes Walross besehen hatte, genau das gemacht.

Alice MacDuffie hatte vor zwei Monaten ihr BOSIET-Zertifikat erworben.

»Das beweist, dass sie durchaus auf die Plattform hätte fahren können, wenn sie gewollt hätte. Und falls sie dort war, bedeutet das, dass da unten an der Fördersonde Taucher an der Arbeit sind.«

Und dass irgendwelche Arbeiter dort möglicherweise direkten Kontakt zu unserer vermissten Person gehabt hatten.

»Wenn hier alle solche Sicherheitsfanatiker sind«, sagte ich, »müssen die Überfahrten doch irgendwo vermerkt sein.«

»Klar, im Hafen wird genau festgehalten, wer rausfährt und zurückkommt, und bei der NSTA kann man auch nachfragen. Wenn man so viel überschüssige Energie hat.«

»Oder?«, fragte ich, weil ich schon merkte, dass er noch etwas in petto hatte.

»Oder Sie gehen in den Crown and Anchor und fragen die Wirtin.«

Denn die legendäre Wirtin des Crown and Anchor am Regents Quay bei den Docks machte es sich zur Pflicht, zu wissen, wer rausfuhr, wer zurückkam, was sie tranken und ob sie gern Ärger machten. Die kannte ihre Taucher und Stauer.

»Sie sagte, sie hätte nichts von Tauchern oder Wissenschaftlern auf der Elgar Bravo mitbekommen«, sagte Blinschell. Aber das war nicht allzu aussagekräftig, weil zu ihr nur die Leute kamen, die per Boot übersetzten. »Wenn jemand von Dyce oder Dundee aus fliegt, trinkt er nicht bei ihr.«

»Und was nützt uns das dann?«

»Taucher arbeiten entweder von Versorgungsschiffen aus, oder sie sind auf den Bohrinseln stationiert. Wenn dort draußen keine Taucher von einem Schiff aktiv sind, müssen sie zur Plattform gehören, das engt das Feld ein.«

»Nicht sehr.«

»Stimmt«, sagte er. »Aber ich hab einen Kumpel am Flughafen.«

Natürlich.

Sein Kumpel hatte den letzten Rückflug von der Elgar Bravo herausgesucht und ihm die Passagierliste gemailt. Blinschell hatte alle der Reihe nach angerufen, bis er einen gefunden hatte, einen Elektriker namens Alex Muir, der nüchtern genug war, um dranzugehen, nicht allzu weit weg wohnte und obendrein angab, Alice auf der Plattform gesehen zu haben.

»Wie groß ist die Chance, dass Derek Patterson nichts davon wusste?«, fragte ich.

»Kleiner als die für Ihren Drachen. Sollen wir noch mal hingehen und ihn fragen?«

»Vielleicht sollten wir zuerst mit Ihrem Zeugen sprechen.«

Blinschell sah auf die Uhr. »Wenn wir ihn noch halbwegs bei Sinnen haben wollen, beeilen wir uns besser.«

Alex Muir war noch bei Sinnen – gerade noch. »Die nächsten zwei Wochen gibt's bloß verfluchte Eiscreme, da muss ich vortrinken.«

Er war ein kleiner, drahtiger Mann mit Glatze, so einer, mit dem man sich ungern anlegen will, jedenfalls nicht, ohne dass jemand mit einem Taser danebensteht. Er hatte erstaunlich lange Pianistenfinger, die er gegenwärtig dazu verwendete, einen Plastikbecher festzuhalten, während er sich eine Dose Hazy Jane einschenkte.

Das Lokal, in dem er das tat, hätte ich in London als *Shebeen* bezeichnet. Ein illegaler Trinkerclub, der als Reaktion der Bohrarbeiter auf die Stellenkürzungen in der Aberdeener Ölindustrie entstanden war. »Im Pub ist's zu teuer«, sagte Alex.

Das namenlose Etablissement befand sich in einem von außen zugänglichen Keller in einer schmalen Gasse nahe der Union Street. Das Innendesign folgte dem Aldi-Konzept, aufeinandergestapelte verschweißte Bierdosenpaletten und Kartons mit Schnapsflaschen hinter der Bar. Eine sehr gelangweilte junge schwarze Frau in Jeans und Lederjacke reichte die gewünschten Dosen und Plastik-Pintbecher über die Theke.

Beim Eintreten hatte ich ihren Blick aufgefangen. Sie musterte mich auf eine Art, die sehr beredt sagte: *Oh, fuck, die Bullen, auch das noch.* Ich hatte ihr auf, wie ich hoffte, beruhigende Weise zugenickt, aber um ehrlich zu sein, habe ich damit gemischte Ergebnisse erzielt.

In dem Keller gab es ein paar düstere Sitzecken mit Gartenstühlen und -tischen aus Plastik, beleuchtet von alten Leuchtstoffröhren. Trotz der frühen Stunde saß schon ein Dutzend Gäste in kleinen Grüppchen herum, bemüht, sich so schnell wie möglich die Kante zu geben. Alex Muir hatte allein in einer Ecke gesessen und die Hand gehoben, als Blinschell seinen Namen rief. »Und wer sind Sie, zum Geier?«, hatte er gefragt, und wir hatten mindestens zehn Minuten damit verbracht, uns auszuweisen und ihn davon zu überzeugen, dass er mit uns telefoniert hatte.

»Und warum zum Geier wollte ich mit Ihnen reden?«

»Weil ich Ihnen dann ein Sixpack spendiere«, sagte ich.

Ich fragte bei der Frau hinter der Bar nach einem Sixpack, und sie ratterte eine Liste von Biersorten herunter, die alle irgendwie erfunden klangen, daher bat ich um das Stärkste, was sie hatte, und so landeten wir bei Hazy Jane. Sie knöpfte mir zu viel ab, aber ich ließ es ihr durchgehen. Den ganzen Tag hier unten zu arbeiten war schon Strafe genug für sie.

Nachdem Alex ein halbes Pint hinter der Binde hatte, fingen wir mit unseren Fragen an. Ob er sicher sei, dass die Frau, die er auf der Elgar Bravo gesehen hatte, Alice MacDuffie war. Er sagte, felsenfest sicher, weil er sich im Aufenthaltsraum mit ihr unterhalten hatte. »Es war keine komplette Crew da«, erklärte er, »weil ja nicht mehr voll gefördert wurde. Deshalb gab's nicht so viele Leute zum Reden.«

»Wie wirkte sie auf Sie?«, fragte Blinschell.

»Definitiv eine zum Flachlegen. Aber nicht von mir.«

Ich fragte, wie ihre Stimmung gewesen sei.

Alex sagte, aufgeregt. »War begeistert von ihrer Arbeit.

Wie diese Studierten halt sind. Für die ist das ein Riesenabenteuer, keine Plackerei wie für alle anderen.«

»Und von wem hat sie sich flachlegen lassen?«, fragte Blinschell.

»Weiß nicht genau.« Alex öffnete eine neue Dose. »Die waren ziemlich maulfaul da draußen, haben alles schön für sich behalten.«

»Was haben sie für sich behalten?«, fragte ich.

»Ach, die führten irgendwelche hochgeheimen Experimente durch, über die sie nicht reden durften. Also haben wir nicht drüber geredet. Ich bin Elektriker und kümmere mich bloß um die Stromkabel. Aber sogar ich musste eine Verschwiegenheitsvereinbarung unterschreiben, dabei wusste ich nicht mal, was sie da machten.«

»Haben Sie Alice mehrmals gesehen?«

»Ich hab sie ständig gesehen. Ist ja nicht groß, so 'ne Plattform, da läuft man sich dauernd über den Weg.«

»Und in Ihren früheren Schichten dort?«

»Ich hab nur die eine mitgemacht, weil der Kollege ausgefallen war. War eigentlich 'ne gute Sache, ich hatte 'nen leichten Job, weil so wenig los war.« Er trank sein Glas aus und füllte es wieder. Seine Art zu trinken hatte etwas beklemmend Mechanisches, Zwanghaftes an sich.

»Hat Sie in der letzten Zeit schon mal jemand auf Alice angesprochen?«, fragte ich.

»Warum sollte sich jemand für Alice interessieren?«

»Na, mindestens einer hat sich ja wohl für sie interessiert, Sie haben doch gesagt, sie hätte mit jemandem auf der Plattform was gehabt«, sagte Blinschell. Gezielt die Aussage eines Zeugen zu verdrehen ist eine altbewährte und beliebte Taktik aus der Gesprächsführungs-Trickkiste der Polizei.

Alex sah Blinschell leer an, dann mich, als erwartete er, dass ich es ihm erklärte.

»War sie mit jemandem auf der Plattform näher befreundet?«, fragte ich.

»Nö, nichts, mit niemand. Da sind solche Leute immer vorsichtig. Keine blöden Fragen, kein Klatsch, bloß nicht zu eng mit den Eingeborenen werden.« Sein Ton war seltsam monoton, als sagte er etwas auf, was ihm jemand aufgetragen hatte.

Seine unbeteiligte, roboterhafte Art weckte in mir den Verdacht, dass jemand ihn magisch beeinflusst hatte. Oder war er so darauf aus, sich volllaufen zu lassen, weil er es hasste, offshore zu arbeiten? Aber wenn er es hasste, warum machte er es dann? Und falls er bezaubert worden war, damit er nichts über Alice sagte, warum hatte er sich dann vorhin mit dem Gespräch einverstanden erklärt?

»Die Bezahlung«, sagte Blinschell, nachdem wir Alex mit den Überresten seines Sixpacks allein gelassen hatten. »Der macht seine vierzigtausend im Jahr – allermindestens.«

Das erklärte den Job. Aber die vielleicht erfolgte Bezauberung?

»Wann hatten Sie ihn heute Morgen angerufen?«, fragte ich.

Blinschell sah in sein Notizbuch. »Acht Uhr fünfzig.«

»Was würden Sie sagen, wo er war, als Sie anriefen?«

»Im Bett; jedenfalls hatte er geschlafen. Ich hab ihn aufgeweckt.«

Ich schätzte grob den möglichen Ablauf ab. Mal angenommen, Calliste kommt in aller Frühe zur Arbeit, und ihr Chef sagt zu ihr, Calliste, sei doch so lieb und blitzdingse diese Typen von der Bohrinsel für uns.

Klar doch, Boss, sagt Calliste, steigt in ihren untermotorisierten Citroën und tuckert los, die Firma hat die Adressen ja in ihren Akten. Ein kühles Lächeln später ist Alex Muirs Gedächtnis in Bezug auf Alice der reinste Schweizer Käse.

Unmöglich zu beweisen und ein gutes Beispiel dafür, warum Falcon-Fälle ätzend sind und niemand gern mit uns zusammenarbeitet. Dennoch – irgendwo musste es einen offiziellen Vermerk geben, dass Alice MacDuffie die Elgar Bravo besucht hatte. Sobald wir dafür einen Beweis hatten, konnten wir unseren lügnerischen Fake-Texaner neu befragen in der Hoffnung, ihm irgendwas zu entlocken.

Blinschell nahm sich ein Auto aus dem Fuhrpark und fuhr zum Flughafen, um die Passagierlisten durchzusehen, und ich kehrte ins Büro zurück, um meine Mails zu checken.

Streng genommen darf man Mitglieder ausländischer Strafverfolgungsbehörden nur unter Beachtung bestimmter Richtlinien kontaktieren. Besser gesagt, unter erheblichem bürokratischem Aufwand, an dem Buchstabenhaufen wie NCA, EUROPOL und INTERPOL beteiligt sind (die von amerikanischen Filmemachern anscheinend für eine Kreuzung aus dem FBI und Team America gehalten wird). Die machen bestimmt auch alle einen guten Job, aber wenn man es eilig hat, blättert man als hart arbeitender Gesetzeshüter in seinem kleinen schwarzen Adressbüchlein und ruft den einen oder die andere gute Freundin mit guten Beziehungen an.

Oder, weil es in Amerika noch verdammt früh war, man schreibt ihnen eine Mail. In Klartext, wohlgemerkt – denn man will ja nicht, dass die NSA oder das GCHQ glauben, man hätte etwas zu verbergen. Ohne Zweifel sitzt irgendwo in einem Großraumbüro dieser Behörden ein gelangweiltes kleines Analystenlicht, das zwischen dem Versenden von lustigen Ziegenfilmchen an seine Freunde und der Überwachung von Friedensaktivisten auch immer mal wieder unsere Kommunikation überfliegt.

Ich hatte die Mail schon morgens losgeschickt, während ich auf Abdul wartete, und zur Sicherheit ein paar Walrossfotos angehängt. Weiß der Himmel, was die NSA sich bei denen denken würde. War vielleicht eine nette Abwechslung von den Ziegen.

Inzwischen war in meinem Postfach eine Antwort von Nathan, unserem Analysten, der wahrscheinlich die Nacht einfach durchgemacht hatte. Er schrieb, er hätte die frei zugänglichen Quellen gründlich durchsucht und sei sich sicher, dass James Albright, angeblicher amerikanischer Historiker mit einem Faible für die Geschichte von Aberdeenshire, weder gegenwärtig noch in der Vergangenheit an der University of Mississippi, Oxford, MS, gearbeitet hatte. Indes gab es Personen dieses Namens an mehreren anderen US-Universitäten und an zweien im Vereinigten Königreich. Dass der Name nicht gerade selten war, mochte erklären, warum auch in einer Liste von Beratern, die für FPXPLORE arbeiteten, ein J. Albright auftauchte.

Abigail hatte recht. An dem Herrn war etwas faul.

Sicher, es konnte Zufall sein. Aber darauf hätte ich nicht gewettet.

Einem Vorgesetzten kann man schwerlich eine Aufgabe zuteilen, man kann ihn nur höflich fragen, ob er, sofern sein Pantherbeobachtungszeitplan es eventuell zuließe, vielleicht eine Person namens Will Sinclair befragen wolle, die so naiv gewesen war, Abigail in das Discovery Centre hineinzulassen. Eine Nachricht ungefähr diesen Inhalts schickte ich Nightingale auf dem Smartphone und war ganz schockiert, als sofort ein Daumen-hoch-Emoji zurückkam, gefolgt von: *Schon erledigt.*

Gerade wollte ich Blinschell anrufen und nach seinen Fortschritten fragen, da erschien in der Tür ein schlanker weißer Mann in einem gutgeschnittenen Anzug.

»Sergeant Peter Grant?«, fragte er mit einer Klangfärbung, die selbst ich als Edinburgher Oberschicht erkannte; Blinschell hätte ihn vermutlich auf fünf Kilometer genau einordnen können. »Mein Name ist Andrew Rae, ich bin vom Direktorat für wirtschaftliche Entwicklung. Darf ich kurz hereinkommen?«

Das roch nach Ärger. Die Kleidung, die Selbstsicherheit, die Tatsache, dass er nach Lust und Laune in einer Polizeistation herumspazierte – ich hatte einen hohen Regierungsbeamten vor mir.

Nur schauen hohe Regierungsbeamte normalerweise nicht mal eben bei dir im Büro vorbei, die bestellen dich zu sich ein. Es sei denn, das, was sie zu sagen haben, soll inoffiziell bleiben. Und was einem Polizisten inoffiziell gesagt wird, bringt selten etwas Gutes mit sich.

Ich bestätigte, ich sei besagter Peter Grant, und bot ihm den zweiten Bürostuhl an.

Er hatte ein spitzes Kinn, blaue Augen und lockiges braunes Haar von genau der Art, von der meine Mum immer geträumt hatte. Übertrieben erfreut setzte er sich und schenkte mir ein heiteres Lächeln. »Vielen Dank. Die Fahrt von Edinburgh hierher zieht sich furchtbar. Es ist wirklich ein Skandal, dass es keine schnelle Zugverbindung von Waverley Station gibt.«

Und du nimmst diesen Weg auf dich, nur um mit mir über die Defizite der regionalen Verkehrsverbindungen zu reden, dachte ich, hielt aber den Mund. Zeige nie als Erster deine Karten, spricht der König der Goblins – den man aber besser nicht so nennen sollte.

Und dem ich nie hätte verraten sollen, wie die Erwerbsregeln der Ferengi lauten. Aber das ist eine andere Geschichte.

»Was kann ich für Sie tun, Mr. Rae?«, fragte ich.

»Sie kommen aus London, wie ich hörte.« Er sagte es mit einer leichten Schärfe, deren er sich vielleicht gar nicht bewusst war. »Von einer Einheit namens Spezielle Analysen?«

»Man hat uns um unseren fachlichen Rat bei einem Fall hier gebeten.«

»Sie sind im Prinzip die englische Version von Akte X«, sagte er.

»Für UFOs sind wir nicht zuständig. Für außerirdische Verschwörungen auch nicht.«

»Gibt es außerirdische Verschwörungen?«

»Nicht dass wir wüssten.«

»Das ist zumindest eine Erleichterung.«

»Der Meinung bin ich auch.«

Andrew Rae ließ den Blick durchs Büro schweifen, als suchte er nach einer Inspiration, dann richtete er ihn wieder auf mich. »Wie ich höre, ermitteln Sie bei FPXPLORE Limited.«

»Nur im Zusammenhang mit einem Vermisstenfall.«

»Ist das nicht genaugenommen ein wenig peripher? Kümmert sich die ESA oft um Vermisstenfälle?«

»Öfter, als man denken sollte.« Vor allem, wenn Fae beteiligt waren, aber ich hatte das Gefühl, ich sollte Andrew Rae nicht mit überflüssigen Details belasten. »Wir bearbeiten ein breites Spektrum an Fällen.«

»Ja, das kam mir zu Ohren«, sagte Rae. Jetzt war sein Lächeln schmallippig, und es fehlte jede Heiterkeit.

Ich setzte die höflich fragende Miene auf, auf die ich in Notsituationen immer wieder zurückgegriffen habe, seit ich im Kindergarten meinen ersten Buntstift gegessen habe. Ich glaube, er war orange. Mr. Rae wollte mir klarmachen, dass er seine Hausaufgaben erledigt hatte und wusste, wer ich war. Die Frage war, was wusste er sonst noch? Und was war sein Ziel?

»Haben Sie ein besonderes Interesse an FPXPLORE?«, fragte ich, weil wir sonst noch ewig um den heißen Brei herumreden würden.

Er reagierte geschmeidig, das musste man ihm lassen, ohne das geringste Zögern. »Die Firma spielt eine Rolle in unserer Energiestrategie.«

»Wer ist in diesem Fall ›wir‹?«

»Die schottische Regierung.«

»Eine wie große Rolle?«

»In diesem Stadium eine sehr wichtige, auf dem Gebiet der Energiesicherheit.«

»In diesem Stadium«, sagte ich. Und weil das ein Thema ist, das einer gewissen mir bekannten Flussgöttin sehr am Herzen liegt, fragte ich: »Ich dachte, das Stadium der fossilen Energien wäre so gut wie beendet?«

Das saß, ich sah es ihm an, egal wie neutral er sich zu geben versuchte. »Wir planen einen kontrollierten Übergang. Natürlich wäre es ideal, sofort auf Erneuerbare umzusteigen, aber es war weiß Gott schon vor Jahrzehnten klar, dass die Transformation sorgfältig organisiert werden muss. Aus unerfindlichen Gründen hat die Regierung in Westminster das immer verschleppt.«

»Nein, so was«, sagte ich. »Aber um Sie zu beruhigen: Unsere Ermittlung betrifft FPXPLORE momentan nur deshalb, weil die vermisste Person dort beratend tätig war. Wenn Sie mir Ihre Kontaktdaten hierlassen, werde ich meinen Chef bitten, Sie über jegliche neuen Entwicklungen zu informieren.«

»Sie haben mir noch nicht erklärt, warum Ihre Abteilung an diesem Vermisstenfall beteiligt ist.«

Mist, dachte ich. Dabei hatte ich mir echt Mühe gegeben mit meinem Blabla. »Er steht mit einem Mordfall in Zusammenhang, bei dem wir um Zusammenarbeit gebeten wurden.«

»Das wäre der mit dem noch nicht identifizierten Opfer am Beach Boulevard?«

»Korrekt.«

»Wurde es durch Magie getötet? Von einem Werwolf gebissen? Von einem Redcap überfallen?«

»Er wurde mit mehreren Stichwunden und stumpfen Verletzungen aufgefunden. Die eigentliche Todesursache ist bisher noch unklar.« Und bevor Rae nachhaken konnte: »Was ist ein Redcap?«

»Bösartige kleine Goblinrowdys. Sie färben ihre Kappen mit dem Blut ihrer Opfer rot.«

»Vielen Dank, ich setze sie auf die Liste der Dinge, denen man besser aus dem Weg geht.«

»Sehr weise.« Rae stand auf. Ich folgte seinem Beispiel. Er reichte mir seine Karte, die von guter Qualität war, ohne zu ostentativ nobel zu wirken. Unter dem Schriftzug »Direktorat für wirtschaftliche Entwicklung« waren seine Handynummer und Mailadresse angegeben. Ich steckte sie mit Nachdruck in die hintere Hosentasche.

Rae lächelte und gab mir die Hand.

»Ich bin noch ein paar Tage in anderen Angelegenheiten hier«, sagte er. »Wenn Sie meinen, ich könnte Ihnen behilflich sein, zögern Sie nicht, mich anzurufen.«

Ich sagte, da würde ich selbstverständlich nicht zögern, und er verschwand.

Ich schloss die Tür, setzte mich an meinen Computer und schickte Raes Kontaktdaten an Nathan, damit der ihn überprüfte. Gerade wollte ich Nightingale anrufen, da meldete sich Blinschell.

»Passen Sie auf«, sagte er. »Ich habe die Passagierlisten jedes einzelnen Flugs zu und von der Elgar Bravo in den letzten drei Monaten überprüft, und ich habe sie auf einem Hinflug gefunden. Aber auf keinem Rückflug.«

13
Bayview Court

»Könnte sie per Boot zurückgekommen sein?«

»Müssen wir überprüfen.« Blinschell nahm einen Schluck von seinem Highland-Spring-Wasser.

Im Gegensatz zur Met, die als Sparmaßnahme Kantinen weitgehend abgeschafft hat, legt man bei der Polizei Schottland noch Wert darauf, seine Beamten ordentlich zu ernähren. Blinschell hatte ein anämisches Curry mit Reis, ich hatte auf Schottlands Stärken gesetzt und »Maccaroni and Cheese« genommen, die von der Konsistenz her an heißen Asphalt erinnerten – sehr schmackhaften heißen Asphalt.

»Wir werden die Arbeitskollegen noch mal befragen müssen«, sagte ich.

Ich hatte in der Akte nachgesehen; niemand hatte angegeben, Alice MacDuffie in dem Zeitraum zwischen ihrem Abflug auf die Elgar Bravo und dem Moment, als ihr Auto an der Esplanade gefunden wurde, gesehen zu haben.

»Da müssen wir Mason um mehr Leute bitten.«

»Glauben Sie, die genehmigt er?«

Über ein paar Happen Curry dachte Blinschell darüber nach. »Ich glaube, der MacDuffie-Fall muss zu möglicher Entführung oder Mord heraufgestuft werden«, sagte er dann.

»Er wird begeistert sein«, sagte ich. Nicht zuletzt, weil er dadurch zum Ermittlungsleiter in noch einer Mordsache wurde. Und es gibt auf der ganzen Welt kein Morddezernat, das nicht der Meinung ist, es sei schon restlos ausgelastet, vielen Dank auch.

Ich hatte recht: DCI Mason war nicht begeistert.

Aber er tat es trotzdem.

»Gibt es etwas, was Sie zu dieser Ermittlung beitragen können?«, fragte er, bevor wir uns diskret wieder verdünnisieren konnten. »Außer mein Arbeitspensum zu verdoppeln?«

»Wir bearbeiten eine Falcon-Ermittlungsschiene, die relevant sein könnte.«

»Ich will gar nicht fragen, aber ich muss wohl«, sagte er. »Worin besteht diese Ermittlungsschiene?«

»Hier in der Gegend wurden magische Wesen aus einer anderen Welt beschworen«, sagte ich, weil manchmal auch das schönste Blabla nicht mehr hilft. »Wir müssen die verantwortliche Person dingfest machen.«

»Magische Wesen?«

»Ja, Sir.«

»Aus einer anderen Welt?«

»Ja, Sir.«

»Sie meinen die Möwe und diese Großkatze, von der ich schon so viel gehört habe?«

»Ja, Sir.« Ich hielt es für besser, jetzt nicht von dem möglichen Drachen anzufangen.

Bedächtig ließ sich Mason auf seinen Schreibtischstuhl sinken. Einen Moment betrachtete er sehnsüchtig die Tischplatte, dann die Decke, dann sah er mich an. »In diesem Fall machen Sie am besten schleunigst weiter.«

Nur war das nicht so einfach. Zuerst musste Blinschell zwei eifrige junge DCs einweisen, die die Nachbefragungen durchführen sollten. Auf meinen Rat hin beschränkte er den abstrusen Scheiß auf ein Minimum – auch wenn aus ihren Fragen deutlich wurde, dass die Gerüchteküche schon fleißig brodelte.

»Stimmt es, dass die Vermisste ein Selkie war?«, fragte einer von ihnen. Worauf unsere einzige vernünftige Antwort lauten konnte: »Nicht dass wir wüssten.«

»*Könnte* sie ein Selkie gewesen sein?«, fragte mich Blinschell nach der Einweisung.

»Wer weiß? Hat sich schon jemand ihren familiären Hintergrund angeschaut?«

»Mason hat jetzt jemanden drangesetzt.«

»Wenn da was Abstruses rauskommt, müssen wir dem nachgehen.«

»Abstruser als ein Drache?«

»Wahrscheinlich eher ein Wyvern. Und noch haben wir dafür keine Bestätigung.«

Doch die kam fünf Minuten später, als Abdul mich anrief, um mir seine Ersteinschätzung der traurigen sterblichen Überreste von Willy dem Walross mitzuteilen.

»Nach den Wunden zu schließen, wurde er von etwas gepackt, was von Größe und Form her ähnliche Klauen hatte wie der Wyvern von Centre Point.«

»Wie ähnlich?«

»Selbe Spezies, würde ich sagen. Wenn du es sehen solltest, versuch auf jeden Fall ein paar Fotos zu schießen.«

Korrelation ist nicht Kausalität, trotzdem lag es vielleicht an der Wyvern-Bestätigung, dass Blinschell beschloss, ab jetzt einen Taser zu tragen.

»Sind Sie denn dazu befugt?«, fragte ich, während ich ihm half, das Halfter umzuschnallen.

»O ja«, sagte er.

»Verwenden Sie ihn aber nur, wenn ich mein Okay gebe.«

»Ich verspreche nichts.«

»Und schießen Sie mir nicht damit in den Rücken.« Dann fragte ich im Magazin, ob es noch eine Stichschutzweste für mich gäbe. Eine zivile hatten sie nicht, also borgte ich mir die schwarze Uniformversion mit blau-weißem Schachbrettmuster und der Aufschrift POLICE auf Brust und Rücken aus.

Stichschutzwesten sind höchst unbequem, aber wenn man nicht weiß, was auf einen zukommt, hat ihr Gewicht etwas Tröstliches.

Bei einer großen Ermittlung gibt es nie nur einen einzigen richtigen Ansatz. Man kann sich erst einmal den Tatort ansehen und sich fragen: Wie wurde die Tat ausgeführt? War sie gut vorbereitet oder eine Hauruckaktion? Kannte der Täter die Umgebung gut genug, um sicher zu sein, dass er nicht gestört werden würde?

Oder man kann sich auf das Beweismaterial und die gute alte Locard'sche Regel stützen, dass nämlich jeder Kontakt eine Spur hinterlässt. Heutzutage kann so ein Tatort aberwitzig viele Informationen liefern, vorausgesetzt, man (beziehungsweise die Ermittlungsleitung) ist bereit, das Geld dafür lockerzumachen. Manches davon kann sogar nützlich sein.

Oder man kann jemandes Mobilfunkdaten nachverfolgen, sozusagen die Kriechspur, die das Handy bei der Kontaktaufnahme mit den verschiedenen Sendemasten hinterlässt. Man kann sogar die Kommunikationsdaten des Sendemasts in der Nähe des Tatorts auswerten und prüfen, ob unter den Besitzern der eingewählten Handys einschlägig bekannte Straftäter sind oder eine jener unglücklichen Personen, die auf der HOLMES-Namenliste des Falles auftauchen, oder man kann die Auswertung mit anderen Tatorten vergleichen, um zu sehen, ob ein bestimmtes Handy an mehreren Orten registriert wurde.

Oder noch besser: alles zusammen.

Da sich nun das komplette Morddezernat der Polizei

North East, wenn auch ungern, der meisten Punkte annahm, konnten Blinschell und ich uns auf die scharfsinnige Deduktion konzentrieren. Und dafür, beschlossen wir, war die Esplanade der passende Ort, wo die frische Seeluft unsere Gehirne durchpustete und nicht die bedrückende Nähe der Vorgesetzten auf uns und unseren Gedankengängen lastete. Wir fuhren zum Südende, wo Alice MacDuffies verlassenes Auto gefunden worden war.

Schon im Zuge der anfänglichen Ermittlung hatte man es auf Fingerabdrücke untersucht; es waren nur die von Alice gefunden worden. Auch war der Fahrersitz für jemanden von Alice' Größe und Figur eingestellt gewesen. Mason graute wahrscheinlich schon davor, es doch noch auf DNA untersuchen zu müssen. Während der Hinfahrt den Beach Boulevard entlang, vorbei an Tatort Nummer eins, bekam ich dieses altbekannte Gefühl, neben mir zu stehen, das sich einstellt, wenn ein Fall so ausufert, dass man ihn nicht mehr auf einmal zu fassen vermag. Natürlich waren Informationsverarbeitungssysteme wie HOLMES dazu da, einem genau das abzunehmen. Aber in Wahrheit löst man Fälle normalerweise dadurch, dass man sich durch die Tatbestände und Beweise kämpft, bis einem irgendwas auffällt. Zum Beispiel etwas wie: Wenn Alice nicht von der Elgar Bravo zurückgekehrt war, wer hatte dann ihr Auto an die Esplanade gefahren?

Als wir dort ankamen, hatten die Wolken sich verzogen, und die Sonne glitzerte auf den Wellen, den Windrädern und den neonorangen Versorgungsschiffen, die den Hafen unsicher machten.

»Das ist Aberdeen«, sagte Blinschell, als ich das anmerkte. »Wenn einem das Wetter nicht gefällt, muss man einfach zwanzig Minuten warten, dann hat man ein komplett anderes.«

Was der Grund dafür sein mochte, dass sämtliche Sonnenanbeter am Strand ihre Fleecejacken griffbereit hatten und zum Schwimmen Neoprenanzüge trugen.

Ich blickte aufs Meer hinaus. Aquaman alias der Selkie alias die arme Socke, deren Tod die ganze Chose ins Rollen gebracht hatte, war nackt diesen Wellen entstiegen. Wenn nun Alice MacDuffie auch ein amphibisches Wesen war – war sie möglicherweise von der Elgar Bravo zurückgeschwommen, hatte ihr Auto geholt, hier abgestellt und war wieder hinausgeschwommen? Klang unwahrscheinlich.

»Oder ein mit ihr befreundetes amphibisches Wesen«, sagte Blinschell, »hat sich ihr Auto ausgeliehen, ist hierher gefahren und dann davongeschwommen.«

»Oder«, sagte ich, »jemand hat es hierher gebracht, um uns auf …« Die falsche Spur zu locken, wollte ich sagen. Doch wir waren momentan auf überhaupt keiner Spur, ob richtig oder falsch. Auch das sagte ich Blinschell.

Er nickte. »Stimmt. Aber irgendwelche Halunken wissen so was ja nicht.«

Über uns kreischte eine Möwe, und wir sahen beide nach oben, um sicherzugehen, dass es kein Drache war.

»Das ist nicht gerade sinnvolle Ermittlungsarbeit«, sagte ich, nachdem ich erleichtert die ganz gewöhnliche Seemöwe zur Kenntnis genommen hatte.

»Das sagen ausgerechnet Sie.«

»Lassen Sie uns mal annehmen, die Möwe, die Aquaman an der Bushaltestelle angriff, war eine Art Alarmsystem.«

»Ist das möglich?«

»Weiß der Teufel. Unmöglich ist es nicht. Nehmen wir an, sie alarmiert ihren Halter, wahrscheinlich die Person, die sie beschworen hat.« Ich verstummte, denn das war ganz schön spekulativ. Aber wenn man sich zu sehr den Kopf deswegen zerbrach, konnte man an den losen Fäden ersticken. »Und diese Person alarmiert dann Komplizen, die nicht weit von hier wohnen.« Ich schwenkte die Hand in Richtung Süden, wo dicht an dem futuristischen Stachel des Hafentowers Footdee lag.

Wo nach Aussage von Robbies Freund Nasenstecker Familien lebten, die seit Urzeiten mit der See verbunden waren.

»Unser Aquaman erweckte den Eindruck, als hätte er etwas ganz Bestimmtes vor.« Wobei er sich zuerst einmal wie John Connor mit Klamotten eindeckte. »Er wollte dringend weiter ins Landesinnere. Ich glaube, die Möwe und die Jungs aus Footdee sollten ihn daran hindern. Die Frage ist, wohin wollte er, und warum wollten sie nicht, dass er dorthin gelangte?«

Während ich redete, piepte Blinschells Handy. Er schaute in sein Postfach. Als er die Mail gelesen hatte, sah er mich mit breitem Polizistengrinsen an. »Vielleicht können wir das ja unseren mysteriösen Amerikaner fragen.«

Denn eine unserer eingeleiteten Maßnahmen – nämlich die Umgebung des Beschwörungskreises im Wald nahe dem Pitfour Estate auf verdächtige Fahrzeuge prüfen zu lassen – hatte Früchte getragen.

Die Sache mit Amateurkriminellen, vor allem solchen aus gutem Hause mit teurer Privatschulbildung, ist die, dass sie es gewohnt sind, sich alles erlauben zu können. Wer in zwielichtigen Kreisen aufwächst, weiß, dass man nicht das eigene Auto nimmt, um Straftaten zu begehen. Sonst schaffen es nämlich auch Polizistentölpel wie ich, Blinschell oder das arme Würstchen, das sich durch die Aufnahmen der Verkehrskameras an den Straßen rund um Mintlaw und das verfallene Observatorium quälen musste, das Kennzeichen in der Datenbank der Führerscheinbehörde nachzuschauen und zu bemerken, dass mit einem gewissen 2017 zugelassenen Range Rover Evoque mit Driveline-Getriebe zwei in HOLMES bei dem Fall aufgeführte Namen verknüpft waren.

Erstens war der Wagen auf die Firma FPXPLORE in Rubislaw Hill zugelassen. Zweitens war als derzeitiger Halter ein James Albright angegeben. Unser Phantomwissenschaftler aus Amerika. Bei der Führerscheinbehörde war sogar eine aktuelle Adresse hinterlegt.

»Oh, ich liebe es, wenn sie so blöd sind«, sagte Blinschell. »Das ist immer eine wahnsinnige Arbeitserleichterung.«

»Wahrscheinlich hat er nicht im Traum daran gedacht, dass wir auf sein kleines Hexenwerk aufmerksam werden würden.«

Blinschell grinste immer noch. »Und ich liebe es, wenn sie *uns* für blöd halten.«

»Okay, wo ist dieses Bayview Court?«

Er drehte sich um und zeigte die Esplanade entlang auf eine Ansammlung hoher Häuserblocks etwa einen Kilometer entfernt. »Der erste davon, mit dem direkten Meerblick.«

»Drachen und Möwen«, sagte ich. »Zum Beschwören von Luftwesen ist man wahrscheinlich ganz gern ein Stück über dem Erdboden.«

Bayview Court war ein neunzehn Stockwerke hoher zweckmäßiger Sozialwohnblock aus den siebziger Jahren, dessen Fassade vor kurzem erneuert worden war. Es waren immer noch Arbeiten um den Haupteingang herum im Gange.

Wir kurvten ein bisschen auf dem Parkplatz herum, und tatsächlich, zwischen den verbeulten Fords, Hondas und Secondhand-Kia-Sportages stand der schwarze Range Rover mit dem Kennzeichen, das wir suchten. Gemäß unseren Instruktionen parkte schon diskret in einer Ecke, von der aus man den Range Rover im Auge hatte, ein älterer Peugeot der Polizei Schottland. Ich stellte mich trotzdem genau vor den Rover, so dass er nicht ausparken konnte, ohne ein anderes Auto zu rammen – vorzugsweise meines. Blinschell winkte die Uniformierten zu sich, und nachdem ich einen raschen Blick ins Innere des Rovers geworfen hatte – weder auf den Sitzen noch im Kofferraum war etwas Auffälliges zu sehen –, marschierten wir zum Gebäude hinüber.

Wie bei den meisten Sozialwohngebäuden in Großbritannien hatte die Eingangstür eine Zugangskontrolle. Blinschell rief in der Zentrale der zuständigen Firma an, die in einem Stadtteil namens Tillydrone saß, und die ließen uns rein, aber erst, nachdem er ihnen seine polizeiliche Identifikationsnummer durchgegeben hatte.

Die neue Fassade hatte nichts am Eindruck einer lichtlosen Gruft geändert, den das Foyer machte. Wir ließen die Uniformierten darin zurück, damit sie die Treppe und die Aufzüge bewachten, ehe wir einen der beiden nahmen, um in den 19. Stock zu fahren. Im Aufzug roch es nach Zitrusputzmittel und Pfefferminz. Oben betraten wir einen Flur mit dem gleichen gesprenkelten Terrazzoboden wie im DHQ und dem Leichenschauhaus – er war anscheinend sehr beliebt bei der Stadtverwaltung Aberdeen. Die Architektur des Gebäudes war altmodisch: In der Mitte die Nottreppe und die Aufzugschächte, drum herum der Zugangsflur zu den Wohnungen, deshalb waren von hier aus nur zwei Wohnungstüren zu sehen.

Blinschell hatte schon in einem der Blöcke nebenan Leute verhaftet, daher kannte er das Schema. »Die sind alle nach demselben Muster gebaut«, sagte er und zeigte auf die Tür mit der Nummer, die als James Albrights Adresse angegeben war.

Ich bin im Laufe meines Berufslebens in so manche magische Falle hineingelaufen, da neigt man dazu, ein bisschen vorsichtig zu werden. Man darf die Paranoia aber nicht überhand nehmen lassen. Sonst leidet die innere Stabilität, und deine Therapeutin bekommt diese kleine Falte zwischen den Augenbrauen, die nichts Gutes verheißt. Aber in Anbetracht der Möglichkeit, dass ich hier vor dem Unterschlupf eines Praktizierenden stand, nahm ich mir doch einen Augenblick Zeit, um die Tür auf *Vestigia* zu untersuchen, bevor ich auch nur anklopfte.

Die Tür war massiv, feuersicher und hatte ein Schloss mit Dreifachverriegelung. Ich berührte das Metall am Schlüsselloch, denn das ist die Stelle, wo sich *Vestigia* am wahrscheinlichsten ansammeln, und mich durchzuckten wie ein Schlag verschwitzte Hitze und Aasgeruch, so dass ich schnell die Hand wegriss.

Ich wich von der Tür zurück und zog Blinschell ein Stück den Flur entlang. »Nehmen Sie den Akku aus Ihrem Handy.«

»Heißt das, Sie haben vor, jetzt abstrusen Scheiß anzustellen?«

»O ja«, sagte ich und reichte ihm den Mini-Flachkopfschraubenzieher, den ich für genau solche Gelegenheiten immer dabeihabe. iPhones sind da total unpraktisch, aber bei Galaxys muss man nur die Rückseite abhebeln und den Akku herauspulen. Während Blinschell hinter mir herumstocherte und vor sich hinbrummte, behielt ich die Tür im Auge. Endlich brummte er, er sei so weit.

Als ich klein war, konnte man die Eingangstür des Peckwater Estate mit einem gezielten Tritt an die richtige Stelle ganz einfach öffnen. Und man erkannte sofort, wo die Drogendealer lebten, denn dort waren die Wohnungstüren verstärkt und hatten zusätzliche Sicherheitsriegel – damit die Bullen nicht so schnell reinkamen. Inzwischen sind die Stadtverwaltungen bestrebt, ihren Mietern etwas besseren

Schutz gegen Einbrüche, Brände und Polizeirazzien zu bieten, deshalb haben Sozialwohnungen heute grundsätzlich extrastabile, dreifachverriegelte Türen.

In Schottland kommt hinzu, dass man Türen nicht ohne Genehmigung eintreten darf. Da mir die *Vestigia* an der Tür nicht gefielen, hatte ich aber ohnehin vor, eine sozusagen kontaktlose Türöffnung vorzunehmen.

Es gibt einen Standardzauber, *Clausurafrange*, der die Falle eines einfachen Türschlosses sauber durchtrennt. Für drei Schließpunkte mussten Nightingale und ich ihn ein bisschen erweitern. Nach längerem Herumprobieren hatten wir schließlich einen Zauber, der alle drei Schließpunkte gleichzeitig abrasiert und – sehr wichtig – aus drei Metern Entfernung gewirkt werden kann.

Aus dieser sicheren Distanz heraus baute ich den Zauber im Kopf auf und schickte ihn los.

Es ertönte das befriedigende *Knack Knack Knack* der zerspringenden Bolzen.

Dann schwappte mir feuchte Gluthitze ins Gesicht, als bekäme ich einen Schwall heißen Wasserdampf ab. Bevor mir bewusst wurde, dass es keine physische Empfindung war, war ich schon einen Meter zurückgetaumelt. Hinter mir fluchte Blinschell.

Irgendwo unter uns schrie jemand, und woanders unter uns fing ein Baby an zu weinen. Ich hob die Hand, um Blinschell zum Schweigen zu bringen, der fragen wollte, was zum Henker das gewesen war; ich wollte lauschen. Kein Alarm plärrte los, die Türen der anderen Wohnungen auf der Etage flogen nicht auf, niemand rannte kreischend davon oder mit einem Baseballschläger auf uns zu. Ich atmete aus.

»Was war das?«, fragte Blinschell im ruhigen Ton eines Menschen, der sich sagt, dass hysterisch zu werden, so gern er es gerade täte, im Moment gar keine gute Idee wäre.

»Dämonenfalle«, sagte ich. »Eine Art Tretmine, nur magisch.«

Blinschell schwieg eine Weile. »Meinen Sie, es ist jetzt sicher, reinzugehen?«, fragte er dann.

»Finden wir es raus.«

»Sie zuerst.«

Ich holte den Schlagstock aus der Tasche und zog ihn zur vollen Länge aus. Dann näherte ich mich vorsichtig der Tür. Blinschell, bemerkte ich, folgte sicherheitshalber in zwei Metern Abstand.

Je näher ich der offenen Tür kam, desto stärker roch es nach verschmortem Plastik. Drinnen erwartete uns der zu enge Flur, den die Baubehörden dem Proletariat schon seit den 1950er Jahren zumuten. Uns gegenüber machte er dort, wo sich eine weiße Zimmertür befand, einen Knick. Die mattweißen Wände waren unversehrt, auch dem Holzoptikboden war nichts anzumerken, die Deckenlampe war intakt, nur die Birne war von innen schwarz. Gleich hinter der Türschwelle lag auf dem Boden ein Fußabtreter, auf dem *Fàilte* stand. Eine faustgroße Stelle in der Mitte war zu etwas verschmurgelt, was an verbrannten Toast erinnerte. Ich bedeutete Blinschell zurückzubleiben und drehte den Fußabtreter mit Hilfe meines Schlagstocks um.

Darunter lag ein weißes Stück Plastik, etwa so groß wie ein Brotschneidebrett, mit einem verkohlten Loch in der Mitte. Eine Dämonenfalle des modernen Typs, wie ich sie von amerikanischen Praktizierenden kannte. Früher waren solche Fallen aus Metall und daher leichter zu entdecken. Vorsichtig berührte ich sie mit dem Finger und spürte die bereits vertraute feuchte Hitze, aber nur noch schwach, ein Echo, nichts Bedrohliches mehr.

Um ganz sicherzugehen, machte ich einen großen Schritt darüber hinweg. Dann stieß ich mit *Impello* die Tür am Ende des Flurs auf, ohne weitere Vorkommnisse. Trotzdem bat ich Blinschell, im Flur zu warten, während ich das Zimmer überprüfte. Die Wohnung war offensichtlich möbliert vermietet worden. Die Wände waren in neutralen Weiß- und Beigetönen gehalten, der Teppichboden war robust und khakifarben, die Einrichtung war Nullachtfünfzehn-Selbstaufbauware. Das Bett war ungemacht, der Kleiderschrank leer, aber auf dem Boden lag eine offene Sporttasche, aus der Kleidung herausquoll.

Ich schaute mich rasch in der übrigen Wohnung um. Ein zweites, kleineres Schlafzimmer war kahl und sichtlich unbenutzt. Gegenüber davon war das Badezimmer, in dem auf der Waschbeckenablage eine elektrische Zahnbürste in der Ladebasis stand, daneben war nachlässig hingeworfenes Rasierzeug verstreut.

Die Küche und das Wohnzimmer waren für eine Sozialwohnung erstaunlich groß und boten eine frappierende Aussicht aufs Meer.

Ich rief Blinschell zu, dass keine Gefahr mehr drohte, und er half mir bei der Durchsuchung. Entweder war James Albright ein Minimalismusfanatiker, oder er verbrachte nicht viel Zeit in der Wohnung. Die Fernbedienung für den mickrigen 20-Zoll-Flachbildschirmfernseher lag auf dem Couchtisch neben einem eingetrockneten Kaffeering; Bücher oder Zeitschriften waren nirgends zu sehen. Nur ein Paar flauschige lila Pantoffeln standen ordentlich neben der Tür.

»Er scheint nicht viel zu essen«, sagte Blinschell aus der Küche, »oder er holt sich meistens was … Schiet!«

Ich spähte in die Küche. Blinschell hatte die Hand auf so einen altmodischen runden Wasserkessel gelegt, den man auf den Herd stellt und der pfeift, wenn das Wasser kocht.

»Noch warm«, sagte er.

Ich tippte ebenfalls mit der Hand drauf. Nur noch lauwarm, aber definitiv war er innerhalb der letzten halben Stunde benutzt worden.

Blinschell machte Anstalten, seinen Akku zurück ins Handy zu pfriemeln, aber ich hielt ihn zurück und zückte schnell mein Airwave. Dank Schutzhülle hatte es nicht gelitten, ich brauchte nur eine Weile, um die richtige Einstellung für unsere Uniformierten unten zu finden. Sie hatten in den vergangenen zehn Minuten niemanden kommen oder gehen sehen. Blinschell ermahnte sie, wachsam zu bleiben.

»Vielleicht ist er auf dem Dach?«, sagte er dann zu mir. »Was meinen Sie?«

Ich warf einen Blick durchs Küchenfenster auf die lange Esplanade tief unten und das blaue Meer mit den weißen Windturbinen am Horizont. »Ich meine, dass das Dach der perfekte Ort für einen Beschwörungskreis wäre.«

Die Feuertreppe roch nach Putzmittel, das einen Hauch Urin nicht ganz überdeckte. Sie endete auf unserer Etage, aber eine an der Wand verschraubte Leiter mit Sicherheitsgitter drum herum führte weiter nach oben zu einer Zugangsluke aufs Dach. Ich hatte angenommen, wäre unser Beschwörer im Haus gewesen, hätte er gespürt, wie seine Falle zerstört wurde, und wäre nachschauen gekommen. Aber vielleicht wartete er ja auf dem Dach im Hinterhalt?

Eingedenk dieser Möglichkeit stieg ich so leise wie möglich rauf. Oben strich ich mit den Fingerspitzen über das kalte Metall der Lukenklappe. Keinerlei warnende *Vestigia*. Ich sah nach, wo die Scharniere waren, und drückte leicht gegen die Klappe. Sie hob sich ein wenig. Das war höchst verdächtig; eigentlich hätte sie fest verschlossen sein müssen. Ich schob sie so weit auf, dass ich vorsichtig hinausspähen konnte. Zu sehen war lediglich die Betonwand des Dachaufsatzes für den Aufzugschacht. Ich öffnete die Luke ganz und klappte sie behutsam und möglichst geräuschlos um.

Das Hochhaus bestand im Prinzip aus zwei aneinandergebauten quadratischen Türmen mit dem Aufzugschacht als Mittelpunkt. Auf der Dachseite mit der Notluke war niemand, aber der größte Teil der zweiten quadratischen Fläche jenseits des Aufsatzes war von hier aus nicht einzusehen. Ich stemmte mich aufs Dach, verkniff mir das Fluchen, als ein Klettverschluss der Stichschutzweste sich an der Kante verhakte, und bedeutete Blinschell, nachzukommen. Als er oben war, pressten wir uns beide an die Wand des Aufsatzes, und ich riskierte einen Blick um die Ecke.

Da stand er, ein großer weißer Mann in kariertem Hemd, Dad-Jeans und schwarz-weißen Turnschuhen. Sein braunes Haar mit grauen Strähnen darin war im Nacken zu einem Pferdeschwanz gebunden. Sein Gesicht konnte ich nicht sehen, weil er von mir abgewandt stand, die Arme in einer dramatischen Geste erhoben. Um ihn herum war mit rotbrauner Farbe etwas auf den Boden gekleckst, das wohl ein Beschwörungskreis sein sollte – falls der mit okkulten Symbolen bestückt war, waren sie zu ungenau gezeichnet, um erkennbar zu sein.

Über dem Kreis schimmerte die Luft, als stiege Hitze von den Rändern auf, wohl zum Schutz vor den beschworenen Subjekten. Außerdem schien sie Geräusche zu schlucken, wenn auch nicht vollständig; man hörte, dass der Mann etwas in einem Singsang rezitierte, in einer Sprache, die ich nicht erkannte.

Ich zog mich wieder hinter die Wand zurück. »O Mann, Saruman voll in Aktion«, flüsterte ich.

Blinschell sah mich fragend an.

»Sorry«, sagte ich. »Bleiben Sie links hinter mir und halten Sie den Taser bereit. Und wenn ich ›Jetzt‹ rufe, schießen Sie auf den Mistkerl. Nicht aus Versehen auf mich. Verstanden?«

»Ich werd mir Mühe geben.«

Wir sind die Polizei, und die Polizei ist nicht befugt, jemandem einfach von hinten eins überzubraten, außer mit Genehmigung von höherer Stelle. Also trat ich hinter dem Aufsatz hervor und näherte mich dem Kreis bis auf etwa einen Meter. Im Näherkommen roch ich schmutziges Wasser und etwas wie verfaulte Bananen. Ein realer Geruch wäre sofort von der frischen Seebrise verweht worden, genau wie die schwüle Wärme, die sich wie ein feuchtes Hemd über meine Haut legte.

»Verzeihung, Sir«, rief ich. »Haben Sie eine Genehmigung, hier oben magische Rituale durchzuführen?«

Der Möchtegern-Saruman rezitierte stur weiter. Vielleicht hörte er mich gar nicht. Ich musterte die schimmernde Hitze um den Kreisrand und nahm eine schnelle Risikoeinschätzung vor. Da würde ich auf keinen Fall näher rangehen.

»Heda!«, brüllte ich so laut und staatsgewaltlich ich konnte. »Beenden Sie sofort Ihre magische Aktivität und treten Sie aus dem Beschwörungskreis heraus.« Weil er sich darauf nicht einmal umdrehte, löschte ich eine Stelle der gemalten Kreislinie mit einer praktischen kleinen *Impello*-Variante aus, die ich mal entwickelt hatte, um hartnäckige Flecken aus Teppichen zu entfernen. Ich hatte sie *Vim* nennen wollen, aber Nightingale war dagegen gewesen, vielleicht aus Copyrightgründen.

Ein zehn Zentimeter langer Abschnitt der rotbraunen Linie samt dem mit der »Farbe« vermischten losen Kies, der Vogelkacke und dem anderen Dreck, der sich auf Hochhausdächern ansammelt, rollte sich zu einem billardkugelgroßen Ball auf.

Völlig unspektakulär erlosch das Hitzeflimmern. Saruman der Karierte geriet ins Stocken, verstummte und fuhr herum. Zu meinem gänzlich fehlenden Erstaunen war seine

Gesichtsbehaarung zu einem ordentlichen Ziegenbärtchen getrimmt.

»Mr. James Albright?«, fragte ich.

Er sagte nichts, aber seine winzige Kopfbewegung verriet ihn. »Bitte hören Sie sofort mit der Beschwörung auf und treten Sie aus dem Beschwörungskreis heraus.«

Seine Augen traten tatsächlich hervor – was ich bisher nie im echten Leben gesehen hatte –, ehe er seinen Gesichtsausdruck wieder unter Kontrolle bekam. Man sah förmlich, wie er aus dem Menü »Typische Mittelschichtsreaktionen auf die Polizei« die Option »Müde Herablassung« auswählte. »Sie wissen nicht, was Sie da gerade getan haben.« Sein Akzent war amerikanisch, aber besser als vage südstaatlerisch kriegte ich ihn nicht eingeordnet.

»Bitte treten Sie aus dem Beschwörungskreis heraus, Sir«, wiederholte ich.

Er begann einen Zauber aufzubauen. Umständlich, und sein *Signare* war Brackwasser und Sumpfzypresse pur. Ich schleuderte ihm einen Blender ins Gesicht, aber der Mistkerl hatte mich drangekriegt – der Zauber war nur eine Ablenkung gewesen. Stattdessen sprintete er zur Brüstung, als wollte er sich hinunterstürzen.

Ich kenne ein paar Methoden, den eigenen Fall zu verlangsamen, wenn man aus großer Höhe fällt, aber um das absichtlich zu machen, muss man schon verrückt oder verzweifelt oder, noch eher, verrückt vor Verzweiflung sein. Vielleicht kannte er einen anderen Zauber, von dem ich nichts wusste, aber wir gaben ihm keine Chance, damit anzugeben.

»Jetzt«, schrie ich, und Blinschell taserte ihn.

14
Was Abigail über die Queen erfuhr

»Abdul sagt, es ist Tierblut«, erkläre ich.

Ich stehe mit Ione und Nightingale vor dem Beschwörungskreis. Ione hat mich gleich frühmorgens auf ihrer Vespa abgeholt, und wir sind gemeinsam hergefahren. Indigo ist in der Nacht nicht nach Hause gekommen, ich nehme an, sie ist mit Sax William und Reid King in geheimen Fuchsangelegenheiten unterwegs.

Nightingale fragt, ob die genaue Tierart schon bekannt ist, aber das kann noch dauern. Den Genotyp eines Tiers zu ermitteln ist immer noch schwierig, auch wenn die Geräte immer schneller und die Datenbanken immer größer werden.

»Wo haben Sie den Leoparden erstmals gesehen?«, fragt Nightingale Ione. Er macht auf beiläufig, schaut sie nicht mal an, sondern mustert die Bäume, als ob er darin nach Hinweisen sucht.

Ione steht nahe genug neben mir, dass ich spüre, wie sie sich versteift. Sie zögert.

Nightingale wartet ab, darin ist er gut. Er hat mir mal gesagt, Warten ist das Wichtigste, was er in seinem langen Leben gelernt hat. Und er kann auf total verschiedene Arten warten. Das hier ist die »Ich bin so alt und geduldig, ich kann auch den ganzen Tag hier stehen«-Art.

»Da müsste ich im Handy nachschauen. Aber ich glaube«,

Ione deutet in eine Richtung, »ein paar Meilen weiter da drüben.«

»Zufällig?«

Sein Ton ärgert mich. Er ist misstrauisch Ione gegenüber, das gefällt mir nicht. Aber ein Teil von mir, der nicht mit den Hormonen denkt, fragt sich auch: *Ja, was hattest du eigentlich hier im Wald zu schaffen, so dass du Ms. Panther getroffen hast?* Sie schaut mich an, und vielleicht ahnt sie das in meiner Miene, denn sie seufzt. »Ich hatte Gerüchte gehört, dass jemand einen Fremden herbestellt hätte, der was für ihn erledigen sollte.«

»Einen Fremden?«

»Aye. Aber Fremder kann in unseren Familien alles Mögliche heißen, von überall her. Drüben in Ellon wohnen massenhaft Fremde.«

»Was genau erledigen?«, fragt Nightingale.

Ione hat offensichtlich entschieden, dass wir alle auf einer Seite sind, denn sie gibt zu, dass ihr Onkel Atlas irgendwie mit drinsteckt, allerdings weiß sie nicht, wie tief oder überhaupt wie. Sie glaubt, alle alten Familien von einem Ort namens Fittie bis zum Broch stecken mit drin – Broch ist ihr Name für Fraserburgh, erinnere ich mich.

»Meine Familie hat immer was laufen«, sagt sie fast ein bisschen stolz. »Dafür sind wir bekannt. Aber die Sache hier gefällt mir nicht. Zahlen frisieren, Wilderei, Schwarzbrennen, kein Ding. Aber die alten Gesetze zu brechen, die alten Bündnisse …«

»Bündnisse mit wem?«, fragt Nightingale.

»Ich hab sie nie getroffen. Das alte Gesetz besagt auch, dass wir uns voneinander fernhalten sollen. Aber man sagt, es gibt Leute, die im Meer leben.«

»Leute, die unter Wasser atmen können?« Ich denke an Aquaman mit seinen Kiemen.

»Ich hab noch nie jemand von denen auch nur gesehen«, sagt Ione.

»Aber es gab ein Bündnis?«, fragt Nightingale.

»Na ja, wenn man nach den alten Geschichten geht, eher eine Art Waffenstillstand.«

Nightingale schaut mich an und hebt eine Augenbraue. Er will, dass *ich* diese alten Geschichten herausfinde. Dann sagt er, er macht mal einen Kontrollgang, und verschwindet. Ich bleibe allein mit Ione und hab keine Ausrede mehr, die komplizierten Fragen aufzuschieben.

»Schnell«, sage ich, »bevor er zurückkommt. Kennst du eine Frau namens Calliste, wohnt in Newbury?«

Ione runzelt die Stirn und schaut sich tatsächlich nach allen Seiten um, bevor sie sich zu mir herüberbeugt und flüstert: »Meinst du Newburgh?«

»Ja«, flüstere ich zurück. »Ist das wichtig?«

»Was ist mit ihr?«

Nightingale ist weit genug weg, dass ich auch in normaler Lautstärke sprechen könnte, aber es ist schön, Iones Lippen so nahe an meinen zu wissen. Sie riecht nach dem Meer und dem Wind im Gras, und in der Ferne höre ich Wellen, die sich an Felsen brechen. Ich versuch mich nicht ablenken zu lassen, aber Mann, ist das schwer. Ich konzentrier mich und erzähl ihr von Calliste, die bei FPXPLORE arbeitet, der Firma, die auf jeden Fall irgendwo mit drinsteckt, auch wenn wir noch nicht genau wissen, worin.

»Wir?« Sie richtet sich auf. »Du sagst immer ›wir‹. Das klingt, als wärst du auch bei der Polizei. Wie er«, sie deutet mit dem Kinn in die Richtung, in die Nightingale verschwunden ist. »Ist das so? Bist du undercover?«

»Quatsch«, sage ich, weil ich das Gefühl hab, ein bisschen zu posen ist jetzt kein Fehler. »Wie gesagt, ich bin Zauberin.«

Und weil sie mir so einen *Ach ja, klar*-Blick zuwirft, beschwöre ich direkt vor ihrer Nase ein Werlicht. Was ich wahrscheinlich nicht hätte machen sollen, aber ihr total verblüffter Blick ist es mir wert. Dann lächelt sie.

Um ehrlich zu sein, erwarte ich irgendwie, dass sie mir im Gegenzug *ihr* Geheimnis verrät, aber manchmal läuft es im Leben nicht wie im Fernsehen, und sie sagt gar nichts. Nimmt nur meine andere Hand. Ich lasse das Werlicht mit einer schwungvollen Geste erlöschen, die zwei meiner drei Lehrer als unnötige Manieriertheit betrachten. Also, der eine sagt Manieriertheit, der andere Angeberei.

»Dachte ich mir doch, dass du voller Überraschungen steckst«, sagt Ione. »Das erklärt aber noch nicht, warum du dich um die Sache hier so kümmerst.«

»Weil da was nicht stimmt, ja? Es ist ein Problem, und wer sonst könnte da helfen?«

»Also nicht, weil du *mir* helfen willst?«

»Vielleicht beides?«

Sie lässt meine Hand los, was schade ist, aber ich bin voll stoisch, was Enttäuschungen angeht. Oder vielleicht bin ich auch nur dämlich, da sind die Stimmen noch nicht ganz ausgezählt. Ich zwinge mich, nicht die Arme zu verschränken.

Sie schenkt mir einen langen Blick, den ich erwidere, und da zucken ihre Lippen, und mich durchfährt ein kleiner Schauer, weil ich sie so weit habe. Das spür ich.

»Wir könnten mit ihrer Granny reden«, sagt Ione.

»Weiß die denn, was los ist?«

»Die weiß immer alles über alle, definitiv.«

»Warum hast du sie dann nicht gefragt, was sie über den Panther weiß?«

»Weil ich nicht allein zu Tante Clio gehe. Die ist einfach schreckenerregend.«

»Aber jetzt würdest du hingehen?«

»Ha.« Sie nimmt wieder meine Hand. »Jetzt hab ich ja eine mächtige, schlaue Zauberin dabei – oder nicht?«

Schlau vielleicht, denke ich. Aber der Mächtige spielt gerade dort hinten im Unterholz Großwildjäger.

Ich schreibe ihm: *Gehe Hinweis in Newberg nach.*

Wir fahren wieder mit dem pinken Roller, ich mit den Armen um Iones Taille, links und rechts zieht hügelig die Landschaft vorbei. Auf einem Damm überqueren wir ein regloses, glitzerndes Gewässer, und Ione fängt an, ganz tief zu summen, so dass ich es in den Armen spüre. Als ob ich einen Subwoofer umarme, der *Make Me Feel* von Janelle Monáe spielt, es vibriert in meinen Knochen, zieht durch Arme, Schultern und Hals und bringt schließlich die Schnecke im Innenohr zum Klingen.

Vor uns am Wasser ist eine Ansammlung von weißen Häusern mit violetten Dächern, an der Straße steht ein Warnschild mit einer Ente in einem roten Dreieck, dann kommt eine Wohnsiedlung, die nach neuem Auto riecht. Wir düsen an den neuen Häusern vorbei und dann an älteren neuen Häusern und dann an alten Steinbungalows, dann biegen wir links ab auf eine Landzunge mit noch mehr Häusern, einem Friedhof und etwas, was wie eine kleine Fabrik aussieht, und dann ist die Straße zu Ende. Dort, auf drei Seiten von Wasser umgeben, steht ein altes zweistöckiges Häuschen aus Stein mit einem Schild über der Tür, auf dem nur *THE SEA* steht.

Ione stellt den Roller ab, und ich folge ihr zur Eingangstür, die vom Wind graublau gebleicht ist. Sie klopft, wir warten. Ein kühler Wind weht die Mündung herauf, in dem ich so fröstele, dass ich überlege, ob Ione etwas dagegen hätte, wenn ich ihr wieder die Arme um die Taille legen würde – nur wegen der Wärme natürlich.

Die Tür wird von einem Teenager geöffnet, vielleicht

sechzehn, siebzehn, mit schwarzen Locken, spitzer Nase und Schmollmund. Er trägt ein schwarzes T-Shirt mit einem Werwolf darauf, der den Mond anheult. Uns zu sehen begeistert ihn nicht wirklich, vor allem, als Ione ihn »Ponty« nennt.

»Du weißt, dass ich darauf nicht höre«, sagt er.

»Ja, ich weiß, Pontus magst du lieber.« Zu mir sagt sie: »Der Seegott und Vater allen Lebens im Wasser.«

»Was, sogar der Wale?«, frage ich.

»Duncan«, sagt er. »Nenn mich Duncan, ja?«

»Okay, Duncan«, sagt Ione. »Ist deine Granny da?«

»Klar«, sagt Duncan. »Wo soll sie sonst sein?«

Er führt uns ins Haus, das total mit Zeug vollgestopft ist, jeder Zentimeter Wand ist mit Fotos und Gemälden von schlammbraunen Moorlandschaften und traurig blickenden Kühen gepflastert. Ione zieht sich die Turnschuhe aus, also mache ich das auch. Der Flur hat einen dicken lila Teppichboden, der meine Zehen umklammert.

Duncan flitzt uns voraus. »Gran«, ruft er, »Ione ist da, mit so 'ner kleinen Fremden.«

Wir sitzen in einem Zimmer voller Erinnerungen. Die Fenster gehen auf die Flussmündung und das zottige grüne Moor dahinter hinaus, der Rest der Wände, bis auf die Tür zum Flur, ist mit gerahmten Fotos bedeckt. Ab einer Höhe von einem Meter und rauf bis einen halben Meter unter der Decke. In jeder Größe und in allen möglichen Rahmen. Manche sind uralt und zeigen Männer mit Mützen und Strickpullovern neben Booten, andere sind Ausdrucke von Digitalfotos, darauf junge Frauen in kurzen schwarzen Kleidern oder Brautjungfernoutfit. Gleich neben dem Sessel der Alten Lady hängt ein digitales Display, in dem in Endlosschleife haufenweise Kleinkinder und Babys mit rosiger

Haut gezeigt werden. Ich beobachte es die ganze Zeit, und ich schwöre, bis zuletzt wiederholt es sich kein einziges Mal.

Die Alte Lady sitzt in ihrem Lehnsessel wie die typische Lieblingsgranny, nur in groß und dünn und furchterregend. Ich sitze mit Ione auf dem Sofa ihr gegenüber und muss mich zurückhalten, nicht Iones Hand zu nehmen. Sie hat mich als »meine Freundin Abigail aus London« vorgestellt – keine Ahnung, was die Alte Lady sich dabei denkt. Freundin oder »Freundin« oder »Mir doch schnurz«.

Ione stellt sie mir als Tante Clio vor, aber für mich bleibt sie die Alte Lady – ja, definitiv als Titel. Peter wird stocksauer sein, wenn er erfährt, dass ich mit etwas so Mächtigem Tee getrunken hab.

Der Tee wird von einem dünnen, ungeschickten weißen Mädchen mit langen lila Haaren gebracht, die nicht zu ihren kirschroten Lippen und dem blauen T-Shirt mit einem Bild von Tom Hiddleston und dem Satz *I'm burdened with glorious purpose* drauf passen. Sie reicht uns zarte blau-weiße Tassen und Untertassen, aber eins steht fest, ich werd hier gar nichts trinken, bevor ich nicht einige Sicherheiten kriege.

Das Mädchen mit den lila Haaren wird mir als Polly, Kurzform von Polynoe, vorgestellt, noch so eine griechische Nymphe, vermute ich. Was mich echt wundert. Calliste, Ione, Clio, Pontus, Polynoe? Warum griechisch? Warum nichts Keltisches oder Germanisches?

»Helles Köpfchen, die Kleine«, sagt die Alte Lady. »Wir wollen sie gern nach Norwegen schicken.«

Ione fragt nach einem Haufen anderer Leute – Söhne, Töchter, Enkel. Manche mit Nymphennamen, aber die meisten hören sich sehr schottisch an. Mein Tee wird schon kalt, als Ione nach Calliste fragt.

»Die arbeitet in Aberdeen«, sagt die Alte Lady. »Bei irgendeinem Ölunternehmen.«

»Offshore?«, fragt Ione.

»Nein, Gott sei Dank im Büro. Dein Onkel Atlas hat es ihr vermittelt, und sie verdient hübsch ordentlich. Nicht wie ihr armer Dad. Der da draußen blieb.« Sie verstummt abrupt, man sieht ihr den Schmerz an. Als sie bemerkt, dass ich sie anschaue, wendet sie sich ab. »Und mein dummes Ding von Tochter geht ihn suchen und kommt auch nie zurück.«

»Seit wann ist Onkel Atlas so dicke mit den Ölriesen?«

»Ist er nicht«, sagt die alte Lady. »Aber er denkt, er hätte was bei den Unabhängigkeitsfanatikern im Kabinett zu melden. Unabhängigkeit, pah! Diese Esel.«

Das überrascht mich. Online sind alle, die sich auch nur ein bisschen schottisch fühlen, sogar wenn sie aus Texas kommen, voll scharf auf die Unabhängigkeit. Ich dachte, in Schottland selbst wär das auch so, deshalb hab ich darauf geachtet, um das Thema einen großen Bogen zu machen, sogar bei den Füchsen. Bei Ione aus offensichtlichen Gründen sowieso. Bei so was können Leute komisch sein.

»Sie sind also nicht dafür?«, frage ich.

Ione seufzt.

O Shit, denke ich, jetzt hab ich Mist gebaut.

»Unabhängigkeit«, sagt die Alte Lady. »Diese Hornochsen in Edinburgh glauben, sie könnten die Unabhängigkeit herbeipalavern. Die haben doch keine Ahnung, mit wem sie es zu tun haben.« Sie schwenkt den Arm und deutet auf eine Stelle an der Wand hinter sich. »Nicht, solange sie die Macht hat.«

Ich folge ihrer Geste mit dem Blick. Da hängt ein gerahmtes Schwarz-Weiß-Foto einer jungen weißen Frau mit Armeemütze auf dem Kopf. Es wirkt wie eine professionelle Studioaufnahme, die junge Frau hat sich in Pose gestellt und schaut in die Kamera, wobei sie sich redlich bemüht, würdevoll dreinzublicken, aber ich finde, sie sieht abgelenkt aus, als ob sie an etwas ganz anderes denkt. Sie kommt mir irgendwie bekannt vor; ich überlege, ob es ein alter Filmstar sein könnte.

»Wer ist das?«, fragte ich.

Die Alte Lady kichert. »Erkennst du dein eigenes Staatsoberhaupt nicht?«

»Das ist die Queen?« Das bringt mir noch ein Kichern ein. Schön zu wissen, dass ich so lustig bin. Aber jetzt erkenne ich sie, es ist die Queen von früher, aus Nightingales Krieg. Das haben wir mal in der Schule durchgenommen, und sogar Ms. Redmayne fand es okay, wie Prinzessin Elizabeth ihren Part erfüllte.

Ich sage: »Stimmt, jetzt seh ich's«, und die Alte Lady schaut mich durchdringend an. Ihre Augen sind leuchtendblau, mit riesigen Pupillen und dahinter das ewige, traurige Lied der See, von untergangenen Schiffen und Männern, wartenden Frauen, an Klippen zerschellten Träumen.

»Nein, du siehst es nicht«, sagt sie. »Das ist nicht ihr wahres Gesicht.«

Ich will schon sagen, ja, okay, erstens ist es ein total gestelltes Foto, zweitens ist sie inzwischen über neunzig oder so. Aber der Gesichtsausdruck der Alten Lady lässt mich verstummen.

»Sie hatte schon viele Gesichter und hat viele Namen«, sagt sie. »Matilda, Mary, Elizabeth, Anne, Victoria. Doch sie alle waren und sind Gloriana, Königin des Ungenannten Hofs und eine der wahren Herrscherinnen über die Welt.«

Sie hält inne, als ob sie erwartet, dass ich was sage, aber ich denke an damals in Wales, an das, worüber ich immer noch nicht reden will. Ich glaube nicht, dass die Fae, die ich damals traf, das Gefühl haben, Queen Liz würde über sie herrschen. Andererseits, eins ist sicher: Die Fae lügen wie die Jungsfraktion im Sexualkundeunterricht. Daher – wer weiß?

Der Alten Lady reicht es offenbar mit dem Warten auf meine Antwort. »Du kennst ein paar der Geheimnisse. Das rieche ich an dir und erkenne es an deinem unhöflichen Benehmen.« Sie wirft einen Blick auf meinen unberührten Tee. »Du hast einen Meister, ja?«

»Lehrer. Mehrere«, sage ich, weil ich kein Hund oder Jedi bin.

Das erstaunt die Alte Lady. Sie legt den Kopf schief und mustert mich eingehend. Ich glaube, sie denkt, ich lüge, deshalb starre ich zurück, um ihr zu zeigen, dass ich das nicht tue. Sie schenkt mir ein kleines Lächeln und nickt.

»Und von den Feen berührt«, sagt sie. »Aber nicht von *ihr*, Gott sei Dank. Dennoch, letzten Endes hängen wir alle an ihren Fäden.«

Ich vermute, sie meint die Queen. Von der meine Mutter glaubt, sie würde beim Gehen über dem Boden schweben oder so.

»Jemand beschwört hier Monster«, sage ich. »Das muss dringend aufhören.«

»Und sei es nur um der armen Monster willen, aye?«, sagt die Alte Lady. Nachlässig deutet sie auf die Tür. »Fragt Pontus, der weiß Bescheid.«

Das Zimmer von Duncan-ja-nicht-Pontus sieht beruhigend normal aus. Bis auf den Meerblick aus der Dachgaube könnte man in jedem beliebigen Jungenzimmer von Hackney bis Chester sein: herumliegende Unterhosen, vor sich hin schimmelnde Teller und Tassen und dieser Geruch. Den hatte sogar Pauls Zimmer, wenn auch durchsetzt mit Desinfektionsmittel und Orangenblüten-Lufterfrischer.

Allerdings hat er einen NINJA-PC, aber statt Egoshooter-Geballer spielt er ein seltsames Mystery-Szenario aus statischen Schwarz-Weiß-Bildern, das auf einem Segelschiff spielt. Sieht aus wie etwas, was Molly gefallen könnte, aber bevor ich fragen kann, wie es heißt, beschuldigt Ione Duncan, dass er seine Gran ins Internet gelassen hat. »Du weißt doch, dass sie da nur auf dumme Gedanken kommt.«

Ich setz mich aufs Bett, weil auf dem eine Tartan-Tagesdecke liegt, von der ich hoffe, dass sich die Keime darauf in Grenzen halten. Ione setzt sich neben mich, unter unserem Gewicht sinkt das Bett ein bisschen ein.

»Ach, hat sie wieder von der Queen angefangen?«, fragt Duncan.

»Du hast ihr die Chatrooms gezeigt, ja?«

»Sei nicht dämlich. Sie glaubt immer noch, dass ich mit ihrem Einkaufszettel per Rad rüber zu Tesco fahre.«

»Was soll das mit der Queen eigentlich?«

»Och, das glauben die alle«, sagt Duncan. »Die ganzen alten Weiber. Diskutieren es rauf und runter, wenn sie zum Tee hier sind. Deine Ma glaubt's auch, da wette ich mit dir.«

»Dass die Queen eine unsterbliche Fae ist, die im Geheimen die Welt beherrscht?«

»Dann hätte Charlie mal ein bisschen von ihrer Magie abzweigen sollen, um sich wieder Haare wachsen zu lassen«, sage ich und ernte ein Grinsen von Duncan.

Er dreht seinen Stuhl vom PC weg und schaut uns direkt an. »Vielleicht stimmt's ja sogar. Wer weiß?«

»Glaubt Onkel Atlas das auch?«, fragt Ione.

Duncan bleibt stumm.

»Ja?«

»Onkel Atlas macht, was er will, und glaubt, was ihm am besten in den Kram passt«, sagt Duncan. Es klingt, als würde er jemanden zitieren.

»Weißt du, was er diesmal angestellt hat?«, fragt Ione.

»Nicht er«, sagt Duncan. »FPXPLORE. Die haben so

einen Wunderfitz angeheuert, der wilde Tiere beschwören soll und so.«

»Was für wilde Tiere?«

»Zum Beispiel deine kleine Miezekatze. Sonst weiß ich nichts Sicheres.« Er nickt in Richtung seines PC: »Es gibt ein paar Sites, auf denen lassen sich Leute darüber aus, behaupten was von Vögeln und Drachen – wie dem in London.«

»Das war ein Wyvern«, sage ich.

»Die behaupten was anderes.« Er nickt wieder in Richtung PC. Als hätten die Leute im Internet die meiste Ahnung.

»Woher weißt du das?«, fragt Ione mich.

»Ich hab ihn damals gesehen. Es war definitiv ein Wyvern. Mit zwei Beinen, nicht vier.« Natürlich muss ich ihnen jetzt erzählen, wie ich im Winter Wonderland im Hyde Park war, gerade als der Wyvern sich den Hund dieser Frau vom Kettenkarussell schnappte. Was ihr ganz recht geschah, auf das Karussell hätte sie den Hund gar nicht mitnehmen dürfen. »Und auf YouTube war es auch.«

»Hab ich gesehen«, sagt Duncan. »Sah für mich ziemlich fake aus.«

»Ich kenne die Leute, die ihn gefangen haben«, sage ich. »Aber darum geht's nicht. Weißt du, wer die Isaacs sind?«

»Nö«, sagt Duncan.

»Das ist die Magiepolizei. Die haben damals den Wyvern geschnappt. Und sie sind jetzt auch hier, wegen dem Panther, und es wird nicht mehr lang dauern, da stehen sie vor der Tür deiner Gran und stellen ihr Fragen.«

Duncan der Teen reckt die Brust raus und sagt, das sollen sie bloß versuchen.

»Nein, sollen sie nicht«, sagt Ione leise. »Glaub mir, Duncan, deine Granny sollte da nicht reingezogen werden.«

»Und Callie?«, fragt Duncan.

»Calliste kann auf sich selbst aufpassen. Und wenn Abi und ich das in die Hand nehmen, kriegen die Isaacs davon gar nichts mit.«

»Warum heißen sie denn Isaacs?«, fragt Duncan.

»Wenn du uns hilfst, erzähl ich dir die ganze Story«, sage ich.

»Wieso glaubt ihr, ich wüsste was, was euch helfen könnte?«

»Oh, bitte. Du bist der neugierigste Spinner der ganzen Familie, das weiß doch jeder«, sagt Ione.

»Okay«, sagt er. »Aber dann haltet ihr Granny und Callie wirklich raus.«

»Soweit möglich«, sage ich. Nicht, dass ich ein Problem damit hätte, zu lügen, wenn's sein muss, aber Nightingale sagt, ich soll mir das nicht zur Gewohnheit machen. Auf lange Sicht, sagt er, ist es immer leichter, die Wahrheit zu sagen. Und wenn jemand sich mit der langen Sicht auskennt, dann er.

Bei Duncan stellt sich Ehrlichkeit jedenfalls auch als das beste Vorgehen heraus, denn er sagt schließlich, der Typ, den wir suchen, hätte ziemlich sicher bei Rattray Point einen Wohnwagen stehen. Als Ione fragt, woher er das weiß, grinst er. »Weil er ihn beim Dad von meinem Kumpel Stuart gemietet hat, und Stuart sagt, der Kerl hätte lauter Kerzen und Schafschädel und solches Zeug reingestellt.«

»Das ist alles?«, fragt Ione.

»Und Stu und ich sind hingeradelt, um's uns anzuschauen, und da war der Typ am Strand und hat Pentagramme in den Sand gezeichnet. Und als wir in den Wohnwagen spicken wollten, kam eine Monstermöwe angeflogen und wollte mir den Kopf abbeißen.«

Da hatten Stu und Duncan genug und strampelten davon, so schnell sie in die Pedale treten konnten.

Ich hab auch genug gehört, also sagen wir Duncan tschüs, aber gerade als wir aus dem Haus treten, hält davor ein schwarzer Toyota-SUV.

»Shit«, sagt Ione. »Mein Onkel. Sag nichts und guck nett.«

»Nett gucken krieg ich hin«, sage ich. »Aber nichts sagen ist nicht meine Spezialität.«

Ione zischt »Pst«, denn die hintere Tür öffnet sich, und ein Mann steigt aus. Ich erkenne ihn wieder – Boxsackvisage und Fedora-Hut. Bei Tageslicht wirkt er nicht ganz so erdrückend, aber doch noch so sehr, dass ich das Gefühl habe, es wäre vielleicht nicht das Schlechteste, den Mund zu halten.

»Ione«, sagt er. »Du hast deine Großtante besucht?«

»Aye.«

Onkel Atlas schaut mich an, und es ist das gleiche Gefühl wie bei der Alten Lady, nur mit der gewaltigen Masse der See darin, dem weiten Himmel und Schwärmen silberner Fische, die durchs Wasser flitzen. Ich mache ein beeindrucktes Gesicht, weil es Mächten dieses Kalibers immer gefällt, zu sehen, dass sie eine Wirkung haben.

»Wer ist das?«, fragt er.

»Abigail aus London. Macht hier Urlaub«, sagt Ione. »Das ist mein Onkel Atlas.«

»Freut mich, Sie kennenzulernen«, sage ich.

»Gleichfalls.« Und zu Ione: »Wie geht's ihr?«

»Gut«, sagt Ione. »Sie redet immer noch von der Queen, du weißt schon.«

Onkel Atlas' Lippen zucken, und er schaut von ihr zu mir. »Schön, wenn man ein Hobby hat. Und wohin seid ihr jetzt unterwegs?«

»Peterhead«, sagt sie. »Ich will Abigail den Dolphin zeigen.«

Onkel Atlas nickt. »Beste Adresse für Fisch. *Bon appétit.*«

Er dreht sich zum Haus um. Duncan hält ihm schon die Tür auf, bevor er sie überhaupt erreicht hat.

Als ich hinter Ione auf den Roller steige, spüre ich sie zittern. »Mann, war das knapp«, flüstert sie.

»Und jetzt?«

Sie holt tief Luft, lässt sie langsam entweichen und hört schließlich auf zu zittern. »Gibt's Fisch.«

Also fahren wir zu einem Lokal namens The Dolphin in Peterhead, wo es im Prinzip Fish and Chips gibt, wofür übrigens mal wieder ich bezahle. Ich beschließe, dass Peter mir definitiv meine Spesen ersetzen muss.

Aber eins muss ich sagen, es sind die besten Fish and Chips, die ich je gegessen hab.

»Der Fisch kommt ganz frisch vom Boot«, sagt Ione.

Dann düsen wir weiter nach Norden, bis das Land platt wie ein Pfannkuchen wird und die Straßen schmal und schnurgerade. Schließlich erreichen wir einen weißen Klotz von Haus auf einem niedrigen Hügel, zwischen Haus und Dünen liegt ein Parkplatz. Ich weiß, Bev und Peter waren vor ein paar Tagen mit den Zwillingen hier und haben nichts bemerkt, vielleicht hat Duncan-ja-nicht-Pontus uns also verarscht. Aber dann sehe ich den Wohnwagen.

Ansonsten stehen auf dem Parkplatz nur noch zwei klapprige Kombis, beide mit Dachgepäckträger.

»Windsurfer«, sagt Ione.

Wir lassen die Vespa am Straßenrand stehen und gehen auf den Wohnwagen zu. Er ist silbern und weiß mit abgerundeter Front und sieht modern, neu und teuer aus. Neben der Tür steht in metallenen Buchstaben der Schriftzug *Buccaneer*. Wir gehen einmal darum herum und spähen durch die getönten Fenster. Das Schlafzimmer-Ende ist sauber und ordentlich, das Bett gemacht, an Türklinken und Schrankgriffen hängen keine Klamotten, et cetera. Die Sitzecke am anderen Ende ist auch ziemlich ordentlich, aber der Tisch ist voller Bücher und Papierstapel. Es sieht aus wie im Studierzimmer im Folly, wenn ich recherchiert habe.

Von Schafschädeln oder Kerzen keine Spur.

Wir kommen wieder bei der Tür an. Ich lege die Hand auf die Klinke. Da ist ein schwaches Kribbeln, etwas wie Insektensummen und der Geruch nach abgestandenem Wasser – es reicht aus, dass ich schnell die Hand wegziehe. Und Ione ein Stück zurückzerre.

Sie fragt, was los ist.

»Kann sein, dass die Tür vermint ist.« Ich überlege, ob ich Peter anrufen soll, aber mit den Feds will ich Ione nur im äußersten Notfall in Kontakt bringen. Deshalb rufe ich Nightingale an, der zwar auch bei der Polizei ist, aber manches ein bisschen anders sieht als Peter. Die Mailbox geht dran, was nicht ungewöhnlich ist, wenn er arbeitet, zaubert oder vergessen hat, sein Handy wieder einzuschalten.

Wir schauen uns die Fenster noch mal genau an, aber sie sind alle verschlossen und verriegelt. Dann zeigt Ione durchs Frontfenster auf die Dachluke über dem Essplatz. »Kommt dir die auch unverriegelt vor?«

Das tut sie. Ione hebt mich hoch. Also, ich bin ja klein und war schon immer dünn. Aber sie packt mich einfach um die Taille, und rauf geht's. Hoch genug, dass ich aufs Dach klettern und mir die Dachluken anschauen kann. Es sind drei, und die vordere ist unverschlossen. Unter mir sehe ich die Bücher und die leere Kaffeetasse. Und einen Schreibblock mit Notizen.

Ich ziehe die Luke auf, aber sie lässt sich nur ein Stück weit öffnen, dann blockiert etwas – da ist eine Sperre. Ich taste nach innen, ob ich sie entsperren kann, da höre ich Ione fluchen. Sie rennt davon, dorthin, wo wir den Roller abgestellt haben.

Der nicht mehr da ist.

Sie bleibt stehen, schaut nach rechts und links und dann zu mir zurück. »Irgendein Arsch hat meine Vespa geklaut«, ruft sie. »Kannst du sie vielleicht noch sehen?«

Ich springe auf – keine gute Idee: Das Dach ist glatt, und der Wohnwagen schaukelt ein bisschen. Ich finde mein Gleichgewicht wieder und schaue mich um. Von hier oben kann ich hinter den Dünen gerade so das Meer und den Leuchtturm erkennen, kurz hab ich das Gefühl, dass in einem der oberen Leuchtturmfenster etwas aufblitzt. Hinter mir ist das eckige weiße Gebäude mit der Mauer drum herum. Aber von einem Arsch mit geklauter Vespa ist nichts zu sehen. Ich wende mich Ione zu, die immer noch flucht, und da entdecke ich mitten im Strandhafer hundert Meter weiter ein pinkes Funkeln.

Ich rufe laut und zeige darauf. Ione rennt los, um nachzuschauen.

Auf dem Dach des Leuchtturms glitzert die Sonne, es ist ganz still, und mich überkommt so ein gruseliges Gefühl. Ich drehe mich einmal um mich selbst, aber alles, was ich sehe, sind die Schatten der Wolken, die über die Landschaft flitzen.

Dann wird mir klar, was nicht stimmt.

Es sind keine Möwen da.

Die ganze Küste entlang waren ständig welche kreischend um uns herumgesegelt, aber jetzt ist weit und breit keine einzige zu sehen.

Ione ist an ihrem Roller angekommen und flucht wieder – weit entfernt und vom Wind verweht.

Und da ist noch ein anderes Geräusch. Ich will mich umdrehen, aber da knallt abrupt etwas Hartes von hinten gegen meinen Rücken und meine Beine, und ich werde vom Dach katapultiert. Ich habe dieses Zeitlupengefühl, das man kriegt, wenn man merkt, wie das Unvermeidliche passiert.

Nur falle ich nicht nach unten.

Weit entfernt höre ich Ione schreien.

Ich ahne, was los ist, und wünschte, es wäre nicht so.

Über mir höre ich ein bedächtiges Schlagen, wie Segel im Wind, und als ich nach dem Band greife, das sich mir um die Brust gelegt hat, ist es rau wie Rinde, aber warm wie Haut. Ich will nicht hinschauen, aber ich kann nicht anders – der ausgestreckte Hals wie bei einer Wildgans, der Kopf, die Kiefer, die Zähne. Der Geruch wie das Innere einer Handtasche, die in der Hitze gelegen hat.

Ein verdammter Wyvern.

Ich bin tot.

Ein bisschen Probleme hat er, Höhe zu gewinnen, bemerke ich, ohne es zu wollen.

Das letzte Mal, als wir es mit einem Wyvern zu tun hatten, waren wir uns alle einig: Die Mistviecher dürften eigentlich gar nicht fliegen können. Hohle Knochen und Wahnsinnsmetabolismus hin oder her, die Physik spricht gegen sie, und mit biologischen Tricks kann man nicht unendlich viel ausrichten.

Wir vermuten, dass sie sich teilweise mit Magie in der Luft halten, aber weiß der Geier, woher sie die nehmen.

Ich schaue nach unten. Großer Fehler.

Das Meer ist viel zu tief unten, wir sind höher als der Leuchtturm. Ich umklammere die Klaue, die mich festhält. *Lass mich bloß nicht fallen*. Den letzten Satz schreie ich vielleicht sogar.

Okay, denke ich. Wenn er mich hätte fressen wollen, wäre ich jetzt schon zerlegt. Vielleicht will er mich irgendwo hinbringen, hoffentlich nicht in ein Nest voller kleiner hungriger Mäuler. Aber selbst mit hungrigen Mäulern wär's unten besser als hier oben. Auf festem Grund kann ich mich wehren, ich hab die Magie, meine Fäuste, ich bin nicht auf den Kopf gefallen (Mist, nicht an fallen denken). Ich bin unerschrocken, jawoll, fragt meine Lehrer. Setz mich bloß ab, Freundchen, dann falte ich dich so was von zusammen, wirst schon sehen.

Gerade spüre ich wieder etwas Zuversicht – da ist das verdammte Viech plötzlich weg. Verschwindet einfach aus der Wirklichkeit, genau wie der melanistische Leopard, nur dass ich aus dieser Nähe die hereinrauschende Luft fühlen kann, die blitzschnell das Vakuum füllt.

Dann falle ich.

15
Wie Abigail echt heftig abstürzte

Ich hab einen Freund, Simon, der keine Angst kennt. Und das meine ich ganz buchstäblich, er hat einfach nie Angst – jedenfalls nicht um sich selbst. Um andere macht er sich schon Gedanken, natürlich.

Momentan ist er in Pakistan und besteigt den Nanga Parbat, was bedeutet, dass er sich ironischerweise sogar auf größerer Höhe befindet als ich im Moment, aber im Gegensatz zu mir hat er wahrscheinlich einen vernünftigen Plan, wie er da auch wieder runterkommt.

Nicht dass er sich darum Sorgen machen wird.

Als ich ihn fragte, warum gerade dieser Berg, sagte er, weil der wunderschön sei, und als ich fragte, warum er unbedingt raufsteigen wollte, sagte er, weil der Berg erstens schön sei und zweitens schwierig zu besteigen.

Also, mit einem Gehirn, das so tickt, berechnet man einfach immer nur die Wahrscheinlichkeit des Überlebens. Aber Simon ist nicht blöd, ihm ist klar, dass man vorbereitet sein muss. Deshalb hat er eine Liste, was man in verschiedenen Notsituationen machen muss. Wie zum Beispiel: Wenn ein Stier auf dich zukommt, geh ganz langsam rückwärts; wenn du einen Vampir triffst, schlag das Kreuzzeichen; wenn ein Werwolf kommt, erschieß ihn mit einer Silberkugel (was übrigens voll fies ist – Werwölfe können total lustig sein, wenn man sie näher kennt). Mit dem Stier hat er recht, aber bei einem Vampir sollte man einfach nur davonrennen, so schnell man kann, weil man keine Chance gegen ihn hat, außer vielleicht, man hat einen Flammenwerfer.

Auf der Liste wurde auch das Problem behandelt, was man macht, wenn man ohne Fallschirm aus einem Flugzeug fällt. Die Maßnahme ist: die Endgeschwindigkeit so niedrig wie möglich halten und versuchen, auf einem Abhang zu landen, je steiler, desto besser, und möglichst mit Büschen und Bäumen bestanden oder noch besser mit hohem Schnee bedeckt.

»Da war so ein Typ«, sagte Simon, »der sprang in fünftausend Metern Höhe ohne Fallschirm aus einem Bomber, kam zuerst auf ein paar kleinen Bäumen auf und dann auf einem verschneiten Hang, und dem ist nichts passiert, außer dass er sich den Knöchel verstaucht hat.«

Ich musste ihm dann erklären, wie all das die Verlangsamungsrate beeinflusst. Wie man so schön sagt, nicht das Fallen bringt einen um, sondern dass es plötzlich aufhört. Je länger das Abbremsen dauert, desto größer die Chance, dass man überlebt.

Deshalb ist gerade mein größtes Problem, dass ich auf eine weite, flache Wasseroberfläche zurase, ohne jeden Baum oder Schnee oder Abhang, und ab einer bestimmten Geschwindigkeit ist es egal, ob du auf Wasser triffst oder auf Beton.

Ein Mensch erreicht beim Fallen durchschnittlich eine Endgeschwindigkeit von 190 Stundenkilometern, und zwar nach etwa 12 Sekunden. Die gute Nachricht ist, dazu bin ich nicht hoch genug; die maximale Geschwindigkeit kann ich gar nicht erreichen, bevor ich aufkomme. Juhu.

Der Teil von mir, der nicht rechnet, schreit sich die Seele aus dem Leib.

Der größte Teil, ehrlich gesagt.

Aber ein bisschen was von mir schwebt in den gleichen coolen, sorglosen Sphären wie Simons Gehirn. Und das erinnert sich an einen Zauber, der mir vielleicht das Leben retten könnte. Er hat einen lateinischen Namen, aber unter normalen Zauberern heißt er immer schon *Federfall.* Peter findet den Namen blöd, weil man definitiv nicht fällt wie eine Feder. Aber man kann verhindern, dass man am Boden zerplatzt wie eine überreife Birne.

Mit viel Glück und dem richtigen Timing.

Der Zauber verdichtet die Luft unter einem, so dass man vor dem Aufprall abgebremst wird. Als Grundlage braucht er eine feste Oberfläche, man kann nicht ein Luftkissen im leeren Raum erschaffen. Und ohne physische Barriere, die die Pressluft zusammenhält, verfliegt der Effekt total schnell.

Die Natur scheut nicht nur das Vakuum, sie hat's generell gern, wenn alles schön ausgeglichen und ausgewogen ist.

Peter behauptet, er hätte mal einen Hubschrauber damit notgelandet, aber ich bin da skeptisch.

Egal, jedenfalls ist es einer der vier Notfallzauber, die jeder und jede Auszubildende lernen muss, darauf besteht Peter. Und ich war das Versuchskaninchen, mit dem er den Zauber verfeinert hat. Dazu fuhren wir die Themse rauf an die Kingston Bridge, Beverley kam als Bademeisterin mit. Ich brauchte dreißig Sprünge, um ihn richtig hinzukriegen, und noch mal dreißig, bis es jedes Mal gleich gut klappte. Wir haben die Ergebnisse mit einem Laserentfernungsmesser gemessen.

Der schreiende Teil meines Gehirns zetert, dass das nicht mal zehn Meter Höhe waren. Und ich nicht schneller als 26 Stundenkilometer gewesen sein kann. Und ich jetzt nie im Leben das richtige Timing hinkriegen werde.

Und ein tückischer kleiner Teil von mir, der in der Leere sitzt, in der früher mein Bruder war, flüstert mir zu, vielleicht sollte ich gar nicht, na ja, versuchen, zu … ach, wozu denn überhaupt …

Okay, der Zauber hat gewirkt, sonst könnte ich ja nicht davon erzählen, aber nicht ganz so, wie ich erwartet hatte.

Die Wellen stürzen auf mich zu, und mein Timing ist völlig daneben.

Zu spät, kreischt der nutzlose Teil meines Gehirns.

Ich spüre, wie die Luft gegen meine Arme und Beine, mein Gesicht drückt, aber zu spät, hier kommt der Tod.

Doch auf einmal ist im Wasser unter mir ein Loch, und in das falle ich hinein. Ich kann gerade noch die Arme vorm Gesicht verschränken, bevor ich unten aufkomme, was nur gut ist, denn ich bin immer noch so schnell, dass es sauweh tut.

Dann rauscht das Wasser zurück in das Loch und schlägt über mir zusammen, meine Ohren gehen zu, und der schreiende Teil meines Gehirns fängt wieder an, weil er jetzt glaubt, ich ertrinke. Aber ich hatte in der Schule Schwimmunterricht und habe das Schwimmabzeichen Stufe 3, da ging es darum, im Schlafanzug nicht zu ertrinken. Der Trick ist, man darf nicht in Panik geraten, die Orientierung verlieren und nach unten schwimmen. Man muss sich entspannen, nach oben treiben lassen und dabei die Schuhe und andere schwere Kleidungsstücke ausziehen.

Zuerst hab ich gar keine Gelegenheit, in Panik zu geraten – ich kriege einen Kälteschock. Die Kälte presst mich zusammen, und ich muss die Zähne zusammenbeißen, um nicht in einem Stoß auszuatmen. Magie zu wirken erfordert Selbstbeherrschung, ich glaub, das rettet mich, denn ich kann den Atem drin behalten, und plötzlich ist mein Gesicht über Wasser. Dann kriege ich doch ein bisschen Panik, als ich versuche, gleichzeitig das Gesicht über Wasser zu halten und meine Schuhe abzuschütteln. Ich schlucke Wasser, huste, atme ein, gehe unter, schlage um mich, komme wieder hoch – es läuft nicht gut. Mein rechter Turnschuh weigert sich abzugehen, und meine Jeans zerren an meinen Beinen.

Strampeln, hochkommen, Atemzug, der Schuh geht endlich ab und die Socke gleich mit. Ich knöpfe die Jeans auf. Meine Finger sind taub und eiskalt, und eine Welle klatscht über mir zusammen. Man soll die Beine in die Waagerechte bekommen und sich treiben lassen. Aber meine Beine sind zu schwer, und als ich es versuche, kriege ich einen Schwall Wasser übers Gesicht. Ich sinke rücklings nach unten. Durch die wogende Oberfläche sehe ich den blauen Himmel, es ist so unfair, da überlebe ich einen Sturz aus tödlicher Höhe, und jetzt ertrinke ich, nur weil ich die verdammten Jeans nicht runterkriege.

Ich rudere mit den Armen, aber die Oberfläche ist einfach zu weit entfernt. Irgendein fieser Riese drückt mir den Brustkorb zusammen. Mein Körper versagt, als ob er mir noch schnell vorführen will, wie es Paul in seinen letzten Jahren ging, bevor ich ihm dorthin folge, wo auch immer er hingegangen ist.

Und die kleine böse Stimme flüstert: *Hättest du mal stärker nach einer Heilmethode gesucht. Geschieht dir recht.*

Da höre ich jemanden meinen Namen rufen, und vor dem zuckenden Himmel taucht ein Gesicht auf. Arme umschlingen mich, Wasser strudelt an mir entlang, und dann bade ich in Sonnenlicht, atme Luft, und das Gesicht und die Arme gehören Ione.

»Alles okay?«, fragt sie. Ich kann nur nicken und keuchen und denken, wie ist sie schön.

Mein Gehirn fängt wieder an zu arbeiten, und ich bemerke, dass sie auf dem Rücken schwimmt und mich über der Oberfläche hält. Wir sind ein ganzes Stück weiter draußen als der Leuchtturm, der Strand ist nicht mehr zu sehen, die

Dünen sind eine grüne Schliere am Horizont. Ione ist oben ohne, was nur vernünftig ist, wenn man rausschwimmt, um jemanden zu retten. Aber so weit? Ich lege die Arme um sie, und sie zieht mich an sich. An meine Beine schmiegt sich etwas, was sich nicht nach Beinen anfühlt. Zuerst denk ich, sie trägt einen langen Rock, was mir extrem komisch vorkommt. Aber nicht so komisch wie das, was ich spüre, als ich nach ihrem Schenkel taste.

Schuppen.

Ich komme ja nicht oft mit frischem Fisch in Berührung, deshalb weiß ich nicht genau, ob sich Fischschuppen so anfühlen. Aber es ist definitiv nicht menschliche Haut. Es bewegt sich unter meinen Beinen hin und her, und wir schießen auf den Strand zu, als wäre ein Außenbordmotor an ihren Po angeschlossen. Zur Sicherheit taste ich noch mal danach, es fühlt sich an wie metallene Schuppen, nur weich und warm. Und darunter ist verdammt viel Muskel.

»Lass das«, sagt Ione. »Das kitzelt.«

»Ich glaub's nicht. Du bist eine Meerjungfrau.«

Sie lacht. »Wie hast du denn das erraten?«

Sie schwimmt immer noch auf dem Rücken, damit mein Kopf über Wasser bleibt. Ich recke den Hals, um zum Himmel aufzuschauen, weil es ja sein könnte, dass dieses Mistviech von Wyvern auf ein Comeback aus ist. Ich sehe nichts, aber das letzte Mal hab ich es auch nicht gesehen.

»Wie schnell kannst du schwimmen?«, frage ich.

»Wie lange kannst du den Atem anhalten?«

»Eine Minute vielleicht.«

»Dann halt dich gut fest.«

Ich schlinge ihr die Beine um die Hüften und die Arme um den Nacken. Sie legt mir die Arme um die Taille und drückt mich an sich. »Tief Luft holen«, sagt sie.

Ich hole Luft, sie wirft sich herum, und wir sind unter

Wasser. Eiskalt strudelt es mir übers Gesicht und zerrt an meinem T-Shirt, Iones muskulöser Fischschwanz pulsiert zwischen meinen Beinen. Genau wie das Pferd, nur dass ich das Pferd nicht so dringend küssen wollte wie Ione jetzt.

Ist das bei Bev und Peter auch so?

Der Schwanz vollführt einen mächtigen Schlag, und wir durchbrechen die Oberfläche und fliegen in einem Bogen durch die Luft wie ein Delphin. Sonnenlicht, Gischt, ein Atemzug, und Ione dreht sich so, dass sie das meiste abbekommt, als wir auf dem Wasser auftreffen.

Wieder tauchen wir auf, und diesmal bin ich vorbereitet und kann tiefer Atem holen. Die Augen kneife ich halb zusammen, um unter Wasser etwas zu erkennen. Daher sehe ich schon den Boden unter uns ansteigen, bevor Ione noch einmal Schwung holt und wir mit einer Brandungswelle auf den Strand gleiten.

Wir liegen in der Brandung, küssen uns, nasser Sand reibt sich in unsere Körperfalten. Ione lässt zu, dass ich sie vom nackten Hals bis zum Nabel hinunter küsse, und dann küsse ich weiter bis zum Ansatz des Fischschwanzes. Zwischen Haut und Schuppen ist eine Art Naht, ein silberner Wulst, der sich über die Hüften zieht, in der Mitte ein bisschen abgesenkt. Als hätte sie so einen falschen Meerjungfrauen-Schwimmflossenschwanz an … nur ist zwischen ihren Beinen keine Vertiefung zu spüren. Es ist ein einziger solider Muskel.

Ich fahre mit der Zunge an der Naht entlang, bohre mit der Zungenspitze, ob da eine Lücke ist, und sie keucht auf, ihre Bauchmuskeln zucken. Ich frage mich, ob sie da auch so empfindlich ist, wenn sie den Schwanz nicht trägt, und lasse die Zungenspitze über die Schuppen abwärtsgleiten. »Wie fühlt sich das an?«

»Du hast da kein Problem mit?«, sagt sie wie aus weiter Ferne.

»Ich küsse nicht jede Meerjungfrau, die mir über den Weg läuft«, sage ich und küsse mich wieder nach oben. Nabel, linke Brustwarze, rechte Brustwarze, Hals – Lippen.

»Wie funktioniert das?«, frage ich dann.

Sie legt eine Hand auf die Naht an der Hüfte. Dann zögert sie. »Normalerweise mache ich das nicht, wenn jemand zuschaut.«

Ich sage nichts, weil ich voll Angst habe, das Falsche zu sagen.

Sie greift mit der Hand an die Naht und zieht. Der Fischschwanz öffnet sich, darin sind ihre nackten Beine. Es geht so schnell, dass mir die Augen tränen – wo gerade noch eine Fischflosse war, sind jetzt Beine, und die Schuppenhaut ist zu einem silbrig schimmernden Schal geworden. Ione hebt den Po, zieht den Schal darunter hervor, und ehrlich, er kann unmöglich groß genug sein, um ihre Beine bis ganz unten zu bedecken.

Sie rollt ihn zusammen wie ein Strandtuch.

»Wie …?«, frage ich.

»Mein Geheimnis. Hat mir meine Granny vermacht.«

Ich streiche an ihrem Oberschenkel entlang, weil ich wissen will, ob er sich anders anfühlt als meiner, aber eine Welle überrollt uns und erinnert mich daran, dass das Wasser eiskalt ist.

»Können wir irgendwohin gehen?«, frage ich.

»Bist du immer so zudringlich?«

»Nein.« Ich kann mich gerade noch davon abhalten, was Blödes zu sagen. »Können wir trotzdem irgendwohin gehen?«

Wieder trifft uns eine Welle, und wir stehen auf und wandern Hand in Hand den Strand hinauf.

»Wohin zum Beispiel?«, fragt sie.

Mein Herz schlägt höher. »Mein Zelt?«

Wir gehen dorthin, wo Ione ihre Tasche in einer Mulde zwischen den Dünen gelassen hat. Ihre Kleider sind unordentlich daraufgehäuft, und sie muss erst mal den Sand ausschütteln. Ich frage sie, ob ihr Handy noch funktioniert, und als sie ja sagt, leihe ich es mir aus, um Peter anzurufen.

Als Magiepraktizierende weiß man, dass man Telefonnummern besser auswendig können sollte.

Ich erzähl ihm von dem Wohnwagen und dem Wyvern, nur den Sturz aufs Meer lass ich aus. Simon werd ich davon erzählen, wenn er aus Pakistan zurückkommt, aber Peter und Nightingale – nie und nimmer. Was man nicht weiß und so weiter.

Peter wird ein paar Leute vorbeischicken, die hier alles absperren, deshalb sage ich Ione, wenn wir nicht mit abgesperrt werden wollen, sollten wir uns schnell verdrücken.

»Geht nicht.« Sie zeigt auf die Vespa. Sie hat einige Dellen, und der Vorderreifen ist platt.

Ich leihe mir noch mal ihr Handy und rufe Bev an. Ich bitte sie, auch einen Anhänger mitzubringen, auf den wir die Vespa laden können, dann warten wir. Die Sonne scheint immer noch, eigentlich ist es warm, aber wegen des Winds ziehen wir uns zwischen die Dünen zurück. Ich fange an zu zittern, und Ione legt die Arme um mich.

Beverley kommt vor den Feds – eine Sorge weniger.

»Hallo«, sagt sie und mustert Ione von oben bis unten. »Du musst Ione sein.«

»Ja, Ma'am.« Und dann leise zu mir: »Soll ich einen Knicks machen?«

Das ist ein Witz, denke ich. Also, hoffe ich.

»Die Formalitäten sind nicht nötig«, sagt Bev. »Du kannst mich Bev nennen.«

Von einer Werkstatt in der Nähe von Brians Haus hat sie

sich einen Motorradanhänger ausgeliehen. Auf dem Rückweg werden wir den Roller dort abgeben.

»Was ist damit passiert?«, fragt Bev, als sie die Dellen sieht.

Ich glaube, der Wyvern hat ihn sich geschnappt und dann fallen lassen, aber Bev sage ich, dass wir es nicht gesehen haben. Was ja auch die Wahrheit ist. Bev ist Wissenschaftlerin, man gibt ihr besser keine falschen Informationen.

Ich steige mit Ione hinten in den Asbo, so dass wir ungesehen Händchen halten können.

Beverley ruft Peter an und sagt ihm, dass sie mich abgeholt hat.

Dann dreht sie sich zu uns um und sieht unsere Hände. Sie schaut Ione an und kneift die Augen zusammen. »Hast du sie gerettet?«

»Ja«, sagt Ione.

»Hast du es ihr gezeigt?«

»Ja«, sage ich, weil Ione rot wird.

»Woher wissen Sie …?«, fragt Ione.

»Ich kann das Meer riechen. Und ich kenne die alten Lieder. Auch wenn du für mich bis jetzt nicht mehr als Hörensagen warst.«

»Können wir vielleicht losfahren?«, frage ich. »Ich hätte gern trockene Klamotten.«

Bev nickt, lässt den Motor an, und als wir anrollen, fängt sie an, *Summer Nights* zu singen, das ich nur kenne, weil meine Mum mit sieben in John Travolta verschossen war und es manchmal im Badezimmer geschmettert hat.

»Bev«, flehe ich, aber sie macht die ganze verdammte Fahrt zurück nach Mintlaw auf peinliche ältere Schwester.

Indigo wartet schon im Hinterhalt und wirft sich in meine Arme, kaum dass ich aus dem Asbo gestiegen bin.

»Du bist noch am Leben«, sagt sie und schmiegt die Schnauze in meine Halsbeuge. »Warum bist du nass?«

»Ich war schwimmen«, sage ich.

Indigo windet sich in meinen Armen, noch zappliger als gewöhnlich. »Ich hab mir Sorgen gemacht.« Ich schwöre, sie klingt ein bisschen schuldbewusst.

Ione hält sich die Hand über den Mund, um ihr Lächeln zu verbergen.

»Ich muss mich umziehen«, sage ich und mache einen wankenden Schritt auf mein Zelt zu. Dabei frage ich mich, wie ich Indigo loswerde, da ruft Beverley sie beim Namen.

»Ich hätte da eine Belohnung für dich.«

Sofort dreht sich Indigo zu ihr um. »Was für eine Belohnung?«

»Das ist geheim«, sagt Bev.

Indigo springt auf den Boden und trabt zu ihr. »Geheimstufe?«

»Rot.« Beverley zwinkert mir zu.

Ich packe Ione und ziehe sie zu meinem Zelt.

»Och, dieser Fuchs ist in dich verknallt, weißt du das«, sagt Ione.

Ich bin so hibbelig, dass ich den Reißverschluss der Zeltklappe kaum aufbekomme. Ich krabble hinein und fühle mich ungeschickt und blöd.

»Sie wird mir nicht einen Schuh klauen oder so, oder?«, überlegt Ione, verstummt dann und schaut mich an, wahrscheinlich, weil ich zittere.

»Hey.« Sie nimmt meine Hand. »Alles ist gut, du bist in Sicherheit.«

Bin ich das? Ich fühle mich nicht so, sondern wie eine dumme blonde Tussi, die die Kellertreppe runtergeht, obwohl das Licht plötzlich nicht mehr funktioniert. Ich fühle mich klein und jämmerlich und nutzlos.

»Ich will nicht …«, sage ich und kann den Satz nicht zu Ende bringen.

Ione zieht den Reißverschluss zu und beugt sich zu mir, damit sie flüstern kann. »Wovor hast du Angst?«

»Ich weiß nicht.«

»Soll ich dir sagen, wovor ich Angst habe?«

Ich nicke.

»Ich habe Angst«, sagt sie, »dass ich, wenn ich noch mehr Zeit mit dir verbringe, nie mehr jemand anderen will. Und dass ich, wenn du zurück nach London gehst, hier auf einem Felsen sitzen und den Seeleuten traurige Lieder vorsingen werde.«

Ich kichere albern wie ein Schulmädchen in einem Anime. »Traurige Lieder?«

»Ich könnte dir ein Lied singen, das dir das Herz zerspringen lässt«, sagt sie und zieht mich sanft näher an sich heran.

»Sing mir ein Lied«, sage ich.

Und da singt sie, ganz leise, damit nur ich es höre. Den Text verstehe ich nicht, es klingt schwedisch oder dänisch. Und die Melodie ist so traurig und voller Sehnsucht, dass mir die Tränen übers Gesicht laufen, und ich hasse es, dass ich weine, aber es ist, als wäre ein Damm gebrochen. Ich zittere immer noch. Ich will, dass sie aufhört, aber ich kann keine Sätze, nicht mal mehr Worte oder auch nur Laute formen.

Sie hört auf zu singen. Auf ihren Wangen glitzern Tränen.

Ich küsse sie, und sie erwidert den Kuss. Dann hilft sie mir aus meinen nassen Kleidern.

Als ich aufwache, ist es immer noch nicht ganz dunkel, aber ich spüre, dass die Erde sich von der Sonne abgewandt hat. Das ist okay, denn in mir ist Wärme und Glück, und ich liege neben einer Meerjungfrau. Sie hat mir ein Lied gesungen, und jetzt teile ich meinen nicht zugezogenen Schlafsack mit diesem Mädchen, das durchs Wasser schießt wie ein Delphin. Da fällt mir ein, war ihre Schwanzflosse waagerecht wie bei Meeressäugern oder senkrecht wie bei Fischen? Ione dreht sich so, dass sie mich anschauen kann, und als ihre Beine sich im Schlafsack bewegen, fallen mir all meine Fragen wieder ein.

»Wo kommt das Mehr an Masse her?«, frage ich.

Ione nimmt den Kopf etwas zurück und starrt mich an. »Was?«

»Dein Schwanz, ja?«

Sie versteift sich. »Was ist damit?«

»Der ist toll, aber als ich ihn angefasst hab – das fühlte sich an wie purer Muskel.«

»Ich halte mich eben fit.« Sie legt den Arm über mich und streichelt meinen Rücken. Aber ich lasse mich nicht ablenken, denn das wird mir keine Ruhe lassen, bis ich Antworten kriege.

»Die Sache ist die«, sage ich, »ich schätze, dein Schwanz hat ein Volumen von mindestens 0,09 Kubikmeter.«

»Hast du das gerade eben im Kopf ausgerechnet?«

»Ich hab mal angenommen, es ist ein Kegelstumpf mit größtem Durchmesser von zwanzig Zentimetern und einer Länge von etwa siebzig Zentimetern, der sich auf neun Zentimeter Durchmesser verjüngt. Die … wie nennt man die Flosse am Ende?«

»Kommt drauf an. Manche sagen Flosse, manche Fluke. Aber darüber reden wir eigentlich nicht.«

»Wenn du willst, hör ich auf«, sage ich, weil man mich mein Leben lang ermahnt hat, die Grenzen anderer Leute zu respektieren. Was leichter wäre, wenn die Leute selber wüssten, wo ihre Grenzen eigentlich sind.

Ione schüttelt den Kopf. »Jetzt will ich wissen, worauf du hinauswillst.«

»Deine Körpermitte ist eigentlich eher ein Oval, aber damit lässt sich schwerer rechnen, und es ist auch egal. Die durchschnittliche Dichte des menschlichen Körpers liegt bei 945 Kilogramm pro Kubikmeter. Der Schwanz hätte also eine Masse von ungefähr 47 Kilogramm, das ist schätzungsweise doppelt so viel wie deine Beine.«

Ione zieht eine Grimasse. »Das glaube ich dir jetzt einfach mal.«

»Also, wo kommt die Extramasse in deinem Schwanz her?«

»Keine Ahnung.«

»Nein?«

»Wie gesagt. Darüber wird nicht geredet«, sagt sie. »Wir sind einfach so.« Sie lächelt, und ihre Hand schmiegt sich um meinen Po, sie zieht mich an sich, so dass ich ihre Beine an meinen spüre, dann schiebt sie eines zwischen meine.

»Was ist dir denn lieber? Beine oder Schwanz?«

»Beides«, sage ich, und wir küssen uns.

Dann habe ich eine Idee. »Wasser.«

»Was?«, fragt Ione.

»Du legst dir deinen magischen Schal um die Hüften, oder?«

»Ja.«

»Und so kriegst du den Fischschwanz – ja?«

»Ja.«

»Kannst du das auch auf dem trockenen Land?«

»Den Schal um die Hüften legen?«

»Ja.«

»Schon. Aber die Magie wirkt nur im Meer.«

»Hast du es schon mal in der Badewanne probiert? Oder in einem Swimmingpool?«

»Nein und nein«, sagt sie, und ich hab Angst, dass ich sie langsam doch verärgere, deshalb rudere ich zurück. »Hab mich nur gefragt.«

Sie schaut mich lange an. »Was geht dir durch den Kopf?«

»Das Wasser«, sage ich. »Ich glaube, die Extramasse könnte aus Wasser bestehen.«

»Da liege ich splitternackt und bezaubernd als lebendes Mysterium der See mit dir im Bett, und du denkst über so was nach?«

»Das *ist* mysteriös«, sage ich.

Wasser ist großartig, Wasser ist schwer, Wasser ist dicht, und wenn man die richtigen *Formae* kennt, kann man es formen und tanzen lassen. Und theoretisch sogar Metall damit schneiden – ich hab bisher allerdings nur einen Porenbetonstein durchbekommen.

Wir küssen uns wieder, aber dann knurrt Iones Magen so laut, dass auch meiner einstimmt. Wir ziehen uns an, treten in den langen Abend hinaus, um was zu essen zu suchen, und treffen auf Bev und Peter, die sich streiten.

16
Dyce

Wir hatten ihm die komplette schottische Version seiner Rechte vorgebetet, James Albright wusste also eindeutig, dass er das Recht auf einen Anwalt hatte und berechtigt war zu schweigen, nur bat er nicht um einen Anwalt und schien nicht imstande, den Mund zu halten. Bei einer kurzen Kaffeepause hatten Blinschell und ich ihn vom Observationsraum aus beobachtet. Der Uniformierte, der ihn beaufsichtigte, hatte die strikte Anweisung, keinen Ton zu sagen. Aber die mangelnde Resonanz bremste Mr. Albright kein bisschen.

»Man spürt es einfach, oder?«, fragte er und schwenkte weit ausholend den Arm. »All die Gefühle, die in diese Wände eingesickert sind. Orte wie der hier sind mein Lebenselixier. Bis ich nach Schottland kam, wusste ich gar nicht, was historisch wirklich bedeutet.«

Er sprach Schottland so aus, als wären es zwei Worte: Schott-Land.

Wir entschieden, dass ich den ersten Versuch machen sollte.

»Ah, und da kommt Eng-Land«, sagte er, als ich eintrat. »Genau aufs Stichwort.«

»Pünktlichkeit ist die Höflichkeit der Könige«, sagte ich.

James Albright deutete auf einen Stuhl. »Nehmt denn Platz, Majestät. Haben Sie das amerikanische Konsulat schon kontaktiert?«

»Ist in der Mache«, sagte ich, was nicht ganz gelogen war. »Und wir haben beim FBI angerufen.«

»Warum denn das, bitte?«

»Weil die ganz gern wissen, was ihre Magier so treiben«, sagte ich, nur um seine Reaktion zu sehen.

Er schnaubte und schüttelte den Kopf. »Das FBI. In das würde ich kein Vertrauen setzen – jetzt erst recht nicht, wo die große Orange an der Macht ist.«

»Sie sind kein Anhänger von Präsident Trump?«

Albright war tatsächlich einen Augenblick lang still, schielte zu dem digitalen Aufnahmegerät hinter mir und dann zu der Überwachungskamera an der Wand. »Er hat durchaus seine Vorzüge«, sagte er vorsichtig. »Und er wird Amerika wieder groß machen. Wenn auch vielleicht nicht so, wie er es sich vorstellt.«

Damit konnte sich unser amerikanischer Kontakt befassen, beschloss ich.

Jetzt kam Blinschell herein und identifizierte sich für die Aufnahme. Albright musterte ihn mit derselben kühlen Geringschätzung wie mich.

»So, was führt Sie denn ins schöne Aberdeenshire?«, fragte Blinschell. Er machte auf fröhlicher Ortspolizist, weil Amerikaner seiner Erfahrung nach unfehlbar auf den schottischen Akzent abfuhren.

»Jagen und Fischen«, sagte Albright.

»Ach ja?«, sagte ich. »Was haben Sie denn gejagt?«

»Sie meinen: womit habe ich gejagt?«

Wie erpicht darauf er war, raushängen zu lassen, was er war, damit wir beeindruckt waren.

»Okay, womit haben Sie gejagt?«, fragte Blinschell beiläufig.

»Jagen war vielleicht etwas übertrieben«, sagte Albright. »Es ist eher wie Falknerei. Sie wissen, was Falknerei ist, oder?«

»Das, wo man einen komischen Hut trägt und Vögel dazu bringt, einem auf den Kopf zu wichsen?«, sagte Blinschell, woraufhin es einen Moment lang sowohl Albright als auch mir die Sprache verschlug.

»Nein«, sagte Albright dann in einem Ton, der andeutete, dass das mit dem Vogelwichshut ihn ein bisschen ärgerte. »Das ist, wenn man Greifvögel dazu abrichtet, auf Kommando Beute zu schlagen.«

Ein wütender Verdächtiger kann seine Vorteile haben, aber bei einer Befragung ist genervt und ungeduldig besser. Ich wollte ihn fragen, ob er sich für so was wie Chris Pratt in *Jurassic World* hielt, doch bevor ich den Mund aufmachen konnte, redete er schon weiter.

Was eigentlich schade war, ich habe so selten Gelegenheit, meine breit gefächerte Bildung in meinen Job einzubringen.

»Ich habe mystische Kreaturen beschworen, die meine Befehle ausführen«, sagte er mit einem triumphierenden Grinsen.

Wir taten einen Moment lang beeindruckt, damit er weiterredete. Aber um ihn noch ein bisschen zu ärgern, fragte ich absichtlich nicht nach, was er mit »Kreaturen beschwören« meinte.

»Sie sagten jagen«, sagte ich stattdessen. »Was haben Sie denn gejagt?«

Albright bedachte mich mit einem strafenden Blick, weil ich ein so unkooperativer Zuhörer war. »Hauptsächlich Fische. Und Hasen, Füchse, Ungeziefer.«

»Haben Sie eine Genehmigung eingeholt, bevor Sie diese Kreaturen beschworen haben?«

»Ich war mir nicht bewusst, dass das nötig ist«, sagte er. »Gibt's eine Website, wo ich mich hätte anmelden müssen? Eine App?«

Noch nicht, dachte ich und machte mir eine Notiz in meinem Büchlein.

»Also, diese mistigen Kreaturen ...«, sagte Blinschell.

»Mystisch.«

»Sorry, mystische Kreaturen. Soll das heißen, die sind magisch?«

Wir hofften, dass Albright noch nicht kapiert hatte, dass wir die Magiepolizei waren, obwohl ich auf dem Dach ein bisschen übermütig geworden war. Man hatte mich schon öfter ermahnt, mich etwas zurückzuhalten, aber man muss doch auch bei der Arbeit ab und zu ein bisschen Spaß haben dürfen.

»Ist das nicht der Grund, warum ich hier bin?«

»Nein«, sagte ich. »Wir haben Sie in Gewahrsam genommen, weil Sie mit Ihrem Verhalten ziemlich sicher die öffentliche Sicherheit gefährdet haben – nämlich, indem Sie auf dem Dach eines Hochhauses herumgehampelt sind. Außerdem gibt es womöglich eine Anzeige wegen Vandalismus, aber dazu müssen wir noch die Stadt hören.«

»Die Stadt?«

»Der gehört der Wohnblock«, sagte Blinschell.

»Haben Sie wirklich keine Vorstellung von der Art meiner Tätigkeit?«, fragte Albright.

»Mystische Kreaturen beschwören«, sagte ich, und Blinschell und ich tauschten ein spöttisches Grinsen.

»Mit Magie«, sagte Blinschell und wedelte mit den Händen wie ein Bühnenzauberer.

Und das war zu viel für Albright – genau wie erhofft.

»Ja!«, sagte er und beugte sich über den Tisch vor. »Mit Magie.«

»Magie ist nicht real, Mr. Albright«. sagte ich.

Albright lehnte sich wieder zurück, hob mit einem angespannten Lächeln die Hand und beschwor eine Kugel aus

Elektrizität. Genauer gesagt war es eine Hohlkugel von der Größe einer Honigmelone, sie bestand aus knisternden blauen Flackerlinien wie Blitze in Comics.

Ich spürte die *Formae*, es war ein Zauber mindestens dritter Ordnung, und ich kannte ihn nicht. Er brachte einen Geruch nach Ozon und abgestandenem Wasser und ein Gefühl von unsichtbaren Wesen, die unter der Oberfläche gleiten.

»Magie ist real«, sagte er und zögerte dann. Irgendetwas musste mich verraten haben, denn er sah mich scharf an und beendete den Zauber. »Ich verstehe.« Er verschränkte die Arme vor der Brust. »Sehr schlau.«

Jetzt roch es nach verbranntem Plastik, und ich sah mich um.

Das Aufnahmegerät brannte.

»Och dreimal verfluchter Schiet«, sagte Blinschell.

Wir verschoben die Befragung. Blinschell buchte uns in einen anderen Raum ein und informierte den Diensthabenden, dass der Recorder unerklärlicherweise Feuer gefangen hatte – »muss ein Kurzschluss oder so gewesen sein«. Währenddessen sah ich nach der Überwachungskamera; immerhin die hatte Albrights Zaubervorführung überstanden. Und dann rief ich in den USA an.

Nach dem üblichen Klicken und Sirren ging mein Anruf durch.

»Reynolds«, meldete sich Kimberley. »Bist du das, Peter?« Der Hintergrund hörte sich sehr nach Autofahrt an.

»Ja. Sorry, ich dachte, du sitzt an deinem Schreibtisch.«

»Ich bin in Kalifornien, Ermittlung in einer Bankraubserie.«

»Was, die haben dich aus dem Keller rausgelassen?« Der Keller war die FBI-eigene Abteilung für abstrusen Scheiß.

Soweit eine Agentin mit einer Bürokraft und bedarfsweisem Zugriff auf einen Analysten der Luftunterstützung als Abteilung gelten konnte.

»Die Bankraube sind ein bisschen speziell«, sagte sie. »Die Tresore waren leer, ohne dass die Türen geöffnet wurden.«

»Nett.« Ich bat darum, mir die Details zu erzählen, wenn sie den Fall abgeschlossen hatte. »Hast du meine Mail bekommen?«

»Wir haben uns James Albright näher angeschaut. Ich schicke dir die Ergebnisse, sobald ich an einem sicheren Computer sitze. Aber ich kann dir schon mal sagen, Professor ist er nicht, auch wenn er ein Diplom des Light of the World Bible College in San Diego hat.«

Ich meinte, mir wäre Albright nicht sonderlich religiös vorgekommen, und Kimberley sagte, die Analyse hätte mit neunzigprozentiger Sicherheit ergeben, dass das College zwar einst der Ausbildung evangelikaler Missionare gedient hatte, inzwischen aber nichts Theologisches mehr lehrte. »Jedenfalls nicht im klassischen Sinn.«

Ich fragte, was denn jetzt stattdessen gelehrt wurde.

»Da solltest du vielleicht deinen Gast fragen.«

Inzwischen war es schon ziemlich spät, und der Diensthabende bestand darauf, dass der Verhaftete etwas zu essen bekam. Keine Ahnung, was Albright von den Penne bolognese aus der Mikrowelle hielt. Blinschell und ich ließen unsere Autorität spielen und schickten eine DC in die Kantine, die uns große flaumige Brötchen mit Lorne Sausage, Ketchup und viel Fett brachte. Nach der Stärkung setzten wir uns wieder mit Albright zusammen, zur Exklusivvorführung von *Die Vernehmung II: Das Imperium schlägt hoffentlich zurück.*

»Mr. Albright«, sagte ich, nachdem wir uns dem neuen Recorder vorgestellt hatten. »Haben Sie in der Umgebung der

Esplanade in Aberdeen schon einmal eine außerdimensionale Seemöwe beschworen?«

»Und wenn?«, fragte Albright. Die Penne bolognese schienen seinen Geschmack getroffen zu haben, er wirkte jetzt deutlich entspannter. »Ist das eine Straftat?«

Gute Frage. Das fiel vermutlich unter Haltung eines gefährlichen importierten Raubtiers, das heißt, er war für dieses verantwortlich und somit haftbar für alle durch es angerichteten Schäden.

»Sie vergessen, dass Sie in Schott-Land sind«, sagte ich. »Hier gelten andere Regeln.«

»Warum wollen Sie das wissen?«, fragte er.

Ach, du willst es mir doch erzählen, dachte ich. Praktizierende neigen zur Eitelkeit – selbst Nightingale war sich nicht zu schade für ein bisschen Theatralik, wenn er einen besonders coolen Zauber wirkte. »Ich kenne mich mit dieser Technik nicht aus.«

»Mit Beschwörung, meinen Sie?« Und weil er Amerikaner war, fügte er hinzu: »Ist hier nicht die Heimat der Newton'schen Revolution? So nennt man es doch, oder? Ich dachte, ihr Burschen wisst alles.«

Es ärgerte mich, wie er »Burschen« sagte, deshalb kam ich gleich zum Punkt. »Ich habe schon Geister und *Genii locorum* gerufen«, sagte ich (auch wenn Letzteres in der Regel so ablief, dass ich zum Telefon griff und sie bat, mir einen Gefallen zu tun). »Tiere weniger, vor allem keine, die nicht bei uns heimisch sind.«

»Tja, in Louisiana macht man vieles ein wenig anders.«

»Zum Beispiel?«

»Zum Beispiel die Sippe Beschwören.«

»Die Sippe?«

»So nannte es mein Meister. Er bezeichnete sich gern als Cajun, aber ich glaube, er war eher aus Denver oder so.«

»Tatsächlich? Wie hieß er denn?«

Albright schüttelte den Kopf. »Ha, das hätten Sie wohl gern.«

So läuft eine Vernehmung. Selbst die Nicht-Antworten verraten einem etwas. Louisiana, Denver, ein Meister. Alles Informationen, die ich über den Atlantik zu Special Agent Kimberley Reynolds schicken konnte, die zweifellos gerade viel zu sehr mit dem Hopsnehmen von magischen Bankräubern beschäftigt war, um irgendwas davon zu lesen. Aber ich war mir sicher, wenn sie wieder Luft hatte, würde ihr die Lektüre großen Spaß machen.

Meine geografischen Kenntnisse von Amerika sind etwas vage, aber selbst ich wusste, dass San Diego in Kalifornien liegt, von Louisiana aus nicht gerade ein Katzensprung. Die Frage war also, kamen Albrights Beschwörungstechniken komplett aus dem Light of the World Bible College, oder hatten sie an den Ufern des Mississippi ihren Anfang genommen? Kimberley hatte bereits ein halbes Dutzend verschiedener magischer Gesellschaften entdeckt, die im Kerngebiet der USA tätig waren – nicht mitgezählt all die Traditionen der Native Americans, von denen sie vermutete, dass sie gezwungenermaßen nur in den Reservaten ausgeübt wurden.

Jetzt hatten wir *Dämlicher Polizist* und *Ahnungsloser Polizist* durch. Aber wenn's an die Details geht, ist *Unerbittlich pedantischer Polizist* immer noch ungeschlagen – das große Ass im Ärmel des vernehmenden Beamten.

»Was meinen Sie damit, wenn Sie diese beschworenen Wesen als ›Sippe‹ bezeichnen?«

»Na ja, Sippe eben«, sagte Albright. »Das sind Leute, mit denen man irgendwie verwandt ist. Die Verwandtschaft ist hier allerdings eher metaphysisch als biologisch. Mir wurde beigebracht, dass es auf beiden Seiten der Schleier, die zwischen den Welten liegen, Entsprechungen gibt.« Er machte eine seltsam flatternde Geste mit einer Hand und zeigte dann auf mich. »Sie können auf blöder Bulle machen, so viel Sie wollen, Sie haben schon hinter den Schleier geschaut, das sehe ich in Ihren Augen. Also, lassen wir doch den Bullshit. Was wollen Sie?«

Und weil Albright so auf mich fixiert war, stellte Blinschell die nächste Frage. »Was machen Sie für FPXPLORE?«

Albright stutzte – dass wir das wussten, hatte er offensichtlich nicht erwartet, trotz des Range Rover. Das sagt schon alles über kriminelle Amateure.

»Flexplore?«, fragte er, um Zeit zu schinden. »Was soll das sein?«

»Die Firma, die Ihren Range Rover geleast hat«, sagte Blinschell.

»Ach, Sie meinen Eff-Pee-Explore? Sorry, manchmal hab ich Probleme mit diesem Scotch-Akzent.«

Das ist so eine Falle, in die man bei Vernehmungen nicht tappen darf: sich von seinen Vorurteilen dazu verleiten lassen, das Gegenüber zu unterschätzen. Dieser Mann spielte den einfältigen amerikanischen Touristen, teils zum Spaß, teils, um uns zu Fehlern zu verleiten. Aber vor allem deshalb, damit wir nicht erkannten, wie schlau er wirklich war.

»Sie meinen den schottischen Akzent?«, erwiderte Blinschell milde.

»Oh, ja, natürlich«, sagte er.

»Das Fahrzeug ist fünfzigtausend Pfund wert«, sagte ich. »Was kriegt FPXPLORE dafür von Ihnen?«

»Übernatürliche Sicherheit«, sagte Albright. »Die Firma hatte befürchtet, dass es bei ihren Offshore-Aktivitäten zu metaphysischen Störungen kommen könnte.«

»Was genau für metaphysische Störungen?«, fragte ich.

»Ich fürchte, diese Information fällt unter meine vertraglich vereinbarte Geheimhaltungspflicht.«

Blinschell und ich gingen das langwierig mit verschiedenen Ansätzen noch mehrmals durch, einschließlich dem Hinweis, dass hier in Schott-Land die Pflicht, mögliche kriminelle Umtriebe unverzüglich der Polizei zu melden, die Firmenverschwiegenheit außer Kraft setzte. Er sagte, in diesem Falle werde er sich vor seiner Antwort hinsichtlich der hiesigen Rechtslage anwaltlich beraten lassen.

»Aber Sie können uns doch sicher sagen, ob solche metaphysischen Störungen tatsächlich stattfanden?«, fragte ich.

»Ich habe keine feststellen können. Aber es zahlt sich immer aus, Vorsichtsmaßnahmen zu treffen.«

»Und zu diesen Vorsichtsmaßnahmen gehört es, mystische Seemöwen zu beschwören?«

»Möwen«, sagte Albright. »Die Spezies wird einfach nur als Möwen bezeichnet.«

»Gehört dazu das Beschwören von *Möwen*?«

Er sagte, in der Tat. Möwen seien hervorragende Wachvögel, weil sie so gut auf der Stelle schweben könnten. Der einzige Nachteil sei, dass sie nicht sehr helle seien.

Wir fragten, ob sie denn etwas gegen die nicht näher erläuterten »Störungen« genützt hätten. Er sagte, dieser Fall sei nicht eingetreten. »Wie ich, glaube ich, schon erwähnt habe, gab es meines Wissens keine Störungen.«

»Also hat FPXPLORE für sein Geld nicht gerade viel gekriegt, was?«, sagte Blinschell.

»Diesen Ölfirmen kommt das Geld doch zu den Ohren raus«, sagte Albright. »Wahrscheinlich werde ich aus der Portokasse bezahlt.«

»Nur um es noch mal klarzustellen«, sagte ich (nebenbei: Sollten Sie je auf der falschen Seite eines Vernehmungstischs sitzen, ist dies das Stichwort, wo Sie spätestens den Mund halten und einen Anwalt verlangen sollten), »haben Sie im Rahmen Ihres Vertrags mit FPXPLORE jemals etwas anderes beschworen als mystische Möwen?«

»Nein«, sagte Albright.

Ich zog eines von Abigails Fotos aus dem Ordner vor mir und legte es ihm hin. Er tat sein Bestes, um es zu verbergen, aber er zuckte deutlich zusammen.

»Haben Sie diesen melanistischen Leoparden beschworen?«

»Kein Kommentar«, sagte er.

Und damit war die Vernehmung gelaufen. Kein Kommentar, hieß es ebenfalls zu den Klauenwunden in den Flanken des armen Willy Walross. Immerhin, das mit dem Wohnwagen räumte er ein; der sei im Vergütungspaket von FPXPLORE enthalten gewesen.

»Warum Rattray Head?«, fragte Blinschell.

»Da ist es so schön ruhig. Übrigens, sollte ich nicht einen Anwalt bekommen?«

Als leitender Ermittler schaffte DCI Mason es, der zuständigen Stelle vierundzwanzig Stunden Extragewahrsamszeit für Albright aus der Tasche zu leiern. Da das US-Konsulat in Edinburgh nur zu den üblichen Bürozeiten besetzt war, warteten wir, bis sie dort Feierabend gemacht hatten, und hinterließen dann eine Nachricht auf dem Anrufbeantworter. Wir erwähnten dabei auch, dass es sich nicht um schwere Anschuldigungen handelte, was leider die Wahrheit war, und nannten Albrights Reisepassnummer.

»Wäre schön, wenn der Pass falsch wäre«, sagte Blinschell, weil das nicht nur die Amerikaner ärgern, sondern uns auch die Handhabe verschaffen würde, Albright auf der Basis eines ganzen Haufens drakonischer Einreisegesetze im Prinzip zeitlich unbegrenzt festzuhalten.

Und ich dachte mir, dass die Art, wie das Konsulat reagierte, auch Aufschluss darüber geben würde, wie wichtig Albright der US-Regierung war. Dass ich überhaupt auf solche Ideen kam, war ein sicheres Zeichen, dass ich zu viel mit der National Crime Agency herumgehangen hatte.

Um etwa sieben Uhr tauchte Nightingale auf. Er entschuldigte sich, dass er mich hatte warten lassen; er hatte dabei geholfen, den Inhalt von James Albrights Wohnwagen beweissicherungstechnisch aufzunehmen. »Ich musste mich vergewissern, dass der Wohnwagen keine Gefahr für das Spurensicherungsteam darstellt.«

Ich fragte, ob er etwas Interessantes gefunden hätte. Er sagte, er sei recht beeindruckt von seinen Funden. »Eine ganze Menge Bücher, viele davon offizielle Werke über unser Handwerk.« Darunter wahre antiquarische Schätze mit Bibliotheksstempeln der Universitäten von Philadelphia und Virginia, aber weit interssanter war, dass auch ein paar brandneue Werke dabei waren. »Nach Aussage der Spurensicherung im Print-on-Demand-Verfahren gedruckt.« Und dann musste ich ihm erklären, was das war.

Es dürfte niemanden verwundern, dass Lehrbücher für Magie nur als Druckwerke existieren – die Lebenserwartung von Kindles, Tablets oder Smartphones im magischen Alltag ist einfach zu begrenzt.

Außerdem waren im Wohnwagen massenhaft gewöhnliche Bücher über Geschichte und Folklore von Nordostschottland gewesen. Nightingale glaubte, das könnte von Bedeutung sein.

»Ich kann mir vorstellen, dass er hiesige Volkserzählungen zu Rate gezogen hat, um geeignete Beschwörungsziele und -orte zu finden.«

»Sie meinen Schwachstellen zwischen unserer Welt und *Allokosmoi*?«

»So meine Vermutung. Das würde auch sein Interesse am ersten Observatorium von George Ferguson erklären.«

»Mir sind aber noch keine Volkserzählungen über wütende Seemöwen begegnet.«

»Möwen sind an der Küste allgegenwärtig«, sagte Nightingale. »Panther hingegen sind hier im Norden ein Kuriosum. Vielleicht hat er den Panther aufgrund seiner Informationen über dessen früheres Erscheinen in dieser Gegend beschworen, die Möwe hingegen aufgrund seiner generellen Kenntnis der hiesigen Vogelwelt.«

»Und den Wyvern?«

»Mit mehr Zeit und den geeigneten Druckmitteln könnten wir Mr. Albright wohl genauer dazu befragen, doch so wie die Dinge stehen …« Nightingale zuckte mit den Schultern.

Hatten wir beides nicht. Wenn es uns nicht gelang, Albright wirklich etwas im Sinne der schottischen Gesetze zur Last zu legen, waren die zusätzlichen vierundzwanzig Stunden alles, was uns blieb.

»Einige Funde schienen mir an diesem Ort etwas überraschend.« Nightingale rief ein paar Fotos auf seinem Handy auf. Es waren eine Art Landkarten, mit viel leerem Raum und dünnen Linien, die mit unverständlichen Buchstaben-Zahlen-Kombinationen versehen waren. Das Spurensicherungsteam hatte herausgefunden, dass es sich um geologische Karten des Meeresbodens handelte. Von welcher Gegend genau, musste ich nicht fragen, denn Nightingale hatte eine Nahaufnahme von einem Symbol mitten im Nirgendwo gemacht, ein unausgefülltes Rechteck mit einem lila Tropfen in der rechten oberen Ecke. Daneben stand ELGAR BRAVO.

Zu einer Ölplattform fliegt man nicht einfach mal schnell rüber. Man muss unumgängliche Sicherheitsprotokolle befolgen. Das ist im Endeffekt eine Versicherungsfrage. Die Versicherungen wollen für niemanden Haftung übernehmen, der ohne BOSIET-Zertifikat dort auftaucht, und die Ölfirmen wollen auf keinen Fall in die Pflicht genommen werden, wenn Leuten etwas passiert, die sie verantwortungsloserweise ohne entsprechendes Training an Orten herumlaufen lassen, die zu den gefährlichsten Arbeitsumgebungen der Welt zählen. Und für die Logistikfirmen, die die Arbeiter über die unberechenbare Nordsee dorthin fliegen, gilt das erst recht.

Aber *in extremis* kann ein Beamter der Krone, selbst in Schottland, diese Einwände einfach ignorieren, denn wenn besagter Beamter im Dienst Schaden an Leib oder Leben nimmt, ist das eine Sache zwischen ihm und der Krone.

Na gut, in meinem Fall zwischen mir und der Met. Aber das ist Jacke wie Hose.

»Da muss ich wohl mitkommen«, sagte Blinschell. Er sah nicht glücklich aus.

»Müssen Sie nicht«, sagte ich.

»Ich hab erstens ein gültiges BOSIET-Zertifikat und zweitens die unanfechtbare Verhaftungsbefugnis.«

»Ich dachte, das Ding steht in internationalen Gewässern.«

»Jetzt diskutieren Sie nicht rum«, sagte Blinschell. »Wir können Sie da nicht allein hingehen lassen, und ich bin der Einzige, der qualifiziert ist, Sie zu begleiten.«

Plötzlich überkam mich die Erinnerung an all die treuen Seelen, die irgendwann etwas Ähnliches zu mir gesagt hatten. Sahra Guleed vor Hyde Park Nummer Eins, bevor wir reingingen, um den Gesichtslosen zu stellen. *Wenn es Ihnen recht ist, Sir, ich denke, jetzt sollte ich das hier auch bis zum Ende durchziehen. Inschallah*. Dominic Croft, wie er sagte: *Das ist mein Dorf, mein Terrain. Wahrscheinlich auch meine Sagen und Mythen*, während wir darauf warteten, dass ein wutschnaubendes Brauereipferd mit Horn auf der Stirn auftauchte und uns aufspießte. *Wenn Sie wirklich schießen wollen, bitte, dann schießen Sie* – Miriam Stephanopoulos, als sie der bewaffneten und verzweifelten Lesley May gegenüberstand.

Und all die anderen Kolleginnen und Kollegen, die sich mitten ins Getümmel gestürzt hatten, statt wegzurennen. Selbst der alte Phil Purdy, der mehr Pappkamerad als Polizist gewesen war, bis auf dieses eine Mal, das ihn seine Karriere und Gesundheit gekostet hatte.

Ich setzte an, etwas zu sagen, aber dann fragte ich nur, ob er uns für den nächsten Morgen einen Flug organisieren könnte.

»Ich werd's versuchen.«

Zurück nach Mintlaw fuhr ich auf Autopilot, in Gedanken bei den Argumenten, die ich mir für die anstehende Diskussion mit dem Licht meines Lebens einprägen wollte.

Generell vermeiden Bev und ich Streitereien. Schon weil wir weiten Teilen Südwestlondons gegenüber in der Pflicht sind, nichts zu tun, was größere Überflutungen mit sich bringen könnte. Außerdem mögen die Zwillinge es nicht und entwickeln eine verblüffende kinetische Energie, wenn wir zu laut werden.

Beverley wollte wissen, warum ich mich – wieder mal – sehenden Auges in Gefahr brachte. Ich versuchte darauf hinzuweisen, dass das nicht zu vergleichen war mit einem Portal in einen parasitischen *Allokosmos* oder auch nur dem Hauptquartier eines megalomanischen Tech-Despoten.

»Das ist nicht gefährlich«, sagte ich. »Ich fliege nur auf eine Ölplattform raus, um ein paar unangenehme Fragen zu stellen. Die werden mehr Angst vor mir haben als andersrum.«

Beverley seufzte.

»Gibt's denn noch was anderes, worüber ich mir Sorgen machen sollte?«, fragte ich.

Sie zuckte mit den Schultern.

»Geht es um den Riesenkalmar?«, fragte ich. Im Frühling hatte Bev zwei Entenwalen geholfen, aus der Themsemündung wieder ins Meer zu finden, und die hatten die Gerüchte bestätigt, dass in der Nordsee ein Riesenkalmar lebte.

Oder besser: sie hatten die Gerüchte möglicherweise bestätigt.

»Das sind keine Hunde oder Katzen«, hatte Beverley gesagt. »Sie haben sich nicht in engem Kontakt mit *Homo sapiens* entwickelt, deshalb gibt es in der Kommunikation mit ihnen grundlegende konzeptionelle Barrieren. Ich sage was zu ihnen, sie sagen was zu mir. Aber wie viel von dem, was wir sagen oder hören, wirklich das bedeutet, was wir jeweils glauben, weiß ich nicht, abgesehen von ›Gefahr, stinkender Fluss, wegbleiben‹.«

»Du hast den Fluss deiner Mum stinkend genannt?«

»Ich hatte leider kein ausreichendes Vokabular für ›Passage extrem risikobehaftet‹.«

»Sind Wale nun eigentlich Wesen mit einem Bewusstsein?«

»Also, manchmal können sie echt blöd sein. Aber das beweist gar nichts.«

»Gibt's denn nun einen Riesenkraken oder nicht?«, fragte ich jetzt.

Ich dachte, wir wären weit genug vom Zelt entfernt, aber nein, bei dem Wort »Kraken« begannen die Zwillinge wahllose Worte zu krähen. »Banane, Hasennuss, Kaken, Kaken, Kaken.«

Wir marschierten beide zum Zelt, schnappten uns je einen Zwilling, und damit war der Streit beendet. Oder genauer: vorläufig beendet.

Der Flughafen Aberdeen verzeichnet den dichtesten Helikopterverkehr in ganz Europa. Dort hat man die Technik, verkaterte Ölarbeiter sicher in Hubschrauber zu verfrachten, zu einer wahren Kunst entwickelt. Zuallererst muss man als Passagier jedoch einen gelben Überlebensanzug anlegen, der angeblich wasserdicht, feuerfest, NASA-getestet und idiotensicher ist. Dafür hatte er aber erstaunlich viele Knebelknöpfe und Haken, bei denen Blinschell mich anleiten musste.

Wir hatten eine Mitfahrgelegenheit in einem Sikorsky S-92 bekommen, der halb leer zu einer weiter draußen gelegenen Plattform flog und gewillt war, uns auf der Elgar Bravo abzusetzen. Ich bin schon ein paarmal mit der Hubschrauberstaffel der Met geflogen, aber das hier war eher, als stiege ich in ein kleines Flugzeug, mit nach vorne ausgerichteten Sitzen in Dreierreihen, je ein Platz links und zwei rechts des Gangs. Unsere Reisetaschen durften wir nicht mit in die Kabine nehmen, daher verbrachte ich die ersten paar Minuten damit, mir Sorgen zu machen, dass sie auf der falschen Ölplattform oder vielleicht in Stavanger enden würden.

Gerade als die Tür geschlossen werden sollte, kam Beverley herein, sah sich um, setzte sich neben mich und schnallte sich an. Anders als alle anderen hatte sie sich nicht die Mühe mit dem Überlebensanzug gemacht. Ihr einziges Zugeständnis war eine riesige Neonbadekappe, unter der sie ihre Dreads verstaut hatte.

»Wo sind die Zwillinge?«, fragte ich.

Bev deutete mit dem Kinn auf Blinschell. »Sein Boss hat mir eine seiner Sergeants als Babysitterin empfohlen, er sagte, sie hat selbst Kinder und ist sehr verlässlich.«

Bevor ich etwas erwidern konnte, hob sie die Hand. »Falls wir ins Wasser fallen, unternimmst du gar nichts. Mach dich ganz schlaff, halt den Atem an und überlass alles andere mir. Verstanden?«

Ich hätte sie gern geküsst, aber das wäre unpassend gewesen. »Verstanden.«

Sie schüttelte den Kopf. »Manchmal hab ich das Gefühl, ich kann dich nicht aus den Augen lassen.«

»Das Absturzrisiko liegt bei weniger als 0,4 pro hunderttausend Flugstunden«, sagte ich. »Und die Wetterprognose für die nächsten Stunden ist gut.«

»Och, da fühl ich mich doch gleich viel sicherer«, sagte Blinschell.

17
Elgar Bravo

Nachdem wir die Küste und die sich träge drehenden Windräder hinter uns gelassen hatten, war nichts mehr zu sehen außer dem Meer. Trotz des blauen Himmels war die Wasseroberfläche aufgewühlt und gezackt wie ein Gebirge und von weißer Gischt gekrönt. Blinschell saß mit geschlossenen Augen da und gab sich Mühe, entspannt auszusehen. Beverley saß mir praktisch auf dem Schoß, um besser aus dem Fenster schauen zu können. Deshalb sah sie die Plattform auch zuerst.

»Da ist sie!«, rief sie und zeigte mit dem Finger.

Die Plattform sah lächerlich winzig aus – wie eine Filmminiatur, die auf den Zoom zum Close-up oder eine Riesenwelle von unrealistischen Dimensionen wartete.

Auch als wir landeten und die letzten paar Meter zum Hubschrauberlandeplatz hinabsanken, kam mir die Plattform noch sehr klein vor. Etwa eine Minute lang warteten wir bei laufenden Rotorblättern, dann öffnete sich die Tür an der Seite, und ein Mann in feuerwehrrotem Arbeitsanzug mit Reflexweste darüber kletterte herein. Er war massig, weiß und nicht mehr jung, mit einem traurigen runden Gesicht und dünnem, flusigem rotem Haar. Mit einem Ruck zog er sich die Ohrenschützer herunter und sah uns unfreundlich an.

Bei der Polizei gilt die Regel, dass man gern so unerwartet wie möglich auftaucht, damit die Zielperson nicht die Chance hat, erst noch das Wohnzimmer zu putzen, die Spülmaschine einzuräumen oder belastendes Material in den Kaminofen zu stopfen. Leider kann man offshore nicht ganz so spontan sein – das Äußerste, was wir hatten erreichen können, war, ihnen erst Bescheid zu geben, als wir in der Luft waren.

Allerdings bezweifelte ich, dass das, was es hier zu finden gab, in einen Kaminofen gepasst hätte.

»Wer von Ihnen ist von der Polizei?«, brüllte er über das Knattern der Rotorblätter hinweg.

Wir hoben alle drei die Hand. Falls Beverleys unkonventionelles Outfit ihn überraschte, zeigte er es nicht. Er winkte uns, auszusteigen, und wir folgten ihm die ausklappbare Treppe hinunter auf den Landeplatz.

Man muss schon ein alter Hase sein, um sich nicht zu ducken, wenn man aus einem Hubschrauber steigt. Selbst wenn man vom Verstand her weiß, dass die Rotorblätter mindestens einen Meter über einem sind, zieht man automatisch den Kopf ein, um nicht plötzlich guillotiniert zu werden. Wir wurden von zwei weiteren Männern in orangen Arbeitsanzügen mit Reflexstreifen erwartet. Einer stand bei unserem Gepäck – zwei Nylontaschen und ein blauer Rucksack mit einem lachenden Comicfuchs darauf – und einer neben der Treppe.

Den strengen Gesten des Rothaarigen gehorchend nahmen wir unsere Sachen und folgten ihm zu einer steilen Treppe nach unten, deren Metallgeländer mit rot-weißem Klebeband umwickelt war. In der Luft lag der Geruch nach salziger Gischt, und nun, da der Rotor nicht mehr über uns wirbelte, war eine steife Brise zu spüren. Durch ein Labyrinth von Gerüsten ging es weiter nach unten und dann durch eine Luke in einen hellerleuchteten cremefarben gestrichenen

Gang, dessen Wände mit Anschlagtafeln und Warnpostern gespickt waren.

Die Luke schloss sich hinter uns, und unser rothaariger Führer starrte uns missgelaunt an. »Also, was zum Teufel ist hier los?«

Da Blinschell als Repräsentant seiner stolzen, unabhängig gesinnten Nation hier war, überließ ich ihm das Reden.

»Ich bin Detective Sergeant Martin Blinschell vom Dezernat Schwerverbrechen der Polizei Aberdeen«, sagte er und streckte die Hand aus, die der Rothaarige widerwillig nahm. »Das ist Detective Sergeant Peter Grant von der Einheit Spezielle Analysen der Metropolitan Police.« Auch ich schüttelte dem Typen die Hand; er hatte Schwielen und einen festen Griff. »Und Beverley Brook ist als technische Beraterin mitgekommen.«

Beverley lächelte, gab ihm aber nicht die Hand.

Der Mann stellte sich als Rory Carroll, OIM, vor – der Offshore-Installation-Manager. Der Oberboss hier draußen. Er hatte so einen unspezifischen amerikanischen Akzent, wie man ihn von kanadischen Schauspielern kennt, die ihn sich höflichkeitshalber antrainiert haben.

Dann sah er Beverley finster an. »Wo haben Sie Ihre Sicherheitsausrüstung?«

»Ich trage sie«, sagte Beverley. »Es ist die neueste Ultraleichtversion.«

»Womit ich wieder bei meiner vorigen Frage wäre«, sagte Carroll. »Was zum Teufel ist hier los?«

»Nicht im Gang«, sagte Blinschell.

Carroll führte uns durch einen blau und weiß gestrichenen Raum mit Plastikstühlen und einem mit Acrylglas verkleideten Empfangstresen, dann durch eine Brandschutztür mit dem Schild *Verwaltung* darüber und einen weiteren Gang entlang in ein kleines Büro mit Schreibtisch, mehreren Stühlen und Aktenschränken. An der Wand hingen eine leere Pinnwand und ein Jahresplaner von 2016. Auch die Schreibtischplatte war leer bis auf ein altmodisches kabelgebundenes Telefon. Es war offensichtlich nicht Carrolls eigenes Büro.

Carroll lehnte sich an die Schreibtischkante. Während Blinschell und ich uns setzten, fragte er: »Wo ist Ihre Spezialistin abgeblieben?«

Beverley hatte sich auf dem Weg klammheimlich abgesetzt. Sie hatte mir zwar versichert, so weit von zu Hause entfernt sei ihr naturgegebenes Charisma nicht mehr viel wert, trotzdem wäre es nicht ratsam, sie bei einer polizeilichen Befragung dabeizuhaben, selbst einer informellen. Es kann immer vorkommen, dass die Leute unwillkürlich etwas sagen (oder tun), um ihr zu gefallen, und sich dabei ziemlich von der Wahrheit entfernen. Das ist gefährlich – nicht nur, weil es natürlich verlockend sein kann.

»Wir sind wegen Alice MacDuffie hier«, sagte Blinschell.

Es gelang Carroll nicht ganz, sein Erschrecken zu verbergen, aber er bekam sich schnell wieder unter Kontrolle. »Was ist mit ihr?«, fragte er dann.

»Sie wird vermisst«, sagte ich.

Wieder war die Pause etwas zu lang – Carroll überdachte seine Optionen. Am liebsten hätte er wohl einfach abgestritten, davon zu wissen, wollte aber vielleicht nicht verdächtig kaltschnäuzig wirken.

»So was hatte ich gehört«, sagte er.

»Es gibt keinen Beleg dafür, dass sie von hier aus wieder aufs Festland zurückgekehrt ist«, sagte ich.

Carroll nickte und warf einen Blick auf den veralteten Jahresplaner, als erhoffte er sich davon eine Inspiration. »Soweit ich weiß, ist sie zurück nach Dyce geflogen.«

Bei einer Befragung muss normalerweise der Rangniedrigere Protokoll führen. Da sowohl Blinschell als auch ich Sergeant waren, hatten wir eine Münze geworfen. Er hatte verloren, also war es seine Aufgabe, einen unartikulierten Laut von sich zu geben, um Carrolls Aufmerksamkeit auf sich zu ziehen, und dann umständlich in sein Notizbuch zu kritzeln.

»Haben Sie sie an Bord des Hubschraubers gehen sehen?«, fragte ich.

»Ich habe hier viel zu tun. Ich kann nicht jedem einzeln auf Wiedersehen sagen. Aber glauben Sie mir, die Passagierlisten der Helis sind heilig und werden sofort nach Dyce geschickt, sobald der Flug gestartet ist.«

Ja, die Beweiskette ist auch heilig, dachte ich. Aber »dumme Zufälle« passieren immer wieder.

»Das heißt, Sie wissen nicht mit Sicherheit, ob sie die Plattform verlassen hat?«, fragte Blinschell.

»Also, wenn sie hiergeblieben wäre, hätten wir das auf jeden Fall gemerkt.«

»Sind Sie sicher?«

»Na gut, möglich ist alles. Aber dann müsste sie sich aktiv versteckt gehalten haben. Und warum hätte sie das tun sollen?«

»Sie glauben also, sie könnte über Bord gegangen sein?«

»Was?«

»Wenn sie nicht nach Aberdeen zurückgeflogen und nicht auf der Plattform ist«, sagte ich, »wo könnte sie sonst sein?«

»Ich bin mir sehr sicher, dass sie in den verdammten Heli gestiegen ist«, sagte Carroll.

»Verstehe«, sagte ich und wechselte einen ostentativ bedeutungsvollen Blick mit Blinschell.

Carroll öffnete den Mund, um etwas zu sagen, überlegte es sich dann aber anders.

»Wir werden Ihre gesamte Crew befragen müssen«, sagte ich.

»Dazu brauchen wir eine Liste aller an Bord befindlichen Personen«, sagte Blinschell. »Und einen Ort, wo wir die Befragungen durchführen können.«

»Das wird den Betrieb verdammt durcheinanderbringen«, sagte Carroll. »Muss das wirklich sein?«

»Eine Frau wird vermisst«, sagte Blinschell. »Wir sind hier, um herauszufinden, ob eine Straftat vorliegt oder nicht. Wenn sich herausstellen sollte, dass es ein Unfall war …«

Carroll schluckte den Köder nicht; das hatte Blinschell schon vorausgesagt. Ein Unfall wäre weitaus schlimmer als ein Mord. Erstens fiele der in seine Verantwortung. Zweitens – noch schlimmer – wäre wahrscheinlich die Firma dafür haftbar.

Er sackte in sich zusammen und nickte. »Wäre es in Ordnung, wenn Sie die Befragungen hier machen? Ich lasse Phyllis eine Liste ausdrucken.«

»Inzwischen wird sich unsere technische Beraterin auf der Plattform umschauen«, sagte ich.

»Von mir aus. Wie Sie wollen«, sagte Carroll.

Phyllis war Carrolls Assistentin, eine windzerzauste weiße Frau Ende dreißig in Aran-Pullover, schwarzer Cargohose und Stiefeln. Ihre Brille hing an einem Band um ihren Hals, und die Haare hatte sie mit einem roten Tuch zurückgebunden. Mit dem Nasenstecker und den großen Goldringen in den Ohren sah sie aus wie eine unter die Piraten gegangene Bibliothekarin. Sie hatte sogar den passenden südwestenglischen Akzent. Ihr Schlupfwinkel lag zwei enge Gänge weiter, in einem Büro gleich neben dem zentralen Kontrollraum. Auch Carrolls eigenes Büro befand sich dort. Auf dem Weg dorthin gab es noch mehr leerstehende Zimmer. Als ich das anmerkte, sagte Carroll, die Plattform sei aufgrund der reduzierten Tätigkeit nicht voll besetzt.

Wir ließen Blinschell bei Phyllis, die darüber nicht gerade entzückt wirkte, und Carroll klopfte an die Tür eines anderen Büros nebenan und stellte mich Ryan Griffiths, dem Produktionsmanager, vor. Ein dünner weißer Liverpooler, auch mit diesem Fake-Texas-Anklang in der Stimme, anscheinend ein Markenzeichen der Leute in der Ölindustrie.

»Kannst du den Herrn mal rumführen?«, sagte Carroll. Auf dem »rumführen« lag eine Betonung, die ahnen ließ: *aber so, dass er nichts zu sehen kriegt, was ihm Magenschmerzen verursachen könnte.*

»Kein Problem«, antwortete Griffiths. »Was wollen Sie denn alles sehen?«

»Zuerst würde ich gern meine technische Beraterin wiederfinden.«

Diese spielte im Freizeitraum Pool mit zwei bulligen jungen weißen Männern, die dabei waren, haushoch zu verlieren, aber sie nahmen es sportlich. Der Raum sah aus wie das Wohnzimmer einer Studenten-WG, nur größer und mit teureren Möbeln. Er roch auch so, aber durchsetzt mit Diesel, altem Wasser und faulen Eiern. Wie der Rest der Plattform war er unverkennbar für weit mehr Personen berechnet als ihn derzeit nutzten.

Wir ließen Bev ihren Frame beenden. Zum Glück spielt sie nie um Geld, sie findet, das wäre unmoralisch.

Eine moderne Bohrinsel besteht aus zwei Teilen: dem, wo das Öl aus dem Rohr kommt, verarbeitet und weitergepumpt wird, und einem separaten mit dem Kontrollraum, dem Wohntrakt und dem Hubschrauberlandeplatz. Theoretisch laufen alle gefährlichen Sachen in dem Teil mit den Maschinen ab, das heißt, wenn das Ding zum Beispiel Feuer fängt, haben die Bewohner einen Vorsprung, um auf die Rettungsboote zu kommen.

Elgar Bravo war aber keine moderne Bohrinsel. Der Wohn- und Verwaltungstrakt saß wie ein riesiger Stapel Container seitlich am Förder- und Produktionskomplex, obendrauf der Landeplatz. Während Blinschell daranging, die Belegschaft zu befragen, wurden Beverley und ich mit gelben Schutzhelmen und Ohrenschützern ausgerüstet und die Treppen zu den Anlagen hinuntergeführt, wo dreißigtausend Barrel Öl pro Tag verarbeitet werden konnten.

»An guten Tagen«, brüllte Griffiths. »Wir sind eine Förderplattform, hier wird nicht mehr viel gebohrt, deshalb ist es hier auch so still.«

Mhm, dachte ich, geradezu idyllisch, fast möchte man die Ohrenschützer von sich werfen.

Danach gingen wir zur Arbeitsplattform, und der Unterschied war dann doch deutlich. Hier war alles voller Rohre, Zifferblattskalen und Zahnräder, die vibrierten und ratterten. Er zeigte uns eine Ventilbaugruppe, deren Drehräder, bei denen ich immer an U-Boot-Luken denken muss, scheinbar wahllos aus einem dichten Geflecht von Rohren herausragten. Aus den Hauptrohren und großen Ventilen sprossen dünne grüne Rohre, verzweigten sich und trugen Blüten in Form analoger Anzeigen mit weiß grundierten Zifferblättern. Ich habe schon eine Dampflok gesteuert, die weit sauberer und weniger kompliziert war.

Griffiths nannte das Ding das »E-Kreuz« und erklärte, mit seiner Hilfe werde der Fluss im Produktionsstrang – so nannten Insider das Rohr, durch das das Öl aus dem Boden gesaugt wurde – nach oben reguliert, indem an den Verschlussrädern der Ventile gedreht würde.

Das Fragenstellen überließ ich Beverley, die Industriechemie im Studium gehabt hatte. Zum Beispiel, warum die

Ventile noch von Hand reguliert wurden und nicht durch ferngesteuerte Servomotoren?

»Bei manchen Ventilen wird das gemacht, aber die hier«, er deutete auf das brummende Gewirr, »sind gut zugänglich. Wenn ein Ventil von Hand bedient wird, kann man sicher sein, dass es bedient wurde, und kann an der Anzeige sofort die Wirkung ablesen. Das Fehlerpotenzial ist geringer.«

Vorausgesetzt, die Person am Drehrad baut keinen Scheiß, dachte ich. Als Polizist habe ich keine sehr hohe Meinung vom generellen Kompetenzniveau der meisten Leute. Einschließlich vieler meiner Kollegen.

Wir bekamen auch den Testabscheider und den dazugehörigen Kontrollraum zu sehen. Eine Weile hörten wir zu, wie Ryan sich über das übliche Verfahren zur Bestimmung der Qualität des geförderten Öls ausließ, dann fragten wir ihn nach dem Tauchdeck.

»Warum wollen Sie denn das sehen?«, fragte er.

»Darum geht's doch bei Ihrem neuen Verfahren, oder nicht?« Ich zeigte auf einen brandneuen Bildschirm, den man neben einen wuchtigen Rechner aus den Neunzigern gestellt hatte, dessen Display sogar noch älter aussah – lauter blinkende Cursorstriche und Sternchen, als liefe er unter MS-DOS. Auf dem neuen Bildschirm dagegen waren hochaufgelöste Grafiken, Farbverläufe und optisch hervorgehobene Dialogbuttons zu sehen. Keine Frage, welcher von beiden zu dem experimentellen Hightech-Ölgewinnungsverfahren gehörte, das hier getestet wurde.

Ein junger weißer Mann mit langen blonden Haaren und Headset überwachte die Bildschirme. Unter seinem Ringbuchordner auf der Arbeitsplatte lag nur unzureichend verborgen ein Taschenbuch – offensichtlich erwartete er nicht, dass in seiner Schicht viel Aufregendes passierte.

»Ja, gut«, sagte Griffiths. »Ich brauche nur erst das Okay von Garrett.«

Während wir darauf warteten, dass »Garrett« sich zurückmeldete, machte Griffiths mit seiner Schwermaschinenbesichtigungstour weiter. Da war eine Art Düsentriebwerk, das den Druck des überschüssigen Gases im Abscheider erhöhte, damit es wieder ins Bohrloch gepumpt werden und den Druck in der Förderzone aufrechterhalten konnte, der dafür sorgte, dass weiter Öl durch die Leitung kam.

Es war erstaunlich leise.

»Das liegt daran, dass es gerade nicht an ist«, sagte Griffiths. »Bei der neuen Technik geht es um die direkte Steuerung der Mischung von Gas, Schlamm und anderen Stoffen zur Druckkontrolle.« Er klang stolz auf das neue Verfahren. Das konnte ich verstehen; es ist schön, etwas zu entwickeln, was tatsächlich funktioniert. »Der Kompressor wird nur eingeschaltet, wenn die Steuerung meldet, dass es nötig ist.«

Wie aufs Stichwort schaltete sich die Turbine plötzlich ein, ein hohes Wimmern, welches schnell zu einem tiefen Dröhnen wurde, das mir in der Brust vibrierte. Griffiths grinste mir zu, und wir zogen uns vor dem Lärm zurück.

Beverley fragte, welchen Druck die Turbine erzeugen konnte.

»Etwa 147 bar«, brüllte Griffiths.

»Das sind fast 15 Millionen Pascal«, schrie Beverley mir ins Ohr.

»Danke«, sagte ich. »Habe ich auch grade gedacht.« Ich glaube nicht, dass sie es hörte.

Wir stiegen noch weiter nach unten auf das Moduldeck, wie Griffiths es nannte, und dann über eine Leiter in den Kontrollraum für die Tauchgänge. Es war ein langer, schmaler Raum mit Kontrollterminals vor schräg nach unten geneigten Fenstern. Von hier aus hatte man das Tauchdeck im

Blick, auf dem sich mehrere Winden in gelben Metallrahmen und ein Kran mit etwas, das wie eine sowjetische Raumkapsel aussah, befanden.

Dort draußen stand ein Mann im Überlebensanzug mit einem Klemmbrett und schien die Ausrüstung zu überprüfen. Als er uns am Fenster sah, winkte er flüchtig und kam über eine kurze Treppe und eine Tür am anderen Ende des Raums zu uns herauf. Mit ihm wehte eine starke Woge Salzluft und Diesel herein. Er war klein, weiß und mittleren Alters und wirkte in dem Anzug sehr gedrungen. Sein Gesicht war kantig, er hatte blaue Augen und dichtes, kurz geschorenes braunes Haar.

»Hallo«, sagte er. »Wen haben wir denn da?«

Auch wenn er mit seinem Black-Country-Akzent klang wie ein bekiffter Ureinwohner von Birmingham, sein Blick war hellwach und intelligent. Er tat überrascht, uns zu sehen, aber ohne Zweifel war er schon lange über unseren Besuch informiert.

Trotzdem, er spielte es nicht schlecht. Besonders als er Beverley die Hand schüttelte. Na ja, auch ich bin immer wieder aufs Neue überrascht von Beverley.

Sein Name war Garrett Partridge, und er war der Tauchmanager. Griffiths überließ es ihm, uns das Tauchdeck zu zeigen, von dem aus üblicherweise Taucher ins Wasser gelassen wurden, um Reparaturen an den unterseeischen Maschinenteilen auszuführen.

»Wenn wir Taucher hätten«, sagte Partridge.

Wir waren jetzt so tief unten auf der Bohrinsel, wie man trockenen Fußes überhaupt kam. Das Wasser sah grau und kalt und sehr nah aus. Tatsächlich hatte ich den deutlichen Eindruck, dass die Wellen zunehmend höher wurden. Für den Wetterbericht wollte ich warten, bis ich mit Beverley allein war.

»Aber Sie sind doch der Tauchmanager?«, fragte Beverley.

Partridge nickte in Richtung der Winden und des Krans mit der Raumkapsel. »Ich warte den Kram hier. Für den Fall.«

Ich wollte fragen, für was für einen Fall, aber Beverley kam mir zuvor.

»So wie ich es verstanden habe, erfordert Ihr spannendes neues Verfahren kontinuierliche Anpassungen unten an der Förderpumpe«, sagte sie. »Da müssen doch Taucher unten sein – oder?«

»Das ist das Schöne an der Sache«, sagte er, »die leben da unten. Haben Sie mal den Film *Abyss* gesehen?«

Beverley lachte und zeigte auf mich. »Der hier hat ihn noch auf DVD.«

»Erinnern Sie sich an die Unterwasser-Bohrplattform? Im Grunde ist es so was, nur dass nicht gebohrt wird.« Er seufzte. »Ultra-Langzeit-Sättigungstauchen. Die Methode der Zukunft.«

Von einem der dicken stahlverkleideten Pfeiler, auf denen die Plattform ruhte, sprühte Gischt und legte sich über Beverleys Haar. Partridge schlug vor, zurück in den Kontrollraum zu gehen, wo er eine Thermosflasche Tee und ein paar Tassen hatte.

»Waren Sie dabei, als das Tauchmodul hinuntergelassen wurde?«, fragte Bev, während wir es uns an den Kontrollplätzen bequem machten. Der sichtbare Streifen Himmel zwischen dem Meer und der Unterseite der Plattform hatte sich von Blau zu Nebelweiß verfärbt.

Partridge goss den Tee ein. »Nein. Es wurde in Norwegen gebaut und hat ein eigenes Versorgungsschiff.« Er erklärte, dass das Schiff das Modul neben der Förderpumpe versenkt und dann den Versorgungsschlauch auf die Elgar Bravo montiert hatte, ehe es wieder weggefahren war. Dann zeigte er uns den Versorgungsschlauch, ein dickes orange-weiß gestreiftes Kabel, das zusammen mit dem Förderstrang durch die Öffnung im Deck über uns verschwand.

»Haben Sie Kontakt zu den Tauchern?«

»Nein, das macht alles der Kontrollraum oben.«

»Waren Sie selbst mal unten?«

»Ganz unten? Keine Chance. Langzeit-Sättigungstauchen ist nur was für leichtsinnige Jungspunde.«

»Wann sind Sie zuletzt getaucht?«

»Schon seit Jahren nicht mehr.« Genauer gesagt, etwa fünf. Zuvor hatte er mehr Zeit unter als über Wasser verbracht. »Da konnte man Mordskohle machen, und Arbeit gab es immer.« Zweihundert Riesen im Jahr, und im Unterschied zu vielen anderen versuchte Partridge, sein Gehalt nicht in Alkohol, schnelle Autos und Exfrauen zu investieren. Aber dann brach der Ölpreis ein und damit auch die Produktion sowie die Nachfrage nach Neubohrungen und Tauchern. Drei Jahre lang hatte Partridge auf dem Festland festgesessen, bis er diesen Job hier bekam und feststellte, dass das Tauchen ihm gar nicht fehlte. »Das hier ist perfekt für mich«, sagte er und nahm einen Schluck Tee.

»Jetzt mal ehrlich«, sagte Beverley. »Sie glauben doch gar nicht wirklich, dass da unten jemand ist.«

Partridge nahm den Blick nicht von seinem Teebecher. »Wie kommen Sie darauf?«

»Sie sind der Tauchmanager. Sie sind verantwortlich für Tauchgänge von dieser Plattform aus. Wenn da unten Leute arbeiten würden, hätten Sie doch auf jeden Fall Kontakt zu ihnen.«

Partridge zuckte nur mit den Schultern. »Ich tue, was das Management mir sagt.«

»Haben Sie jemals mit dem darüber gesprochen?«, fragte ich.

Er schüttelte den Kopf. »Die haben nicht viel übrig für langes Gerede.«

»Okay, was glauben Sie denn, was da unten ist? Ein Riesenkalmar?« Das brachte mir einen bösen Seitenblick von Bev ein. »Aliens?«

»Roboter«, sagte er. »Da müssen Roboter im Einsatz sein.«

Weil Roboter weder Dekompressionszeit noch Freizeit brauchten und auch nicht unter unschönen und medienunfreundlichen Umständen sterben oder, noch schlimmer, in die Gewerkschaft eintreten konnten. Menschliche Arbeitskräfte jeglicher Art – vor allem Taucher – wegzurationalisieren war seit jeher das große Bestreben der Ölfirmen. »Ihr Heiliger Gral«, sagte er. »Und das hier ist ein Low-Profit-Experimentalprojekt, läuft unterm Radar und ist damit perfekt, um Tauchroboter zu testen. Sobald man sicher sein kann, dass es mit ihnen funktioniert, kann man heimlich, still und leise die Taucher vor die Tür setzen, bevor jemand mitkriegt, was los ist.«

Er verfiel in Schweigen, und wir tranken unseren Tee aus.

Danach schleifte Beverley mich gegen meinen Willen noch mal raus aufs Tauchdeck. Zu Partridge sagte sie, er könne ruhig drinnen in der Wärme bleiben, sie wolle mir nur die Taucherglocke zeigen. Das war jenes sowjetische Roskosmos-Überbleibsel, das an einem eigenen Versorgungskabel, diesmal grün-gelb gestreift, von dem Kran hing. Inzwischen sprühte die Gischt immer weiter herauf, gelegentlich war eine Welle so hoch, dass selbst wir durch den Metallgitterboden unter uns etwas davon abbekamen. Wir stellten uns an eine geschützte Stelle neben der Taucherglocke, die – das überprüfte ich gründlich – gut gesichert in einem gelben Rahmen hing, der viel neuer aussah als die Glocke selbst. Manche der Tanks an ihrer Basis hatten deutliche Dellen und Roststellen.

»Meinst du, es könnten wirklich Roboter sein?«, fragte Bev.

Ich dachte darüber nach. In meinem Job sollte man nie vorschnelle Annahmen machen. Als Zauberer auch nicht. Nur weil ich ständig mit abstrusem Scheiß zugeballert wurde, musste das nicht heißen, dass alles, was mir begegnete, übernatürlichen Ursprungs war. Roboter waren vollkommen plausibel. Und doch ...

»Da bräuchte man Telemetrie. Und Kameras und die Möglichkeit, im Notfall die Roboter außer Kraft zu setzen und ferngesteuert zu arbeiten.«

»Das müsste vom Kontrollraum aus passieren. Den Mr. Carroll uns bisher nicht gezeigt hat.«

»Dann gehen wir da als Nächstes hin.«

Beverley blickte nachdenklich drein. Aus dieser Nähe sah ich, wie die Gischttröpfchen auf ihrem Gesicht sofort verdampften – bei mir rannen sie am Hals herunter und in den Kragen.

»Und wenn es keine Roboter sind?«, sagte sie.

»Wir wissen von den Meerjungfrauen und von ... dem, den wir Aquaman nennen.«

»Selkie.«

»Dann wären es wohl Meerjungfrauen oder Selkies.«

»Oder noch was anderes, das so tief unten arbeiten kann«, sagte Beverley.

»Oder noch was anderes. Könntest du so tief unten arbeiten?«

Beverley betrachtete skeptisch die Taucherglocke. »So weit von zu Hause entfernt? Wenn ich Helium atmen würde, könnte ich vielleicht einen Bounce Dive machen, aber da müsste ich mich sehr beeilen. Wenn ich die Nullzeit überschreite, muss ich dekomprimieren.« Sie grinste mich an. »Soll ich mich da unten mal umschauen?«

»Scheiße, nein!«, sagte ich, woraufhin sie nur noch breiter grinste.

Aber dann sagte sie: »Hast ja recht, wäre wahrscheinlich keine gute Idee.«

»Ich tippe auf Selkies«, sagte ich. »Die scheinen mir echte Wasserwesen zu sein, die darin absolut in ihrem Element sind. Die Meerjungfrauen kommen mir eher so vor wie Leute mit Magie, ich wette, die tauchen nicht gern tief runter.«

»Rufen wir doch Abigail an«, sagte Bev, »und bitten sie, Ione zu fragen, wo ihre Tauchgrenze liegt.«

»Aber zuerst schließen wir die Roboter aus.«

Es gab zum Glück eine Seitentreppe außen zum Wohnkomplex hinauf, wodurch uns das lärmende Chaos der Arbeitsplattform erspart blieb. Auf dem Weg nach oben beutelte uns der Wind, der definitiv zugenommen hatte. Immerhin, irgendwann waren wir hoch genug, dass ich keine Gischt mehr ins Gesicht bekam. Auf halber Höhe übergab uns Partridge an Rory Carroll. Wegen des Winds, des Maschinenlärms und der Ohrenschützer gestaltete sich die Unterhaltung jedoch schwierig.

»Ich hoffe, Sie hatten nicht vor, heute noch zurückzufliegen«, brüllte Carroll. »Bei dem Wind kann hier kein Heli landen.«

Dann blieb er plötzlich stehen und legte den Kopf schief; offenbar hatte er via Headset eine Nachricht erhalten. Aus seiner finsteren Miene zu schließen war es keine erfreuliche.

»Sag ihnen, sie sollen abhauen«, brüllte er in sein Walkie-Talkie.

Wie die Antwort auch lautete, sie war sichtlich wichtiger als wir, denn er spurtete los und verschwand im Eiltempo nach oben. Beverley und ich rannten ihm über fünf Treppen hinterher und kamen völlig außer Atem oben an. Carroll war als oranger Schemen zu erkennen, der auf den Hubschrauberlandeplatz zustrebte, welcher am anderen Ende des Dachs auf einem Metallgerüst montiert war.

Ich lief ihm nach. Was soll ich sagen? Ist eine schlechte Angewohnheit der Polizei.

Auf der Treppe zum Landeplatz hinauf fegte mich ein Windstoß fast von den Beinen. Daher blieb ich stehen und spähte nur über den Rand. Oben hatte Carroll eine heftige Diskussion mit einer Gruppe grimmig blickender Männer in gelben Überlebensanzügen. Sie stemmten sich geduckt und breitbeinig gegen den Wind. Auf Carrolls Kommando hin verteilten sie sich um die Plattform und begannen die Fangnetze in Position zu bringen. Carroll eilte zurück zu mir und brüllte mir wütend zu, ich solle von der Treppe verschwinden.

»Was ist denn los?«, fragte ich.

»Irgendein Schwachkopf will hier landen.« Er zeigte auf die Tür zum Wohntrakt. »Verschwinden Sie! Da rein.«

Unten schnappte ich mir Beverley, und wir trollten uns nach drinnen. Deshalb sahen wir nicht, wie der Heli auf den Landeplatz krachte.

Allerdings hörten wir es sehr deutlich.

Zuerst das immer lauter werdende Heulen eines Motors, dann ein Donnern, bei dem der ganze Wohntrakt bebte. Beverley zog mich in einen Gang, der weg vom Landeplatz führte. Hinter uns kreischender Motorenlärm und ein *Klock-klock-klock*, wahrscheinlich die Rotorblätter, die auf alle möglichen Sachen auftrafen.

Dann erstarb das Motorengeräusch, und wir stellten fest, dass wir im Eingangsbereich des Verwaltungstrakts angelangt waren.

Wir blieben, wo wir waren, und lauschten.

Über uns war Gebrüll zu hören, aber es klang nicht panisch, und es waren keine Schmerzensschreie dabei, was ich als gutes Zeichen wertete.

Eine Tür knallte auf, und einige Typen in orangen Anzügen mit Erste-Hilfe-Koffern und nicht näher bestimmbaren Werkzeugkästen in der Hand kamen hereingerannt und liefen durch eine andere Tür wieder hinaus. Der Anblick war seltsam vertraut und beruhigend. Wie wenn bei massiven Störungen der öffentlichen Ordnung die Bereitschaft anrückt.

Im Gefolge des Trupps kam Blinschell herein, erspähte uns und kam herüber.

»Mit Ihnen alles in Ordnung?«, fragte er.

Wir sagten ja und fragten ihn, ob er Genaueres darüber wüsste, was passiert war.

»Ein Heli hat da oben eine Bruchlandung gemacht«, sagte er. »Sie haben versucht, ihn wegzuschicken, aber er kam trotzdem rein.«

»Haben Sie es gesehen?«

»Ja, über den Bildschirm.«

»Und?«

»Hätte schlimmer sein können. Er hätte es fast heil geschafft, nur den letzten Meter ist er plötzlich runtergesackt.«

»Gibt's Verletzte?« Ich wandte mich in Richtung Ausgang.

Beverley packte mich am Arm. »Halt«, zischte sie. »Die wissen, wie sie sich da draußen zu verhalten haben. Du nicht.«

Jetzt hörte man laute Stimmen und das Poltern schwerer Stiefel auf Metallfußboden. Dann öffnete sich die Tür am anderen Ende des Gangs, und von draußen strömten Männer in Überlebensanzügen und Rettungswesten in den Eingangsbereich. Einen davon erkannte ich sofort.

»Sie wissen ja«, sagte Derek Patterson, als er mich sah. »Jede Landung, nach der man noch laufen kann ...«

»Was zum Henker machen Sie denn hier?«, fragte Blinschell.

»Das ist meine Bohrinsel«, sagte Patterson. »Und Sie hätten FPXPLORE informieren müssen, bevor Sie herkamen.«

»Die Frage wäre vielleicht, was *Sie* hier machen«, sagte ein schlanker Mann, der hinter Patterson eingetreten war. Es war Andrew Rae, leicht suspekter Spezialbeauftragter des schottischen Direktorats für wirtschaftliche Entwicklung. In gewisser Weise war das hier ein positives Zeichen: Die beiden hätten sich sicher niemals hierherbequemt, geschweige denn diese Landung riskiert, wenn wir nicht nahe daran wären, etwas zu entdecken, was wir nicht entdecken sollten.

Andererseits war Andrew Raes Anwesenheit auch ein Zeichen dafür, dass die Sache politische Dimensionen hatte. Und das verheißt nie etwas Gutes für den aufrechten Gesetzeshüter.

Und dann wurde es noch schlimmer, denn ein hochgewachsener Kerl mit Pferdeschwanz und amerikanischem Akzent schlenderte auf uns zu. »Detective Grant«, sagte James Albright. »Ist das nicht spannend hier?«

18

Was Abigail tat, als sie am nächsten Morgen aufwachte

Als ich aufwache, spüre ich die Wärme von Iones Rücken an meinem, und ich würde am liebsten ewig so liegen bleiben, aber ich muss mal. Also steh ich auf. Da ich sowieso ins Haus muss, überlege ich mir, dass ich auch gleich duschen und einen Kaffee trinken kann – wenn mich Ione beim Aufwachen blitzsauber und duftend vor sich sieht, umso besser.

Unter der Außenplane von Peters Zelt quetscht sich Indigo durch und springt auf den Terrassentisch, um mich dort zu erwarten. Sie tut so, als ob sie gar nicht wartet, also tu ich so, als ob ich sie nicht bemerke, und gehe vorbei. Sie hüpft wieder runter und trabt mir nach.

»Willst du mich nicht fragen, wo ich war?«, fragt sie.

»Wo warst du denn?«

»Ach, nur im Wald rumspringen.«

»Und wo sind alle anderen?«

»Nightingale ist bei einem Einsatz in Aberdeen. Peter und Bev fliegen zu einer Bohrinsel, was das auch sein mag. Alle anderen schlafen noch. Miss Kabeljau liegt bei dir im Zelt.« Indigos Ohren zucken. »Gerade wacht sie auf.«

Ich frage, wer sich um die Zwillinge kümmert, und höre erfreut, dass nicht ich es bin.

»Die wurden von einer sehr netten Golferin mitgenommen.«

»Woher weißt du, dass sie Golferin ist?«, frage ich. »Und überhaupt, woher weißt du, dass sie nett ist?«

»*Sehr* nett.«

»Woher weißt du, dass sie *sehr* nett ist?«

Ich hab schon lange genug mit den Füchsen zu tun, um zu wissen, wann sie selbstzufrieden klingen. »Sie hatte eine Golftasche hinten im Auto. Und sie roch nach fröhlichen Kindern, und ich hab gehört, was geredet wurde – ihre Lieblingsmenschin ist bei der Polizei.«

Ich bin mir nicht sicher, ob das irgendwas beweist, aber im Prinzip ist es nicht mein Problem. »Haben deine schottischen Freunde irgendwelche für Menschen geeigneten Transportmittel zur Hand?«, frage ich.

»Positiv.«

Ich bin überrascht. »Echt? Die Füchse hier sind motorisiert?«

»Operative Unerlässlichkeit in dünn besiedeltem ländlichem Gebiet.«

»Dann wäre es cool, wenn du zum Zelt gehen und Ione bitten würdest, zu mir ins Haus zu kommen. Möglichst nett und freundlich. Und uns für nach dem Frühstück einen fahrbaren Untersatz organisieren würdest.«

»Mission?«, fragt Indigo eifrig.

»Wir werden herausfinden, was dieser Drache bewachen sollte.«

Aber zuerst gibt es Frühstück, was sich einfach anlässt, aber kompliziert wird, als Peters Mum auftaucht und das Kochen übernimmt.

»Oh, brutzelt da ein klassisches britisches Frühstück in der Pfanne?«, fragt Brian, als er herunterkommt.

Rührei mit Bacon, Pilzen, Toast und Basmatireis. Plus

aufgewärmte Schweinshaxen-Chili-Suppe für alle, die nichts dagegen haben, wenn ihnen die Geschmacksknospen ausgebrannt werden.

Brian, der vor ein paar Tagen erstmals mit Tante Roses Kochkünsten konfrontiert wurde, beschließt, das Risiko nicht einzugehen. Ich nehme was, um vor Ione zu glänzen, die davon probiert und im nächsten Moment ein ganzes Brötchen auf einmal in den Mund stopft.

»Oh, das ist aber scharf«, sagt sie undeutlich.

Abdul hält sich an Kaffee und Toast. Er will mehr über die Selkies wissen, aber Tante Rose will von Ione hören, wie in aller Welt sie auf die Idee kam, einen magischen Leoparden zu jagen.

»Na, es der Polizei erzählen konnte ich nicht. Aber ihn einfach herumstreifen lassen ging auch nicht. Wenn er jetzt ein Kind gefressen hätte?«

»Die hat das Herz am rechten Fleck«, sagt Tante Rose zu mir und schaut wieder Ione an, die richtig geschmeichelt aussieht. »Aber ganz allein Teufel jagen gehen? Sei in Zukunft vorsichtiger.«

Das Fuchstransportmittel entpuppt sich als blauer Vauxhall Corsa, der erstaunlich gut aussieht dafür, dass er fünfzehn Jahre alt ist und einer Vereinigung sprechender Füchse gehört. Noch erstaunlicher ist allerdings die Tatsache, dass am Steuer Iones Cousin Duncan sitzt.

»Du kleiner Schlawiner«, sagt Ione, als sie ihn sieht. »Dachte ich's mir doch, dass ihr nicht den ganzen Weg nach Rattray mit dem Rad gefahren seid. Du hast nicht mal den Führerschein!«

O doch, sagt Duncan, er habe sehr wohl den vorläufigen Führerschein und fahre nie ohne erwachsene Begleitperson. Auch wenn es sich dabei ziemlich oft um einen Fuchs handelt.

Ich frage Sax William, den erwachsenen Begleitfuchs, ob denn er den Führerschein hat.

»Och, nein«, sagt er. »Aber die Theorieprüfung habe ich online mit Bravour bestanden.«

»Rück rüber, Duncan«, sage ich. »Ich fahre.«

Nightingale war sehr darauf bedacht, dass ich fahren lerne (wenn auch nicht im Jaguar). Und Peter bestand darauf, dass ich eine ordentliche Fahrschule besuche, weil ihm Nightingales Einstellung zu Verkehrsregeln, Tempolimits und den Gesetzen der Physik ein bisschen zu entspannt ist.

Weshalb also schlussendlich ich drei Personen, drei Füchse und ein kleines Schlauchboot nach Rattray Head kutschiere. Dort schmuggeln wir uns an den Uniformierten vorbei, die Albrights Wohnwagen bewachen, indem wir so tun, als wären wir ein paar Jugendliche, die zum Strand wollen – stimmt ja auch irgendwie.

Ich bitte die Füchse, die Feds im Auge zu behalten, und Duncan, unsere Sachen am Strand zu bewachen. Dann muss er sich umdrehen, während ich mir den Neoprenanzug anziehe – Ione darf aber hinschauen, da bin ich nicht so streng. Dafür darf ich dann zuschauen, wie sie sich auszieht und in einem gelb-rot gemusterten Tankini ins Wasser watet. Ich steige in das Schlauchboot, sie wickelt sich ihren Schal um die Hüften, schlägt neckisch mit dem Schwanz, und los geht's.

Ich gleite in einer Barke übers Wasser, die von einer wunderschönen Seejungfrau gezogen wird.

Und da beklagte sich Ms. Redmayne immer, ich würde tagträumen.

Der Leuchtturm von Rattray Head setzt sich aus zwei Teilen zusammen: Der untere besteht aus grauen Steinblöcken und beherbergte laut Internet früher das Nebelhorn und den Maschinenraum. Der obere Teil hat den klassischen Leuchtturmlook, schlanker weißer Turm mit Lampe obendrauf. Bei Ebbe kann man ihn vom Strand aus über einen Damm erreichen, aber gerade kommt die Flut herein. Am Leuchtturm machen wir das Boot an der metallenen Außenleiter fest und steigen zur Tür hinauf.

Die Sprossen sind alt und glitschig und strahlen Elektrizität und das Bellen von Seehunden aus. Ich klettere zuerst rauf und warte in der Türöffnung auf Ione. Die Tür, die uns den Weg versperrt, ist aus dickem Metall und hat ein überraschend modernes Schloss. Halb wünsche ich mir, wir hätten Zach dabei.

Ich glaube nämlich, die Leuchtturmverwaltung Nord wird nicht begeistert sein, dass ich das Schloss herausbrenne.

Während wir darauf warten, dass alles wieder abkühlt, küsst mich Ione auf den Hals. »Das war erstaunlich sexy.«

»In der Hinsicht hab ich noch mehr zu bieten«, sage ich und merke, dass ich rot werde.

Drinnen ist es dunkel, und die Geräusche des Meeres sind weit weg. Die Wände sind cremeweiß gefliest wie in alten U-Bahn-Stationen, und eine enge Wendeltreppe führt nach oben.

Ich rufe hallo hinauf, weil man auf einer so steilen Treppe keine Überraschung erleben will. Dann machen wir uns an den Aufstieg. Am Ende der Treppe ist der Weg durch eine weitere dicke Eisentür versperrt, diesmal mit einem Sicherheitsriegel auf unserer Seite, als ob dahinter etwas eingeschlossen bleiben soll. Die Halterungen sind grob an die Tür geschweißt, und zwar nachdem sie lackiert wurde.

»Das ist noch nicht lange her, was?«, sage ich.

»Sieht so aus«, sagt Ione, und gemeinsam heben wir den Riegel aus den Halterungen und lehnen ihn an die Wand.

Hinter der Tür liegt der hohle obere Teil des Leuchtturms. Der Rest der Treppe führt weiter nach oben und verschwindet in einem eingezogenen Boden, darüber ist wohl der Wohnbereich.

Ich rufe wieder hallo.

Von oben ertönt eine Frauenstimme. »Keinen Schritt weiter! Ich habe einen Toaster und werde nicht zögern, ihn zu benutzen.«

»Sind Sie Alice MacDuffie?«, frage ich.

»Der ist sehr alt und verdammt groß«, ruft sie weiter. »Den wollen Sie nicht auf den Kopf kriegen, das kann ich Ihnen sagen.« Eine Pause. Dann: »Wer will das wissen?«

»Wir sind hier, um Sie zu retten.«

Klatschende Schritte auf Stufen, dann taucht über uns eine Frau auf, sie hat tatsächlich einen Toaster in der Hand. Einen großen, altmodischen, und sie hat recht, den will man wirklich nicht auf den Kopf kriegen.

Drei Meter über uns hält sie an und fragt, wie wir reingekommen sind.

»Durch die Tür unten«, sage ich.

»Wie seid ihr an ihnen vorbeigekommen?«

»An wem?«

»Habt ihr nicht …« Sie zögert. »Jemanden im Wasser gesehen?«

Ich sage nein, und Ione bekräftigt das.

»Dann waren die gar nicht da und haben den Turm überwacht?«, sagt sie, aber eher zu sich selbst. »Dann hätte ich ja ein Fenster einschlagen und mir aus den Bettlaken ein Seil machen können. Zum Strand sind's zweihundert Meter, das kann man im Schlaf schwimmen. Und bei Ebbe kann man sogar rüberlaufen.«

»Wollen Sie nicht jetzt mitkommen?«, fragt Ione.

»Wartet da«, sagt Alice und tappt wieder die Treppe hinauf. Oben hört man sie murmeln und Schranktüren auf- und zuschlagen, dann kommt sie wieder die Treppe runter.

Nach der letzten Biegung sehe ich, dass sie barfuß ist und eine blaue Nylon-Pyjamahose und eine schmuddelige gelbe Regenjacke trägt, beides ist ihr viel zu groß. Sie hat rosige Wangen und kastanienbraunes Haar, das zu einem unordentlichen Pferdeschwanz gebunden ist.

»Habt ihr meine Signale gesehen?«, fragt sie. »Ich hab einen der Löffel so poliert, dass ich damit die Sonne reflektieren konnte.«

Ich sage, ich hätte sie gesehen, und frage, wer sie hier eingeschlossen hat. Da wird sie total ängstlich und will es uns erst sagen, wenn sie draußen und in Sicherheit ist. »Ihr habt ein Boot, oder? Weil, ins Wasser solltet ihr nicht gehen.«

»Was ist das Problem mit dem Wasser?«, fragt Ione.

»Das wollt ihr gar nicht wissen.«

Ich sage, erstens wollen wir es sehr wohl wissen, zweitens war das im Grunde der Sinn unseres Ausflugs hierher.

»Da unten im Wasser gibt es Wesen.«

Wir treten gemeinsam durch die Außentür in die geschützte Nische davor.

»Was für Wesen?«, frage ich. »Seehunde? Delphine?«

Sie zögert.

Ich beschließe, ihr ein bisschen Dampf zu machen. »Selkies?« Dann werfe ich über die Schulter einen Blick auf Ione. »Meerjungfrauen?«

»Was wisst ihr?«, fragt Alice.

Ich warte aber lieber, bevor ich weiterrede, weil ich in den letzten Tagen oft genug irgendwo runtergefallen bin und mich jetzt darauf konzentrieren will, heil die Leiter runterzukommen. Alice folgt uns dichtauf, aber von dem Schlauchboot ist sie nicht begeistert. »Was Größeres hattet ihr nicht?«

Hätte ich das Ganze besser durchdacht, dann hätte ich zumindest ein Paddel oder so was mitgenommen. Stattdessen muss uns Ione schieben, ganz langsam, als schwämme sie mit Beinen, während ich im Bug sitze und Alice davon abzuhalten versuche, nach hinten zu schauen.

Zum Glück scheint Alice so erleichtert, aus dem Leuchtturm raus zu sein, dass sie den Blick nicht vom Strand löst. »Man hätte denken sollen, da drin wäre ein Funkgerät für Notfälle, oder?«, sagt sie. »Ich hätte gern die Stromversorgung gekappt, damit die Leuchtturmleute nach dem Rechten sehen müssen, aber ich hab mich nicht an all diese Starkstromkabel rangetraut, und außerdem, wenn meinetwegen ein Schiff auf die Felsen geraten wäre … andererseits, dank GPS kann das heutzutage eigentlich nicht mehr passieren. Trotzdem … Wer seid ihr beide noch mal?«

»Wer hat Sie in den Leuchtturm gesperrt?«, frage ich.

»Selkies«, sagt sie. »Du wirkst nicht überrascht. Warum?«

»Echte Selkies?«, frage ich, denn auch wenn ich nicht zur Polizei will, ein paar gute Angewohnheiten hab ich übernommen, zum Beispiel, keine Suggestivfragen zu stellen. Und auch ein paar schlechte – zum Beispiel, Gegenfragen nur zu beantworten, wenn es gar nicht anders geht.

»Amphibische Menschen, die im Meer leben und bellen wie Seehunde.« Sie mustert mich intensiv. »Du kennst sie, ja?«

»Nicht persönlich«, sage ich. »Aber wir wissen genug, um Ihnen zu glauben. Was wir nicht wissen, ist, wie Sie von der Bohrinsel wegkamen.«

»Von der ihr auch wisst. Ihr habt noch nicht gesagt, wer ihr seid.«

»Ich arbeite für die Einheit Spezielle Analysen«, sage ich. »Wir kümmern uns um solche abstrusen Sachen.«

Dann muss ich die ganze Liste durchgehen, weshalb ich das Thema eigentlich gar nicht aufbringen wollte. Nein, nicht das MI6 oder MI5 oder das Innenministerium oder die Fortean Society. Als sie die Polizei erwähnt, sage ich nur, dass die wissen, wer wir sind.

Da ich mit dem Rücken zur Fahrtrichtung sitze, um Alice abzulenken, kann ich den Strand nicht sehen, aber ich höre die Brandung. Ich muss ein bisschen auf die Tube drücken. »Wie sind Sie von der Bohrinsel in den Leuchtturm gekommen?«

»Irgendein Arsch hat mich ins Wasser gestoßen.« Sie stand auf dem Tauchdeck ganz unten auf der Bohrinsel, sonst hätte sie den Sturz wahrscheinlich nicht überlebt. Es war mitten in der Nacht, und sie trug weder Überlebensanzug noch Rettungsweste.

»Was haben Sie denn mitten in der Nacht dort gemacht?«, frage ich.

»Ich wollte herausfinden, wer die Arbeiten unten an der Förderpumpe ausführt.«

»Und haben Sie es herausgefunden?«

»Erst als ich im Wasser war.«

Ohne die richtige Ausrüstung liegt die Zeit, die man in der Nordsee überleben kann, selbst im Sommer bei etwa einer Stunde. Wenn einen nicht schon in den ersten neunzig Sekunden der Schock umbringt. Ich schaudere. Sie sieht es. »Ah. Du weißt, wovon ich rede.«

Und das gilt nur, wenn man nicht von einer Welle gegen einen Tragpfeiler geschleudert und getötet wird.

Niemand – außer dem Arsch, der sie ins Meer gestoßen hatte – ahnte auch nur, dass sie nicht in ihrem Zimmer war. Es war stockdunkel, und sie war sich sicher, dass sie sterben würde.

»Aber da kamen die Selkies.«

Wegen des Gebells und der glatten Haut, die sie wild rudernd ertastete, hielt sie sie zunächst für normale Seehunde.

Dann bemerkte sie, dass sie Hände und Arme und menschliche Köpfe hatten, und hörte auf zu strampeln. »Ich hatte ja nicht gerade viele Möglichkeiten. Wenn sie gewollt hätten, dass ich ertrank, hätten sie nur loslassen müssen.«

Stattdessen begannen sie, Alice in der Mitte wie ein Würstchen im Schlafrock, irgendwohin zu schwimmen.

»Wie lange?«, frage ich und denke mir, dass das ganz ähnlich klingt wie meine Rettung durch Ione.

»Stundenlang. Die Sonne ging auf, aber ich sah nur Meer. Ich war so erschöpft, dass ich immer wieder einschlief. Und dann wachte ich auf, und …«, sie schwenkt den Arm in Richtung Leuchtturm, »… vor uns lag das da. Sie bugsierten mich die Leiter hinauf, legten mich auf ein Bett und verdrückten sich.«

»Wie lange waren Sie jetzt da drin?«

»Ich weiß nicht. Wochenlang.«

Die Außentür war abgeschlossen, die Fenster versiegelt, aber sie baute auf die nächste Kontrolle durch die Leuchtturmbehörde. »Die irgendwann kommen musste.«

Und alle zwei, drei Tage brachten die Selkies ihr schweigend frischen Fisch.

»Und sie bewachten den Leuchtturm aus dem Wasser heraus. Und machten mir das sehr deutlich.«

Dann, vor etwa zehn Tagen, war ein älterer Selkie bei ihr aufgetaucht, nackt und tropfend wie die anderen, aber er hatte eine wasserdichte Tasche mit einem alten Touristenstadtplan von Aberdeen und einer Broschüre von FPXPLORE dabei. Es brauchte nicht viel Pantomime und Seehundlaute, bis sie kapierte, dass er wissen wollte, wo der Hauptsitz von FPXPLORE war.

»Ich markierte es auf dem Stadtplan. Er fand den Steinbruch daneben sehr interessant.« Alice merkte ihm an, dass er gern noch mehr Fragen gestellt hätte, aber die Sprachbarriere verhinderte das. Schlussendlich verlegten sie sich darauf, Bilder auf die Umschlaginnenseiten von ein paar alten, zerfledderten Taschenbüchern zu zeichnen, die Alice in der Küche des Leuchtturms gefunden hatte. Der Mann hatte Strichmännchen gezeichnet, erst große, dann daneben ein paar kleinere – Kinder, vermutete Alice. Um die Kinder hatte er ein Kästchen gezeichnet mit einem Pfeil, der von den Erwachsenen wegführte. Mit heftigen Strichen hatte er ihnen an die Stelle, wo der Mund war, eine nach unten gebogene Linie gezeichnet.

»Dann hat er auf dem Stadtplan auf den Steinbruch gezeigt«, sagt Alice, »und mich dann angestarrt, als müsste ich es allein durch sein Starren kapieren. Ich habe noch nie jemanden so zornig und traurig zugleich gesehen. Und dann stopfte er den Stadtplan wieder in die Tasche und verschwand.«

»Was glauben Sie, was er meinte?«

»Ich glaube, jemand hat ihre Kinder gestohlen.«

»Aber warum?«

»Ich weiß es nicht.«

Das Schlauchboot knirscht auf Sand.

Ione streift ihren silbernen Schal ab und watet aus dem Wasser zu uns.

»Ist dir nicht kalt?«, fragt Alice.

»Na ja«, gibt Ione gedehnt zurück, »ich bin ausm Broch. Also – nein.«

Wir ziehen das Boot auf die Dünen, und ich zeige auf die Feds am Wohnwagen. »Sie sollten da rübergehen und denen sagen, wer Sie sind – die haben Sie gesucht.«

»Solltet ihr nicht mitkommen?«

Ich bedeute Ione, vorauszugehen, und sehe im Strandhafer etwas Rotes aufblitzen – Sax William, der in Richtung Auto huscht.

»Nö«, sage ich. »Ich hab keinen Bock auf die Bullen.«

»Was soll ich ihnen denn sagen?«

»Sagen Sie ihnen ruhig alles. Obwohl – sagen Sie lieber, Sie wollen mit Inspector Nightingale sprechen, der ist ein höheres Tier und außerdem mein Ausbilder, der glaubt Ihnen das mit den Selkies und so.«

Alice setzt sich in Richtung der Feds in Bewegung.

»Inspector Nightingale«, rufe ich ihr nach, dann trabe ich zu Ione und helfe ihr, das Schlauchboot die letzten zwanzig Meter zum Auto zu tragen.

Als es sicher auf dem Dachgepäckträger festgezurrt ist, ich den Streit zwischen Ione und Duncan beendet habe, wer auf den Beifahrersitz darf (natürlich Ione), und die Füchse auf dem Rücksitz sitzen, brausen wir davon, so schnell ein Vauxhall Corsa auf einem holprigen Schotterweg nur brausen kann.

Ich frage Sax William, ob er in Aberdeen Agenten hat.

»Wir haben da eine Bereitschaft.«

Ich bitte ihn, sie das FPXPLORE-Gebäude auf Rubislaw Hill observieren zu lassen.

Kaum haben wir Brians Haus in Mintlaw erreicht, flitzen die Füchse davon, um das in die Wege zu leiten. Von Brian, Abdul, Tante Rose, Onkel Richard und den Zwillingen ist keine Spur zu sehen, also schnappen Ione und ich uns ein paar kalte Getränke aus dem Kühlschrank und setzen uns auf die Terrasse, um Klartext zu reden.

»Deine Familie steckt in was echt Üblem drin«, sage ich.

Sie nickt düster. »Sag ich ja.«

»In was genau, weißt du nicht?«

Sie schüttelt den Kopf.

»Es muss was mit FPXPLORE zu tun haben, oder?«, sage ich. »Deine Cousine arbeitet ja da.« Dann erzähle ich ihr das mit dem älteren Selkie und den Kindern in dem Kästchen in einem überfluteten Steinbruch direkt neben dem Hauptsitz der Firma.

»Und was machen wir jetzt?«, fragt sie.

»Du hast doch nichts gegen Süßwasserschwimmen?«

19

Was Abigail mit der Schule machte

Die sprechenden Füchse halten sich für Spione. Ich weiß nicht warum und bin mir ziemlich sicher, dass sie es auch nicht wissen. Aber falls ihnen irgendwann mal wer das Spionenhandwerk beigebracht hat, dann nur mit einem ziemlich lückenhaften Vokabular dafür. Daher enthält das Briefing, das Sax William uns zu dem Steinbruch auf Rubislaw Hill gibt, füchsische Ausdrücke wie: »ein knitzgroßes Grabloch, aye, mordsknitzgroß«, »och, unzählige Winter vor Violet« und »ganz ganz viele Steinbaue«.

Aber inzwischen bin ich dran gewöhnt, und auf der Fahrt nach Aberdeen kann ich Ione simultan übersetzen. Ab und zu schaut sie etwas davon in Wikipedia nach.

Der Steinbruch wurde 1740 in Betrieb genommen, als Rubislaw Hill noch unbebaute Landschaft war, und über die nächsten zweihundert Jahre holte man sechs Millionen Tonnen Granit heraus. Diese Zahl beeindruckt die Füchse total, von denen ich weiß, dass sie alle von einem geräumigen jagdhundsicheren Fuchsbau mit verschiedenen Wohnebenen, direktem Mäuseanschluss und allen modernen Schikanen träumen. Ich schätze, in spätestens zehn Jahren machen sie einen Deal mit dem Stillen Volk, und dann wird kein Oligarchen-Superbasement mehr sicher sein.

»Willst du jetzt dieses Briefing haben oder nicht?«, fragt Sax William.

»Sorry«, sage ich, »die Straße war schlecht, das hat mich abgelenkt.«

Sax William gibt ein Schnauben von sich und erzählt weiter, dass das ganze Gestein dazu verwendet wurde, Aberdeen in all seiner grauglitzernden Pracht zu errichten. Die Füchse sagen, Granit riecht anders als Backstein, und ein Fuchs aus Aberdeen erkennt allein am Geruch jederzeit, wenn er wieder zu Hause ist. Dann, fünfundzwanzig Jahre nach Violet (1971, sagt Ione), wurden all die großen Grabdingse abgeschaltet, und die Menschen gingen weg. Die Fuchslegenden besagen, dass die ersten Geheimagenten, die nach Norden kamen, den Steinbruch als Basis nutzten, aber umziehen mussten, als er sich mit Regenwasser zu füllen begann. Inzwischen ist er auf drei Seiten von dicht bebauten Vororten umgeben und an der vierten von Ölfirmensitzen.

»Hundertvierzig Meter ist er tief«, sagt Ione, noch bevor Indigo »sechseinhalb Fuchsflitzer« für uns übersetzt hat. »Das liegt unter dem Meeresspiegel.«

»Und ungefähr so tief reicht diese Ölplattform unter Wasser«, sage ich.

Sax William hat uns beschrieben, wo der beste Zugangspunkt zum Steinbruch ist. Wir parken gegenüber an der Queen's Road und gehen zu Fuß über die Straße. Einen offiziellen Eingang gibt es nicht; wir klettern über eine niedrige Mauer aus Granitblöcken und steigen dann eine mit Bäumen bestandene Böschung hoch. Bröckelnde Steinstufen führen zu einem zerbeulten Maschendrahtzaun rauf. Dort steht BETRETEN VERBOTEN LEBENSGEFAHR, aber ich weiß nicht, wie ernst das gemeint ist, denn manche von den Betonpfosten des Zauns sehen aus, als würden sie gleich umkippen, und er hat keinen Stacheldraht obendrauf. Indigo und die anderen Füchse verlangsamen nicht mal, sie schlüpfen geschmeidig unter dem Zaun durch und warten auf der anderen Seite mit selbstgefälliger Miene auf uns.

Es gibt ein Tor mit einem Vorhängeschloss, aber bevor ich es herausbrennen kann, gibt Sax William ein Hüsteln von sich und zeigt auf eine Stelle daneben, wo der Draht des Zauns sauber durchtrennt ist. Wir schieben ihn beiseite und steigen vorsichtig durch die Lücke. Dann gehen wir weiter den Hang hinauf und sehen schließlich den Steinbruch vor uns liegen.

Na ja, er ist weniger beeindruckend, als ich dachte. Ein bisschen wie eine größere Version der Teiche auf Hampstead Heath. Aber als ich das anmerke, schüttelt Ione den Kopf. »Die Tiefe macht's. Je tiefer das Wasser, desto besser lässt sich darin etwas verstecken.«

Das hat sie auch gesagt, als ich sie nach dem Monster von Loch Ness fragte. Von dem sie behauptet, es wär bloß Touristennepp. »Loch Lochy«, sagte sie, was für mich wie ein erfundener Name klang. »Da wohnt Lizzie.«

Auf meine Frage, wer Lizzie ist, sagte sie, wenn ich brav wäre, würde sie mich ihr mal vorstellen.

Später schaute ich Loch Lochy im Internet nach. Er ist viel größer als der Rubislaw-Steinbruch, aber nicht so tief.

Auf der anderen Seite des Steinbruchs, etwa hundert Meter von uns entfernt, ist ein mit Gebüsch und Bäumen bewachsener steiler Abhang. Hinter den Baumkronen sieht man die blaue Glasfassade von Chevron, weiter rechts die klobigen weißen Obergeschosse von ConocoPhillips. Von FPXPLORE ist nur eine graue Brüstung ganz am Ende des Steinbruchs sichtbar. Dort ist das Steilufer aus kahlem sandfarbenem Fels und mir scheint, als wären in den Granit zwei senkrechte Furchen gehauen. Ich mache ein Foto, aber der Zoom ist nicht gut genug, um genau zu erkennen, was das ist.

Ich setze Indigo ihr Headset auf und bitte sie, den Fuchsposten um FPXPLORE herum zu sagen, dass sie es sich anschauen sollen.

Ione nimmt meine Hand, und wir steigen zum schlammigen Ufer runter, wo es einen kurzen Steg aus rechteckigen PVC-Modulen gibt. Die Füchse verteilen sich am Ufer, Indigo bleibt bei mir. Sie hätte gern, dass ich sie die ganze Zeit in dem Rucksack mit dem ganzen Kommunikationszubehör rumtrage, aber sie ist voll schwer, deshalb muss sie laufen, solange keine fremden Leute in der Nähe sind.

Hier am Wasser ist es geschützt, und die Sonne wärmt ganz ordentlich. Ione zieht sich bis auf ihren Tankini aus und drückt mir ihre Kleider in die Hand. Dann geht sie ans Ende des Stegs, legt sich hin und steckt den Kopf ins Wasser.

Als sie ihn wieder herauszieht und mich anschaut, frage ich: »Und?«

»Es ist wärmer als das Meer. Und Süßwasser. Und es gibt Fische, so giftig kann es also nicht sein.« Sie dreht sich um und wickelt sich den Schal um die Hüften.

Die Verwandlung geht so schnell, dass das Auge nicht mitkommt; die Schuppen scheinen über ihre Beine zu strömen, und plötzlich hat sie einen Fischschwanz. Sie gleitet ins Wasser, ich sehe noch einen silbernen Schimmer, und weg ist sie. Ich drücke ihre Kleider fest an die Brust.

Sax William und noch ein paar der hiesigen Füchse kommen zu Indigo und mir auf den Steg.

Es dauert keine fünf Minuten, da durchbricht Ione plötzlich wieder die Oberfläche und schießt in einer Gischtwolke auf uns zu. Die Füchse stieben auseinander. Einen bescheuerten Moment lang breite ich die Arme aus, als wollte ich sie auffangen, bis mein Verstand meinen Körper einholt und ich aus dem Weg springe. Sie landet hart auf dem Steg, fluchend und mit wild schlagendem Schwanz wie ein Fisch in Not, dann gelingt es ihr, den Schal abzuziehen und sich auf den Rücken zu wälzen – immer noch fluchend.

Ich frage, ob alles okay ist, und sie flucht noch ein bisschen, kommt aber hoch, und ich helfe ihr auf die Füße.

»Au«, sagt sie und hält meine Hand fest. »Weg vom Wasser, schnell.«

Sie führt mich ans Ufer. Sie hinkt, aber ich warte, bis wir auf halber Höhe der Böschung stehen bleiben, um zu fragen, ob sie verletzt ist.

»Da unten ist was«, sagt sie. »Entweder große Aale mit Zähnen oder so was wie ein Oktopus mit Tentakeln. Ich hab nicht abgewartet, bis ich's rausfinde.«

»Wirkte es natürlich oder beschworen wie die anderen Viecher?«

»Was Einheimisches war es nicht, so viel kann ich sagen.«

Ich frage, ob sie noch mehr gesehen hat, aber sie schüttelt den Kopf. »Das Ding mit den Zähnen hat mich abgehalten.«

»Aber damit haben sie sich verraten, ja?«, sage ich. »Dass da unten was Wache hält, heißt, dort ist was versteckt.«

Ione löst den Blick nicht vom Wasser. »Und jetzt?«

»Wir schauen, was die Füchse gefunden haben. Und wir rufen Nightingale an.«

Wir schlüpfen durch das Loch im Zaun und gehen zum Vauxhall zurück. Plötzlich haben wir ein Dutzend weiterer Fuchspassagiere, die sich als rotes Fellknäuel auf dem Rücksitz drängen. Gut, dass wir Duncan in Mintlaw gelassen und auf dem Weg hierher was zu essen gekauft haben. Ich steuere uns durch Rubislaw Hill und rufe dabei Nightingale an, während Ione Trauben und Himbeeren nach hinten verteilt. Abdul hat uns eine Predigt gehalten, wir dürften die Füchse nicht mit so viel Junkfood füttern. Auch wenn Indigo sich bitter beklagt.

»Käsebällchen«, jammert sie.

Wir fahren gerade an den Glaswänden und sauber gestutzten Hecken des Chevron-Geländes vorbei, da geht Nightingale dran.

»Wir haben James Albrights Spur verloren«, sagt er. »Halte nach ihm Ausschau, aber bleib um Gottes willen auf Abstand. Wo bist du?«

Ich berichte ihm von Iones Begegnung mit dem Vielleicht-Ungeheuer von Loch Rubislaw. Er stimmt mir zu, dass das darauf hindeutet, dass FPXPLORE dort etwas verbirgt. »Hast du die Füchse darauf angesetzt?«

Ich sage ihm, dass ein paar bereits auf Posten und weitere in Bereitschaft im Auto sind.

»Begebt euch außer Sicht und lasst euch von den Füchsen Bericht erstatten. Bleibt, wo ihr seid, bis ich komme.«

»Verstanden«, sage ich.

»Und, Abigail?«

»Ja, Boss?«

»Sei vorsichtig.«

Nightingale bringt Zach mit. »Nur für alle Fälle« – nämlich eventuelle Türschlösser und Sicherheitsschließsysteme.

Nach dem Gespräch mit ihm fahre ich auf den Besucherparkplatz von FPXPLORE und stelle unser bescheidenes kleines Vehikel in den Schatten eines dicken SUV, damit es vom Bürogebäude aus nicht zu sehen ist. Wir vergewissern uns, dass niemand zuschaut, und lassen die Füchse aus den Fenstern springen – Sax William und die Anführer der einzelnen Teams haben Headsets, die über verschlüsselten Kurzwellenfunk verbunden sind. Indigo quetscht sich in meinen Rucksack.

Ione will wissen, woher all die speziell angepasste Ausrüstung kommt.

»Weißt du noch, die Tierärztin?«, sage ich. Sie nickt. »So jemand haben sie auch für Spionageausrüstung.«

Ungefähr um diese Zeit fährt Nightingale mit Zach in seinem total unauffälligen Vintage-Jaguar vor und erzählt uns, dass sich James Albright abgesetzt hat, gleich nachdem seine U-Haft auslief.

»Ein Auto wartete schon auf ihn. Und ich war nicht schnell genug dort. DCI Mason hat das Auto zur Fahndung ausgeschrieben, aber ich vermute, Albright ist jetzt schon aus der Stadt heraus …«

»Oder hier«, sage ich.

»Exakt«, sagt Nightingale. »In Anbetracht der Tatsache, dass im Steinbruch eines seiner Ungeheuer lauert, ist diese Möglichkeit nicht ausgeschlossen.«

Zach hebt die Hand. »Wie bitte? Ungeheuer?«

»Ja, groß und mit vielen Zähnen«, sagt Indigo.

»Nicht ins Wasser gehen«, sage ich.

»Das Problem ist, wir wissen nicht, wie lange seine beschworenen Wesen bleiben«, sagt Nightingale.

In den Archiven des Folly gibt's nur sehr wenig Material über das Heraufbeschwören von übernatürlichen Wesen. Nicht nur, weil die dortigen Zauberer damit nichts anfangen konnten – nein, in ihren Augen waren solche Aktivitäten unmoralisch, gefährlich und vor allem etwas, was nur heidnische Ausländer machten.

»Haben die Füchse inzwischen etwas entdeckt?«, will Nightingale wissen.

Das haben sie, und zwar »eine kleine Tür in einer großen Tür in einer unterirdischen Garage« – ungefähr dort, wo ich die beiden senkrechten Furchen in der Steilwand am Ufer des Steinbruchs gesehen habe.

Das ist kein Zufall.

Die kleine Tür, sagt Sax William, ist aus Metall, hat ein

elektronisches Codefeld und riecht nach Fisch. Die größere Tür ist auch aus Metall, aber älter – das können die Füchse wittern – und frisch geölt.

»Im Fels waren früher Gänge«, sagt er. »Durch die wurden kleinere Grabdingse nach unten gelassen und wieder raufgeholt. Als die Grube noch nicht voller Wasser war. Sagt jedenfalls Control.«

Nightingale schaut mich an. »Vorschläge?«

Das ist so eine Sache mit Nightingale. Er ist der Einzige aus der älteren Fraktion, den ich kenne, der einen richtig anschaut, also, als würde er wirklich die Person sehen, die man ist. Und er stellt nie eine Frage, an deren Antwort er nicht echt interessiert ist. Manchmal ist das voll unangenehm.

»Wir stellen rund um das Firmengelände Fuchswachen auf«, sage ich. »Und Sie gehen rein, zeigen Ihren Ausweis und verlangen die Geschäftsführung zu sprechen. Währenddessen gehen Ione, Zach und ich zu dieser Tür, kriegen sie hoffentlich auf und schauen, was dahinter ist.«

»Und wenn ihr auf Widerstand stoßt?«

»Wenn wir auf ernsthaften Widerstand stoßen«, sage ich, »ziehen wir uns zurück, bis Sie als Verstärkung kommen.«

»Und zwar unbedingt«, sagt er. Und damit ist mein Plan einfach so angenommen.

Bevor Nightingale sich zu seinem Part aufmacht, nickt er Indigo zu, die mit dem Headset auf dem Kopf aus meinem Rucksack lugt. Auf seinem Gesicht ist ein ziemlich komisches Lächeln, aber ich könnte schwören, seine Augen werden feucht. Was einfach nur schräg ist, wenn man ihn kennt. »Funkerin?«, fragt er.

»Ja, Sir«, sagt Indigo.

»*Omne vetus novatur*«, murmelt er. *Alles Alte erneuert sich.* Und dann zu Indigo: »Weitermachen.«

»Ja, Sir.« Und dann, als Nightingale außer Hörweite ist, murmelt Indigo: »Ich wünschte, er wäre ein Fuchs.«

»Warum das bitte?«

»Dann würde ich ihn in meinen Bau schleifen und nie wieder rauslassen.«

»Das wollte ich gar nicht so genau wissen«, sage ich. Bisher war sie noch nie verknallt in ein menschliches Wesen. Nicht mal in Simon, und der ist so hammer, dass er auf Snapchat einen ganzen Fanclub von Teenies hat. »Was ist los mit dir?«

Indigo seufzt. »Die Ranz.«

»Ich dachte, die wäre im Januar?«

»Bei den Zivs, ja.« Sie meint die normalen Füchse. »Bei uns ist das ein bisschen unberechenbarer.«

»Hast du noch nie erwähnt.«

»Es kam eben noch nie die Rede drauf.«

»Gehen wir jetzt los oder nicht?«, fragt Ione.

Gegenüber vom FPXPLORE-Gebäude, hinter dem Parkplatz und der Zufahrtsstraße, ist ein Grünstreifen mit Büschen und Bäumen. Sax William führt uns quer hindurch zu dem Zaun um den Steinbruch, neben dem ein schmaler Pfad verläuft. Der Zaun ist hier viel neuer als auf der anderen Seite, wo wir vorhin waren: stabile grünmetallene Palisadenelemente, oben spitz, um neugierige Kids und Urban Explorers fernzuhalten. Der Pfad ist für Füchse dimensioniert; Ione, Zach und ich müssen uns unter den tiefhängenden Zweigen durchbücken.

Hier ist es grün und warm, und etwas sticht mich in den Nacken.

»Da fühl ich mich zurückversetzt …«, fängt Zach an, aber Indigo zischt ihm zu, still zu sein.

Wir gehen hinter einem Holzzaun vorbei, der nach altem Müll riecht, und nachdem uns Sax William bestätigt hat, dass die Luft rein ist, treten wir auf eine Zufahrt hinaus, die in einem Bogen zur unteren Etage einer zweigeschossigen Parkgarage runterführt. Sax William flitzt los, und wir joggen hinterher, bis wir in der Einfahrt und damit vor Blicken verborgen sind. Die Belegschaft von FPXPLORE nimmt den Klimawandel offenbar echt ernst; hier unten steht kein einziges Auto. Die radeln wahrscheinlich alle zur Arbeit.

Wir warten, während Sax William und ein paar seiner Leute nachschauen, ob auch niemand im hinteren Teil der Garage ist.

»Clear«, sagt Indigo schließlich, und wir schleichen an der linken Wand der Garage entlang bis zu der Tür in der Tür.

Man hat gar nicht versucht, sie zu verbergen – auf dem Boden davor ist sogar ein gelbes Rechteck mit FREIHALTEN aufgemalt. Es sieht neuer aus als die weißen Stellplatzmarkierungen. Die große Tür ist eher ein Tor. Es ist zweieinhalb Meter hoch und vier Meter breit – und alt. Als ich die Hand drauflege, spüre ich das Knirschen von Metallzähnen auf Fels. Die kleine Tür im linken Flügel wurde viel später eingepasst, das blaue Kunststoffgehäuse des Codefelds ist neu und sauber.

»Dein Part«, sage ich zu Zach.

Er tritt vor und beugt sich über das Feld.

Ich frage Indigo, wie es bei Nightingale aussieht.

»Sierra Fünf«, sagt sie in ihr Headset. »Lagebericht, bitte.« Dann lauscht sie kurz.

»Er hat aufgehört, mit der Frau am Empfang Argumente auszutauschen, und dringt jetzt tiefer ins Gebäude vor.«

Ione tippt mir auf den Arm und deutet mit dem Kinn auf Zach, der an dem Codefeld zu schnuppern scheint. »Was macht er da?«

»Schau einfach zu.« Ich hab diesen Trick schon mal beobachten können.

Zach richtet sich auf, legt die linke Hand über die Augen und tippt mit der rechten sechs Ziffern in das Feld ein. In der Tür klickt es, und als Zach die Klinke drückt, geht sie auf.

»Ta-da«, sagt er und tritt beiseite. »Ladies first.«

Um genau zu sein: Füchse first. Aber Ione und ich folgen dicht dahinter. Zach hält gute zwei Meter Abstand von uns.

Der geheime Tunnel hat etwa die gleichen Maße wie das große Tor, rechteckig mit zweieinhalb Metern Höhe und vier Metern Breite. Die Wände sind glatt – vermutlich Beton – mit waagerechten Kratzern darin. An beide Wände sind in Abständen moderne LED-Leuchtstreifen gleich unterhalb der Decke montiert.

Wir sind erst drei Meter gegangen, da kommen Sax William und seine Aufklärer zurückgerannt, viel schneller, als sie vorgedrungen sind.

»Banditen«, sagt Indigo. »Direkt voraus, drei Stück, menschengroß.«

Ich frage, was menschengroß bedeutet.

»So groß wie Menschen«, sagt sie. Geschieht mir recht, blöde Frage.

Die Aufklärungsfüchse sammeln sich in sicherem Abstand hinter uns. Füchse kämpfen nur im äußersten Notfall – und ganz bestimmt nicht gegen »menschengroße« Gegner. Wenn man so groß ist wie ein zweijähriges Kind, hat »asymmetrische Kriegsführung« eine sehr spezielle Bedeutung.

Drei menschengroße Männergestalten kommen auf uns zu.

»Mein Onkel«, sagt Ione.

Er trägt immer noch den 2-Tone-Revival-Anzug und teure Schuhe und ist immer noch so gedrungen und massiv wie ein gusseiserner Briefkasten. Den magischen Silberschal hat er lose um den Hals geknotet. Flankiert wird er von zwei weißen Muskelprotzen in Jeans, Donkeyjacken und Arbeitsstiefeln. Der eine hat einen rasierten Schädel, der andere eine dämliche blondgefärbte Stachelfrisur.

Die beiden tragen keine Silberschals, also vermute ich, dass es einfach nur angeheuerte Schläger sind.

»Indigo«, sage ich leise. »Falcon-Kampf. Elektronik abschalten.«

»Verstanden«, sagt sie, und mein Ohrstöpsel wird stumm. Ich lasse Iones Onkel nicht aus den Augen, während sich das Gewicht auf meinem Rücken reduziert, weil Indigo aus dem Rucksack springt. Wie wir es trainiert haben, wird sie sich in die sogenannte taktische Flitzposition bringen, damit sie, egal was passiert, Nightingale Bericht erstatten kann.

Die beiden Schlägertypen zu Onkel Atlas' Seiten treten nervös von einem Fuß auf den anderen. Ich hab schon echte Killer erlebt – das hier sind keine. Die wahre Gefahr ist Atlas selbst.

»Abi«, zischt Ione, »was hast du vor?«

»Dummheiten«, sagt Atlas. »Du solltest sie zur Vernunft bringen, Ione.«

Da hat er den falschen Ton getroffen. Ione spannt sich an, und ich hoffe bloß, sie macht nicht selber Dummheiten, ich hab nämlich einen Plan.

Nightingale sagt, bei einem Kampf ist es wünschenswert, wenn der Gegner in einem der drei folgenden Zustände ist: zutiefst eingeschüchtert, übermäßig von sich überzeugt oder völlig konfus. Onkel Atlas kommt mir nicht so vor, als ob er sich leicht einschüchtern lässt oder besonders selbstverliebt ist, also setze ich auf Verwirrung. Nightingale sagt, Peter kann das echt gut, und da Peter schon mit einigen krassen Sachen fertig geworden ist, kann die Taktik so schlecht nicht sein.

Ich wage einen kurzen Rundumblick. Zach ist nirgends mehr zu entdecken.

»Sei nicht töricht«, sagt Onkel Atlas, und jetzt liegt Macht in seiner Stimme. Regen und Wind schwingen darin mit, das Krachen von Wellen gegen Felsen und ein paar Tonscherben. Wie bei dieser Ausgrabung in Norfolk, wo das Meer die Klippen auffrisst – so ein Gefühl von unausweichlichem Verhängnis.

Ione tritt einen Schritt zurück und fasst nach meinem Arm. Ich tu so, als ob ich mit ihr zurückweiche. Atlas entspannt sich wieder, also zaubere ich eine *Sirupsohle*, um ihn und seine Muskelmänner an den Fußboden zu kleben. Ein Zauberer würde sofort merken, was ich tue, aber ich baue darauf, dass Onkel Atlas etwas anderes ist. Er salbadert immer noch in diesem Tonfall der patriarchalen Macht: Wenn wir jetzt gehen würden, sei alles vergessen und vergeben.

Dann knalle ich den beiden Schlägern ein *Impello palma* vor den Latz. Wegen ihrer am Boden klebenden Schuhe können sie nicht zurücktaumeln, sondern knicken in den Knien ein und landen hart mit dem Rücken auf dem Beton. Sie schreien wie gestört, also sind sie nicht tot, und bevor Onkel Atlas reagieren kann, kriegt auch er ein *Impello* von mir verpasst.

Die LED-Streifen neben uns flackern und erlöschen.

Atlas schwankt – aber er fällt nicht um, was mich leicht schockt.

Er gewinnt sein Gleichgewicht zurück und wirft einen Blick auf seine Handlanger, die sich immer noch nicht weit genug eingekriegt haben, um ihre Stiefel auszuziehen. Müde schüttelt er den Kopf und zieht bedächtig erst den einen, dann den anderen Fuß aus dem Schuh. Ein Blick auf seine vermutlich teuren Seidensocken, ein Seufzer. Dann holt er tief Luft und richtet den Blick auf mich. »So leicht geht das nicht, Mädchen.« Und er stürmt auf mich zu.

Ione kreischt auf und stolpert rückwärts. Ich muss sie abschütteln, um stehen bleiben zu können. Normalerweise würde ich einem *Impello* ein paar Eiswasserbomben ins Gesicht folgen lassen, aber Atlas ist ja ein Meermann. Den beeindruckt eiskaltes Wasser wahrscheinlich kein bisschen. Ich versuche ihn mit einem Blender etwas unschädlicher zu machen, aber er kneift nur die Augen zusammen und prescht weiter. Ich lasse vor ihm eine Lage Glatteis entstehen und mache mich bereit, es noch einmal mit *Impello* zu versuchen, aber als seine in Seide gehüllten Füße auf dem Eis aufkommen, knackt und bricht es. Er wird nicht mal langsamer. Weitere LEDs gehen aus.

Im Halbdunkel scheint er beim Rennen größer und schwerer zu werden. Es ist, als stünde ich einer Diesellok Klasse 66 gegenüber, die definitiv nicht vorhat anzuhalten, nur weil ihr ein labbriges Stück Mensch im Weg steht. Der Atem strömt ihm wie Dampf aus den Nasenlöchern, seine Augen glühen wie Scheinwerfer, Arme und Beine sind pumpende Kolben.

Er wird mich zerschmettern, mich mit der gleichen unaufhaltsamen Wucht treffen wie der Tod meines Bruders.

Ich hab keine Chance.

Da packt mich Ione und zerrt mich aus dem Weg. Ein Aufprall, sie schreit auf, ihre Hände lassen mich los, und sie fliegt durch die Luft und landet auf der Seite. Diesellok Atlas kommt allmählich zum Stehen, dreht sich um, schaut zu Ione und dann zu mir.

»Sieh, was du angestellt hast«, sagt er. »Du dummes kleines Ding.«

Ich versuche einen klaren Kopf zu bekommen, um einen Zauber zu wirken, aber dieser Blick, die gestrafften Schultern, einfach diese bloße *Masse* – mein Gehirn ist nur noch Matsch. Atlas kommt auf mich zu, vorgebeugt wie ein Zeichentrickboxer.

Mein Verstand will sich nicht einschalten. Immer, immer hab ich mich irgendwie aus der Bredouille tricksen können, aber jetzt kommt absolut nichts Sinnvolles aus meinem Gehirn.

Auf einmal springt jemand – noch viel kleiner als ich und mit rot-weißem Fell – Onkel Atlas auf den Rücken und beißt ihn in den Hals. So ein Rotfuchs kann so fest zubeißen wie ein Hund, und Indigo ist ein sprechender Fuchs, das heißt, ihre Kiefermuskeln sind verdammt gut trainiert.

Atlas treten vor Überraschung die Augen aus den Höhlen. Er öffnet den Mund, klappt ihn wieder zu, presst vor Schmerz die Zähne zusammen und richtet sich auf. Er will nach hinten greifen, um Indigo zu packen, aber zu spät. Mir sind die klugen Worte meiner Mum wieder eingefallen, die so klein ist wie ich und sich trotzdem nie hat einschüchtern lassen.

»Bei großen Männern«, sagte sie einmal zu mir, »hängen die Eier in sehr bequemer Höhe.«

Während er also nach Indigo tastet, springe ich vor, packe sein Gehänge, drehe es scharf nach links und ziehe, so fest ich kann. Er krümmt sich so heftig, dass er mir beinahe mit dem Kopf den Schädel einschlägt, aber ich lasse los und weiche aus. Indigo rettet sich mit einem sauberen Sprung auf meine Schulter, so dass ich fast hinfalle.

Onkel Atlas windet sich in Schmerzen am Boden.

Ich bin mir nicht sicher, was ich machen soll, wenn er wieder hochkommt. Eine sehr vordringliche Idee ist: ihn an den Kopf treten, und zwar so oft wie möglich. Aber zu seinem Glück taucht jetzt Nightingale auf. Er weist mich an, die Muskelmänner vom Boden zu lösen, damit wir alle drei nebeneinanderlegen und auf die Polizei warten können.

Nur kann ich nicht warten. Onkel Atlas wollte uns von etwas fernhalten, und ich frage mich, ob wir noch viel Zeit haben, um herauszufinden, was das ist. Ich hebe Indigo auf, und sie klettert in meinen Rucksack.

»Sie halten den Daumen auf diese Typen«, sage ich, »wir gehen als Vorhut schon mal voraus.«

»Abigail«, sagt Nightingale halb ungehalten, halb amüsiert.

»Ich bin auch vorsichtig.«

Und wir gehen um die in Schach gehaltenen Schläger herum weiter in den Tunnel hinein. Die Wände verwandeln sich von Beton in Ziegel, aber wenigstens funktioniert hier das Licht wieder. Auch ohne Peters nerdigen Architekturfimmel kann ich klar erkennen, dass dieser Teil älter ist. Vielleicht hundert Jahre älter, überlege ich. Der Tunnel wird leicht abschüssig und macht eine Biegung nach links. Indigo meldet, dass sie keine Verbindung mehr hat, und wir gehen langsamer und vorsichtiger weiter. Dann endet der Tunnel in einem großen quadratischen Raum mit Betonboden. Definitiv modern. Das erkenne ich schon an der gelben hydraulischen Kranvorrichtung, die von der Decke hängt. Und zwar über einem rechteckigen Loch, groß genug, um ein Auto hinunterzulassen. Es ist von einem gelb-schwarz umwickelten Sicherheitsgeländer umgeben.

Ich prüfe, ob das Geländer auch stabil ist – na bitte, ich bin vorsichtig! –, und spähe dann hinunter. Man sieht vielleicht zehn Meter tief, dann verliert sich der Schacht in Finsternis.

»Bisschen James-Bond-mäßig, was?«, sage ich.

»Nö, einfach nur die Ölindustrie«, sagt Ione.

Aus zwei Schlitzen in der Wand vor uns kommt ein Luftzug. Sie sind drei Meter hoch, und als ich in einen hineinspähe, sehe ich, dass er etwa einen Meter tief ist und man nach draußen über die Wasseroberfläche blickt. Das also sind die senkrechten Furchen, die ich vom Steg aus bemerkt hatte.

Jenseits des großen Lochs ist ein zweites, quadratisches Loch von ungefähr einem Meter Kantenlänge im Boden, durch ein Geländer mit Pforte darin gesichert. Dort führen senkrechte Schienen in einen zweiten Schacht runter. An seinem Grund brennt Licht, so dass man sieht, wie verdammt tief er ist. In einer Halterung neben der Pforte hängt eine große gummierte Steuerung. Sie hat zwei Knöpfe: Pfeil nach oben und Pfeil nach unten.

Ich schaue Ione an, und sie legt den Kopf schief und grinst. Wir stürzen uns beide auf die Steuerung. Ione ist schneller. Triumphierend schwenkt sie sie und drückt auf den Pfeil-nach-oben-Knopf. In der Tiefe ertönt ein Rattern und Surren, dann bewegt sich das Licht langsam auf uns zu.

Ich sage Indigo, sie soll zurück zu Nightingale laufen und ihm sagen, dass wir uns mal rasch das Untergeschoss anschauen.

»Ist das klug?«, fragt sie.

»Ich glaube, es könnte entscheidend für die Mission sein«, sage ich.

Indigo brummt etwas und huscht davon.

Es dauert eine Ewigkeit, bis der Aufzug bei uns ankommt. Genaugenommen ist es ein Lastenaufzug, ein blauer Drahtkäfig, auf dem GEDA steht, und er wackelt ein bisschen, als Ione und ich einsteigen. In der Kabine ist auch eine Steuerung. Diesmal bin ich schneller und drücke auf den Pfeil-nach-unten-Knopf.

Im Unterschied zu einem normalen Aufzug ist der Motor bei dem hier an die Kabine montiert und greift direkt in die Schiene an der Rückseite. Er ist nicht so laut, dass eine Unterhaltung unmöglich wäre, aber wir sprechen nicht. Wir halten uns nur an der Hand.

Alle drei, vier Meter passieren wir Ausbuchtungen, von denen unbeleuchtete Tunnel in die Finsternis führen. Dann ist unten ein Lichtschein zu erkennen, in den wir hineinfahren, bis wir rasselnd zum Stehen kommen.

Wir steigen aus. Vor uns liegt ein Korridor mit Betonwänden und grellen LED-Leuchten. Die Luft ist reglos, und man ahnt die große Tiefe, in der wir uns befinden – oder vielleicht spielt mir da mein Gehirn einen Streich. Hand in Hand folgen wir dem Korridor um eine scharfe Rechtskurve. Zu unserer Linken ist eine hydraulische Drucktür in der Wand. Ione legt kurz die Hand daran.

»Dahinter ist Luft«, sagt sie.

»Woher weißt du das?«

Sie zuckt mit den Schultern. »Ich weiß es einfach.«

Nicht lange, und wir kommen an einer weiteren Drucktür vorbei, auch mit Luft dahinter, sagt Ione. Am Ende des Korridors ist eine dritte Drucktür – und sie steht einen Spalt offen. Wir schleichen hin und lauschen. Man hört, wie drinnen jemand herumgeht und etwas vor sich hinmurmelt.

Ione packt den Rand der Tür, und ich zähle stumm von drei abwärts. Auf »Los!« reißt Ione die Tür auf, und ich springe hindurch.

»Keine Bewegung«, rufe ich. »Hände hinter dem Kopf verschränken!«

Die kleine weiße Frau vor mir gibt einen leisen Schrei von sich und lässt ihre Teetasse fallen.

Wir stehen in einem fünf Meter langen, etwa zwei Meter breiten Raum. In der Wand gegenüber der Tür ist ein großes, aus dicken Glasscheiben mit massiven Rahmen dazwischen bestehendes Fenster. An der Fensterfront steht ein großer Schreibtisch aus Holzimitat mit einem Laptop, mehreren Papierstapeln und einer Ablage voller farbiger Filzstückchen drauf.

Die Tasse kommt auf dem Beton auf und zerschellt. Tee spritzt nach allen Seiten.

Die Frau schaut nach unten und flucht leise. Dann sieht sie mich böse an. Sie kann höchstens dreißig sein, sieht aber älter aus in einer gerade geschnittenen Jeans und Blümchenbluse, mit dem glatten schulterlangen Haar und den großen runden Brillengläsern.

Und um ihre Taille ist ein gefalteter glitzernder Silberschal gewickelt.

»Kannst du nicht aufpassen?«, sagt sie.

»Phoebe?«, sagt Ione. »Was machst du denn hier?«

Phoebe richtet ihre Aufmerksamkeit auf Ione. »Und du? Was hast du hier zu suchen? Onkel Atlas wird ausflippen vor Wut.«

Mehr als eben kann er gar nicht ausflippen, denke ich, und während sich Phoebe und Ione ihrem rührenden Familientreffen widmen, gehe ich zur Fensterfront rüber und schau hinaus. Das Wasser dahinter ist dunkel, das Glas ist kalt und mindestens sechs Zentimeter dick. Ich presse die Wange daran und spähe nach oben. Ein heller Fleck ist zu erkennen, vielleicht Sonnenlicht, das auf der Wasseroberfläche spielt. Zwischen dort oben und mir scheint ein Netz gespannt zu sein. In den Augenwinkeln sehe ich eine Bewegung und springe zurück.

Dort im Dämmerlicht bewegt sich eindeutig etwas.

»Ich dachte, du bist Lehrerin in Inverness«, sagt Ione.

Phoebe bückt sich, liest die Scherben ihrer Tasse auf und schleudert sie in einen Papierkorb aus Drahtgeflecht. »Man hat mich gefeuert.«

»Warum das?«

»Och, du weißt doch, wie es ist.« Sie schüttelt den Mülleimer mit den Scherben, als ob sie darin nach Goldnuggets suchen will. »Wenn man mit Fremden zu tun hat.« Sie richtet sich auf und wirft mir einen misstrauischen Blick zu. »Wer ist die denn?«

»Kümmere dich nicht um sie. Was machst du hier?«

»Ob du's glaubst oder nicht, ich unterrichte.«

»Wen?«, fragt Ione, und einen verrückten Moment lang frage ich mich, ob es das Ding mit Zähnen sein könnte, dem Ione im Wasser begegnet ist.

»Die da.« Phoebe zeigt aus dem Fenster.

Auf der anderen Seite der Scheiben ist ein Schwarm Gesichter aufgetaucht – blasse Ovale im Lampenlicht, mit dunklen Augen und Haaren. Und am Hals entlang bis zum Schlüsselbein sind die pulsierenden Kiemen zu erkennen.

Nicht wirklich Selkies, sagt mir leicht wirr mein Verstand. Seehunde können nicht unter Wasser atmen.

Sie sehen auch nicht direkt wie Seehunde aus – oder freundlich oder erwachsen. Die Ältesten sind zwei Teenager, die mit finsterer Miene mir genau gegenüber schwimmen.

Ich winke. Eines der Kleinen winkt zurück. Die Teenager nicht.

»Was sollen Sie ihnen denn beibringen?«, frage ich.

»Lesen, Schreiben, Rechnen«, sagt sie, immerhin ein bisschen schuldbewusst.

Auf dem Fensterbrett steht ein altmodisches Tischmikrofon. Ich beuge mich darüber und sage: »Hallo.«

Keine Reaktion.

Ione knufft Phoebe in den Arm.

»Au!«

»Schalt es schon ein, Phoebe.«

»Ist ja gut, ist ja gut!« Sie geht zum Tisch, schiebt ein paar Papiere zur Seite und betätigt einen Schalter.

»Hi«, sage ich und winke wieder.

Die jüngeren Kinder öffnen den Mund, und aus einem Lautsprecher ertönt ein vielstimmiges Gesumm von hochfrequentem Zirpen bis zu regelrechten Basstönen.

»Sie sprechen kein Englisch«, sagt Phoebe.

»Könnt ihr mich verstehen? Wenn ja, Daumen hoch.«

Einer der beiden Teenager dreht sich zu den jüngeren Selkies um und öffnet den Mund. Es ertönt ein tiefes Gebell, und die Jüngeren sind still. Die Teenager schauen mich an und heben den Daumen.

»Ich hab eine gute Nachricht für euch«, sage ich. »Ab sofort sind Sommerferien.«

20
Das Tauchdeck

Wohin man auf einer Bohrinsel auch geht, überall herrscht ein gleichmäßiges Hintergrundsummen. Meistens blendet man es aus, aber von Zeit zu Zeit wird es einem wieder bewusst und erinnert einen daran, dass man sich im Prinzip in einer riesigen Maschine befindet. In der man selbst nur ein notwendiges Übel ist, das im Nachhinein in den aufwändigen Komplex geworfen wurde. Hinzu kam der Sturm (auch wenn der Bohrinselchef Rory Carroll großen Wert darauf legte, die »Sturm? Bah, das ist doch nur ein laues Lüftchen«-Nummer abzuziehen), den man überall um den Wohnkomplex und den Förderturm der Anlage heulen hörte. Ab und zu schwankte der Aufenthaltsraum. Was alle Arbeiter nachdrücklich ignorierten. Über Testosteronmangel konnte die Offshore-Ölindustrie nicht klagen – da kam selbst die Polizei nicht mit.

Carroll war dabei, die Hubschrauberpiloten zu befragen, wobei Blinschell ihm wachsam Gesellschaft leistete. Ich wäre gern dabei gewesen, um auch ein paar Fragen zu stellen, aber jemand musste ein Auge auf James Albright, seines Zeichens böser Zauberer, Derek Patterson, seines Zeichens böser Konzernchef, und Andrew Rae, seines Zeichens irgendwas anrüchig Politisches, haben.

Menschen wie Albright waren leicht abzulenken; alles, was Beverley tun musste, war, ihn auf eine Runde Pool einzuladen und ihm dann nicht den Gefallen zu tun, zu verlieren. Er würde, wenn nötig, die ganze Nacht weiterspielen.

In der Zwischenzeit konnte ich ja mal Derek Patterson ein paar Fragen stellen, wenn ich schon hier mit ihm festsaß. Als Geschäftsführer und Strippenzieher hinter den Kulissen des Unternehmens kannte er vermutlich alle Antworten. Und da ich ihn nicht von Andrew Rae, Mann für spezielle Fälle des Direktorats für wirtschaftliche Entwicklung, wegbekommen würde, beschloss ich, dass ich dabei auch gleich herausfinden konnte, welche Rolle die schottische Regierung bei dem Ganzen spielte. Keine offizielle, vermutete ich, da niemand von der NSTA dabei war, der zuständigen Stelle für alle Offshore-Angelegenheiten.

Wir aßen gemeinsam Eiscreme – anscheinend machte man das hier draußen statt Scotchtrinken.

»Eis hat absolute Priorität auf der Versorgungsliste. Sonst proben die Arbeiter den Aufstand«, sagte Patterson.

»Wer arbeitet da unter Wasser?«, fragte ich.

Patterson und Rae wechselten einen Blick.

»Und sagen Sie jetzt nicht Roboter.«

»Ausländische Arbeitskräfte«, sagte Patterson. »Hochqualifiziert.«

»Einzigartig qualifiziert«, sagte Rae.

»Und diese einzigartige Qualifikation besteht worin?« Als wüsste ich das nicht schon.

»Sie können unter Wasser atmen«, sagte Patterson. »Und vor allem in großer Tiefe arbeiten. AAS nennen wir sie, außerordentliche amphibische Spezialkräfte.«

Ich verzog das Gesicht. Da ich bei der Met beschäftigt bin, kenne ich einige wirklich grausige Akronyme, aber das hier schlug sie alle.

Patterson lächelte schief. »Selkies halt.«

»Zumindest besetzen sie die entsprechende ökologische

Nische«, fügte Rae hinzu. »Nur dass sie nicht ihre Haut abstreifen und ahnungslose Fischer heiraten.«

»Weiß die Regierung davon?«, fragte ich.

»Welche? Westminster oder Holyrood?«

»Beide.«

»Na«, sagte Rae, »jetzt wissen *Sie* es ja. Damit ist Westminster abgedeckt.«

Plötzlich wurde mir ein bisschen kalt, und mich beschlich der grässliche Verdacht, dass ich unversehens zu dem Mann geworden war, der zu viel wusste. Ich musterte Rae. War er ein Killer?

Nicht Aug in Auge, entschied ich. Ein Großteil aller Morde und tätlichen Angriffe wird aus dem Moment heraus verübt. Die Gefängnisse sind randvoll mit Leuten, vor allem Männern, mit schlechter Impulskontrolle und einer Mordswut im Bauch. Solche Leute werden normalerweise schnell gefasst, weil sie im Voraus keine raffinierten Pläne geschmiedet haben, etwa zum Beseitigen oder Vermeiden ihrer Fingerabdrücke und anderer Spuren, und ihre Motive sind simpel. *Der hat so 'ne Scheiße geredet, da hab ich rotgesehen, und zack, war's passiert. Die brauchte dringend einen Denkzettel, aber dass sie stirbt, wollte ich doch nicht. Ich hatte ihm gesagt, wenn er noch mal zuschlägt, dann …*

Die meisten anderen Morde geschehen aus den dämlichsten Gründen. Eifersucht, Gangzugehörigkeit, Fußball, Religion oder Politik. Ich war auf unserer Seite, der andere auf der anderen – was hätte ich machen sollen?

Doch eine kleine Anzahl von Morden wird tatsächlich kaltblütig verübt. Weil das Opfer im Weg war, oder weil man ein Exempel statuieren wollte, oder … um ein Geheimnis zu wahren.

Nein, Rae war kein Killer. Patterson auch nicht, allem Ölarbeiter-Draufgängertum zum Trotz.

Ich verkniff es mir, zu Albright hinüberzusehen, der immer noch gegen Beverley verlor.

Ihr miesen Arschlöcher, dachte ich. Leoparden und Möwen und Wyvern. Und juristisch sieht es nicht mal nach Mord aus, es fühlt sich auch kein bisschen so an, weil es so abstrus ist und sich irgendwie im Bereich von Sagen und Legenden abspielt. Und selbst wenn es dreckig wird und eure angeheuerten Knochenbrecher zu fest zuschlagen – dann war's ein Unfall, leider. Und ihr könnt einfach weitermachen mit eurem nützlichen, ökonomisch ach so unerlässlichen Betrieb.

Alles rein geschäftlich. Nichts Persönliches.

Nun ja, erlauben Sie mir, das anders zu sehen, dachte ich und lächelte. »Die schottische Regierung also nicht.«

»Das ist momentan nicht nötig«, sagte Rae. »Es wird eine erfreuliche Überraschung nach der Unabhängigkeit.«

»Ich nehme an, es gibt eine Dokumentation der Arbeitsverhältnisse? Lohnsteuer, Krankenversicherung, Arbeitsverträge?«

»Daran arbeiten wir noch«, sagte Rae. »So etwas braucht seine Zeit. Ich bin mir sicher, Sie kennen sich in dieser Hinsicht besser aus als ich.«

Ja, und Aquaman kam unter Einsatz seines Lebens an Land, weil er Angst hatte, später keine Rente vom Staat zu kriegen.

Aus den Augenwinkeln bemerkte ich, dass Ryan Griffiths, der Produktionsleiter, in der Tür stand und in unsere Richtung sah. Ich blickte wieder Patterson an, gerade im rechten Augenblick, um mitzukriegen, wie er Griffiths bemerkte und ihm unwillkürlich zunickte.

Er hätte ihm besser einfach locker zugewinkt. Wenn man als Polizist auch nur einigermaßen was taugt, achtet man viel mehr auf heimliche als auf offensichtliche Signale. Vor allem im Pub, was dieser Raum im weiteren Sinne ja war. Griffiths verschwand wieder. Als Patterson ein paar Minuten später aufstand und sagte, er müsse mal eine gewisse Örtlichkeit aufsuchen, wartete ich, bis er aus der Tür war, und folgte ihm.

Auf dem Weg am Billardtisch vorbei strich ich Beverley leicht über den Rücken, um ihr zu signalisieren, dass da etwas im Gange war. Sie warf einen schnellen Blick auf Andrew Rae und lächelte zum Zeichen, dass sie ihn im Auge behalten würde.

Patterson schien sich keine großen Sorgen zu machen, dass er verfolgt werden könnte; ich ging hinter ihm her in einen engen Korridor, der mit Pinnwänden und den allgegenwärtigen Sicherheitspostern verziert war. Darunter eins mit dem Wappen der britischen Regierung, *Gesetz zur Arbeitssicherheit: Was Sie wissen müssen*, und ein kompliziert aussehendes mit rotem Rand, vielen Bildchen und dem Titel *Signale bei Notfällen und Lebensgefahr*, von dem ich mir wünschte, ich hätte es schon vor langer Zeit mal studiert – solche Signale hätte ich in den letzten sechs Jahren oft gut gebrauchen können.

Der Korridor führte an ein paar Büros mit offenstehenden Türen vorbei. In einem saß Phyllis, die Piratenassistentin, die intensiv mit ihrem Computer beschäftigt war und mich nicht bemerkte. Am Ende des Gangs war eine Tür, auf der *Kontrollraum* stand. Ich schätzte Pattersons Vorsprung auf drei Minuten und beschloss, ihm zwei weitere zu geben, damit er noch was Finsteres anstellen konnte, bevor ich hineinstürmte.

So jedenfalls der Plan.

Der exakt so lange Bestand hatte, bis die Tür aufflog und ein junger Mann herausgeschossen kam. Ich konnte ihn nicht genau erkennen und glaube, er bemerkte mich überhaupt nicht – er rannte, so schnell er konnte, den Gang entlang.

»Mann, was ist denn jetzt wieder los?«, hörte ich Phyllis zetern.

Vorsichtig betrat ich den Kontrollraum und wünschte sofort, ich hätte es nicht getan.

Es war ein großer Raum, in dem ein ebensolcher Mischmasch technologischer Epochen herrschte wie auf der übrigen Bohrinsel. Eine Wand entlang zogen sich hohe stahlblaue Kästen mit analogen Skalen und beleuchteten Schaltern, es gab eine Reihe Arbeitsplätze mit eingebauten Monitoren und daneben noch mehr Schalter, altmodische Telefone und massenhaft Zeug, das ich nicht einordnen konnte. Weiter hinten waren Tische mit moderneren, leistungsfähigeren Computern und Drehstühlen. Und Fensterschlitze mit nebliger Dunkelheit dahinter, Blinklichter und Stahlträger glitzerten im Regen.

Außerdem stand da ein bewaffneter Mann.

Patterson. Mit einer halbautomatischen Pistole, den Finger unverantwortlicherweise am Abzug. Immerhin hielt er sie stabil, und sie zeigte auf Griffiths, der mit erhobenen Händen dastand und vor Zorn bebte.

»Wissen Sie, was Sie da verdammt noch mal getan haben?«, brüllte er.

»Natürlich weiß ich das, ich hab's ja verdammt noch mal getan!«, erwiderte Patterson.

Ich hätte jeden Moment etwas Cleveres unternommen, wirklich, aber Patterson bemerkte mich und schwenkte die Waffe zu mir. »Ach, Scheiße, auch das noch«, sagte er in diesem genervten Ton, der mir inzwischen erstaunlich vertraut ist. Dann bedeutete er mir, mich neben Griffiths zu stellen.

Nun habe ich mir im Laufe der Zeit einige spezielle Fähigkeiten angeeignet, die insbesondere bei bewaffneten Auseinandersetzungen sehr praktisch sein können. Das Problem ist, dass sie Magie beinhalten, und – ich weiß nicht, ob ich es schon mal erwähnt habe – Magie hat die Tendenz, Mikroprozessoren in ihre Grundbestandteile zu zerlegen. Da ich in einem Raum voller empfindlicher technischer Instrumente stand, die zur Regulierung dessen dienten, was Griffiths heute Morgen als *schwer zu bändigenden Geysir hochentzündlicher Kohlenwasserstoffe* bezeichnet hatte, beschloss ich, mich zurückzuhalten.

Ich hob die Hände so, dass Patterson sie gut sehen konnte, und trat neben Griffiths. Normalerweise hätte ich es einem bewaffneten Verdächtigen nicht so leicht gemacht, aber ich wollte seine Aufmerksamkeit von der Tür ablenken. Es würde sicher nicht lange dauern, bis jemand hereinstürmte. Hoffentlich nicht Phyllis.

»Was hat er denn verdammt noch mal getan?«, fragte ich.

»Da ist eine Vorrichtung«, sagte Griffiths. »Unten an der Förderpumpe. Ein sogenannter Blowout-Preventer. Er soll das Bohrloch im Falle eines unterseeischen Blowouts abschotten.«

»Hört sich vernünftig an«, sagte ich.

»Wir haben ihn ein bisschen modifiziert«, sagte Patterson.

»Er hat gerade einen völlig unkontrollierten Zustrom von Kohlenwasserstoff im Steigrohr initiiert«, sagte Griffiths – so, wie er es sagte, vermutete ich, dass das nichts Positives war. »Sobald der Preventer ausfällt, fliegt das Steuerdeck den Tauchern um die Ohren.«

»Die werden sich bis dahin längst verdrückt haben, wenn sie schlau sind«, sagte Patterson.

»Und wir kriegen den Rückstoß bis hier oben ab«, sagte Griffiths mit zusammengebissenen Zähnen.

»Ach, dazwischen sind noch zwei weitere Preventer«, sagte Patterson. »Die werden das mit hoher Wahrscheinlichkeit abfangen.«

Griffiths gab einen unartikulierten, aber heftigen Laut von sich.

»Wie lange ist noch Zeit, bis das Ganze explodiert?«, fragte ich.

»Oh, die Abschaltung des Preventers geschieht zeitverzögert«, sagte Patterson. »Ich bin ja kein Monster.«

Nein, aber mich müssen Sie wahrscheinlich erschießen, dachte ich. Oder besser über Bord werfen. Bei Griffiths glauben Sie vermutlich, Sie könnten ihm mit viel Geld den Mund stopfen, aber bei mir werden Sie dieses Risiko nicht eingehen.

Oder bei Blinschell. Oder Beverley.

Patterson wies Griffiths an, eine Notevakuierung anzuordnen, und ließ die Waffe auf ihn gerichtet, als er einen Knopf drückte. Eine Sirene heulte auf, und um dem Ganzen auch einen optischen Kick zu geben, begann eine orange Drehleuchte zu zucken. Griffiths nahm ein altmodisches Mikrofon zur Hand und starrte Patterson wütend an.

»Denken Sie nicht mal dran«, sagte Patterson.

»Dies ist keine Übung«, sagte Griffiths ins Mikrofon. »Dies ist eine Notevakuierung. Begeben Sie sich an die Sammelplätze. Rettungsbeauftragte, lassen Sie die Boote zu Wasser, sobald Ihr Kontingent vollzählig ist. Ich wiederhole, dies ist keine Übung.«

Diese Warnung wiederholte er noch ein paarmal. Währenddessen beobachtete ich Patterson in der Hoffnung auf eine günstige Gelegenheit. Sollte er Anstalten machen, mich zu erschießen, musste ich eben diesen Geysir aus Kohlenwasserstoffen in Kauf nehmen.

Draußen zeterte wieder Phyllis. Jemand erwiderte etwas,

und in den Kontrollraum stürzte Rory Carroll, sah die Waffe und wollte wissen, was zur Hölle hier los war.

»Sie haben die Verwahrungsunterkunft entdeckt und geräumt«, sagte Patterson. »Wo ist der andere Polizist?« Unter Stress sprach er das letzte Wort so schottisch aus, als wären wir in einer Szene aus *Taggart*.

»Den hab ich mit den anderen zu einem Sammelplatz geschickt«, sagte Carroll und sah mich und Griffiths an. »Was wird mit diesen beiden?«

»Rory«, sagte Griffiths, »was redest du da?«

»Alles gut, Ryan«, sagte Carroll. »Mach dir keine Sorgen, wir haben alles im Griff.«

»Sie beide, hier rüber.« Patterson zeigte auf eine Tür, die nach draußen auf einen Außengang führte.

Also sollten wir über Bord gehen. So viel zum rücksichtsvollen Umgang mit den Mitarbeitern.

Patterson forderte Griffiths auf, die Tür zu öffnen. Ein Windstoß blies mir Wasser ins Gesicht, ich hätte nicht sagen können, ob Regen oder Gischt. Bevor Patterson uns befehlen konnte, nach draußen zu treten, stieß ich Griffiths vor mir durch die Tür und gab ihm einen Schubs. »Laufen Sie!«

Patterson brüllte auf, und zu meiner Enttäuschung schoss er auf mich.

Dass er mich verfehlte, lag vielleicht an der Kombination aus Überraschung, Unerfahrenheit und der Bö voll Seewasser, die er ins Gesicht bekommen hatte. Aber viel fehlte nicht. Ab und zu wache ich noch auf und habe das Geräusch im Kopf, wie die Kugel an meinem Ohr vorbeizischt.

Ich gab ihm keine zweite Chance.

Nightingale kann einem Gegner sauber die Waffe aus der Hand pflücken und in den nächsten praktischerweise bereitstehenden Rosenbusch werfen. So präzise beherrsche ich das noch nicht, deshalb richtete ich eine *Impello-scindere-*

Variante so auf die Waffe, dass sie an der Außenwand über dem Türsturz kleben blieb. Patterson war zu überrascht, um loszulassen, wurde mit hochgerissen, und sein Handgelenk prallte mit einem unschönen Knacken gegen die Oberkante des Türrahmens.

Er schrie auf. Ich sprang ihn an, damit er zu Boden ging, und trat aus Versehen absichtlich auf sein Gesicht, als ich in den Raum zurückstürmte und Carroll befahl, sich auf den Boden zu legen und die Hände hinter dem Kopf zu verschränken.

Erstaunlicherweise tat er es sofort.

Ich zog Patterson in den Raum zurück und schloss die Tür, so dass die Waffe draußen war. Aufgrund meiner Experimente war ich ziemlich sicher, dass sie ohnehin noch mindestens eine halbe Stunde über der Tür kleben würde. Ich befahl ihm, sich auf den Bauch zu drehen, egal wie er wegen seines Handgelenks jammerte. Daheim in London hätte ich ein Paar Einmalhandschellen in der hinteren Hosentasche gehabt, aber ich war ja in Urlaub.

Letztes Jahr waren wir in Griechenland gewesen, und weit und breit war nichts Polizeirelevantes passiert. Da sollten wir noch mal hin, dachte ich. Oder nach Italien, alle schwärmen immer davon, wie kinderfreundlich die Leute da sind.

Während ich noch unseren nächsten Urlaub plante, kamen Blinschell und Beverley herein. Ich erzählte ihnen von dem offenbar mit einer Sprengvorrichtung versehenen Blowout-Preventer, dem Rückstoß, der potenziellen Explosion und dem Risiko, dass die ganze Bohrinsel in die Luft fliegen würde.

»Wird sie wahrscheinlich nicht«, kam es von Patterson, etwas gedämpft, weil er mit dem Gesicht nach unten lag.

Blinschell ging, um sein Gepäck zu holen, in das er sicherheitshalber auch ein paar Handschellen gepackt hatte.

Dann klopfte es vorsichtig an die Außentür, und Griffiths kam wieder herein. Nervös schaute er zu Patterson und Carroll hinüber, dann ging er zu den Kontrollkonsolen und drückte zielstrebig ein paar Knöpfe. »Ich muss das Standby-Schiff anfunken«, sagte er. »Damit das leewärts kommen und die Leute aus den Rettungsbooten aufnehmen kann.«

»Nur zu«, sagte ich ihm. »Und kann man die Taucher kontaktieren? Um sie zu warnen?«

»Lassen Sie ihn in Ruhe, er ist beschäftigt«, sagte Patterson. »Die ›Taucher‹ kann man nicht mehr kontaktieren, ich habe die Versorgungsleitung gekappt.«

Carroll zischte ihm zu, er solle gefälligst die Klappe halten. »Sagen Sie jetzt gar nichts mehr. Erst der Heli und jetzt eine Knarre – was hat Sie bloß geritten?«

Was mich daran erinnerte, den beiden ihre Rechte vorzutragen. Das »Alles, was Sie sagen« entlockte Patterson ein kleines Kichern. Er lachte noch, als Blinschell mit den Handschellen kam.

Ich hörte Carroll zu Beverley sagen, es gebe keine sonstige Möglichkeit, die Taucher vor der »Modifizierung« des Preventers zu warnen. Klar – wenn sie davon wüssten, könnten sie die Bombe vielleicht selbst entschärfen. Beverley marschierte zu Carroll, bückte sich, packte ihn am Kragen und zog ihn auf die Füße – mit einer Hand. Ganz dicht vor seinem Gesicht sagte sie: »Die Polizei, die NSTA oder von mir aus Den Haag können Ihre geringste Sorge sein. Denn Sie haben ein viel älteres Abkommen verletzt. Glauben Sie, Sie können ungestraft mit dem Volk der Tiefe machen, was Sie wollen? Sie leben im Königreich an der See, und die See wird Sie in Ihren Träumen verfolgen, bis Sie darum betteln, zu ertrinken, damit es endlich vorbei ist. Verstehen Sie mich?«

Carroll nickte.

»Also, wie entschärfe ich dieses Ding?«

Wenn Bev und ich doch einmal streiten, geht es normalerweise um nebensächlichen Kleinkram. Ihre Unfähigkeit, die Küche wieder aufzuräumen, wenn sie gekocht hat. Meine unberechenbaren Arbeitszeiten. Und jetzt ihre Versessenheit darauf, eine echt bodenlos dumme Heldentat zu begehen.

»Du weißt nicht mal, ob du das Ding entschärfen kannst«, sagte ich.

»Carroll hat es mir erklärt. Und es ist nicht mit einer Falle versehen oder so.«

Wir waren auf dem Weg die innere Treppe hinunter zum Tauchdeck. Die Produktionsmodule machten immer noch einen Riesenlärm, aber es klang anders als vorher, irgendwie ominös.

Da Beverleys Informationen von Carroll und Patterson stammten, bezweifelte ich, dass sie verlässlich waren. Die beiden wollten die Fördersonde vernichten.

»Selbst wenn ich die Bombe nicht entschärfen kann«, sagte Beverley, »kann ich zumindest die Selkies warnen.«

Ich war nicht der Einzige, der Zweifel hatte. Wir hatten Partridge, den Tauchmanager, vom Sammelplatz zurückgeholt, damit er alles für einen Tauchgang vorbereitete, aber als Beverley auf ihn zukam, wollte er sich zunächst weigern. »Sind Sie dafür überhaupt qualifiziert?«

»Deutlich qualifizierter als Sie.« Sie legte etwas Glamour in die Worte, und mir kam nicht einmal in den Sinn, einzugreifen. Was nur zeigte, wie verzweifelt wir waren.

Partridge wirkte unbeeindruckt – kein gutes Zeichen. »Das bezweifle ich.«

»Ich formuliere das mal neu. Es stehen viele Leben auf dem Spiel. Ich werde jetzt diesen Anzug anziehen und tauchen, egal was Sie sagen. Also, was sagen Sie?«

Er hätte auf die Vorschriften pochen und nein sagen können, aber er tat es nicht. Außerdem schien ihn zu beruhigen, dass Beverley sichtlich wusste, wie man den Kaltwasseranzug anlegte und in die besorgniserregend ramponiert aussehende Taucherglocke stieg.

Inzwischen stob die Gischt praktisch waagerecht über das Tauchdeck, und trotz der reflektierenden Jacke, die ich mir im Kontrollraum ausgeborgt hatte, wurde mir bereits kalt. Trotzdem half ich mit der Winde des Versorgungsschlauchs, während Partridge die Glocke ausschwenkte und abzusenken begann. Sobald sie im Wasser war, zogen wir uns in den Überwachungsraum zurück, um während des Sinkens das Drucksystem im Auge zu behalten. Ich beobachtete, wie sich der grün-gelbe Versorgungsschlauch immer weiter abspulte. Er kam mir wie ein sehr dünner Faden vor.

Bounce Dive hatte sie es genannt. Wenn man schnell genug absank und sich unten nicht lange aufhielt, konnte man vermeiden, dass der Körper zu viel Helium anreicherte. Man musste zwar trotzdem Dekompressionsstopps einlegen, aber Beverley hatte versichert, sie könnte beurteilen, wie lang die sein mussten. »Das weiß ich instinktiv. Ich hab so was schon mal gemacht.«

»Wann und wo?«

»Southend.«

Nur lag das mehr oder weniger im Vorgarten ihrer Mama. Jetzt waren wir weit oben in Schottland, und schon das Schwimmen zum Leuchtturm von Rattray Head hinaus hatte sie angestrengt.

Wenigstens hatten wir eine Funkverbindung, auch wenn das Helium ihre Stimme kieksig klingen ließ.

»Hier drin stinkt's«, sagte sie. »Wann wurde die zuletzt geputzt?«

»Taucherglocken riechen immer so«, sagte Partridge. Die

Plauderei trug sichtlich dazu bei, ihn zu entspannen, ebenso der Austausch von Messwerten mit Beverley.

In Abständen gab sie die Absenktiefe durch. Zwanzig Meter, vierzig Meter, sechzig Meter …

Außer Partridge und uns mussten jetzt alle an die Sammelplätze gegangen sein. Blinschell hatte Carroll und Patterson in ein Rettungsboot gepackt – es war ein enger, überschaubarer Raum, aus dem sie nicht entkommen konnten, und außerdem hatte er damit seine Fürsorgepflicht ihnen gegenüber erfüllt. James Albright hatte er nicht gesehen, was mir Sorgen bereitete. Hoffentlich war der so vernünftig, sich einer der Rettungsbootgruppen anzuschließen.

Achtzig Meter, hundert Meter …

Die geschätzte Absenkzeit lag bei acht bis zehn Minuten.

Albright würde doch nicht so dumm sein, hier herumzuhängen – oder? Ich behielt lieber die Tür ins Innere der Bohrinsel im Blick.

»Ich wusste schon gar nicht mehr, wie komisch sich das anfühlt«, quietschte Beverley.

Hundertzwanzig Meter …

Vor mir krachte etwas so heftig gegen das Fenster, dass das Glas einen Sprung bekam, und ich sah eine wirre Masse aus Blut und Federn. Ich brauchte einen Moment, um den Zusammenhang mit Albright herzustellen, es als offensichtlichen Ablenkungsversuch einzuordnen und mich zur Tür umzudrehen.

Gerade trat Albright leise hindurch. Ich glaube, er hatte damit gerechnet, dass ich länger abgelenkt sein würde.

Ich sprang auf und stellte mich ihm in den Weg.

Hinter mir ertönte ein Knall, Partridge fluchte, und eine kalte, feuchte Windbö traf mich. Ich riskierte es nicht, mich umzusehen, trotzdem lenkte es mich so weit ab, dass Albright den Moment zu nutzen versuchte, um mich zu töten.

Ich kenne den Namen des Zaubers nicht, den er verwendete; aus der Anfangs-*Forma* zu schließen, ähnelte er der *Impello*-Variante, mit der ich Fesseln und Türriegel durchtrenne. Doch in diesem Moment dachte ich nur: *Zauber – Angriff – Ausweichen.*

Ich sprang zurück, und an meinem Gesicht wischte etwas vorbei, scharf wie ein Stilett und glitzernd wie eine Discokugel. Es wurde von seiner linken Hand gehalten, deshalb warf ich mich seitlich nach vorn, griff nach seinem Handgelenk und trat nach ihm. Meine Hoffnung war, ihn zu Fall zu bringen, aber er geriet nur ins Stolpern, ruderte mit der anderen Hand, und wir wirbelten im Kreis herum wie ein grottenschlechtes Promipaar bei *Let's Dance*. Das glitzernde Stilett bohrte sich in die Wand und sank ein, bis Albrights Handfläche auf die Wand traf.

Er baute schon den nächsten Zauber auf, aber ich wartete nicht ab und rammte ihn von hinten. Normalerweise kann sich jemand, dessen Gesicht gegen die Wand knallt, nur noch schlecht konzentrieren. Aber dieser Mistkerl war hartgesotten. Er vollendete den Zauber, und ich wurde mitten durch den Raum gegen ein Kontrollfeld geschleudert.

Hätte er meine Ausbildung gehabt – die harte Schule der Schutzpolizei und das Studium beim pragmatischen Nightingale –, dann hätte er jetzt einen körperlichen Angriff folgen lassen. Stattdessen begann er einen weiteren Zauber. Was für einen, fand ich nie heraus, weil ich ihm eine Eiswasserbombe ins Gesicht schleuderte. Und während er damit beschäftigt war, stürzte ich mich wieder auf ihn und versuchte ihn zu Boden zu reißen. In diesem Moment sauste durch das zerbrochene Fenster kreischend ein großer weißer Vogel herein und versuchte mir das Gesicht wegzuhacken.

Plötzlich war der ganze Raum voller krakeelender Mutantenmöwen, und Albright kam immerhin auf die Idee, mir den Ellbogen in den Brustkorb zu rammen. Ich versuchte mit dem Schwung mitzugehen, aber es tat trotzdem weh. Er flüchtete durch die Außentür. Angesichts der Armada psychopathischer Tiefflieger hier drinnen beschloss ich, ihm zu folgen.

Partridge blieb zurück, unter einen Kontrolltisch gekauert, die Arme zum Schutz über dem Kopf.

Auf dem Tauchdeck traf mich als Erstes Gischt in einer heftigen Woge von der Seite, und hinter mir hörte ich die Möwen heranschwirren. Albright wirbelte zu mir herum, und ich warf mich im Rennen nach rechts, meine Turnschuhe gerieten auf dem glitschigen Metallboden ins Rutschen. Der Möwenschwarm auf meinen Fersen hatte nicht mit meinem plötzlichen Rechtsruck gerechnet und sauste weiter geradeaus, Albright direkt ins Gesicht. Er taumelte zurück, duckte sich dabei aber gerade so weit weg, dass ich keinen Angriff landen konnte.

Ich beschloss, es mit Deeskalation zu versuchen – damit wurden ja tatsächlich manchmal Erfolge erzielt, und außerdem konnte ich so vielleicht etwas Zeit schinden, in der Beverley ihr Ding machen und wieder aufsteigen konnte.

»Was soll denn das werden, James?«, fragte ich, oder besser: brüllte ich wegen des Winds, der Gischt und der Brecher, die gegen die massiven Metallpfosten klatschten. Ich hoffte, es war ein freundliches, deeskalierend klingendes Brüllen. »Die Sache ist geplatzt. Was haben Sie dabei noch zu gewinnen?«

»Es gibt Geheimnisse, die geheim bleiben sollen«, brüllte er zurück. »Und haben Sie schon mal von Berufsstolz gehört?«

»Berufsstolz«, brüllte ich. »Aha? Die Möwen kapiere ich ja noch, von mir aus auch den Wyvern, Sie mussten schließlich die Küste beobachten. Aber was war mit dem Panther? Und was hatten Sie gegen den armen Willy?«

»Wer zum Teufel ist Willy?«

»Das Walross.« Ich riskierte einen raschen Blick nach hinten in den Kontrollraum. Partridge war wieder hervorgekommen und an der Konsole. Die Winde des Versorgungsschlauchs hatte aufgehört, sich zu drehen. Vielleicht war Bev am Grund angekommen.

Dort hatte sie zehn Minuten. Dann musste sie wieder rauf.

»Das hatte einen Namen?«, sagte Albright. Der Wind schien nachzulassen, wir wurden eindeutig nicht mehr so stark mit Gischt überzogen. »Die Möwen sind strohdumm. Aber der Wyvern hat seinen eigenen Kopf. Der ist mir mal ausgebüxt und hat sich dieses Walross geschnappt, bevor ich ihn wieder unter Kontrolle bekam.«

Auf keinen Fall würde ich Dee und Don sagen, dass ihr alter Freund einfach nur ein Kollateralschaden gewesen war. Aberdeen gefiel mir zu gut, als dass ich es schweren Überflutungen aussetzen wollte.

Beim Zaubern kommt es maßgeblich auf Selbstbeherrschung an. Wut bringt gar nichts. Und rasender Zorn bewirkt normalerweise nur, dass man die *Formae* durcheinanderbringt. Das wissen alle Praktizierenden, deshalb nehmen wir uns im Kampf die Zeit, den anderen bis zur Weißglut zu reizen. Dass auch Albright das probieren würde, war also klar. Ich hätte allerdings bedenken sollen, dass er mir nicht nur Zauber auf den Hals hetzen konnte.

Wäre sein Blick nicht kurz zu einer Stelle über meiner Schulter geglitten, ich wäre in den nächsten Sekunden ziemlich tot gewesen. So hechtete ich gerade noch rechtzeitig aus dem Weg, bevor einige Tonnen geschuppter mythologischer Kreatur dort landeten, wo ich gestanden hatte.

Wyvern haben zwei Beine. Das unterscheidet sie von Drachen. Am Boden bewegen sie sich wie ein Tyrannosaurus rex, nur nicht computergeneriert. Und sie riechen nach

Feuer, Wut und ihrem Sonntagsbraten. Wegen der Querstreben der Plattform musste sich der Wyvern ungelenk zusammenducken, seine Klauen kratzten über den Metallboden, und er musste die Flügel zu Hilfe nehmen, um sich aufrecht zu halten.

Ich ließ vor seiner Nase ein *Löwenmäulchen* zerplatzen. Einen eigens zum Abschrecken wilder Tiere konzipierten Zauber mit einem Blitz und einem Knall. Schaden richtet er nicht an, was gut war, denn ich hatte nichts gegen die Marionette, ich hatte es auf den Dreckskerl von Puppenspieler abgesehen.

Besagter Puppenspieler starrte konzentriert auf seinen Wyvern. Er hatte gesagt, dieser sei schwer zu beherrschen, also rannte ich, während sie beide nicht auf mich achteten, auf Albright zu. Er war aufmerksam genug, um die Hand zu heben, aber ich hatte meinen Schild hochgefahren, so dass alles, was er mir auf den Pelz brennen wollte, nach links oben abgelenkt werden würde. Irgendwas warf er definitiv – ich spürte wieder einen Hauch Sumpfwasser und darüber den Geruch von Zuckerkiefer. Ein Regen aus Hunderten von glitzernden scharfen Dingern prallte von meinem Schild ab. Teilweise trafen sie wohl den Wyvern, denn der bellte zornig auf; manche prasselten gegen die Querstreben, was sich anhörte wie Schrotmunition auf Wellblech.

Ich bin mir nicht sicher, warum das geschah, was dann geschah.

Eigentlich hatte ich mich hinter Albright schieben wollen, so dass er sich zwischen mir und dem Wyvern befand, um ihn dann in einen höchst illegalen Schwitzkasten zu nehmen, bis er das Bewusstsein verlor. An diesem Punkt würde sich der Wyvern, so meine Hoffnung, mit einer kleinen Implosion in die metaphysische Ungewissheit verabschieden.

Der erste Teil funktionierte auch wirklich – ich gelangte

hinter Albright. Aber er war nicht so abgelenkt, wie ich gehofft hatte. Er zuckte herum und fuhr einen Schild hoch, der grün und milchig undurchsichtig war; die *Formae* konnte ich nicht einordnen. Ich sprang zurück und brachte meinen eigenen Schild in Position, während er schon wieder etwas ziemlich Kompliziertes heraufbeschwor.

Was es war, erfuhr ich nie, denn der Wyvern schoss mit zur Seite gelegtem Kopf auf Albright zu und schloss die Kiefer um seine Körpermitte. Es spritzte kein Blut, und Albright schien zu entgeistert, um zu schreien. Im Nachhinein glaube ich, der Wyvern biss nicht fest zu. Aber genau weiß ich es nicht, weil das Mistviech herumschwenkte und sein Schwanz mich quer über das Deck fegte. Nur das Geländer, gegen das ich unsanft mit dem Brustkorb prallte, bewahrte mich davor, baden zu gehen. Ich rollte mich ab und sah gerade noch, wie der Wyvern mit Albright im Maul vom Deck absprang und sich auf eine Art und Weise, die ziemlich sicher den Gesetzen der Physik zuwiderlief, in die Lüfte schwang.

Ich rappelte mich auf und hinkte zurück zum Überwachungsraum. Durch die zerbrochenen Fenster sah ich Partridge auf die Konsole einhämmern.

»Hey«, rief ich. »Was macht die Taucherglocke?«

Er sah auf, und sein Blick sagte mir alles.

Er hatte keine Verbindung mehr.

Denn irgendwas – der Wyvern oder einer der Zauber, die in der Gegend herumgeschwirrt waren – hatte den Versorgungsschlauch gekappt und ein Stück aus dem Kran herausgerissen.

Die Taucherglocke war verloren.

Ich stand ziemlich lange nur da und starrte den Kran an.

Da muss doch jemand was tun, dachte ich. Und dann: Der Jemand bin ich.

Ich rannte zu Partridge. »Was können wir tun?«

Er sah mir nicht in die Augen. »Wir können gar nichts tun.«

In der Umkleide war noch ein Taucheranzug gewesen. Das hatte ich gesehen, als Beverley sich umgezogen hatte. »Ich nehme den zweiten Anzug und tauche runter.«

Partridge schüttelte den Kopf und lachte irgendwie sehr unfroh.

Ich hatte Mühe, normal zu bleiben.

»Ich hätte sie nicht runterlassen dürfen«, sagte er. »Und Sie gehen da auf keinen Fall runter.«

Es gelang mir, in ruhigem Ton zu sagen: »Ich übernehme die Verantwortung.«

»Darum geht's nicht. Selbst wenn Sie mit dem Anzug klarkämen, was nicht der Fall ist, würden Sie keine fünfzig Meter tief kommen. Und was würden Sie tun, wenn Sie sie tatsächlich fänden?«

»Kann ich eine zusätzliche Sauerstoffflasche mitnehmen?«

»Wissen Sie denn, wie man die Gasflaschen umstöpselt? Nein, natürlich nicht. Und überhaupt, ohne Glocke kommen Sie da nicht runter. Und die Glocke ist schon unten.«

Schmerz durchfuhr meine Brust. Ich fragte mich, ob das von meinem Aufprall gegen das Geländer kam. »Sie müssen doch eine Ersatzglocke haben.«

»Das war die Ersatzglocke.«

Das Adrenalin ebbte ab, und plötzlich war mir schwindelig. Seltsamerweise stellte ich fest, dass ich auf dem Fußboden saß.

»Wen rufen wir an?«, fragte ich.

»Weiß nicht. Wir können die NSTA anrufen, die können die Navy fragen, ob die was tun können.«

»Dann machen Sie's schon.«

Partridge tippte einen der Bildschirme an. Er war schwarz.

Alle Bildschirme waren schwarz. »Geht nicht, hier unten ist alles tot. Da muss ich rauf in den Kontrollraum.«

»Dann gehen Sie.« Ich wusste, dass ich mich eigentlich aufrappeln und mitgehen sollte, aber es gelang mir einfach nicht aufzustehen. Vielleicht waren es die Öldämpfe, mir war übel und eng um die Brust. Die Prellung an meinem Brustbein pochte. Darüberzureiben half nichts.

»Sie hat ja die Gasreserven in der Glocke«, sagte Partridge. »Vielleicht ist eine Rettungsaktion möglich. Irgendwo in der Nordsee wird bestimmt gerade ein Tauchgang vorbereitet.«

»Dann reden Sie nicht lange, sondern rufen Sie diese Leute her.«

Er zögerte. »Kommen Sie hier klar?«

»Hauen Sie schon ab!«, schrie ich. Himmel, warum waren die Leute nur so schwer von Begriff?

Unerklärlicherweise ging mir eine Erinnerung daran durch den Kopf, wie die Zwillinge rochen, wenn sie mit den Füchsen im Garten herumgetollt waren. Was sollte ich den Zwillingen sagen, was sollte ich Mama Themse sagen? Shit, wegen ihrer Mutter brauchte ich mir keine Gedanken zu machen. Denn ihre Schwestern würden mich umbringen. Meine Mum würde mich umbringen. Ich konnte nicht in London bleiben. Ich musste meine Sachen packen und irgendwohin weit weg ziehen – nach Auckland vielleicht. Nightingale würde einen neuen Assistenten ausbilden müssen.

Dann sagte ich mir, dass diese Gedanken nicht sonderlich viel halfen.

Aber das Schreckliche war: es gab absolut nichts, was half. Ich konnte nichts tun als herumsitzen und warten.

Ich glaube, irgendwann kam Blinschell zu mir und redete mit mir.

Die Sirene und die Alarmleuchten gingen aus.

Ich sollte aufstehen und mich um irgendwas kümmern, dachte ich.

»Was machst du da auf dem Boden?«, fragte Beverley.

Ich machte, dass ich vom Boden wegkam. Und packte sie, um sicherzugehen, dass sie echt war. Der Tauchanzug war nass, ihre Haare auch. Sie küsste mich, und sie roch nach Salzwasser und vulkanisierten Verschlüssen.

Nach dem Kuss wollte ich etwas sagen, aber nichts kam heraus.

»Ja?«, fragte sie.

»Ich hab mir Sorgen gemacht.«

»Gut«, sagte sie.

Während sie sich umzog, ließ ich sie nicht aus den Augen, und sie erzählte mir von der »modifizierten« Vorrichtung.

»Es war überhaupt nicht wie im Film, Peter. Da war wirklich nichts mit Fallen versehen oder so. Nachdem die Selkies mir gezeigt hatten, wo die Bombe war, musste ich nur die Kabel rausreißen. Das Letzte, was ich davon sah, war, wie die Selkies damit wegschwammen.«

Ich fragte mich, was die wohl mit mehreren Kilo Plastiksprengstoff vorhatten.

Dann erzählte sie, wie sie mit Hilfe der Selkies die Taucherglocke von den Überresten des nutzlosen Versorgungsschlauchs abgekoppelt hatte. »Dann gaben sie mir einen Schubs nach oben, und danach musste ich nur noch den Druck über der Glocke senken, damit sie stieg.«

Wir waren über sechshundert Kilometer vom Themsetal, der Quelle ihrer Macht, entfernt. »Du hast den Wasserdruck gesenkt?«

»War nicht leicht. Und ich musste langsam aufsteigen, weil ich ja dekomprimieren musste.«

»Ich hab mir Sorgen gemacht.«

»Hast du schon gesagt.«

»Große Sorgen.«

»Zu Recht. Ich wäre fast gestorben. Und bei mir will das was heißen.«

»Aber du bist nicht gestorben.«

»Gut beobachtet.« Dann sah sie mich mit einem seltsamen Blick an. »Alles in Ordnung mit dir?«

»Nein«, sagte ich. »Ich glaube nicht.«

Mein Gesicht war seltsam nass. Beverley streckte die Hand aus und wischte meine Wangen trocken. Dann seufzte sie und nahm mich in die Arme.

»Hast du den Riesenkalmar getroffen?«, fragte ich.

»Nö«, sagte sie. »Der hatte sich wohl gerade freigenommen.«

21
The High Road

Ich hätte gern alle, derer wir habhaft werden konnten, auf Grundlage des Gesetzes gegen Menschenhandel und Sklaverei (Schottland) von 2015 vor Gericht gebracht und alle anderen aufgrund des Gesetzes gegen moderne Sklaverei von 2015/Anwendungsbereich auf See angezeigt, aber dazu fehlte uns ein entscheidendes Element: Beweise. Schließlich waren die Opfer samt und sonders in die Weiten des Ozeans entschwommen.

»An Land könnten sie nicht lange überleben«, sagte Abdul, der es noch geschafft hatte, die Selkiekinder kurz durchzuchecken, bevor sie nach Rattray Head gebracht wurden.

Immerhin, die North Sea Transition Authority verklagte FPXPLORE wegen Verletzung der Sicherheitsvorschriften, nicht zuletzt, weil Blinschell die Aussagen der beiden Hubschrauberpiloten zu der Bruchlandung an sie weiterleitete. Die Firma ging freiwillig in die Liquidation, und Elgar Bravo wurde wieder einmal aufgegeben.

Außer Callistes und Phoebes Arbeitsvertrag (Phoebe war als Personalreferentin gelistet) gab es keine schriftlichen Verbindungen zwischen FPXPLORE und Iones Onkel Atlas. Ich war mir ziemlich sicher, dass Atlas persönlich die Schläger angeführt hatte, die auf dem desolaten Abschnitt des Beach Boulevard den bedauernswerten Aquaman überfallen hatten, aber Robert Tarry Smith, der weiterhin in U-Haft saß und auf seinen Prozess wartete, hielt eisern den Mund. Die alten Familien von Broch und Fittie und Peterhead bewiesen, dass die Mafia gegen sie ein Haufen Labertaschen war.

James Albright war tot. Hoffte ich jedenfalls, denn falls er von den Selkies aufgegriffen worden war, wollte ich nicht in seiner Haut stecken; die meisten Leute reagieren empfindlich, wenn man ihre Kinder entführt. Ich setzte ein offizielles Infodokument auf und schickte es an Kimberley in Quantico.

Immerhin war die Ölplattform nicht in die Luft geflogen, wie Abigail anmerkte.

Wegen des kaputten Hubschraubers auf dem Landeplatz mussten wir warten, bis das Wetter so weit aufklarte, dass das Versorgungsschiff anlegen konnte. Aber das musste dann auf Abstand bleiben, weil die Navy zuerst kam, in Form einer Fregatte Typ 23, die die Hilfeleistung als willkommene Gelegenheit sah, das Aufnehmen von Passagieren zu üben, und überhaupt als »ganz famosen Spaß«.

»Wer redet denn heutzutage so?«, fragte Blinschell, als der fröhliche Lieutenant außer Hörweite war.

»Kaum zu glauben, dass er aus Sunderland kommt, was?«, sagte der Marinesergeant, der die Passagieraufnahmeübung leitete.

In Anbetracht unserer fragwürdigen Zuständigkeit gingen Beverley und ich gleich mit an Bord; Blinschell blieb als Vertreter der Polizei Schottland auf der Bohrinsel, bis die Kavallerie in Form eines sehr seekranken Ermittlungsteams eintraf und ihn ablöste.

Abgesehen von allem anderen mussten wir die Zwillinge bei DCI Masons »sehr verlässlicher« Beamtin abholen. Beziehungsweise bei ihrer Frau, der man angesichts dessen, dass sie schon mit ihren eigenen beiden Kindern im Vorschulalter alle Hände voll zu tun hatte, bemerkenswerte Geduld bescheinigen musste, dass sie die Zwillinge nicht in einen Schrank gesperrt hatte. Die Familie bewohnte eine hübsche Granit-Doppelhaushälfte in einem gehobenen begrünten Wohngebiet im Westen der Stadt.

»Danke, Susan«, rief Beverley auf dem Weg durch den Vorgarten zum Auto, einen Zwilling unter jedem Arm. Ich schleppte die große Tasche mit all dem Zeug, das die beiden bei jeder Auswärtsübernachtung dabeihaben mussten.

»Seibenkleister«, sagte Taiwo, als wir sie in ihrem Sitz anschnallten.

»Das hat sie nicht von mir«, sagte Beverley.

»Dummbeutel«, krähte Kehinde.

Nach fünf Tagen, in denen ich abwechselnd Zwillinge bändigte und hochrangigen Angehörigen der Polizei Schottland schwierige Fragen beantwortete, erhielt ich einen Anruf von Andrew Rae. Der Spezialbeauftragte schien dem ganzen Kuddelmuddel ohne auch nur ein gekrümmtes Haar entstiegen zu sein. Er wollte sich mit mir treffen, um mir »seine Seite der Geschichte« darzulegen.

Wir trafen uns am Pocra Quay, dort, wo Robert Tarry Smith fast ins Wasser gesprungen wäre.

»Ich bin von da drüben«, sagte er und zeigte über den Hafen hinweg auf eine niedrige Anhöhe, auf der sich dicht an dicht graue Reihenhäuser drängten. »Aus Torry. Aber Sie werden nicht verstehen können, was das heißt.«

Doch, ich glaubte schon. Sowohl sozioökonomisch als auch im Hinblick auf die Demi-monde. Da gibt es Familien, hatte der Junge mit dem Nasenstecker gesagt, die seit Urzeiten mit der See verbunden sind. Alte Familien. Andrew Rae trug keinen silbernen Schal, aber vielleicht hatte sein Familienzweig den aufgegeben.

Doch ich spielte den Ahnungslosen. Wenn man den Mund hält, erzählen einem die Leute alles Mögliche. Andrew war da keine Ausnahme.

»Ich bin kein Extremist«, sagte er. »Ich habe keinen Hass auf die Engländer, nicht mal eine Abneigung gegen sie. Mein Ziel ist, dass Schottland in die Liste der unabhängigen Staaten aufgenommen wird, nicht weil ich finde, dass wir unterdrückt werden, sondern weil es uns schlicht zusteht, uns selbst zu bestimmen.«

»Und wie passt dazu diese Sklavereisache?«

Er hatte den Anstand, zur Seite zu blicken. »Die Unabhängigkeit bringt uns nichts, wenn wir pleite sind. Westminster konnte über das Nordsee-Öl verfügen und hat alles für Steuersenkungen und Atomwaffen verschleudert. Wenn wir wenigstens einen Bruchteil der Vorkommen wiederbeleben können, haben wir endlich Zugriff auf natürliche Ressourcen, die eigentlich *uns* zustehen und *unserem* Land zugute kommen sollten.«

»Das war nicht meine Frage.«

»Im Endeffekt ist es zu ihrem eigenen Wohl. Sie leben in schottischen Territorialgewässern, und wer wird ihre Interessen auf lange Sicht besser vertreten – wir oder die verdammten Tories? Schauen Sie sich doch an, wie schietegal denen der ganze Norden ist. Die werden sich einen Dreck um einen Haufen aquatischer Mutanten scheren.« Er hielt inne, als wäre ihm gerade etwas eingefallen. »Allerhöchstens würden sie sie für die Navy rekrutieren.«

Wer weiß, dachte ich, vielleicht würden die Selkies das als ganz famosen Spaß betrachten.

»Was wollen Sie?«, fragte ich.

»Ich will Sie warnen. Ich weiß, Sie glauben, Ihr Sektor des britischen Establishments wäre gerade wieder ein bisschen im Kommen, aber machen Sie es sich nicht zu bequem. Sie haben jetzt Aufmerksamkeit auf sich gezogen, und da draußen gibt es Akteure, die Macht und Einfluss wittern. Und sie sind nicht gewillt, die Macht zu teilen.«

»Nun, es gibt nur einen Herrn des Ringes.«

Ausnahmsweise verstand mal jemand die Anspielung. »Gegen diese Leute ist das Lidlose Auge gar nichts.«

»Sie sollten mal meine Schwägerin kennenlernen.«

»Ich glaube, das habe ich schon.« Mir wurde ein bisschen kalt. »Sie haben einen Ruf als Netzwerker. Ich dachte, das wäre übertrieben, aber jetzt konnte ich es selbst beobachten … Sie sollten nicht vergessen, dass man nicht alles über das Einbeziehen von Interessengruppen lösen kann. Und dass nicht jeder Ihr Freund sein will.«

Dad hatte ein letztes Konzert im Lemon Tree. Während er spielte, setzte ich mich mit Blinschell ins nahe Wetherspoons, wurde endlich ordentlich mit dem restlichen Ermittlungsteam bekannt gemacht und machte mich beliebt, indem ich eine Runde schmiss. Nicht einmal bei der schottischen Polizei trinkt man noch so viel wie in der guten alten Zeit, daher waren Blinschell und ich bemerkenswert un-duhn, als wir wieder in den Lemon Tree zurückkehrten, wo an der Bar meine geliebte Fahrerin für diesen Abend mit zwei Nachwuchs-Flussgöttern lehnte.

Ich stellte Bridget, Elric und Blinschell einander vor.

»Ist er ab jetzt unsere polizeiliche Ansprechperson?«, fragte Elric.

Ich musste an Andrew Raes spitze Bemerkung über das Netzwerken denken. »Er hat meine Telefonnummer. Alles andere ist Sache der Polizei Schottland.«

Dad und die Hilfstruppen brachten den Saal natürlich zum Kochen. Meine Mum war selig. Später beobachtete ich sie und Bev im Garten in Mintlaw, wie sie sich unterhielten, und musste daran denken, wie nahe ich daran gewesen war, eine von ihnen zu verlieren.

Ich warf einen Blick auf Abigails Zelt, das von zwei Füchsen bewacht wurde.

Nightingale kam mit einer Flasche BrewDog Punk zu mir und lehnte sich ebenfalls an die Gartenmauer. »Ich hatte mir etwas mehr Urlaub erhofft.«

»Wir sind zu dünn gesät«, sagte ich.

»Sie können nicht jedes Problem lösen, Peter. Sie können nur tun, was Sie können.«

Ich dachte an die Zeitspanne, die mir fehlte, während ich auf Beverley gewartet hatte.

»Wie werden Sie eigentlich damit fertig?«, fragte ich.

»Womit?«

»Menschen zu verlieren.«

»Da fragen Sie den Falschen. Ich bin nie mit so etwas fertig geworden. Oder sagen wir, ich machte einfach weiter, bis es so lange zurücklag, dass die Dinge zur Ruhe gekommen waren.«

»Das ist nicht sehr hilfreich«, sagte ich.

»Wie gesagt, fragen Sie nicht mich.«

Irgendwo in der Nähe kicherte jemand. Ich glaube, vielleicht ein Fuchs.

22

Was Abigail zum Schluss machte

Es ist unser letzter Tag vor der Rückreise nach London. Ione und ich sind schwimmen gegangen. Oder besser, Ione schwimmt, und ich klammere mich mit Armen und Beinen an sie. Ich sag mal ehrlich, diese pulsierenden Fischschwanzmuskeln zu spüren, während wir durchs Wasser schießen, ist einfach mega. Wir tauchen ab, steigen auf, durchbrechen die Oberfläche und fliegen durch die Luft. Ich hole tief Atem, bevor wir wieder eintauchen. Das Ufer ist längst außer Sichtweite; wenn sie mich jetzt abschütteln würde, würd ich ertrinken.

Aber wir sind nicht bloß zum Spaßhaben und Turteln hier. Und tatsächlich, beim nächsten Auftauchen flankieren uns zwei Typen. Ione kommt anmutig zum Halten und rudert leicht mit der Schwanzflosse, damit wir an der Oberfläche bleiben.

Die zwei Typen sehen aus wie Ringer aus alten Zeiten, viel glattes Fett und darunter Muskeln. Sie gleiten heran und zeigen uns ihre Hände. Ich hebe ebenfalls die Hände, und da klatschen die beiden mich doch wahrhaftig ab. Hinter ihnen taucht jetzt ein Dutzend kleinerer Köpfe auf. Ich erkenne die Kinder aus der Gefängnisschule wieder.

Sie winken, und ich winke zurück.

Vor ihnen brodelt das Wasser, und aus der Tiefe steigt ein riesiger Schatten auf. Einzelheiten erkenne ich keine, nur eine Ahnung von gewaltiger Größe und Macht. Ione zittert vor Angst. Ich umarme sie fest.

Auf dem Rücken des Schattens erheben sich zwei Gestalten aus dem Wasser. Ein Mann und eine Frau, auch mit Ringerfigur, dazu schwarze Augen und strohblonde Haare. Unter meinen Füßen spüre ich glatte, rutschige Haut, und plötzlich stehe ich auch. Ione rollt ihren Schwanz ein, um aufrecht neben mir zu bleiben.

Die Nordsee ist niemals ruhig, um mich herum steigen und fallen die Wellen, aber das Ding – das Wesen –, auf dem ich stehe, ist so gigantisch, dass ich auf einem Riff stehen könnte. Hastig schau ich mich um. Keine Anzeichen von Tentakeln. Aber das kann auch heißen, dass sie nach unten hängen.

Die beiden Erwachsenen breiten die Arme aus und kommen auf uns zu, als ob sie uns umarmen wollen. Ich bin überhaupt nicht gut darin, Wildfremde zu umarmen, aber es gelingt mir, nicht zurückzuzucken, als der Mann die Arme um mich legt und mich auf französische Art auf beide Wangen küsst. Seine Brust fühlt sich an wie ein Betonblock in einem Taucheranzug. Muss an all dem proteinreichen Fisch und der gesunden Bewegung liegen.

Unter dem zustimmenden Bellen der Kinder und der zwei Teenager lassen die Erwachsenen uns los. Dann sinkt das riesige Ding wieder unter die Oberfläche, und mit ihm verschwinden die Erwachsenen, die Jugendlichen und die Kinder.

Bevor ich mit ihnen versinken kann, legt Ione von hinten die Arme um mich. Ihr nasses Haar streift meine Wange, als sie mich auf den Hals küsst.

»Was war das?«, frage ich.

»Ein Bündnis«, sagt sie. »Oder vielleicht wollten sie nur mal gedrückt werden.«

»Du wirst hier klarkommen?«, frage ich und wünsche mir,

dass sie sagt: *Nein, ich werde nach London ziehen. Weißt du, wo ich unterkommen könnte?* Aber sie tut es nicht.

»Ich komme klar. Im September fange ich an zu studieren, dann wohne ich im Wohnheim in Aberdeen. Weg von meiner Familie, zum Glück.«

»Und Onkel Atlas?«

»Och, der ist in Ungnade gefallen. Und überhaupt hat er Angst vor dir.«

Das schmeichelt mir weit mehr, als es vielleicht sollte.

Unsere letzte Nacht wollen wir eigentlich am Strand verbringen, aber es fängt an zu regnen, deshalb schlüpfen wir doch ins Zelt. Am Morgen rollen wir es schnell zusammen und stopfen es in die Hülle. Nightingale sieht uns missbilligend an, also versprech ich ihm, es zu Hause noch mal auszupacken und ordentlich auszulüften. Ich versuch nicht darüber nachzudenken, dass Ione nicht mehr bei mir sein wird, und auch nicht darüber, wie seltsam es ist, dass ich solche Sachen denke. Während Peter und Bev die Zwillinge in ihre Sitze bugsieren, tauschen wir noch ein paar Küsse, aber viel zu bald müssen wir uns loslassen, und ich sehe Ione im Rückspiegel des Jaguar kleiner und kleiner werden.

Zum ersten Mal lässt Nightingale mich ein Stück mit dem Jaguar fahren, aber nur bis Aberdeen.

Abdul muss in eine andere Richtung, weil er noch seine Eltern in Oban besuchen will, deshalb ist der Rücksitz vollgestopft mit Probenbehältern, einem Stapel alter Bücher mit einer Schnur drum und einem ausgestopften Tier auf einem Brett. Es sieht aus wie ein Wels, nur mit Beinen. Nightingale sagt, es ist ein Souvenir aus den Highlands. »Von einem Abenteuer, das Abdul und ich erlebten, bevor er so ernst wurde.«

»Bevor *er* ernst wurde?«

»In seiner Jugend war er ein rechter Draufgänger.«

Später sitze ich mit Indigo in Peters Ford Focus. Wir beide auf dem Rücksitz, Bev am Steuer. Peter fährt seine Eltern und die Zwillinge im Camper. Seit Aberdeen ist Indigo verdächtig still, was voll komisch ist, weil sie normalerweise entweder schläft, spioniert oder redet. Und noch komischer ist, dass, als ich beim Tankstopp kurz bei M&S reinsprang, nicht mal eine zarte Andeutung der üblichen Frage nach Würstchen im Schlafrock von ihr kam. Dort spielten wir alle auch Reise nach Jerusalem, weshalb wir beide jetzt mit Bev allein sind.

Kaum sind wir wieder unterwegs, da stößt Indigo einen tiefen Seufzer aus.

Das kenn ich. Die letzten fünf Jahre haben wir so viel aufeinandergesessen, dass ich weiß: sie braucht ein bisschen Beachtung.

»Okay«, sage ich. »Was ist los?«

Indigo seufzt noch mal, sinkt in sich zusammen und legt den Kopf auf meinen Oberschenkel. Ich kraule sie am Nacken, und sie seufzt ein drittes Mal. Langsam mach ich mir doch Sorgen.

»Ich werde dir einen Ersatzfuchs zur Seite stellen müssen«, sagt sie.

Das schockiert mich total – mein Gehirn denkt sofort an die durchschnittliche Lebensdauer von Rotfüchsen, die ähnlich ist wie die von Hunden, aber ich bin nicht drauf vorbereitet, ohne Indigo zu leben. Sie hat weder graue Stellen im Fell, noch ist sie schwerfällig wie ein paar der älteren Füchse, die ich kennengelernt hab, aber wir haben nie darüber geredet, und Abdul sagt, wenn er die Füchse nach ihrer Lebensspanne fragt, pochen sie immer auf operative Verschwiegenheit.

»Du bist doch nicht krank, oder?«

Indigo gibt dieses seltsame Kichern von sich, mit dem alle

Füchse lachen, auch die nicht-sprechenden. »Das nicht gerade. Aber ich falle jetzt ein paar Monate lang aus.«

»Was hast du denn vor?«

»Essen, reichlich Bewegung, mir einen Bau suchen. Ich weiß da ein hübsches Loch bei den Kleingärten an der Hampstead-Fußgängerbrücke.«

»Okay, aber warum?«

»Im Grünen gibt's viel Beute, und es ist nicht weit von Gospel Oak, da hat man eine gute Anbindung.«

Ich merke, dass ich irgendwie ein Brett vorm Kopf hab und irgendwas nicht kapiere, aber ich kann mir nicht vorstellen, was. Das ist voll nervig. Ich schwöre, Indigo hätte mich noch ewig hingehalten, aber Bev macht meiner Qual ein Ende.

»Gratuliere, Indigo! Wann ist es denn so weit?«

»Drei Monde. Vielleicht eine Nacht mehr oder weniger.«

Ein Teil meines Gehirns denkt: *Interessant, die sprechenden Füchse haben eine längere Tragzeit als die normalen.* Und der andere Teil: *Fuck, was?!* Was wohl irgendwie ironisch ist.

»Wie kommt das denn?«, bringe ich heraus.

»Na, wie so was eben passiert.«

»Mit wem?«

»Sax William.«

»Oh«, sagt Bev. »Der war schnuckelig.«

»Ja, ist er.«

»Wann hattet ihr die Zeit dazu?« Aber ich denk mir, dass ich so mit meinem eigenen Kram beschäftigt war, dass ich überhaupt nicht auf Indigo geachtet hab.

»Gute Agenten wissen die Situation vor Ort optimal zu nutzen.«

»Und das hast du getan?«, fragt Bev.

»Wir haben uns darauf geeinigt, die operativen Bedingungen bestmöglich zu gestalten.«

»Ich bin eine schlechte Freundin«, sage ich.

»Du hattest eigene Ablenkungen«, sagt Indigo.

»Kommt er nach London?«, fragt Bev ganz pragmatisch.

»Nein. Wir haben beide unsere festen Posten. Seiner ist hier. Meiner ist Abigail.«

»Also wird Sax William seine Kinder nie zu Gesicht kriegen?«

»Abigail, Schottland ist doch nicht auf dem Mond«, sagt Bev. »Es gibt massenhaft Zug- und Busverbindungen. Und hast du nicht selbst vor, wieder mal herzufahren?«

»Du wirst mir nie entkommen«, hatte Ione gesagt, als wir in der Nacht miteinander im Zelt lagen. »Ich bin eine Sirene, und wir beide leben im Königreich an der See. Jeden Abend werde ich auf den Felsen von Greyhope Bay sitzen und dich zu mir singen.«

»Jeden Abend?«

»Okay, manchmal werde ich arbeiten oder lernen müssen oder in den Pub gehen. Aber mittwochs und sonntags auf jeden Fall – mindestens.«

Also ja, ich werde wohl wiederkommen. Und wenn ich schon hinfahre, kann ich auch einen Korb Fuchswelpen mitnehmen.

Ich schaue auf Indigo runter und sehe, dass sie mich betrachtet, unergründlich wie immer.

»Du ausgefuchstes Ding«, sage ich, und sie lächelt.

Technische Anmerkungen

Der Rubislaw-Steinbruch ist genau so fantastisch, wie ich ihn beschrieben habe, nur das Unterwasser-Oberbösengeheimquartier gibt es nicht. Hugh Black und Sandy Whyte kann man nur dankbar sein für ihre bewundernswerte und komplett verrückte Tat, dieses Loch im Boden zu kaufen, einzig und allein, um es vor dem grausamen Schicksal der Uferbebauung zu bewahren. Jeder anständig denkende Mensch sollte diese Vision weiter unterstützen. Auch Footdee (Fittie) ist historisch genauso interessant, wie ich es beschrieben habe, nur das Cream of the Well ist rein fiktiv.

Meine Beschreibung des Leuchtturms von Rattray Head ist nicht in allen Punkten authentisch; ich bitte das zu entschuldigen.

Der Name der Insel, von der Ione behauptet, ihr Volk komme von dort, wird in Norn, der alten Sprache der Orkney-Inseln, *Øjinhellig* geschrieben. Ich entschuldige mich für die Transliteration, aber so gebildet Abigail auch ist, ich bezweifle, dass sie zum kaltblütig korrekten Gebrauch des »ø« in der Lage ist. Man kann wohl dankbar dafür sein, dass Peter ihr noch nicht *Die Ritter der Kokosnuss* gezeigt hat – wobei das wahrscheinlich nur eine Frage der Zeit ist.

Das Crown and Anchor wurde in der realen Welt 2015 geschlossen. Somit ist dieses Buch, ungeachtet der Magie, der

Fae und der sprechenden Füchse, ganz offiziell in einem alternativen Universum angesiedelt.

Aberdeen, Fraserburgh und das gesamte Umland sind so voller fantastischer Details, dass ich viel zu viele wunderbare Dinge weglassen musste. Allein schon der unter der Union Street begrabene, in Vergessenheit geratene Den Burn, die spannende Geschichte von Kincaid Point Lighthouse oder die nicht unbeachtlichen bürgerkriegsähnlichen internen Machtkämpfe hinter den Kulissen der Schottischen Aufklärung hätten Stoff für einen eigenen Roman hergegeben.

Danksagung

Ein Buch zu schreiben, das in einer weit entfernten Stadt spielt – siebeneinhalb Stunden Zugfahrt! –, ist nur mit viel Unterstützung von Menschen vor Ort möglich. Ich möchte Lee, Ranjit und Joe Barry für ihre medizinischen Kenntnisse, die Besichtigung des Aberdeen Royal Infirmary Hospital und der Robert Gordon University und dafür danken, dass sie mir BrewDog nahegebracht haben. Dank Andrew Hurst konnte ich die Flure der Aberdeen University unsicher machen; er und Rob Wallace halfen mir mit den geologischen Gegebenheiten und der komplexen Technik der Ölförderung in der Nordsee – jegliche technischen Fehler stammen allein von mir. Wo wir schon bei Geologie sind, vielen Dank an Sandra Whyte und Hugh Black dafür, dass sie sich die Zeit nahmen, mir die abgesperrten Teile des Rubislaw-Steinbruchs zu zeigen, an dessen Grund eigentlich wirklich ein Kraken leben müsste. Hintergrundinfos zu den lokalen Gegebenheiten kamen von Kirsten Murray und Roderick MacBeath. Auch hier sind alle eventuellen Fehler mir anzulasten.

Außerdem erhielt ich fachkundige Beratung auf zahlreichen Gebieten: in juristischer Hinsicht von Andrew Coyle, Procurator Fiscal (ein cooler Titel, oder?), und Keith Nortrup. In Sachen Feinheiten des gesprochenen Doric von Kirsten und von Fiona Bruce, fürs Altgriechische von Sonya

Taaffe und für Latein von Penny Goodman. Wieder einmal erwies sich Mark Yexley als wertvoller Fachmann für polizeiliche Ermittlungs- und Rechtsangelegenheiten und wie diese auf Spuk & Hexerei übertragbar wären. Ich danke Anne Hall für die Gesamtkoordination und Clive und Beth Hall für die Überprüfung der architektonischen Beschreibungen und Abigails romantischer Abenteuer.

Und schließlich vielen Dank an Andrew Cartmel fürs Beta-Lesen der Kapitel sowie Stevie Finegan und John Berlyne für ihre beständige Unterstützung und Ermutigung.

Leseprobe

ISBN der gedruckten Ausgabe 978-3-423-22079-8
eBook ISBN 978-3-423-44524-5

Wie ich mich schon des Öfteren veranlasst sah zu bemerken: Was hat man davon, Meister der arkanen Künste zu sein, wenn man sich besagter Meisterschaft nicht in irgendeiner Weise bedienen darf? Na gut, ich gebe zu, beim Rennen von Goodwood seinen Mitzauberern die Zylinder von der, verzeihen Sie, Rübe zu schubsen mag etwas kindisch sein, ist in meinen Augen jedoch kaum ein Kapitalverbrechen. Leider waren die alten Stockfische im Folly anderer Meinung, daher schien es mir angeraten, mich eine Weile aus ihrem tadelsüchtigen Gesichtskreis zu entfernen, bis die segensreichen Wasser der Lethe ihren Groll fortspülten. Oder so.

Da ich kein großer Freund des Landlebens bin, nahm ich einen Schnelldampfer nach New York, wohin das Folly, so meine Annahme, niemals einen Fuß setzen würde. (Wie sich herausstellte, irrte ich mich, doch dazu später mehr.)

Ich fand eine überaus behagliche Wohnung, oder wie man hierzulande sagt: ein Apartment, mit Blick auf den Washington Square, und stellte einen Diener für die Erfordernisse des Alltags ein.

An dieser Stelle sind wohl ein, zwei Worte zu meinem Diener Beauregard angebracht, ehe all der Sturm und Drang und übrige Spuk hier hereinbrechen. Eben hatte ich mein neues Apartment am Washington Square betreten und stand bar meines Gepäcks im leeren Flur, da läutete es an der Tür.

In der Hoffnung, es könnten meine Siebensachen sein, riss ich sie auf. Davor stand ein hochgewachsener farbiger, sympathisch wirkender Gentleman mit langem ernstem Gesicht. Er sprach mit diesem kultivierten Südstaaten-Tonfall, der einen gleichsam tröstlich einhüllt. Und etwas Trost hatte ich wahrhaftig nötig, so allein und verlassen in einer fremden Stadt, ohne jedes Möbelstück oder auch nur meine Koffer.

»Mein Name ist Maximillian Beauregard«, sagte er. »Ich glaube, der Herr bedarf eines Dieners.«

»Donnerwetter«, sagte ich, weil ich diesbezüglich noch nicht einmal Erkundigungen eingezogen hatte. »Woher in aller Welt wissen Sie das?«

»Sie erwähnten Ihren Mangel dem Liftboy gegenüber, Sir, und da er wusste, dass ich mich nach einer solchen Anstellung umsah, informierte er mich umgehend.«

»Oha, das ist aber zackig.«

»Vielen Dank, Sir.«

»Kommen Sie doch herein«, sagte ich, und der Mann schwebte in den Flur wie auf einem Luftkissen.

»Ihnen ist nicht zufällig etwas über den Verbleib meines Gepäcks bekannt?«, fragte ich.

»Tatsächlich bemerkte ich es soeben unten im Foyer, Sir, und war so frei, einige Träger anzuweisen, es nach oben zu bringen.«

»Fabelhaft«, sagte ich. »Und wie sieht's mit Möbeln aus?«

»Das Warenhaus Macy's wird sicherlich mit Vergnügen jemanden mit einem Katalog zu Ihnen schicken.«

»Essen?«

»Wir sind in New York, Sir«, sagte Beauregard mit einem Hauch *hauteur*. »Um Ihr leibliches Wohl können Sie unbesorgt sein.«

»Sie sind eingestellt«, sagte ich.

»Sehr wohl, Sir.«

Ein englischer Gentleman mit den nötigen Mitteln kann in New York ein höchst angenehmes Leben führen, vorausgesetzt, er ist so klug, die Einheimischen nicht zu verprellen. Selbst der örtliche Arm des Gesetzes, der bis auf den letzten Mann aus Iren zu bestehen scheint, ist (mit Ausnahme des verabscheuungswürdigen Sergeant Bracknel) durchaus respektvoll, solange man höflich bleibt und ihm nicht im Weg ist. Es gibt einige sehr passable Restaurants, Galerien und Konzerthäuser für den, sagen wir mal, niveauvoll gestimmten Geist. Doch worin New York London um Längen schlägt, das ist die moderne Musik, und die beste solche findet man jenseits der 110th Street in einem Stadtteil namens Harlem.

Dort kommt der interessierte Gentleman in Gesellschaft Gleichgesinnter in den Genuss des besten Jazz der Welt.

Wie Sie sich also vorstellen können, war ich reichlich verdutzt, als ich eines schönen Maimorgens im Bett meine erste belebende Tasse Kaffee zu mir nahm – ein anständiger Tee überstieg die ansonsten überaus breit gefächerten Talente des guten Beauregard – und mit einem Mal mein geschätzter Diener an die Tür klopfte und verkündete, ein Besucher sei gekommen. »Ein englischer Gentleman, Sir.«

Da es keinem meiner Bekannten, ob englisch oder amerikanisch, einfiele, Freund Augustus vor dem Mittagsläuten zu stören, wunderte ich mich doch ein wenig. Ein irritierender Schauder kräuselte die gewöhnlich so friedvolle Oberfläche meiner Morgenroutine, doch mannhaft hielt ich diesen Turbulenzen stand. Besuch aus England war durchaus kein ganz ungewöhnliches Vorkommnis, und die Dampfer neigten dazu, zu unchristlichen Zeiten anzulegen. Also hatte der arme Kerl als Fremder in diesen Gefilden womöglich Beistand nötig, und niemand soll Augustus Berrycloth-Young nachsagen, er hätte nicht die Gelegenheit wahrgenommen, die Hand auszustrecken und einem Mitmenschen zu Hilfe zu eilen. Nach einem anständigen Bad und einem ordentlichen Frühstück, wohlgemerkt.

Hätte ich gewusst, was mir bevorstand, ich hätte mich flugs unter meinem Bett verkrochen und Beauregard angewiesen, meinem Besucher zu melden, ich sei über Nacht einer Seuche erlegen.

Stattdessen nahm ich noch einen Schluck des segensreichen schwarzen Getränks. »Hat dieser Gentleman einen Namen?«

Beauregard nickte. »Ein Mr. Thomas Nightingale.«

Die geneigten Leser meines, ich darf es wohl Œuvre nennen, sind bereits vertraut mit Magie, der Demi-monde und dem Folly, doch für alle, die bis dato unerklärlicherweise noch nicht auf die Erzeugnisse meiner Feder gestoßen sind, werde ich kurz ausholen.

In den altehrwürdigen Zeiten der turmhohen Perücken befasste sich Sir Isaac Newton nicht nur mit der Erfindung der Schwerkraft und dem Hängen von Falschmünzern, sondern entdeckte nebenbei auch die Magie. Seine Erkenntnisse vertraute er einer Vereinigung braver aufrechter Gentlemen an, der »Gesellschaft der Weisen«, oder für Eingeweihte … dem Folly. »Folly« wie im Pope'schen Gedicht über die menschliche Torheit, denn unsere erlauchten Vorfahren waren stets für einen guten Scherz zu haben. Wie es damals Mode war, gründeten sie eine Schule, um ihr Wissen an künftige Generationen weiterzugeben, und eben jener ruhmreichen Anstalt wurde der junge Augustus im Sommer des Jahres 1914 anvertraut. Heutzutage ist es schick geworden, über die eigene Schulzeit zu klagen, sich über die Stockschläge, die Kälte und Einsamkeit auszulassen, doch ich muss sagen, ich selbst verbrachte dort eine famose Zeit, fand einige verteufelt gute Kameraden, und vor allem lernte ich zaubern.

Sie denken nun vielleicht: Zaubern, Gussie? Mein lieber Junge, so etwas gibt es doch nicht! Das liegt daran, dass ich als anständiger Casterbrook-Absolvent und Mitglied des Folly dazu verpflichtet bin, die Existenz der Magie – pssst! – hübsch *sub rosa* zu halten, oder wie man hierzulande sagen würde, unterm Deckel.

In den falschen Händen – oder in überhaupt keinen – kann Magie recht gefährlich sein, daher wurde das Folly damit betraut, in magischer Hinsicht für Recht und Ordnung und dafür zu sorgen, dass nicht etwa die Pferde der Nation scheu gemacht werden. Dank dieser feierlichen Pflicht waren die alten Stockfische im Folly zu einem grimmigen, humorlosen Haufen verkommen, welcher dazu neigte, jeden jungen Zauberer schief anzusehen, der in einem Augenblick des Überschwangs seine Künste darauf verwandte, einen Konstabler seines Helms oder lästige Zeitgenossen ihrer Garderobe zu entledigen oder sich beim Cheltenham Festival im Verlangen nach einem kühlen Trunk eine Flasche Champagner aus ihrem Eisbett in die Hand schweben zu lassen. Wie bereits erwähnt, entsprang meine eigene Übersiedlung in transatlantische Gefilde ursprünglich dem Wunsch, mich dem Unmut der Stockfische wegen eines ähnlich trivialen Vorfalls zu entziehen.

So können Sie sich vorstellen, dass mich eine gewisse innere Unruhe überkam, als ich hörte, der oberste Problemlöser des Folly, der Mann, der ausgeschickt wird, um Schwierigkeiten zu überwinden und Ärgernisse zu beseitigen – kurzum, besagter Mr. Thomas Nightingale stünde vor meiner Tür.

Doch wir Casterbrook-Absolventen sind Leitsterne der Tapferkeit, und statt die Flucht über die Feuerleiter zu ergreifen, bat ich Beauregard, die Nachtigall – wie Thomas Nightingale oft genannt wird – ins Wohnzimmer zu geleiten und ihm dort eine Kleinigkeit anzubieten, während ich ein rasches Bad nahm und mich ankleidete.

Beauregard, ein unverbesserlicher Optimist in Sachen Wetter, hatte mir einen meiner jüngst erworbenen Leinenanzüge herausgelegt, taubengrau und im sogenannten »Jazz-Cut«, der meiner Figur nach den Worten einiger guter Bekannter außerordentlich schmeichelte. Nunmehr tadellos gewandet, rückte ich meine Courage zurecht und trat so unbekümmert wie möglich ins Wohnzimmer.

»Thomas, altes Haus!«, rief ich beim Eintreten.

Wie ich vielfach festgestellt habe, unterscheiden sich die musikalischen Werke von Blake & Sissle, Gershwin & Gershwin oder Rogers & Hart und die von Gestalten wie Verdi, Tosca und noch so einem verflixten Italiener, dessen Name mir entglitten ist, vornehmlich darin, dass man bei Ersteren seinen Platz einnehmen kann, ohne befürchten zu müssen, man werde nach der Vorstellung auch nicht mehr Ahnung von dem Stück haben als zuvor. Wohingegen ich bei jenen Gelegenheiten, da man mich gewaltsam in die Oper schleifte, den gesamten Abend damit verbrachte, zu rätseln, warum Sänger A nun zornig auf Sänger B einsingt, während Sängerin C in der Ecke betrübt vor sich hintrillert. Um noch Salz in die Wunde zu streuen, habe ich oft das starke Gefühl, jedermann außer mir wüsste haargenau, worum es geht. Lucy, eine mir persönlich sehr gut bekannte Autorität auf dem Gebiet der Oper, sagt immer, wenn ich nur im Voraus das Libretto läse, bräuchte ich mir keine Gedanken mehr um die Handlung zu machen und könnte mich auf die Musik konzentrieren, um die es ja eigentlich geht.

In diesem Sinne sollte ich Ihnen vielleicht Thomas Nightingale kurz vorstellen, ehe wir ihm an jenem schicksalhaften Frühlingsmorgen sozusagen Aug in Auge gegenüberstehen, um Ihnen, den geschätzten Leserinnen und Lesern, ein besseres Verständnis der Handlung des nun folgenden Stücks zu geben, auf dass Sie umso unbeschwerter die Musik genießen können. Andernfalls bestünde das Risiko, dass die Geschichte irgendwann in einen dieser langatmigen Exkurse abschweift, die der Fluch der modernen Literatur sind.

Er war ein hochgewachsener Bursche mit markantem Unterkiefer, blauen Augen und braunem Haar, das, wiewohl an den Seiten kurz gehalten, obenauf zur Widerspenstigkeit neigte. Dies und das glattrasierte Kinn sorgten dafür, dass er, obgleich gute vier Jahre älter als ich, je nach Laune jünger wirken konnte. In der Tat konnte er so träge und sorglos erscheinen wie jeder x-beliebige Springinsfeld. Doch ich wusste aus sicherer Quelle, dass er bereits einige ziemlich heikle Fälle gemeistert hatte, sowohl in der Heimat als auch andernorts. Ja, was da in meiner Fensternische saß und in meiner *Herald Tribune* blätterte, verhieß nichts Gutes, auch wenn es einen recht gut geschnittenen Tweedanzug trug.

»Gussie!« Er sprang auf und ergriff meine Hand. »Schön, dich zu sehen. Ich habe mich gefragt, ob du mir, wenn es nicht zu viele Umstände macht, für ein paar Nächte Obdach gewähren könntest?«

»Klar doch!«, versicherte ich und dachte dabei an die vielen vortrefflichen Hotels, insbesondere am Broadway, die noch viel ekstatischer gewesen wären, ihn zu Gast zu haben. »Was führt dich nach New York – Geschäfte oder Vergnügen?«

»Geschäfte natürlich«, sagte er.

Mir sank der Mut. Zwar hatten nicht wenige Mitglieder der Gesellschaft der Weisen berufliche oder geschäftliche Interessen außerhalb des Folly, doch Thomas Nightingale gehörte nicht dazu. Wenn er geschäftlich in New York war, konnte das nur magische Dinge betreffen.

»Oh, prima«, sagte ich in Ermangelung einer geistreicheren Erwiderung. Ich schielte zur Uhr und erschauerte innerlich, als ich sah, dass sie erst Viertel nach zehn zeigte. Nicht nur eine barbarische Zeit, um überhaupt munter zu sein; es war zudem viel zu früh für einen Lunch. »Kann ich dir ein zweites Frühstück anbieten?«

»Danke«, sagte er, »dein guter Mann hier hat mich bereits mit Kaffee versorgt.« Er warf einen Blick auf Beauregard, der nicht weit von uns unaufdringlich auf eventuelle Aufträge wartete. »Allerdings würde ich gern unter vier Augen mit dir sprechen.«

Ich bin durchaus in der Lage, einen Wink mit dem Zaunpfahl zu verstehen, daher gab ich Beauregard, nachdem er mir eine zweite dringend benötigte Tasse des labenden schwarzen Bohnentranks serviert hatte, einige Aufträge außer Haus und ließ deutlich anklingen, dass er sich bis zum Nachmittag Zeit lassen sollte.

Nightingale wartete, bis er verschwunden war, und fragte dann: »Ordentlicher Bursche?«

»Kam mir bisher stets so vor. Nun, was für Geschäfte führen dich her? Ich versichere dir, ich war vorsichtiger als jeder Pastor bei einer Taufe.«

Nightingale lächelte und hob die Hand in einer geradezu bischöflichen Segensgeste. »Ich bin in einer ganz anderen Angelegenheit hier. Und ich hoffe, dass du mich dank deiner Vertrautheit mit der Materie dabei unterstützen kannst.«

»Ah ja?«, sagte ich, ein wenig auf der Hut.

»Ich möchte die Provenienz eines Saxophons ermitteln.«

»Eines Saxophons?«, fragte ich verdattert.

»Eines verzauberten Saxophons.«

»Wozu in aller Welt sollte jemand ein Saxophon verzaubern?«

»Erstens«, sagte Nightingale, »kann es der spielenden Person größere Meisterschaft verleihen. Und zweitens kann dieses hier bei korrekter Handhabung sprechen.«

Ich war baff. »Und was sagt es?«

»Das hängt vom Spieler ab. Der Bursche, dem es gehörte, hatte gelernt, ›hallo‹, ›ja‹ und ›nein‹ zu spielen. Doch soweit unsere gelehrten Experten feststellen konnten, hat es keinen eigenen Willen. Es sagt – oder vielmehr: singt –, was sein Besitzer spielt.« Bei diesem handelte es sich um einen gewissen Laurence Ellwood, einen Jamaikaner, der über New York nach London gekommen war. »Je von ihm gehört?«, fragte Nightingale.

»Nicht dass ich wüsste.« Doch Lucy hatte das mit Sicherheit. Lucy hatte ein Gedächtnis wie diese verflixten Karteikataloge in Bibliotheken. Sollten Sie je in New York einen Ton geblasen, gestrichen, gezupft oder gesungen haben, dann weiß Lucy alles über Sie. Das ist mitunter geradezu unheimlich und wäre verdammt nützlich gewesen, hätte ich vorgehabt, Lucy der Nachtigall vorzustellen oder vice versa. Doch aus bitterer Erfahrung habe ich gelernt, gewisse Seiten meines Lebens von den anderen getrennt zu halten.

»Sei's drum«, sagte Nightingale. »Mr. Ellwood erwies sich als sehr empfänglich für unseren Vorschlag, das Instrument durch ein anderes von gleicher, wenn auch unverzauberter Qualität zu ersetzen – plus natürlich einen Finderlohn.«

»Natürlich«, sagte ich.

Mr. Ellwood hatte Nightingale Namen und Adresse des Pfandhauses genannt, wo er das Saxophon gekauft hatte. Ich war dort noch nie gewesen, doch einer der Vorteile der amerikanischen Manie, Städte gitterförmig auszurichten, ist, dass man Adressen problemlos findet.

Diese lag an der West 47th Street, nicht weit von der Ecke

Tenth Avenue, mitten in dem als Hell's Kitchen bekannten Viertel – ein mehr als angemessener Name für diese als kriminelles und gewalttätiges Pflaster berüchtigte Gegend. Lucy hatte mich gewarnt, nur ja nicht den Fuß hineinzusetzen. Natürlich bestand Nightingale darauf, auf der Stelle hinzufahren.

Nun, die ganze Sache schien mehr als kurios, doch wir Zauberer haben einen Ehrenkodex, und niemand soll von Augustus Berrycloth-Young sagen können, er habe sich vor seiner Pflicht als Hüter der geheimen Flamme gedrückt. Nicht dass ich die leiseste Ahnung hätte, was oder wo die geheime Flamme sein könnte; liegt wohl daran, dass sie geheim ist.

Jedenfalls stellte ich mich der Herausforderung, und wir riefen uns ein sehr hübsches grün-rotes Taxi herbei und brachen zur 47th Street auf.

Die Pfandleihe war eine Art vollgestopfte Schatzhöhle aus Tausendundeiner Nacht mit zwei gläsernen Schaukästen, die eine Fülle an Uhren, Ringen und Silberbesteck enthielten; an den Wänden hingen reihenweise Musikinstrumente, Barometer und Flinten. Ein ganzer Satz Trompeten baumelte nebeneinander von Haken wie gehäutete Kaninchen, und den Abschluss bildete, ich schwöre es, eine waschechte Balalaika. Oder vielleicht war es auch eine Laute.

Dazwischen waren Seekisten und Koffer zu wackligen Stapeln aufgetürmt, was, wie ich fand, großes Vertrauen der neu Zugewanderten darauf bewies, dass sie in New York ihre endgültige Heimat gefunden hatten. Über einem Ladentisch im hinteren Teil verkündete ein Schild KREDITABTEILUNG und DIAMANTSCHÄTZUNG.

Schon beim Eintreten fielen mich Hunderte von *Vestigia* an – habe ich schon erläutert, was das ist? Nein? Ausgebildete Praktizierende vergessen leicht, dass die meisten Menschen *Vestigia* nicht erkennen, wenn sie darauf stoßen. Nun, ganz einfach: Magie, selbst die Magie des profanen alltäglichen Treibens, hinterlässt eine Spur, die der alte Isaac *Vestigium* nannte. Auch Ihnen begegnet Derartiges sicherlich jeden Tag, doch Sie tun es als belanglosen Laut, Geruch oder als flüchtige Einbildung ab. Es ist so ungreifbar wie ein Tagtraum und meist, auch für magisch Bewanderte, ungefähr ebenso nützlich.

An Orten wie Pfandleihen, Fundbüros und Bibliotheken sammeln sich Unmengen dieser Eindrücke und Phantasmen an, daher schenkte ich ihnen vorerst keine Beachtung.

Aber Augustus, mag der geneigte Leser aufbegehren, wenn diese Vesti… – wie heißt das Zeug gleich wieder? – so unwichtig sind, wozu dann die langwierige Abhandlung darüber? Worauf ich nur erwidern kann: Geduld, mein Freund, schon bald werden *Vestigia* hier eine Rolle spielen.

Ein stämmiger Mann mit kantigem Gesicht, einem wildwuchernden Schnurrbart und einem absurd flotten Homburg begrüßte uns mit kurzem Nicken und einem bedrohlichen Blick. »Kann ich den Herren helfen?«, fragte er. Sein Tonfall ließ ahnen, dass er es vorziehen würde, dies wäre nicht der Fall.

»Ein Freund von mir hat in diesem Laden vergangenes Jahr ein Musikinstrument erworben«, sagte Nightingale.

»Geld zurück gibt's hier nicht«, sagte der Homburg. Er sprach es wie »hie nich« aus.

»Das wird auch nicht nötig sein«, erwiderte Nightingale. »Wir sind lediglich auf der Suche nach einer Auskunft.«

»Sind Sie 'n Cop?«

»Nein.«

»'n Seamus?«

Mit fragend hochgezogener Augenbraue warf Nightingale mir einen Blick zu.

»Privatdetektiv«, übersetzte ich.

Nightingale wandte sich wieder dem Mann mit dem verwegenen Schnurrbart zu. »Nein. Wir möchten nur gern wissen, wer das Instrument, das unser Freund hier erworben hat, ursprünglich verpfändet hatte.« Er zeigte dem Mann den Kaufbeleg, doch dieser zeigte sich ungerührt, oder möglicherweise auch begriffsstutzig.

Gerade wollte Nightingale seine Erklärung wiederholen, da schüttelte der Mann den Kopf. »Tut mir leid, Mac. Kann Ihnen nicht helfen.«

»Ich bin gewillt, Sie für den Aufwand zu entschädigen«, sagte Nightingale.

Der Mann horchte sichtlich auf und gab uns zu verstehen, er wolle sehen, was wir zu bieten hätten. An dieser Stelle gestand Nightingale, dass es ihm gegenwärtig an amerikanischer Währung mangelte, und bat mich, vorläufig die finanzielle Belastung auf mich zu nehmen. Es wäre gelogen, zu behaupten, ich wäre nicht leicht verstimmt über diese nonchalante Schnorrerei gewesen. Doch in Gegenwart des Schnurrbarts konnte ich dies schwerlich äußern, daher kramte ich meine Börse heraus. Und auch wenn Nightingales Schätzung, wie viel die verlorene Zeit des Schnurrbarts wert war, ein wenig hoch gegriffen war, spürte ich, dass ich auch dies jetzt lieber nicht zur Diskussion stellen sollte.

Nun nahm das Ganze eine erstaunliche Wendung: Der Schnurrbart fragte, ob er den Kaufbeleg noch einmal sehen könne, und als Nightingale ihm diesen unklugerweise reichte, tat sich unter dem Gestrüpp auf der Oberlippe des Pfandleihers ein beunruhigend großes Maul auf. Er stopfte das Papier hinein, kaute ein-, zweimal konzentriert darauf herum und schluckte es hinunter.

Es heißt ja so schön, Unwissenheit sei ein Segen, und im

Grunde ist genau dies das inoffizielle Motto des Folly, aber hätte unser prächtig bebarteter Freund auch nur einen blassen Schimmer gehabt, mit wem er es zu tun hatte, so hätte ihn, was nun folgte, nicht so überraschend getroffen.